Unter dem Adler

Das Leben einer Gutsbesitzerfamilie in Preußen des 18. Jahrhundert

Roman

von

Karl-Wilhelm Rosberg

Aus der Reihe: Abenteuer Erde . Band 2

Bibliografische Information der Deutschen Nationalbibliothek: Die Deutsche Nationalbibliothek verzeichnet diese Publikation in der Deutschen Nationalbibliografie; detaillierte bibliografische Daten sind im Internet über dnb.d-nb.de abrufbar.

TWENTYSIX – Der Self-Publishing-Verlag
Eine Kooperation zwischen der Verlagsgruppe Random House und BoD – Books on Demand

© 2016 Rosberg, Karl-Wilhelm

Herstellung und Verlag:
BoD – Books on Demand, Norderstedt

ISBN: 978-3-7407-1674-5

Inhalt

Vorwort 5
Eine Dienstreise 7
Bauernunruhen 52
Treffen der Landstände 85
Das Unglück 115
In der Kadettenanstalt 128
Sommer in Kolberg 141
Ein strenger Winter 167
Die Stunde der Landräte 191
Leutnant bei der Garde 201
Hochzeit auf Bernsdorf, Urlaub auf der Nehrung 221
Eine Reise nach Ravensberg 237
Waffen braucht das Land 250
Der König ist tot, es lebe der König 271
Elend des Krieges 286
Trauer bei den Bernsdorfs 335
Abschied von der Armee 342
Eine Einladung nach Potsdam, Erhebung in den Grafenstand 363
Der Krieg geht weiter 401

Preußischer Landtag in Berlin 435
Reformen in der Mark und auf Bernsdorf................................... 441
Spätes Glück 448

Vorwort

Der Roman führt uns in die Provinz Preußen und in das 18. Jahrhundert. Preußen war eine von vielen sehr unterschiedlichen Provinzen des Kurfürstentums Brandenburg, begründete aber wegen seiner Nichtzugehörigkeit zum Heiligen Römischen Reich die Einrichtung der Königswürde des regierenden Kurfürsten Friedrich I, der sich nach der Selbstkrönung König in Preußen und weiterhin Kurfürst von Brandenburg nannte.

Staatstragende Elemente dieser Zeit waren der nahezu flächendeckende Grundbesitz durch adelige Rittergutsbesitzer, die dem Staat unmittelbar zugeordneten Domänenverwaltungen, Kirchenbesitz und die Städte. Das Rittergut der Familie von Bernsdorf spiegelt die Lebensverhältnisse der Masse ländlicher Bewohner in Preußen wider, mit den Grundprinzipien der Bodenhörigkeit und der Leibeigenschaft unfreier Bauernfamilien.

Der Gutsherr, Baron von Bernsdorf, bestimmte über seine Bauern und ihren Aufenthalt, verwaltete das Amt für den Staat und übte die Gerichtsbarkeit und Polizeigewalt auf seinem Rittergut aus. Die Bauern, nicht der Adel, zahlten an den Staat Steuern, lieferten an den Grundherrn Abgaben und waren zu Frondiensten verpflichtet. Die Lebensverhältnisse in dieser Zeit sollen möglichst authentisch und ohne jede Verklärung dargestellt werden. Die Natur ist davon ausgenommen. Sie hat die Jahrhunderte überdauert und die Menschen zu allen Zeiten tief in ihren Seelen und in ihrem Heimatgefühl geprägt.

Es ist aus heutiger Sicht schwer, sich in das Leben dieser Menschen hineinzuversetzen. Wir können die Geduld der Menschen und die Akzeptanz in die damalige Ordnung kaum mehr verstehen. Zwischen diesen Menschen und uns liegen allerdings auch lange, geschichtliche Abschnitte, die mit Aufklärung, Industrialisierung und Demokratisierung gewaltige Veränderungen brachten. Noch weniger würden wir ihre Sprache verstehen, die in diesem Roman deshalb an unser heutiges Sprachverständnis angepasst werden musste.

Der guten Ordnung halber soll erwähnt werden, dass alle Handlungen und die Personen frei erfunden sind und Ähnlichkeiten mit ehemaligen oder lebenden Personen rein zufällig und nicht beabsichtigt sind. Davon ausgenommen sind die großen Personen der Zeitgeschichte, deren Namen nicht verfälscht werden sollten und deren Erwähnung dem Leser die Möglichkeit geben soll, das romanhafte Geschehen in den geschichtlichen Zusammenhang einzuordnen. Sie sind aber nicht die Hauptpersonen dieses Romans. Die Hauptpersonen sind die gesellschaftlichen Gruppen dieser Zeit: Adelige, Beamte, Bürgerliche, Fabrikbesitzer, Domänenverwalter, Offiziere und Soldaten und die Bauern und ihre Familien.

Eine Dienstreise

Der Geheime Rat Eckard von Köslin, ist mit seinem Sekretär, dem Assessor Friedrich von Korff, jetzt schon vier Tage unterwegs. Unentwegt schaukelt die Kutsche auf den ausgefahrenen und mit Schlamm überzogenen Wegen des Königreichs Polen, übernachtet wurde in schmutzigen Herbergen, gegessen in mäßigen Schänken und morgen wird man endlich am Ziel sein. Der Kutscher auf dem Bock gibt den vier Pferden jetzt die Peitsche. Auch er freut sich schon auf das Ende der langen Reise und auf ein paar ruhige Tage auf dem Rittergut Bernsdorf in Osterode.

Von Köslin schaut aus dem Fenster und beobachtet die Bauern auf den Ländereien, die an ihm vorbeiziehen. Hin und wieder winkt eine der Arbeiterinnen den Vorbeifahrenden, bevor sie sich wieder bückt und ihrer schweren Arbeit nachgeht. Es ist wohl Kartoffelernte in Polen und die auf den Feldern abgestellten Fuhrwerke sind schon gut gefüllt. „Kartoffeln", denkt von Köslin, „auch in Polen hat man wohl verstanden, was es damit auf sich hat. Die Mengen sind gut und für die Ernährung der Bevölkerung wichtig. Der König hat das auch verstanden, nur die Bauern in Brandenburg noch nicht. Wichtig ist die Zubereitung, dann schmecken Kartoffeln gar nicht mal so übel."

Der Assessor von Korff hat sich ganz in die Fensterecke zurückgezogen und schläft schon seit dem letzten Halt den Schlaf der Gerechten. „Beneidenswert", denkt von Köslin,

„kann ich leider nicht. Der junge Mann kann es noch weit bringen, hat Ehrgeiz. Ich kenne seinen Vater aus dem Fürstentum Minden. Auch der hat es weit gebracht, war zuletzt Landrat." Von Korff wird jetzt wach, nachdem die Kutsche durch ein tiefes Loch kräftig durchgeschüttelt wurde. Er setzt sich auf und schaut seinen Vorgesetzten etwas schuldbewusst an. „Ich muss wohl eingeschlafen sein", bemerkt er. „Schlafen während der Dienstzeit", brummt von Köslin, „das gefällt euch jungen Leuten wohl?" „Verzeihung", murmelt von Korff, „aber ich habe letzte Nacht ganz schlecht geschlafen. Für das Bett hätte der Wirt eigentlich Strafe zahlen müssen." „Ist ja bald vorbei, von Korff, morgen werden sie in einem angenehmeren Bett schlafen. Ich kenne den Baron und sein Haus und da werden sie sich sicher ganz wohl fühlen."

Die Kutsche liegt jetzt auf einem etwas besseren Weg ruhiger und folgt dem mächtigen Strom der Weichsel auf der östlichen Seite. Man nähert sich dem Städtchen Grudziadz, dem heutigen Ziel, das in einer Stunde erreicht werden dürfte. Der Kutscher hat sich heruntergebeugt und ruft: „Noch ein Stündchen Herr Rat, dann ist Schluss für heute." Von Köslin brummt so etwas, wie „danke", was der Kutscher aber nicht hören kann.

Von Korff ist jetzt wieder ganz unter den Lebenden und wendet sich an seinen Vorgesetzten: „Herr Rat, ich wollte einmal fragen, was es mit der Schulpflicht auf sich haben soll?" Von Köslin schaut den jungen Mann etwas belustigt an: „In welcher Schule waren sie?" Der Assessor schaut verwundert: „Das war ein Internat in Ravensberg, Herr Rat. Streng ging es da zu. Aber wir haben eine Menge dort gelernt." „Und danach?" „Danach wollte ich in die Offizierslaufbahn, Herr Rat. Hat aber nicht geklappt. Vater war dagegen. Er hat mich in den Magistrat von Minden geschickt als Volontär." „Recht so", brummt von Köslin, „wir brauchen auch fähige Staatsdiener, Korff, Offiziere stellt der Adel, Beamte auch, aber viele kommen auch von den gehobenen Beamten, wie ihr Vater. Der hat das ganz richtig gesehen, glauben sie mir. Oder wollen sie sich vielleicht auf einem Schlachtfeld totschießen lassen?" „Wenn aber der König ruft, muss man doch folgen, Herr Rat." „Quatsch, sie folgen doch ihrem König und stellen ihm ihre ganze Kraft in der Verwaltung zur Verfügung. Soldaten hat der König genug, die Kriegs- und Domänenkammern sind viel wichtiger." Es entsteht eine Pause.

Dann fährt von Köslin fort: „Das mit der Schulpflicht auf dem Lande hat der König schon erklärt. Im Sommer sind die Kinder draußen auf den Feldern und helfen ihren Eltern. Im Winter gehen sie zur Schule und lernen dort, was sie brauchen, etwas Schreiben und Lesen und den Katechismus. Die Jungs werden später Knechte oder Soldaten, die Mädchen werden Mägde oder Bedienstete im Haus des Grundherrn, vielleicht später Bäuerin. Und jetzt frage ich sie, was braucht man dazu? Die praktischen Dinge im Haus lernen die Mädchen von ihren Müttern und das Gewehr erklärt den Jungen das Militär. Nichts davon kann man in einer Schule lernen."

„Ja, Herr Rat, so ist das wohl. Die Schule richtet sich danach, was das Land braucht." „Sehn sie", brummt von Köslin, „das ist doch ganz einfach. Wozu muss man da noch komplizierte

Dekrete machen. Wichtig ist immer, was das Land braucht. Und das weiß vor allem Seine Majestät, basta."

Unterdessen war der Ortsrand von Grudziadz erreicht und die Kutsche fährt jetzt langsamer. Die Pferdehufe klappern und das Echo wird von den Hauswänden vielfach zurück geworfen. Die Menschen schauen interessiert auf das mächtige Gespann und auf die elegante Kutsche, deren Glanz auch noch durch den Straßenschmutz gut zu erkennen ist. Der Kutscher wird gleich, wie jeden Tag, auch den wieder beseitigen.

Die Herberge wirkt dieses Mal etwas eleganter. Der Wirt steht vor dem Eingang und hat die Mütze in der Hand. Er begrüßt seine hohen Gäste in gebrochenem Deutsch, vermischt mit polnischen Wörtern, aber man versteht sich. Ein Essen ist vorbereitet und die Gäste werden in einen gesonderten Raum geführt, wo schon alles gedeckt ist. Das Gepäck tragen Bedienstete derweil auf die Zimmer. Es gibt Gänsebraten und vorweg eine polnische Kartoffelsuppe, dazu Rotwein und zum Nachtisch Schnaps. „Na, Korff", sagt von Köslin, „die Polen können kochen, was?" „Kann man wohl sagen, Herr Rat. Ich wundere mich über die Kartoffelsuppe, die war wirklich lecker. Die sollten unsere Brandenburger Bauern einmal probieren." „Vielleicht gibt uns der Wirt ja das Rezept, Korff. Sprechen sie ihn doch nachher einmal im Vertrauen an. Was mich angeht, so werde ich jetzt wohl ein kleines Schläfchen machen und danach einen Spaziergang durch den Ort. Sie haben freies Manöver Korff, aber lassen sie mir die polnischen Mädchen zufrieden, wir können keine diplomatischen Verwicklungen gebrauchen. Wir sehen uns beim Abendessen." Sprach es, erhebt sich und verlässt den Raum.

Von Köslin begibt sich auf sein Zimmer, das einen ordentlichen Eindruck machte. „Kann man empfehlen für künftige Dienstreisen", sagte er mehr zu sich selbst und wirft einen Blick aus dem Fenster. Sein Blick streift über die Stadt, über den Schlossberg und die wie Befestigungen wirkenden Speicher, die sich im mächtigen Strom der Weichsel spiegeln. Die Müdigkeit ist verflogen und von Köslin entschließt sich, den Spaziergang vorzuziehen. Er wirft einen Umhang um, nimmt den Stock in die Hand und steigt die Treppe hinunter, wo er dem Wirt begegnet. „Das ist Recht, Herr Rat", sagt dieser, „Grudziadz ist eine schöne Stadt. Sie wird ihnen gefallen."

Von Köslin staunt über das Panorama, eine wirklich schöne Stadt bietet sich seinem Auge, die sich an den mächtigen Weichselbogen anschmiegt. Zentral liegt der Schlossberg mit einer imposanten Kathedrale, die er zunächst ansteuert. Hin und wieder begegnen ihm Menschen, die ihn freundlich grüßen. Sie erkennen in ihm wohl den Ausländer und seine gehobene Position ist nicht zu übersehen. Immer wieder erwidert er die ihm gebotenen Grüße und ein bisschen wundert er sich schon, wie freundlich die Menschen sind. Dann steigt er den Weg hinab, durch ein Stadttor verlässt er die innere Stadt hinab zur Weichsel. Jetzt befindet sich die Festung über ihm, gleich dahinter eine Barockkirche und er staunt über das rote Mauerwerk und die eingearbeiteten Stützmauerwerke, die dem Ganzen den Eindruck einer großen Festigkeit geben, wie für die Ewigkeit gebaut. Von Köslin weiß, dass es sich um ehemaliges Ordensland handelt, das jetzt zum Königreich Polen gehört, ebenso wie andere Teile Preußens, zum Beispiel das Ermland, dass er noch besuchen wird. Er wandert ohne Eile am Ufer der Weichsel entlang und erreicht die Stadt wieder durch ein südlich gelegenes Stadttor. Dann setzt er seinen Rundgang fort und betritt nach einer guten Stunde wieder die Herberge, wo er vom Wirt erneut freundlich gegrüßt wird. Jetzt wird er wohl sein Schläfchen nachholen, es ist ja noch reichlich Zeit bis zum Abendessen. Lange wird er heute auch nicht aufbleiben, denn morgen früh werden sie zeitig starten, um am nächsten Tag sicher nach Osterode zu gelangen.

***

Das Rittergut Bernsdorf ist mit fünfhundert Morgen eigenbewirtschaftetes Land, fünftausend Hektar Wald und fünfundachtzig eigenbehörigen Bauernhöfen das größte Rittergut im Osteroder Land. Es zu durchqueren, bedeutet fast eine Tagesreise. Es ist in seinem Aussehen und in seiner Struktur ein typisches Stück Ostpreußens: leichtgewelltes Ackerland, fast unübersehbar tiefe Wälder, kleine und größere Seen, die zum Teil zusammenhängen und darin eingebettet, die zugehörigen Bauerhöfe, die nicht immer einsam liegen, sondern auch mit mehreren Höfen zu Bauernschaften zusammengeschlossen sind. Quer durch das Gebiet des Bernsdorfschen Rittergutes schlängelt sich der kleine Fluss Drewenz, der in den großen Drewenzsee mündet. Nach Norden hin wird das Gebiet vom Pauzensee begrenzt.

Vom Drewenzsee aus Osterode kommend führt eine lange Allee aus Eichen direkt zum Gutshaus, das von Baumgruppen umgeben stolz zum See hin seine eindrucksvolle Fassade zeigt. Rechts und links befinden sich weitere Gebäude, eines davon ist der runde aus roten Backsteinen gemauerte Wasserturm, auf dessen Spitze heute die preußische Flagge weht. Ein großzügiger kreisrunder Vorplatz lässt dem Anreisenden genügend Zeit, die Größe des Bauwerks zu bewundern. Die Mitte des Platzes wird von einem ebenfalls kreisrunden Teich beherrscht, der mit allerlei Grün und Blumenstauden umfasst ist. Selten zeigt sich ein Besucher beim ersten Anblick unbeeindruckt.

Friedrich Baron von Bernsdorf ist mit seinem Gutsverwalter Heinrich von Waldersee vor das Gebäude getreten und beide erwarten die schon gemeldete Ankunft der preußischen Staatskarosse mit den beiden bedeutenden Regierungsbeamten aus Berlin, die in Kürze in die Baumallee einfahren wird. Es ist ein schöner Sommertag und Baron von Bernsdorf nutzt die kurze Wartezeit, um mit seinem Verwalter noch rasch ein paar Dinge zu besprechen. „Herr von Waldersee, sie nehmen bitte heute Abend am Abendessen teil, das wir für die Gäste aus Berlin geben werden. Die geladenen Gäste haben alle zugesagt, der übliche Bekanntenkreis, sie wissen schon." „Gerne, Herr Baron, solche Gäste hat man nicht jeden Tag. Ich bin gespannt, was die Herren aus Berlin über die allgemeine Lage zu berichten haben. Man munkelt allerorts, dass es Krieg geben könnte. Die Schweden stellen immer neue Ansprüche und da liegt es nahe, denen einmal die Rechnung aufzumachen." „Aber ob Preußen da mitmachen sollte Waldersee, ich weiß nicht. Was hätte Preußen dabei zu gewinnen?" „Vielleicht Usedom, Gebiete am Haff und in Pommern? Die Teilung von Brandenburg und Preußen ist doch kein Zustand, Herr Baron."

Beide drehen sich nun um und sehen die Kutsche rasch durch die Allee kommen. Der Vorplatz wird umfahren, dann kommt das Gefährt unmittelbar vor dem Portal zum Stehen. Der Kutscher springt vom Bock und öffnet die Wagentür. Etwas umständlich klettert Eckardt von Köslin aus der Kutsche, beugt einmal kräftig den Rücken zurück und steht dann kerzengerade vor dem Baron, der von ihm sofort herzlich begrüßt wird. „Herzlich willkommen auf Bernsdorf, Herr von Köslin, " sagt der Baron, „ich freue mich, dass sie heil angekommen sind, ich hoffe bei guter Gesundheit." „Danke, Herr Baron", antwortet von Köslin, „das ist schon eine verdammt lange Reise. Man kann seine Knochen zählen auf den holprigen Wegen, aber nun ist es ja überstanden. Ich möchte ihnen Grüße ausrichten vom Minister Karl- Friedrich von Falkenstein, der mir einiges für diesen Besuch aufgetragen hat." Inzwischen war auch sein Begleiter, Assessor Friedrich von Korff, aus der Kutsche geklettert. Auch ihm schüttelt der Baron freundlich die Hand und stellt dabei ganz nebenbei beiden Herren seinen Verwalter vor.

„Schön", sagt Baron von Bernsdorf, „das besprechen wir später, jetzt kommen sie erst einmal herein und stärken sich etwas, bitte hier entlang." Der Baron weist höflich mit einer Armbewegung den Weg zum Eingang und bemerkt: „Aber bitte vorsichtig auf den Stufen, Herr von Köslin, die sind etwas ausgetreten." „Lassen sie die doch wenden, Herr Baron", meint von Köslin. Der Baron schmunzelt. „Geht nicht mehr", meint der Baron, „das hat mein Großvater schon einmal getan. Die müssen wohl als nächstes erneuert werden. Aber wir sind sparsam hier in Ostpreußen und da müssen die Dinge lange halten." Man betritt das Gutsgebäude durch die geräumige Vorhalle und es geht direkt in die Bibliothek, die heute als Empfangsraum dient. Der große Saal wird schon für den Abendempfang vorbereitet und steht daher nicht zur Verfügung.

In der Bibliothek warten schon Amalie Baronin von Bernsdorf, der sechzehnjährige Sohn Friedrich Wilhelm von Bernsdorf und die vierzehnjährige Tochter Marie von Bernsdorf. Die Baronin ist eine stattliche Frau, fast eine Schönheit und von Köslin tritt sofort auf sie zu, nachdem der Baron ihn seiner Frau vorgestellt hat. Er beugt sich zum Handkuss und schaut die Baronin lächelnd an: „Sie sollten unbedingt nach Berlin kommen, gnädige Frau", sagt er freundlich, „sie wären eine Attraktion bei Hofe." „Sehr freundlich", bemerkt die Baronin lächelnd, „sind alle so galant in Berlin, Herr von Köslin?" „Ich hoffe, gnädige Frau, aber um der Wahrheit die Ehre zu geben, ich fürchte, es gibt auch ungeschliffene Zeitgenossen in Berlin." „Die gibt es überall", meint die Baronin, „hatten sie eine gute Reise?" „Den Umständen entsprechend, gnädige Frau. Da geht schon eine gute Woche drauf, bei einer solchen Reise, aber kleiner ist Brandenburg-Preußen ja nun mal nicht. Außerdem geht es ja ein gutes Stück auch durch Polen und da sind die Wege etwas holprig."

Baron von Bernsdorf ist in die Mitte des Raumes getreten und nachdem alle sich mit den angebotenen Getränken bedient haben, begrüßt er noch einmal die Gäste ganz offiziell. „Herr Geheimer Rat, Herr Assessor", beginnt er „es ist für uns eine große Ehre, Regierungsbeamte hier zu haben, gibt es uns doch das Gefühl, dass wir hier nicht am Ende der Welt leben, sondern unsere Regierung auch ein Auge auf uns hat." Er hebt das Glas, prostet den Anwesenden zu und fährt fort: „Die Provinz Preußen ist eine ganz andere Welt als das Kurfürstentum Brandenburg, Herr von Köslin, das werden sie schon bald spüren. Hier gehen die Uhren etwas anders als in Berlin. Wir leben hier in enger Beziehung zur Natur, lieben die Distanz zu einander und damit unsere Ruhe und unsere Freiheit, ohne unsere Nachbarn zu vergessen. Wir wissen, dass sie da sind und dass sie sofort kommen, wenn wir einander brauchen. Alles ist größer und ausgedehnter hier, die Wälder, die Höfe und Anwesen, alles eben. Das macht uns auch ein wenig stolz und selbstbewusst und natürlich begründen wir durch unsere vom Reich unabhängige Lage das Königreich Preußen. Wir könnten uns gut vorstellen, dass seine Majestät nicht in Berlin, sondern in Königsberg residieren sollte, aber das ist hohe Politik und ganz sicher nicht ihr Anliegen. Fürs Erste möchte ich mich kurz fassen, wir haben ja noch viel Zeit für Gespräche. Sie werden gleich ihre Zimmer zugewiesen bekommen, wo sie sich nach der langen Reise sicher gerne etwas ausruhen wollen, sozusagen während der Dienstzeit,

Herr Assessor", sagt der Baron schmunzelnd, „am Abend haben wir zu einem Empfang geladen, wo sie all die Damen und Herren schon einmal kennen lernen, die ihnen in den nächsten Tagen begegnen werden. Ich stelle sie ihnen dann heute Abend vor. Noch einmal, herzlich Willkommen und einen guten Aufenthalt."

***

Es wird Abend auf dem Gutshof. Die Sonne versinkt gerade über dem See und die Diener haben entlang der Allee Fackeln gesteckt, die das Gut malerisch und stimmungsvoll beleuchten. Eine Kutsche nach der anderen fährt vor. Am Portal, wo die Kutschen halten, steht ein Diener, der die Wagenschläge öffnet und die heraussteigenden Gäste mit einer Verneigung, aber schweigend begrüßt, die sich dann über die Treppe in das Haus begeben und dort von der Baronin und vom Baron freundlich empfangen werden. Man kennt sich seit vielen Jahren.

Pastor Sigismund Lüder ist der erste. „Guten Abend gnädige Frau, guten Abend Herr Baron", sagt Pastor Lüder, „vielen Dank für die Einladung. Es gefällt unserem Herrn immer, wenn Menschen sich fröhlich begegnen." „Ich werde ihm die Rechnung schicken", bemerkt Baron von Bernsdorf lachend. „Herr Baron", sagt Pastor Lüder, „damit spaßt man aber nicht. Unser Herr versorgt uns jeden Tag mit allem, was wir brauchen." „Schon in Ordnung", schmunzelt der Baron, „war nur ein kleiner Scherz, Herr Pastor." Pastor Lüder ist zugleich Superintendent der Kirchspiele Osterode und Bergfriede und ist mit seinen grauen Haaren und seiner geraden Haltung eine

Augenweide und eine bedeutende Persönlichkeit. Er schreitet in den Saal, wählt ein Glas Rotwein aus und schaut sich interessiert um. Die anderen Gäste werden wohl gleich erscheinen.

Walter von Hirschberg, der Domänenverwalter der Osteroder Forstverwaltung fährt mit seiner Frau Amalie als nächster vor. Von Hirschberg trägt würdevoll seine Forstuniform, die Jacke spannt etwas wegen der Leibesfülle. Das Aussteigen fällt ihm schon etwas schwer und der Diener schaut respektvoll solange zur Seite. Die von Hirschbergs betreten die Vorhalle. „Schön, dass sie es einrichten konnten", sagt der Baron, drückt beiden die Hand und nimmt von Hirschberg etwas zur Seite, währen die Damen sich gesondert unterhalten. „Klappt das mit der Jagd?" fragt der Baron. „Klappt, Herr Baron. Alles ist schon vorbereitet. Wir können auf Hirsche ansitzen, das ist für die Herren aus Berlin sicher ein besonderes Erlebnis." „Großartig", sagt der Baron, „und hinterher gibt es Hirschbraten. Dann kann ich das ja gleich ankündigen. Für sie habe ich heute einen hervorragenden Kräuterschnaps bereitstellen lassen, den können sie ganz unauffällig nebenbei ordern, ist schon alles abgesprochen, der Diener weiß Bescheid". „Wunderbar", brummt von Hirschberg, „der Abend ist gerettet."

Adalbert Recke, der Schulmeister, ist zu Fuß gekommen. Er hat es nicht weit. Das Schulhaus befindet sich neben der Allee auf halber Höhe zum Gutshof. Recke ist überzeugter Junggeselle, wie er immer betont. Er kann nicht wegen einer Frau, alle anderen auslassen, meint er gelegentlich schmunzelnd. Man belächelt diese Koketterie, denn Adalbert Recke ist alles andere als ein Schürzenjäger. Er grüßt den Diener am Eingang freundlich im Vorbeigehen. Der kennt ihn noch als seinen Lehrer und der Diener grüßt ihn devot. Recke betritt die Vorhalle und verbeugt sich artig vor der Baronin und vor dem Baron. „Schön wie immer", flüstert er der Baronin zu, die sofort antwortet: „Ich muss wohl auf der Hut sein, Herr Recke. Sie sind außer dem Superintendenten und unserem Gast, dem Assessor aus Berlin, schon der dritte Junggeselle heute." „Sie stehen unter meinem Schutz, gnädige Frau", sagt Recke und schaut den Baron schelmisch an, der es vorzieht, zu all dem lächelnd zu schweigen. Adalbert Recke verbeugt sich noch einmal und begibt sich dann in den Saal.

Als nächster fährt der benachbarte Gutsbesitzer Otto Freiherr von Schomburg mit seiner Frau Hildegard vor. Die Kutsche wird von vier Pferden gezogen, das macht schon Eindruck. Der Besitz der Schomburgs grenzt im Norden an den der Bernsdorfs an. Die Schomburgs führen ebenfalls ein gastfreundliches Haus. Freiherr von Schomburg ist eine stark gebaute, stattliche Erscheinung und mit einer ebenso sonoren Stimme ausgestattet. Man hört ihn sicher auch im Saal, als er die Vorhalle betritt und seine Nachbarn dröhnend begrüßt: „Endlich einmal wieder ein kostenloses Abendessen und hoffentlich viel zu trinken, lieber Fritz." Und Schomburg lacht laut los, gibt der Baronin artig einen Handkuss und schlägt dem Baron dann kräftig auf die Schulter. „Es geht doch nichts über eine gute Nachbarschaft", fährt er fort, „man würde ja vor Langeweile sterben, wenn wir nicht hin und wieder einen

Anlass zum Feiern hätten. Ich nehme an, die Herren aus Berlin sind schon da und sicher ganz gespannt, ob hier in Preußen auch einigermaßen anständige Menschen wohnen oder nur Hinterwäldler, Ha, Ha, Ha." „Die Herren aus Berlin sind schon da, Otto", sagt Baron von Bernsdorf, „aber du darfst sie nicht gleich erschrecken. Sie sind einen vornehmen Ton bei Hofe gewöhnt und können sich gar nicht vorstellen, dass wir hier wegen der großen Entfernungen etwas lauter sprechen müssen." „Großartig", lacht von Schomburg, „sehr gut erklärt. Du, Fritz, ich müsste mal ganz kurz etwas mit dir besprechen, geht das wohl?" „Klar", sagt der Baron, „unsere Frauen sind ja auch noch nicht fertig mit ihren Neuigkeiten."

Beide gehen etwas in den hinteren Teil der Vorhalle und Bernsdorf fragt: „Wo brennt es denn, Otto?" „Brennen ist treffend ausgedrückt", sagt von Schomburg und wird plötzlich ganz ernst, „Fritz, was ist mit unseren Bauern los. Die sind ja ganz außer Rand und Band. Irgendjemand muss ihnen Flöhe in den Kopf gesetzt haben und ich weiß auch schon wer. Moritz, der Sohn von deinem Bauern Franz Rohr scheint mir dahinter zu stecken. Der treibt sich in letzter Zeit auffallend oft auf meinem Gebiet herum und macht mir meine Bauern wild." „Was sagt er?" fragt der Baron. „Der redet von Ungerechtigkeit und Ausbeutung und fordert allen Ernstes die Abschaffung der Bodenhörigkeit und Leibeigenschaft. Wenn es nach dem ginge, würden die Bauern auch keine Spanndienste mehr leisten und keine Kontributionen mehr zahlen. Das ist das Chaos. Wo soll das hinführen, Fritz?" Der Baron streicht über sein Kinn und sagt: „Ich habe das auch schon gehört, Otto. Bei uns ist es allerdings noch ziemlich ruhig. Kann sein, dass sie sich dein Gebiet ausgesucht haben, um Unruhe zu stiften. Also, ich glaube nicht, dass diese Hetze zum Erfolg führt. Das Recht ist ganz klar auf unserer Seite und einen Staatsstreich werden sie bestimmt nicht wagen. Aber es gibt einige Wirrköpfe aus Berlin, die schon eine Partei gegründet haben und den Leuten das Blaue vom Himmel versprechen. Ich glaube, wir sollten in den nächsten Tagen mit von Köslin darüber sprechen. Vielleicht weiß der mehr über die politischen Zustände in Berlin."

Als letzter der geladenen Gäste erscheinen Heinrich Griese und Frau Theodora, Fabrikbesitzer der Eisen- und Gerätemanufaktur in Osterode. Er hat sich durch Fleiß und Cleverness eine Fabrik aufgebaut und seine Frau war Kammerzofe bei einer Gräfin in Brandenburg ist von niederem Adel. Beide sind äußerst standesbewusst und versuchen, ihre gesellschaftliche Bedeutung in der Provinz wo immer es möglich ist zu verbessern und zu festigen. Dabei hilft ihnen natürlich ihr Geld, das sie als Unternehmer verdienen und das ihnen einen entsprechenden Auftritt ermöglicht, so auch jetzt. Die Kutsche ist ganz auffallend, trägt ein Wappen an beiden Türen und ist ein Vierspänner mit zwei Kutschern auf dem Bock. Messinglaternen beleuchten die Kutsche an beiden Seiten und innen ist sie ganz elegant ausstaffiert mit Seide und Leder und prachtvollem Teppichboden. Sie genießen ihren Auftritt und erscheinen regelmäßig als Letzte bei solchen Veranstaltungen. Die Diener sind beeindruckt. Heinrich Griese schlägt im Körperumfang den Freiherrn bei weitem. Seine

Gattin hingegen ist extrem schlank und gut zwanzig Jahre jünger als ihr Mann. Er trägt einen Frack und sie ein auffallend schönes und aufwendig verziertes Kostüm, dazu einen Hut, der gerade noch in die Kutsche hineinpasst. So ersteigen sie die Treppe und betreten die Vorhalle. „Ich hoffe, wir sind noch nicht zu spät", sagt Heinrich Griese, küsst der Baronin umständlich die Hand und begrüßt dann den Baron. „Alles in Ordnung, Griese", schmunzelt der Baron. „Es sind ja immer die Geschäfte, die einen in Anspruch nehmen. Wir verstehen das schon. Bitte kommen sie herein, dann können wir beginnen." Zusammen mit ihnen betreten der Baron und die Baronin jetzt den Saal, wo man sich schon angeregt unterhält.

Man nimmt Platz und der Geräuschpegel sinkt. Baron von Bernsdorf hat sich erhoben und lässt seinen Blick freundlich um den Tisch kreisen. Dann beginnt er seine Ansprache: „Herr Geheimer Rat von Köslin, Herr Assessor von Korff, meine lieben Freunde. Meine Frau und ich haben sie heute zu diesem Abendempfang geladen, da wir hohen Besuch aus Berlin haben. Ich möchte sie, Herr von Köslin und ihren jungen Begleiter, ganz herzlich in unserem Kreise begrüßen. Wir freuen uns, dass die Regierung Notiz von uns nimmt und mit uns über wichtige Entscheidungen sprechen möchte." Beifälliges Gemurmel, Klopfen auf dem Tisch. Der Baron fährt fort. „Gemach, meine Freunde, das dicke Ende kommt vielleicht noch. Wenn die Regierung etwas von uns will, kostet das meistens etwas." Verdecktes Lachen und Gemurmel. „Nun ja, wir werden sehen. Herr von Köslin wird gleich Gelegenheit haben, seine Anliegen vorzutragen. Ich kann mich daher noch mit meiner Meinung etwas zurück halten. Nur so viel schon jetzt, die Zeiten sind nicht rosig. Die Ernten waren in diesem Jahr mäßig und ein vermutlich schwerer Winter steht uns bevor. Das muss man berücksichtigen und, Herr von Köslin, unsere Bauern sind unzufrieden. Wir werden ihnen das noch im Einzelnen darlegen und sie bitten, das mit nach Berlin zu nehmen. Ich weiß nicht, wie man die Probleme lösen kann, für die Kontributionszahlungen der Bauern an die Regierung sind wir ja nicht zuständig. Vielleicht sollten sie in den nächsten Tagen auch mit denen einmal sprechen. Es ist immer gut wenn man Dampf ablassen kann, das entspannt. Ich fasse mich daher kurz, möchte sie noch einmal begrüßen und ihnen erfolgreiche Gespräche wünschen. Bevor das Essen aufgetragen wird, möchte ich sie daher bitten, einige Worte an uns zu richten. Danach wollen wir den Abend entspannt genießen und möglichst keine Reden mehr halten." Beifall und Klopfen auf den Tisch.

Eckardt von Köslin hat sich erhoben und schaut freundlich in die Runde. „Sehr verehrte gnädige Frau, Herr Baron von Bernsdorf, Herr Freiherr von Schomburg, verehrte Damen, meine Herren. Wir möchten zunächst einmal ganz herzlich Dank sagen für die freundliche Aufnahme hier und wir genießen schon jede Stunde, die wir in dieser wunderbaren Umgebung erleben dürfen. Wenn man sich der Provinz Preußen nähert, wird man sofort von der einzigartigen Natur gefangen, von der Landschaft, den Seen, den Wäldern und von den Menschen, die hier so ganz anders sind als in der Großstadt Berlin. Herr Baron, sie haben natürlich Recht, dass wir auch mit einigen Anliegen an sie herantreten wollen und sind daher dankbar, dass wir gleich am Anfang alle wichtigen Vertreter dieser beiden Gutsbezirke zusammen haben und sie gleich kennen lernen können. Ja, ich möchte sagen, dass an diesem Tisch das Fundament versammelt ist, auf das sich seine Majestät, der König in Preußen und Kurfürst von Brandenburg, abstützen muss und kann. Sie repräsentieren allein die Staatsgewalt und sind die Werkzeuge seiner Majestät, Friedrich Wilhelm, der sich unermüdlich, ich möchte sagen, bis zur Aufopferung, um das Wohl Preußens sorgt." Beifall und Klopfen. „Damit komme ich zu einem Thema, das seiner Majestät besonders am Herzen liegt und auf das ich sie unbedingt ansprechen soll. Im ganzen Lande, besonders aber in Berlin, wütet die Pest. Wir verlieren täglich Menschen, die von der furchtbaren Epidemie dahin gerafft werden, und die Krankheit schafft Kummer und Sorgen und was am schlimmsten ist, sie schafft Witwen und Waisen in unvorstellbar großer Zahl. Seine Majestät hat daher entschieden, am Rande Berlins ein Hospital einzurichten, um der Krankheit besser begegnen zu können. Wir müssen die Menschen isolieren und besser medizinisch betreuen und, meine Herren bedenken sie bitte, jeder verstorbene Mann ist ein fehlender Soldat. Wie lange kann Preußen das noch ertragen? Kurzum, seine Majestät erwartet daher von jedem aufrechten Preußen, dass er im Rahmen seiner Möglichkeiten hilft und unterstützt. Ich möchte sie daher im Namen seiner Majestät um Unterstützung bitten und das bedeutet Geld, Nahrungsmittel und Pflegepersonal. Wir können das mit jedem Einzelnen von Ihnen noch besprechen, wie viel sie leisten können. Das brauchen wir hier nicht zu vertiefen. Ich wollte nur ihr Verständnis dafür wecken und möchte daher auch keine weiteren Worte finden. Die anderen Themen, Schulwesen und Holzdiebstähle können wir in den nächsten Tagen besprechen. Ich möchte den Gastgebern noch einmal herzlich danken und dem Abend einen vergnüglichen Verlauf wünschen."

Jetzt wird das Essen aufgetragen und die Stimmung steigt. Freiherr von Schomburg neigt sich zu seiner Frau Hildegard. „Hast du gehört, Geld will er. Habe ich mir schon gedacht, dass dies ein teures Essen wird. Na ja, warten wir es ab. Sagen kann man viel und Berlin ist weit. Zum Wohl meine Liebe, der Wein ist immerhin in Ordnung." „Otto", sagt seine Frau, „beim Personal können wir helfen. Da können einige noch das Arbeiten lernen." „Am besten schicken wir gleich den Moritz Rohr nach Berlin, da kann er sich sozial austoben und wir haben hier unsere Ruhe vor dem. Aber das muss der Fritz regeln".

Obwohl es gar nicht so vorgesehen war, nimmt jetzt doch der Eine oder Andere die Gelegenheit wahr, ein kurzes Grußwort an die Runde zu sprechen. Pastor Sigismund Lüder klopft an sein Glas und macht den Anfang. „Entschuldigen sie bitte, Herr Baron, wenn ich doch etwas sage, aber so eine Gelegenheit kommt ja nicht alle Tage." Der Baron nickt schmunzelnd und Pastor Lüder fährt fort. „Seine Majestät von Gottes Gnaden ist ein fürsorglicher Landesherr, wie wir alle wissen. Man sagt, dass er bereits dabei ist, Schlösser zu verkaufen, um das nötige Geld für die Staatsaufgaben aufzubringen. Das wird unserem Herrn ganz sicher gefallen. Herr von Köslin, unsere Kirchengemeinde ist arm, sehr arm. Was wir aber tun können und wollen ist, dass wir für die armen Kranken beten werden, solange es nötig ist. Bitte nehmen sie das als unseren Beitrag mit nach Berlin." Leises Gelächter. „Wie viel Taler sind das, Herr Pastor, " ruft von Köslin jetzt mehr im Scherz dem Pastor über die Tafel zu. „Aber Herr von Köslin", antwortet der Pastor, „damit macht man aber keine Scherze."

Heinrich Griese hat sich erhoben und es wird ruhig im Raum. „Liebe gnädige Frau, Herr Baron, Herr Rat, meine Freunde", sagt er, „wir haben ihre Botschaft natürlich verstanden und als der größte Fabrikbesitzer in dieser Gegend hier, kann ich natürlich den Ruf seiner Majestät nicht überhören." Von Köslin nickt, Freiherr von Schomburg hebt die Augenbrauen und der Baron schaut freundlich auf seinen Gast. „Ich möchte mich jetzt hier und heute Abend noch nicht auf Einzelheiten festlegen, aber ich habe natürlich einige Vorschläge zu machen, das ist doch selbstverständlich. Wie sie wissen, stellen wir Eisenwaren und Geräte her. Bei den Eisenwaren handelt es sich vor allem um landwirtschaftliche Geräte und Fahrzeuge, die wir allerdings in abgewandelter Form auch an die Armee liefern. Was nun den Krankenhausbedarf angeht, so könnte ich mir vorstellen, dass wir auch medizinische Geräte und Einrichtungsgegenstände für das Krankenhaus herstellen können und dazu ein Zweigwerk in Berlin eröffnen. Wir können dann natürlich besonders günstige Preise machen, wenn wir einen Exklusivvertrag mit dem Hof bekommen und wenn wir schon eine weitere Verwaltung in Berlin einrichten, könnten wir die Krankenhausverwaltung gleich mitmachen und uns insbesondere um die Geldangelegenheiten des Hospitals kümmern. Dazu würde ich dann eine Bank gründen und der Regierung auf diese Weise viel Verwaltungskram abnehmen." Von Köslin ist jetzt sprachlos, der Baron lächelt verschmitzt und Freiherr von Schomburg sagt zu seiner Frau: „So ein Gauner, der macht mit Wohltaten noch Geschäfte. Da können wir noch etwas lernen, meine Liebe". „Solltest du nicht auch etwas sagen?" fragt seine Frau Hildegard. „Den Teufel werde ich tun. Das kann die teuerste Rede meines Lebens werden. Fritz hält sich auch bedeckt und seinem Gastgeber soll man nicht vorgreifen."

Dann wird es ruhiger an der Tafel und man speist und trinkt ausgiebig. Die Diener schaffen immer neue Speisen herein, reichen zu, decken ab, schenken ein und sind sehr beschäftigt. Es gibt alles, was das Land zu bieten hat und die Küche der Bernsdorfs wird geschätzt. Dann nimmt noch einmal Walter von Hirschberg das Wort: „Liebe, gnädige Frau, Herr Baron, Herr Freiherr, meine Freunde. Ich möchte die gute Stimmung nur kurz unterbrechen und ihnen, Herr von Köslin, ein Angebot machen. Wenn sie schon in Ostpreußen sind, dann müssen sie unbedingt unsere Wälder kennen lernen. Wir haben für sie eine Jagd vorbereitet, Damwild vor allem, prächtige Tiere. Sie werden sehen. Und, Herr von Köslin, wenn jemand bei der Jagd angeschossen wird, bringen wir den in das Hospital nach Berlin, denn normale Patienten brauchen die ja auch, Ha, Ha, Ha. War nur ein Scherz. Ich trinke auf das Wohl der Gastgeber und insbesondere auf unsere charmante Gastgeberin. So etwas Schönes werden sie in Berlin nicht finden. Prost gnädige Frau. Aber unsere Hirsche sind auch schön, sie werden sehen." Von Hirschberg nimmt wieder Platz und langt noch einmal kräftig zu.

Erst kurz vor Mitternacht löst sich die Tafel langsam auf und eine Kutsche nach der anderen setzt sich in Bewegung. Freiherr von Schomburg und seine Frau Hildegard bleiben über Nacht und nachdem allgemeine Ruhe eingekehrt ist, ziehen sich der Baron und der Freiherr noch an den Kamin in der Bibliothek zurück und lassen den Abend noch mit einer Zigarre und dem einen oder anderen Glas Cognac ausklingen.

***

Der Geheime Rat Eckardt von Köslin und Assessor von Korff stehen vor dem Schulhaus, das etwa in der Mitte der Chaussee etwas abseits von Bäumen umgeben liegt. Es war nur ein kurzer Fußweg für die beiden. Sie wollen sich mit dem Schulmeister Adalbert Recke unterhalten. Recke hat die beiden wohl schon kommen sehen und ist vor die Eingangstür getreten. „Willkommen in meiner bescheidenen Hütte, Herr Rat", ruft er. „Sehr idyllisch gelegen Herr Recke", meint von Köslin, „gerade die richtige Ruhe, um zu lernen." „Ja", sagt der Schulmeister, „ruhig ist es hier, manchmal schon zu ruhig. Aber kommen sie doch herein und schauen sie sich um."

Das Schulgebäude ist klein und hat zwei Ebenen. Unten befindet sich ein Klassenraum, eingerichtet mit doppelsitzigen

Holzbänken, einem Pult, einem Schrank und einem gusseisernen Ofen mit langem Ofenrohr. Der Schulmeister wohnt oben unter dem Dach in einer kleinen Wohnung. „Wo sind die Kinder?" möchte von Köslin wissen. „Die Kinder kommen in zwei Wochen wieder. Wir sind eine Winterschule. Nach der Ernte beginnt wieder die Schule und geht dann bis Ende April, drei Stunden jeden Tag, außer Sonntag." „Und was machen sie in der schulfreien Zeit im Sommer?" möchte der Rat wissen. „Dann unterrichte ich die Kinder des Barons, des Domänenverwalters und die Kinder von dem Fabrikbesitzer Griese. Dazu gehe ich aber zu ihnen, dann braucht das Schulgebäude nicht geheizt zu werden. Alles tüchtige Kinder, die gut lernen." „Was unterrichten sie bei denen?" fragt von Köslin. „Na ja, was die Eltern vorgeben: Deutsch, Mathematik, Naturkunde, Literatur, Kunst, Musik und Französisch. Das brauchen die Kinder später, wenn sie ins Studium gehen."

Jetzt schaltet sich der Assessor von Korff ein. „Und was lernen die anderen Kinder während der Winterschulzeit?" „Was sie brauchen", sagt Recke, „Lesen, etwas schreiben und rechnen. Der Pastor unterrichtet den Katechismus. Den Rest lernen die Kinder zu Hause auf den Höfen." „Reicht das denn?" möchte von Korff wissen. „Ich denke schon, Herr Assessor",, antwortet Recke, „schauen sie mal, was brauchen die Kinder später im Leben wirklich? Sie werden auf den Bauerhöfen bleiben oder sie gehen in die Fabrik oder in die Armee." „Aber die Kinder werden in ihre Umgebung hinein geboren und können da dann auch nicht mehr heraus", meint der Assessor. „Wollen sie die Welt verändern?" schaltet sich jetzt von Köslin ein, „Korff ich verstehe sie nicht. Wir sprechen doch hier über eine Ordnung, die über Jahrhunderte Bestand hat und sich bewährt hat. Es können doch nicht alle Gutsbesitzer, höhere Beamte oder Offiziere werden. Wie stellen sie sich das denn vor?" Der Assessor nickt stumm und zieht es offensichtlich vor, zu schweigen.

„Und wie ist der Schulbesuch?" möchte von Köslin jetzt noch wissen. „Die Kinder kommen unregelmäßig, Herr Rat, manche auch durchaus regelmäßig. Wir überlassen das den Eltern, die haben schließlich darüber zu entscheiden." „Was ist mit dem Schulgeld?" „Das ist wenig, nur einen Taler im Monat, Herr Rat." „Und können das die Leute bezahlen?" „Nicht immer, manche schicken auch etwas für die Küche und dann ist das auch in Ordnung. Die Leute sind arm und da muss man Verständnis haben."

„Vielen Dank, Herr Recke", sagte jetzt von Köslin, „das reicht mir." Man verabschiedet sich und von Köslin und der Assessor machen sich auf den Weg zurück zum Gutshaus. Sie lassen sich Zeit für den Rückweg und hängen ihren Gedanken nach. „Na", sagte von Köslin, „was denken sie, Korff?" „Ich weiß nicht, Herr Rat, ob das auf Dauer gut gehen wird mit den bestehenden Zuständen. Wer keine vernünftige Schulbildung hat, wird versuchen, in die Stadt zu gehen, in die Fabriken oder ins Ausland." „Das kann er nicht", antwortet von Köslin, „dazu braucht er die Zustimmung des Gutsherrn." „Ich weiß", sagt der Assessor, „aber wenn die Menschen nicht mehr weiter wissen, verschwinden sie einfach und nehmen in Kauf, dass sie irgendwann zur Verantwortung gezogen werden. Sie desertieren ja auch bei den Zuständen in der Armee." „Sind sie Sozialist?" will von Köslin jetzt wissen. „Keineswegs, Herr Rat, ich sorge mich nur um die Zukunft. Wenn Menschen nichts mehr zu verlieren haben, mucken sie auf." „Das wäre aber Revolution, Herr Korff." „Ganz richtig, Herr Rat, das wäre Revolution."

***

Herr von Köslin und Assessor von Korff sitzen in der Kutsche und befinden sich auf dem Weg zur Eisen- und Gerätemanufaktur, wo sie den Fabrikbesitzer Heinrich Griese treffen wollen. „Gefällt ihnen die Baronesse, Herr von Korff?" Der Assessor ist von der Frage sichtlich überrascht und zeigt sich etwas verwirrt. „Die Baronesse ist ein bemerkenswertes Mädchen, Herr Rat", sagt von Korff. „Na, man könnte schon fast von einer Frau sprechen. Sie ist schon eine wirklich eindrucksvolle Persönlichkeit." „Ja, Herr Rat, das kann man sagen." Beide verfallen wieder in Schweigen und lassen die vorbeiziehende Landschaft auf sich einwirken.

Die Fabrik liegt etwa drei Kilometer östlich von Osterode und ist über eine feste und befahrene Straße von Osterode aus zu erreichen. Am Fabriktor wartet ein Pförtner, der die ankommenden Herren freundlich begrüßt. „Willkommen, Herr Rat", sagt er durch das geöffnete Fenster der Kutsche, „der Herr Direktor erwartet sie schon." Dem Kutscher zeigt er den Weg zum Verwaltungsgebäude. Dort angekommen, klettern von Köslin und von Korff aus der Kutsche und sehen sich interessiert auf dem Fabrikgelände um. Es besteht aus mehreren Fabrikgebäuden, aus einer Lagerhalle mit einer Rampe, von der aus gerade ein Wagen beladen wird. Das Verwaltungsgebäude macht einen guten Eindruck, alles ist sehr ordentlich. Im Eingang erscheint der Direktor Heinrich Griese.

„Willkommen, meine Herren. Es ist mir eine Ehre, sie bei uns zu haben. Ich darf wohl vorangehen. Auf dem Korridor bleibt Griese stehen und zeigt auf ein Bild an der Wand. „Das ist mein seliger Vater, Herr Rat", sagt Griese, „er hat das hier alles aufgebaut und ist leider vor drei Jahren gestorben. Bitte hier hinein." Man durchquert ein Vorzimmer, in dem zwei Frauen und ein jüngerer Mann an Schreibtischen sitzen und die Gäste freundlich grüßen. Dann begibt man sich in das Büro von Herrn Griese, das gut und gerne hundert Quadratmeter groß sein muss. Auf einem niedrigen Tisch sind Getränke und mehrere Teller mit Häppchen aufgestellt. Herr Griese zeigt auf ein Sofa, wo von Köslin und von Korff Platz nehmen. Er selber lässt sich in einen schweren Sessel fallen, sein Stammplatz vermutlich. Man spricht über das Wetter und über den Empfang von vorgestern, bis von Köslin das Thema wechselt.

„Herr Griese", beginnt er, „ich bin ihnen natürlich für ihre Vorschläge von neulich beim Abendessen sehr dankbar, aber ich möchte doch darauf hinweisen, dass Seine Majestät auch an Geld für sein Vorhaben gedacht hat. Sehen sie einmal in welchen Schwierigkeiten Seine Majestät sich derzeit befindet. Er hat von seinem Vater, Friedrich, eine schwere Last übernommen. Der Vater hat einen hochherrschaftlichen Hof geführt, alles musste vom Feinsten sein, um den anderen Herrscherhäusern zu imponieren. Schließlich hat er ja erst das

Kurfürstentum zu einer Monarchie gemacht und da werden andere Erwartungen gestellt. Empfänge, viele Diener, eine Musikkappelle, viele Hofbedienstete und eine große Armee. Das alles kann Preußen sich heute nicht mehr leisten und Seine Majestät, Friedrich Wilhelm hat alle Hände voll zu tun, all den Luxus wieder auf ein normales Maß zu bringen. Er hat schon viele Leute entlassen und alle überflüssigen Schlösser verkauft, aber die Armee ist ihm wichtig. Die muss noch vergrößert werden und damit befindet er sich dann schon wieder in einem Dilemma."

Heinrich Griese hat aufmerksam zugehört und erwidert jetzt: „Herr Rat, das alles ist uns hier auch bekannt und wir bewundern Seine Majestät für die Weitsicht und den Mut, all diese Korrekturen durchzuführen. Ja, er hat es nicht leicht, aber wir fragen uns natürlich, wie groß die Armee noch werden soll? All die Soldaten müssen ja irgendwoher kommen. Das sind doch unsere Bauernsöhne, die dann auf den Feldern fehlen und die mit unglaublichen Methoden überall zur Armee eingetrieben werden." „Na ja, Herr Griese, wissen sie, freiwillig kommen die jungen Männer ja nicht in die Armee, da muss man schon ein wenig nachhelfen, wenn sie wissen, was ich meine." „Herr von Köslin, die Armee hat überall einen denkbar schlechten Ruf. Da braucht man sich nicht zu wundern, dass da keiner freiwillig dienen will. Man hört von übelsten Schleifereien und blödsinnigem Drill und man hört von brutalsten Methoden, wenn jemand es wagt, zu desertieren. Wieso sollte ein so schlecht behandelter Soldat eigentlich den

Wunsch haben, sein Vaterland zu verteidigen, seine Schleifer vielleicht?"

Von Köslin ist sprachlos und von Korff schmunzelt in sich hinein. Er schaut Herrn Griese bewundernd an und zieht es vor, zu schweigen. Von Köslin hat sich etwas von seiner Überraschung erholt und versucht es noch einmal. „Herr Griese, Preußen braucht eine starke Armee und dafür muss seine Majestät unter allen Umständen sorgen. Wir sind umgeben von Ländern, die es nicht gut meinen mit Preußen. Die Schweden, die Dänen, die Österreicher, die Franzosen, die Sachsen, die Polen und die Russen natürlich auch noch. Die würden Preußen am liebsten von der Landkarte verschwinden sehen. Da muss Seine Majestät schon Vorsorge treffen und eine starke Armee ist immer das beste Argument gegen äußere Begehrlichkeiten."

Heinrich Griese schaut skeptisch. „Wenn Preußen friedlich ist, Herr Rat, dann wird uns auch niemand angreifen. Die Armee ist jetzt schon eine der Stärksten auf dem Kontinent und allein durch ihre Existenz ein totaler Schutz für Preußen. Aber ich frage sie, wie groß soll sie denn noch werden? Soll jeder Preuße am Ende Soldat sein? Wer soll dann auf den Feldern oder in den Fabriken arbeiten? Es muss doch alles in einem vernünftigen Verhältnis stehen. Es muss doch auch etwas zu verteidigen geben, ein wirtschaftlich gesundes Land und eine Gesellschaft, in der es sich zu leben lohnt."

Von Köslin ist erschüttert und von Korff kann seine Sympathie für Herrn Griese kaum noch verbergen. „Na ja, " sagt von Köslin jetzt, „lassen wir das. Das ist ja ohnehin höhere Politik und nicht jedermanns Sache. Seine Majestät weiß schon, was für das Land gut ist und da kann er erwarten, dass ihn vor allem der Adel und die Industriellen unterstützen." „Kann er auch", sagt Griese jetzt versöhnlich, „ich werde Seine Majestät für das Hospital eine anständige Summe zur Verfügung stellen, würde mich aber freuen, wenn sie, Herr von Köslin, auch die Vorschläge unterstützen würden, die ich neulich abends gemacht habe. Ich werde dazu schon bald nach Berlin kommen und würde mich freuen, wenn wir uns dann sehen könnten. Darf ich ihnen jetzt die Fabrik zeigen?"

Von Köslin bedankt sich. Man erhebt sich und beginnt mit dem Rundgang durch die Fabrik. Griese zeigt seinen Gästen alle Hallen, stellt die Produkte vor, die hier hergestellt werden und kennt seine Fabrik in allen Einzelheiten und in allen Details. Auffällig ist, dass er seine Mitarbeiter freundlich anspricht und ganz offensichtlich ein gutes Verhältnis zu ihnen hat. Er scheint sie alle zu kennen, spricht viele mit dem Vornamen an, drückt im Vorbeigehen manchem die Hand und klopft auch schon mal jemandem auf die Schulter. Einem Älteren flüsterte er im Vorbeigehen etwas ins Ohr, so dass dieser laut auflacht und die Arbeiter und Arbeiterinnen schauen freundlich auf ihren Chef, wenn er vorbei kommt. Von Köslin ist sprachlos und von Korff schaut ihn bewundernd an. Am Ausgang wartet schon die Kutsche und man verabschiedet sich. Von Köslin hat noch eine Frage: „Darf ich fragen, warum ihr Arbeiter vorhin so gelacht hat?" „Na ja", sagt Griese, „das war eigentlich vertraulich. Der Mann hatte mich neulich gefragt, ob er wohl auch noch zur Armee muss. Und da haben ich ihm eben gesagt, dass er bei seiner Größe nichts zu befürchten hat. Seine Majestät braucht vor allem lange Kerle." Von Köslin schmunzelt, bedankt sich und besteigt mit von Korff die Kutsche. Dann geht es in flotter Fahrt wieder zurück zum Gut.

Unterwegs fragt von Köslin: „Na, Korff, was sagen sie zu diesem Fabrikbesitzer?" Von Korff lächelt und sagt etwas verhalten: „Wollen sie meine ehrliche Meinung hören, Herr Rat?" „Ich bitte darum." „Herr Griese ist ein ganz außergewöhnlicher Unternehmer. Er hat einen bemerkenswerten, politischen Verstand und führt seine Fabrik meiner Ansicht nach vorbildlich. Von dieser Sorte Unternehmer habe wir nicht viele." „Meinen sie?" brummt von Köslin, „wir werden ja an der Summe sehen, die er stiftet, wie es um seine vaterländische Gesinnung steht. Ihr jungen Leute seht sowieso alles anders, als wir Alten. Na ja, das muss wohl so sein. Wo sollte sonst wohl der Fortschritt herkommen."

***

Das Jagdhaus der Forstdomäne Osterode liegt im großen Mischwald nicht weit neben dem Waldweg nach Liebemühl. Oberforstrat von Hirschberg benutzt es zu Zwecken der Forstverwaltung, aber auch als Ausgangs- und Endpunkt für Jagdveranstaltungen. Entsprechend eindrucksvoll ist die Sammlung der Jagdtrophäen in der Foststube, in der auch schon manches Treffen mit Gleichgesinnten stattgefunden hat.

Heute haben sich am späten Nachmittag die Teilnehmer der Jagd versammelt, nachdem alle schon früh am Morgen angesessen haben und den ganzen Tag über ihrem Jagdvergnügen nachgegangen sind. Die Strecke der erlegten Tiere ist eindrucksvoll, schön dekoriert mit Tannengrün. Das größte Tier ist ein prachtvoller Sechzehnender, dessen Gehörn dem Geheimen Rat von Köslin überreicht werden soll. Die Jagd ist abgeblasen, ein Lagerfeuer knistert und den Teilnehmern wird die eine oder andere Rund Bärentöter, Wodka oder Danziger Goldwasser gereicht. Man langt dankbar zu. Die Glieder sind doch etwas steif geworden und der Schnaps wärmt das Innere.

„Liebe Freunde", hat jetzt der Oberforstrat von Hirschberg das Wort ergriffen, „was kann schöner sein, als nach erfolgreicher Jagd die Trophäen zu bewundern und sich zu einem schönen Wildbraten zusammenzusetzen. Meine Leute haben drinnen schon alles vorbreitet, sie haben gut eingeheizt und das Essen ist fertig, wurde mir gesagt. Ich möchte aber in euer aller Namen, liebe Freunde, unsere Gäste aus Berlin, Herrn von Köslin und Herrn von Korff noch einmal ansprechen, die diese Jagd hoffentlich so genossen haben, wie wir alle. Ich möchte ihnen das Prachtexemplar eines Sechzehnenders überreichen, das in Berlin sicher einen ehrenvollen Platz in seinem Haus finden wird. Herr von Köslin, man kann nie genau sagen, welche Kugel am Ende getroffen hat. Heute war es ganz sicher ihre." Allgemeines Gelächter. „Wir müssen hier immer auch ein waches Auge auf Wilderer haben und hin und wieder wird auch einmal einer erwischt, aber das kennen sie ja, Herr von Köslin. Eine ordentliche Gesetzgebung hilft uns natürlich auch diesen Problemen Herr zu werden. Da vertrauen wir ganz auf unsere Regierung in Berlin. Nach dem letzten Hörnersignal möchte ich sie alle in unsere Jagdstube bitten. Alles ist angerichtet, essen und trinken sie dem Ereignis angemessen. Wer es später nicht mehr nach Hause schafft, kann auch eine Stube im Jagdhaus nehmen, wir sind auch darauf vorbereitet. Die Kutschenfahrer bitte ich, später vorsichtig zu fahren, damit die Kutschen nicht umkippen. Ich wünsche euch allen ein gutes Mahl und gute Gespräche. Weidmannsheil!" „Weidmannsdank", klingt es zurück und man begibt sich in die gemütlich hergerichtete Jagdstube. Auch für die Jagdhelfer und Kutscher ist gesorgt. Es gibt einen kleinen Anbau, das Jagdstübchen, in dem die Männer ebenfalls gut versorgt werden. Die Regel besagt, dass dort nur so viel getrunken werden soll, dass man die eigene Kutsche und die Pferde später noch erkennen kann. Das funktioniert schon deshalb, weil die Männer einiges gewohnt sind und den Pferden es später ohnehin egal ist, ob der Kutscher nüchtern oder betrunken ist. Die Pferde kennen ihren Weg. Man sieht in Ostpreußen häufig vermeintlich herrenlose Gespanne fahren. Der Kutscher schläft dann meistens hinten im Wagen.

In der Jagdstube wird es langsam immer lauter. Der Teufelskreis ist eingeläutet, dass man lauter wird, weil man vor Lärm sonst nichts mehr sagen oder hören kann. Wenn ein Teilnehmer der Runde etwas zu sagen wünscht, dann gibt er dem Oberforstrat ein Zeichen und der drischt mit einem

Ehrfurcht gebietenden Holzhammer auf den Tisch bis Ruhe einkehrt. Das Verfahren ist eingeübt.

Den Anfang macht Freiherr von Schomburg. „Liebe Freunde, das mit den Jagdnachfeiern ist manchmal schwierig. Mein Freund, der Freiherr von Gollwitz in Allenstein hat mir von einem Gelage erzählt, nach dem keiner seiner Gäste mehr imstande war, ohne Hilfe den Wagen zu besteigen. Das soll vorkommen. Gollwitz hat also die verschiedenen Gäste, vier Männer, in eine Kutsche verfrachtet und dem Kutscher genau erklärt, wer wer ist und wohin er gebracht werden muss. Er hat auch empfohlen, die Herrschaften besser zu Hause am Eingang abzulegen, um sich den Ärger mit den Frauen zu ersparen. Was soll ich euch sagen, nach einer halben Stunde war die Kutsche wieder zurück und Gollwitz fragte den Kutscher verwundert, was los sei. Der war ganz verlegen und sagte ihm, er hätte im Hohlweg einen Unfall gehabt. Die Kutsche sei umgefallen. Ob denn den Herrschaften was passiert sei, wollte Gollwitz wissen. „Nein", sagte der Kutscher, „das nicht gnädiger Herr, aber die sind mir alle durcheinander gekullert und sie müssen mir helfen, die neu zu sortieren. Prost!" Lautes Gelächter und man schlägt sich auf die Schenkel. „Alle durcheinander geraten, das ist köstlich", brüllt Heinrich Griese, „vielleicht hätte ihr Freund allen ein Namensschild um den Hals hängen sollen." „Prima Idee", kommt es zur Antwort.

„Und worüber lacht man in Berlin, Herr von Köslin?" will jetzt von Hirschberg wissen. Eckardt von Köslin erhebt sich mit dem Bierkrug in der Hand und schaut genüsslich in die Runde. „Ja, meine Herren, worüber lacht man in Berlin?" wiederholt er die Frage und die Spannung steigt. „Ich sage ihnen zunächst einmal, worüber man nicht lacht oder lachen sollte. Da ist vor allem das Königshaus und die königliche Familie. Über die lachen wir nicht." Zustimmendes Gemurmel. „Wir lachen auch nicht über die sozialen Zustände in der Großstadt. Die sind wirklich nicht zum Lachen, auch wenn es Künstler, vor allem Maler gibt, die das etwas ins Lächerliche ziehen. Wenn zum Beispiel eine Malerin zwei kleine Jungen und einen Würstchenverkäufer mit einem Bauchladen darstellt, der die Jungen auffordert doch weg zu gehen, weil sie ihm sonst mit ihren Nasen den Duft wegnehmen. Das ist sicher nett gezeichnet, aber alles andere als komisch. Von dieser Art Kunst gibt es im Moment sehr viel in Berlin. Auch einige Zeitungen machen da mit. Lachen können wir allerdings ganz herzlich über das Militär und einige Typen aus dem Adel. Die zurzeit beliebteste Witzfigur ist ein etwas degenerierter Oberst der Kavallerie, Oberst Zitzewitz, Jahrhunderte alter Adel und sein Leben lang beim Militär. Oberst Zitzewitz sitzt also hoch zu Ross auf seinem Pferd ganz oben auf dem Feldherrnhügel und beobachtet die Schlacht. Da kommt in wildem Galopp ein Meldereiter angeritten und ruft schon von Ferne: „Wichtige Meldung, Herr Oberst!" Der Oberst grüßt und nickt und der Meldereiter, schon etwas näher, brüllt: „Wichtige Meldung, Herr Oberst!" Der Oberst bleibt ganz ruhig und nickt erneut. Der Meldereiter pariert sein Pferd, springt herunter, baut sich vor Oberst Zitzewitz auf und ruft erneut: „Wichtige Meldung!" Der Oberst wird jetzt etwas ungeduldig und herrscht den Melder an: „Na, nun rede schon!" Der Melder steht wie angewurzelt, überlegt und stammelt ganz leise: „Wichtige

Meldung." Der Oberst versteht die Situation und spricht auf den Melder ganz ruhig ein: „Na, mein Lieber, bleiben sie mal ganz ruhig jetzt. Überlegen sie mal, was der Rittmeister gesagt hat, bevor sie losgeritten sind?" Der Melder überlegt und überlegt und dann schießt es spontan und freudig aus ihm heraus: „Reit los, Arschloch, vergisst ja doch!" Brüllendes Gelächter im Raum, man schlägt sich auf die Schenkel und man hört: „Wichtige Meldung. Wichtige Meldung. Das ist köstlich. Den muss man sich merken."

Im Anbau, wo die Kutscher zusammen sind, ist es unterdessen auch laut geworden. Man singt: „Fuchs du hast die Gans gestohlen, gib sie wieder her, gib sie wieder her. Sonst wird dich der Jäger holen, mit dem Scheißgewehr. Sonst wird dich der Jäger holen, mit dem Scheißgewehr!" Dann hört man lautes Gebrüll und irgendetwas muss umgefallen sein, so laut kracht es nebenan.

Walter von Hirschberg hat sich jetzt erhoben und sagt: „Na, unseren Kutschern scheint es ja auch ganz gut zu gehen. Vielen Dank Herr von Köslin für den köstlichen Witz. Wir haben jetzt aber einen Anschlag auf sie vor. Wenn wir einen Gast zum ersten Mal hier haben, dann bitten wir ihn, an unserem Reitturnier teilzunehmen. Das ist ganz einfach. Wir reiten zunächst rücklings auf den Stühlen erst einmal um den Tisch, schön hinter einander, wie bei der Kavallerie. Danach bitten wir sie, kurz den Raum zu verlassen, damit wir den Parcours für den Ehrenritt vorbereiten können. Das geht ganz schnell und dann bitten wir sie, einmal im Kreis über den Tisch zu reiten. Das ist schon alles und ganz einfach, sie werden sehen. Danach sind sie in unserem Reitverein als Ehrenmitglied aufgenommen. Machen sie mit?" „Klar", sagt von Köslin, „ist doch Ehrensache. Reiten tu ich gerne, auch in Berlin."

Dann geht es los. Die Stühle werden umgedreht und vor dem Ausritt wird zunächst noch einmal angestoßen und es wird auf den Stühlen mit einem Höllenspektakel bei brüllendem Gelächter mehrmals um den Tisch geritten. Dann wird die Tür geöffnet und von Köslin reitet mit seinem Stuhl hinaus. Jetzt geht alles ganz blitzschnell. Das große Rund besteht aus vielen einzelnen Tischen und es werden jetzt an zwei Stellen die Tische entfernt. Die Tischtücher werden ordentlich gespannt und die Tafel erscheint wieder ganz komplett. Von Köslin wird wieder herein gerufen und reitet auf seinem Stuhl wieder in die Jagdstube. Der Stuhl wird jetzt auf die Tafel gestellt und die Teilnehmer stellen sich im Kreis um die Tafel auf. Von Köslin hat oben auf der Tafel auf seinem Stuhl, natürlich auf seinem Pferd, wieder Platz genommen und die Ehrenrunde kann beginnen. Er lächelt nach allen Seiten, winkt freundlich und der Ritt beginnt, bis zum ersten fehlenden Tisch. Dort endet die Ehrenrunde. Krachend fliegt von Köslin mit seinem Stuhl in die Lücke und es herrscht allgemeines Gebrüll. „Der Gaul muss getränkt werden!" wird gerufen und alle Bierkrüge ergießen sich über den armen von Köslin, der sich von der Überraschung noch nicht erholt hat, aber schon wieder lachen kann. Mühsam rappelt er sich auf, freundliche Hände helfen ihm und er sagt: „Na, das war ja eine Überraschung. Auf dem Schlachtfeld muss es so ähnlich sein."
Unter allgemeinem Gelächter holt jetzt von Hirschberg sein

Gewehr und schießt auf den zerbrochenen Stuhl. Schrotkugeln schwirren durch den Raum. „Gnadenschuss", sagt von Hirschberg, „das Bein war gebrochen. Anzünden!" Der Stuhl wird angezündet und verbreitet einen unangenehmen Rauch im Raum, was niemanden wirklich stört. Man schafft etwas Ordnung und nimmt, ständig lachend, wieder Platz, um das Gelage fortzusetzen. „Ich muss mich bei ihnen entschuldigen", sagt von Hirschberg zu von Köslin, „die Parcoursbauer müssen nachlässig gewesen sein. Wir müssen das vor dem nächsten Ehrenritt besser kontrollieren."

So nimmt der Abend bis spät nach Mitternacht seinen Verlauf. Es wird gesungen, gelacht und natürlich ordentlich getrunken. Lange nach Mitternacht macht Pastor Lüder den Anfang. „Meine Herren", ruft er, „ich mache den Anfang. Ich bedanke mich bei unserem Gastgeber. Es war ein köstlicher Abend. Leider muss ich noch die Predigt vorbereiten. Wie ist es, Schulmeister, soll ich sie mitnehmen?" Adalbert Recke hat sich mühsam erhoben. „Natürlich", murmelt er, „irgendwann muss ja schließlich Schluss sein. Wir sollten aufhören, bevor das hier in ein Gelage ausartet. Wir sollten noch etwas zu trinken für unterwegs mitnehmen, Pastor." „Brauchen wir Namensschilder?" will Freiherr von Schomburg wissen. Wieder allgemeines Gelächter. Draußen haben die Kutscher schon alles für den Heimweg vorbereitet und die Laternen an den Kutschen angezündet. Dann verlassen sie nach und nach die Jagdhütte und machen sich auf den langen, holprigen Heimweg. Manch einer wird wohl erst im Morgengrauen zu Hause ankommen.

***

Wenn man durch die Provinz Preußen fährt, wechselt leicht gewelltes Ackerland, eingebettet in ausgedehnte, tiefe Wälder miteinander ab. Hin und wieder sieht man Seen, ganz selten Dörfer oder Bauernhöfe. Das Land scheint unbewohnt, man fühlt sich allein mit der Natur und der unbeschreiblich klaren Kristallluft. Seit den frühen Morgenstunden sind die jungen Leute schon unterwegs. Friedrich Wilhelm von Bernsdorf, der junge Baron und Sohn, seine Schwester, Marie Baroness von Bernsdorf und der Assessor, Friedrich von Korff, haben sich für heute vorgenommen, eine Bauernschaft zu besuchen. Sie sind mit einem Zweispänner unterwegs nach Norden, immer den Hauptforstweg entlang. Dann nach etwa zehn Kilometern müssen sie sich westwärts halten. Der Waldweg wird schmaler und führt nach weiteren fünf Kilometern zu einer ausgedehnten Lichtung, wo vier Bauernhöfe stehen und gemeinsam die Bauernschaft Erlengrund bilden. Ihr Besuch gilt dem Bauernschafts-Vorsteher Ludwig Arnold. Die Kutsche wird schon von weitem gesichtet und Bauer Arnold wurde bereits verständigt, dass Besuch kommt.

Bauer Arnold steht schon vor seinem Hof. Mit dem Hut in der Hand begrüßt er die Gäste: „Herzlich Willkommen, gnädiger Herr, welche Ehre, dass sie uns einmal besuchen." Friedrich Wilhelm von Bernsdorf ist als erster ausgestiegen und schüttelt dem Bauern die Hand. „Es gibt einen Grund, Bauer Arnold", sagt er gleich, „ein Mitglied der Regierung weilt zurzeit bei uns und sein Begleiter, Assessor von Korff, wollte sich einmal einen Eindruck von einer Bauernschaft verschaffen." „Das ist schön", sagt Bauer Arnold, „so hohen Besuch haben wir selten." Nachdem er auch die Baronesse und den Assessor begrüßt hat, deutet er mit einer umfassenden Handbewegung auf die umliegenden Bauerhöfe und sagt: „Wir vier hier sind die Bauernschaft Erlengrund. Sie sehen unseren Reichtum sofort, Erlenwälder, soweit das Auge reicht. Bitte kommen sie doch herein. Meine Frau wird uns einen Tee aufsetzen. Dann können wir alles besprechen."

Man begibt sich in das Bauernhaus und ein feuchtwarmer Geruch schlägt ihnen entgegen. Bauer Arnold geht voran. „Hier sind wir auf der Diele", erklärt er, „dahinter befinden sich einige Ställe und Kammern. Sie erreichen von der Diele aus einen nächsten Gang, der auch in einer Ecke als Küche dient. Frau Arnold steht am Herd und begrüßt die Besucher ebenfalls freundlich. „Kommen sie aus Königsberg?" möchte sie von dem Assessor wissen? „Nein", sagt von Korff, „aus Berlin. Nach Königsberg wollen wir auch noch reisen." Man begibt sich in einen Nebenraum. Der wohl als Stube dient. Die Einrichtung ist einfach: Tisch mit sechs Stühlen, eine Vitrine, ein Sofa und drei Sessel. Alles wirkt ordentlich und gemütlich. „Setzen wir uns doch", sagt Bauer Arnold, „der Tee ist gleich fertig."

Von Korff beginnt das Gespräch mit einer Frage. „Wie groß ist ihr Hof, Bauer Arnold?" möchte er wissen. „Wir haben fünf Morgen, Herr Assessor, die anderen Höfe hier sind etwas kleiner und haben durchschnittlich drei bis vier Morgen Land." „Reicht das?" „Das ist wenig, wenn man bedenkt, dass wir Dreifelderwirtschaft machen. Wir bauen Getreide an, Kartoffeln und Rüben. Meine Frau hat noch den Garten und der versorgt uns zeitweise mit Gemüse. Wir haben zwei Pferde, drei Kühe, eine Ziege, zehn Hühner, einen Hund und eine Katze. Alle wollen versorgt werden." „Und wie machen sie das?" „Wir versuchen es, aber es ist nicht leicht." „Was macht es ihnen schwer?" „Na ja, es sind vor allem die Abgaben an den Grundherrn und zusätzlich die Kontributionen an die Regierung. Wenn wir noch die Saat zurücklegen, da wird es schon mal knapp." „Gibt es sonst noch Probleme?" „Ja, Herr Assessor. Bei all der Last, fallen die Spanndienste für das Gut besonders schwer. Das sind bei der Saat und Ernte immer zwei bis drei Tage in der Woche und die fehlen natürlich für den eigenen Hof." „Haben sie Leute?" „Wir haben einen Knecht und eine Magd, Herr Assessor. Beide wohnen zusammen mit der Familie und sie helfen uns wirklich. Viel bezahlen können wir ihnen leider nicht, aber Kost und Wohnen sind frei. Da kommt unsere Tochter Grete."

Grete Arnold, ein gut aussehendes junges Mädchen, hat den Raum betreten und ist direkt auf die Baronesse zugegangen, um ihr als erste die Hand zu geben. Dann begrüßt sie den jungen Baron, leicht verlegen, und zum Schluss Assessor von Korff." „Grete ist unser Schatz", sagt Bauer Arnold und schaut seine Tochter liebevoll an. Grete setzt sich etwas abseits von der Gruppe auf einen Stuhl und hört schweigend zu. Von Korff fährt fort: „Das ist aber die natürliche Ordnung in Preußen, Bauer Arnold", sagt er. „Ich weiß, das ist die natürliche Ordnung, Herr Assessor, wir verstehen ja auch, dass es nur diese Ordnung gibt und wir sollten froh sein, dass wir Bauern sein dürfen und damit unser Leben fristen.

Manchmal fällt es aber schwer, alle diese Auflagen zu erfüllen und vor allem dann, wenn für die eigene Familie nicht mehr genug bleibt. Herr von Bernsdorf, hätten sie wohl die Güte, einmal mit unserer Tochter Grete zu sprechen. Sie hat seit langem ein Anliegen und es passt ganz gut, dass sie heute hier sind."

Friedrich Wilhelm von Bernsdorf hat sich erhoben und geht zu Gerte hinüber. „Komm Grete, lass uns ein wenig spazieren gehen. Dann kannst du mir alles erklären. Ich bin gespannt, was es ist." Er bietet Grete den Arm und beide verlassen das Haus. Bauer Arnold führt die Besucher noch durch den Stall und die Scheune, während Grete und der junge Baron sich auf den Waldweg begeben und miteinander plaudern. „Was liegt dir auf dem Herzen, Grete?" „Ich denke darüber schon lange nach. Eigentlich gehöre ich hier ins Haus und muss hier meine Arbeit machen, aber andererseits muss ich auch einmal eine Beschäftigung woanders haben", sagt Grete, „wäre es wohl möglich bei ihnen im Gutshaus zu arbeiten, im Haushalt und in der Küche? Ich glaube, ich kann schon ganz gut kochen und ich lerne natürlich noch gerne etwas dazu."

Friedrich Wilhelm von Bernsdorf hört aufmerksam zu und die Vorstellung, Grete im Haus zu haben ist ihm sicher nicht unsympathisch. „Sie brauchen mir auch keinen Lohn zu zahlen", sagt Grete schnell, „wenn ich sechs Tage im Gutshaus arbeite, könnten sie doch meinem Vater einen Tag Spanndienst in der Woche erlassen. Das würde meinem Vater schon sehr helfen. Ich weiß, dass er damit einverstanden wäre." „Vielleicht lässt sich das machen", sagt Friedrich

Wilhelm, „ich muss natürlich mit meinem Vater darüber sprechen, aber ich gebe dir schnell Bescheid, Grete. Ehrlich gesagt, freut mich dein Vorschlag sehr. Kannst du dir denken, warum?" Grete wird ganz verlegen und schaut auf die Füße, die ganz gemächlich voreinander gesetzt werden. Sie spürt die Körperwärme des jungen Barons und es ist ihr sehr angenehm mit ihm auf einsamem Waldweg zu wandern. In seiner Nähe fühlt sich Grete wohl und sie denkt: „Hoffentlich klappt es mit meinem Vorschlag. Im Gutshaus leben, wie schön das wäre." Beide haben kehrt gemacht und wandern ganz langsam zurück zur Bauernschaft, wo sie auf die anderen treffen, die zum Einsteigen bereit sind. Von Korff und Marie haben sich wohl auch ganz angeregt unterhalten. Nach kurzer Verabschiedung besteigt man wieder die Kutsche und es geht zurück zum Gutshof.

***

Der Tag der Abreise ist gekommen. Der Geheime Rat Eckardt von Köslin und sein Begleiter Assessor Friedrich von Korff wollen ihre Dienstreise weiter nach Königsberg heute fortsetzen. Die Kutsche ist bereits vorgefahren und man sitzt noch zu einem Abschlussgespräch am Kamin zusammen mit Friedrich Baron von Bernsdorf, Friedrich Wilhelm von Bernsdorf und dem Verwalter Heinrich von Waldersee.

„Ich möchte mich bei Ihnen für die außergewöhnliche Gastfreundschaft bedanken, Herr Baron", beginnt von Köslin das Gespräch, „der Aufenthalt hier war nicht nur sehr angenehm, sondern auch äußerst erkenntnisreich. Ich kann seiner Majestät zunächst einmal die Unterstützung für sein Lazarett melden. Der Herr Fabrikbesitzer Griese will dazu demnächst nach Berlin kommen." „Der Herr Griese ist ein schlauer Geschäftsmann, Herr von Köslin", bemerkt der Baron lächelnd, „der weiß immer ganz genau was er will, auch wenn er einmal großzügig etwas spendet." „Das ist mir klar, Herr Baron, aber wo gar nichts ist, hat auch der König sein Recht verloren. Wir werden sehen, was am Ende dabei herauskommt."

Assessor von Korff hat bisher nur zugehört. Jetzt schaut ihn der Baron freundlich an und fragt: „Na, und wie hat es ihnen gefallen?" Von Korff rückt etwas auf seinem Stuhl nach vorne und schaut den Baron direkt an: „Ich mache mir Sorgen, Herr Baron, und die sollte sich jeder machen, der Verantwortung in Preußen trägt." „Worüber machen sie sich Sorgen, Herr von Korff?" „Ich habe mit verschiedenen Bauern gesprochen, Herr Baron, und die Stimmung ist nicht gut." „Was meinen Sie?" fragt dieser sichtlich überrascht. „Ich meine, dass wir mit Unruhen rechnen müssen, Herr Baron. Die Vorzeichen sind nicht zu übersehen." „Warum sollten die Bauern unruhig werden?" „Weil sie mit den Zuständen und Umständen, unter denen sie leben müssen, nicht mehr einverstanden sind. In Berlin spricht man ganz offen darüber und ich habe hier ein wenig darauf geachtet. Es stimmt, Herr Baron, die Bauern sind sehr unzufrieden und ich wundere mich, dass die höheren Herren hier so wenig davon mitbekommen." „Jetzt übertreiben sie aber mal nicht, Herr von Korff", mischt sich jetzt von Köslin ein, „ihr jungen Leute seid ja auch schon ganz angefressen von der Aufklärung, wie ihr das nennt. Wir haben seit über hundert Jahren eine Landordnung in Brandenburg-Preußen. Nach der haben schon unsere Väter und Großväter gelebt. Wo kommen wir denn hin, wenn das alles in Frage gestellt wird?" „Lassen sie mal, Herr von Köslin", sagt jetzt der Baron, „das interessiert mich. Es ist nicht so, dass wir hier hinter dem Mond leben. Ich spreche viel mit meinen Bauern und Landpächtern und da entgeht es mir natürlich nicht, dass die auch Probleme haben. Ich merke aber, dass die Älteren immer noch eine ganz vernünftige Haltung haben und die bestehende Ordnung nicht in Frage stellen. Bei den Jüngeren ist das wohl anders. Die wollen die alte Ordnung nicht mehr akzeptieren. Es stimmt, was Herr von Korff festgestellt hat durchaus. Aber was können wir tun?"

Von Korff erwidert einen unfreundlichen Blick seines Vorgesetzten mit einem bezwingenden Lächeln. „Herr Baron, auch der Herr Geheime Rat kennt selbstverständlich die Gerüchte, aber er hat natürlich eine ganz andere Verantwortung gegenüber seiner Majestät und der Ordnung, die er zu vertreten hat. Ich verrate wohl nicht zu viel, Herr Rat, wenn ich sage, dass Seine Majestät über eine Reform der Landordnung nachdenkt. Auch der Kronprinz gehört ja zu der jüngeren Generation, wenn man einmal auf das Herrscherhaus schaut und neue Herrscher bringen auch immer Neuerungen mit sich. Das nennt man wohl Fortschritt."

Von Köslin hat sich wieder etwas beruhigt, schaut aber etwas misstrauisch auf seinen jungen Assessor. „Manche nennen das auch Liberalismus oder gleich Revolution", brummt er, „na ja, es stimmt schon, dass in Berlin über das Allgemeine Landrecht nachgedacht wird. Da ist aber noch gar nichts entschieden und alles will wohl bedacht sein." „In welchem Sinne?" hakt jetzt der Baron nach. Von Köslin ist das alles sichtbar unangenehm und er versucht jetzt das Gespräch abzukürzen. „Na ja, Herr Baron, Seine Majestät möchte wohl die schon von seinem Vater als Folge der Pest und des Kräftemangels verfasste Dorf- und Ackerordnung jetzt voran bringen. Er möchte den Bauern wohl etwas mehr Freiheiten zukommen lassen das Recht geben, ihre Bauerhöfe auch zu erwerben. Da gibt es natürlich viele Fragen, die damit zusammenhängen, zum Beispiel, wo nehmen die Bauern denn das Geld her, das sie dazu brauchen."

„Wenn sie das in Berlin herausgefunden haben, dann lassen sie es mich wissen", beendet der Baron jetzt schmunzelnd das Gespräch, „bis dahin wünsche ich den Herren eine gute Reise und gesunde Rückkehr nach Berlin." Der Baron hat sich erhoben und drückt seinen Gästen die Hand. Man begibt sich vor das Haus und rasch setzt sich die Kutsche in Bewegung. Der Vorplatz ist schnell umrundet und dann verschwindet das Gefährt in der Allee Richtung Osterode. Der Baron, sein Sohn und der Verwalter schauen noch der Kutsche nach. Dann bemerkt der Baron: „Ich glaube, die haben uns auch nur das Nötigste erzählt. Bauernhöfe kaufen ohne Geld. Waldersee, verstehen sie das?" „Nicht wirklich", sagt der Verwalter, „aber mittlerweile braucht man sich über gar nichts mehr zu wundern. Herr Baron, ich hätte da noch ein paar Dinge mit

Ihnen zu besprechen, wäre das jetzt wohl möglich?"
„Natürlich, gehen wir in mein Büro, Herr Waldersee."

Bauernunruhen

In der Bauernschaft Erlengrund sitzen die Bauern Franz Rohr, Emil Liesegang und Gustav Tramp beim Bauernschaft Führer Ludwig Arnold zusammen und sprechen über die allgemein schwierige Lage. Der letzte harte Winter hat der Aussaat stark zugesetzt. Es zeichnet sich nach dem trockenen Sommer erneut eine schlechte Ente ab. Steuern und Fronlasten drücken schwer. Die Bauern sind verzweifelt.

„Ludwig, hast du deinem Besuch aus Berlin klargemacht, dass wir am Ende sind?" fragt Franz Rohr. „Ich habe ihm unsere Lage geschildert, Franz, aber es ist für einen adeligen jungen Mann aus der Regierung schwer, uns zu verstehen. Er hat es aber immerhin versucht." „Versucht ist gut", meint Emil Liesegang, „der sollte hier mal leben und versuchen, sein Brot zu verdienen. Das ist ja das Problem, dass wir hier am Ende der Welt leben und uns keiner zur Kenntnis nimmt." „Na ja, Emil, er war ja hier und hat Fragen gestellt. Er hat auch angedeutet, dass es in Berlin Überlegungen gibt, unser Leben etwas zu erleichtern."

„Berlin ist weit. Dann sind wir längst alle tot, wenn die in Berlin mit ihren Überlegungen fertig sind", mischt sich jetzt auch Gustav Tramp ein, „Ludwig, dein Hof hat noch eine ordentliche Größe, aber mit meinem kleinen Hof komme ich nicht mehr über die Runden. Wenn ich die Kontributionen zahle, viermal in der Woche Spanndienste leiste und auch noch die Abgaben an den Gutsherrn mache, bleibt für meine Familie nichts mehr übrig. Ich möchte am liebsten aufhören und in die Stadt gehen. In den Fabriken braucht man Arbeiter."

„Wie willst du das denn machen?" fragt Liesegang kopfschüttelnd, „glaubst du wirklich, dass dich der Baron gehen lässt? Hier bleiben können wir nicht und fortgehen können wir auch nicht. Aus dem Gefängnis kommt jeder mal heraus, aus der Leibeigenschaft nicht, wir haben hier lebenslänglich."

„Franz", sagt jetzt Ludwig Arnold, „wir sind doch Bauern und keine Fabrikarbeiter. Was meinst du, wie es denen geht. Die werden schlecht bezahlt, müssen den ganzen Tag schwer in den Fabriken arbeiten und haben nicht einmal eine vernünftige Wohnung für ihre Familien. In den Städten leben die Arbeiterfamilien in Hinterhöfen und Kellern, die reinsten Verbrecherquartiere und Pesthöhlen. Ich habe einen Schwager, der in Berlin arbeitet, mit dem solltest du dich einmal unterhalten. Im Vergleich zu denen, geht es uns noch direkt gut." Es entsteht eine Pause und Arnold fährt fort: „Das alles habe ich mir schon hundertmal überlegt. An was denkt man denn, wenn man stundenlang über den Acker geht und sein Pferd immer nur von hinten sieht. Ich versuche dann an das Schöne unseres Standes zu denken, schaue mir die Natur an, beobachte die Hasen, höre den Vögeln zu und schaue mit geschlossenen Augen in die Sonne oder genieße den leichten Wind, der über das Land streicht. Dann bin ich fast glücklich und möchte mit keinem in den Städten tauschen."

„Es könnte aber noch viel schöner sein, wenn wir von unserer schweren Arbeit auch noch unsere Familien ernähren könnten", meint jetzt Gustav Tramp, „wir sind bestimmt nicht anspruchsvoll, aber essen und trinken müssen unsere Kinder nun mal und etwas Schulbildung brauchen sie auch. Es würde ja schon reichen, wenn wir nicht auch noch so viel abgeben müssten. Die Gutsbesitzer haben doch genug, geben große Gelage, ihre Kinder gehen auf gute Schulen und werden später das gleiche, wie ihre Väter. Einmal Oberschicht, immer Oberschicht."

„Richtig", ruft Moritz Rohr, der unbemerkt den Raum betreten hat, „Ausbeuter und Faulenzer werden die und sie haben nach der Allgemeinen Landordnung auch noch alles Recht auf ihrer Seite. Wie lange wollt ihr euch das eigentlich noch gefallen lassen. Wir Jungen werden das nicht mitmachen, das werdet ihr sehen. Wir scheren uns nicht um ungerechte Landordnungen und Jahrhunderte alte Privilegien. Wir bestimmen selber, wo wir leben und wovon wir leben wollen. Wir lassen uns nicht ausbeuten. Was hier auf dem Lande geschieht ist bitteres Unrecht und das muss aufhören."

„Versündige dich nicht, Junge", sagt sein Vater entsetzt, „das ist ja Revolution, was du da sagst. Glaubst du, die werden sich das gefallen lassen?" „Vater, was sollen die denn machen. Sie können uns doch nicht alle festhalten oder einsperren, jedenfalls nicht alle. Deshalb ist es ja so wichtig, dass wir zusammenhalten und es nicht zulassen, dass man sich einzelne von uns vornimmt. Wenn wir zusammenhalten sind wir stark. Der Einzelne ist machtlos."

„Der Moritz hat Recht", sagt Liesegang, "ich wollte, ich wäre noch einmal jung. Ich würde genau so handeln, wie Moritz. Ich würde mein Leben nicht noch einmal verschenken, mich ausbeuten lassen und arm sein wie eine Kirchenmaus. Lieber würde ich auswandern, als auf Dauer den feinen Herren hier in Preußen ihr feudales Leben zu ermöglichen."

„Oh Gott, oh Gott, sprich bloß leiser Emil", sagt jetzt Ludwig Arnold, „so etwas habe ich ja in meinem ganzen Leben noch nicht von einem Bauern gehört. Sicher ist es schwer, aber wer hat es schon leicht im Leben. Wer bekommt denn etwas geschenkt. Du hast doch gehört, wie es den Fabrikarbeitern geht. Das ist das pure Elend, ohne Hoffnung und unwürdig in allem. Mancher versucht es beim Militär, aber denen geht es noch schlechter. Wenn man das hört, was da los ist, da wird einem ganz schlecht. Da darf man seinen Sohn nicht hingeben. Stupider Drill den ganzen Tag, wenig Lohn und am Ende müssen sie ihre Knochen hinhalten und kommen als Krüppel nach Hause, wenn sie Glück haben. Und wofür das alles? Damit unser König andere Länder überfallen kann und noch mehr Macht und Reichtum hat. Die Krüppel sind dann unbrauchbar und niemand kümmert sich dann mehr um die. Sie kommen dann zu ihren Vätern auf den Hof und können nicht einmal mehr hier helfen. Das ist wirkliches Unrecht. Uns Bauern geht es da immer noch besser."

„Vater", sagt Moritz Rohr, „die Zeiten müssen sich eben ändern. Die Erde kann alle Menschen ernähren, aber manche beanspruchen eben zu viel davon. Sie beanspruchen Privilegien, lassen andere für sich arbeiten, besuchen die besten Schulen, werden in der Armee befördert und besetzen die wichtigsten Stellen in der Regierung. Was bleibt da für die immer ärmer werdende Mehrheit? Übermorgen findet eine Bauernversammlung in Osterode statt. Dazu wird ein ehemaliger Bauer kommen, der jetzt im Provinzlandtag in Königsberg sitzt und sich um die Rechte der Bauern kümmert, Paul Drechsler heißt der. Der will eine Partei gründen und auch im Landtag in Berlin um unsere Rechte kämpfen. Kommt alle mit und hört euch das wenigstens an, was Drechsler uns zu sagen hat. Das ist allemal besser, als nur zu schimpfen und alles weiter so laufen zu lassen."

„Wenn das mal gut geht, Junge", sagt Ludwig Arnold, „man hat schon gehört, dass Versammlungen von der Polizei aufgelöst wurden und die Anführer ins Gefängnis geworfen wurden. Ich möchte nicht, dass dir so etwas passiert, Moritz."
„Der Moritz hat ganz Recht", sagt Emil Liesegang, „wenn wir nichts machen, wird sich auch niemals etwas ändern. Wir sollten froh sein, dass es Männer gibt, die sich um unsere Angelegenheiten kümmern. Wir müssen die natürlich unterstützen, sonst erreichen die auch nichts. Wir haben doch die Mehrheit im Land, warum nutzen wir sie nicht?"

„Die Mehrheit nützt uns gar nichts, sie wird bei unserem ungerechten Wahlrecht völlig bedeutungslos. Unsere Stimmen zählen doch überhaupt nicht", sagt Moritz Rohr, „auch das muss geändert werden. Unsere ganze Ordnung ist auf Unterdrückung aufgebaut. Arbeiten und die Klappe halten, so läuft unsere Ordnung. Wenn wir nichts dagegen unternehmen, wird sich nie etwas ändern. Ich werde jedenfalls an der Versammlung teilnehmen."

***

Am Rande von Osterode befindet sich das Wirtshaus „Zum wilden Eber". Hier trifft man sich regelmäßig und die Jugend kommt hier einmal im Monat zusammen, um zu tanzen. Der Saal des Gasthauses ist heute überfüllt, allerdings soll heute nicht getanzt werden. Im Saal herrscht ein mächtiger Lärm. Der Wirt versucht, Getränke auszugeben, kommt aber kaum gegen die vielen Bestellungen an. Immerhin, er versucht sein bestes.

Moritz Rohr steht zusammen mit einem vornehm gekleideten Mann auf der Bühne des Saals, ruft in die Menge und bittet um Ruhe. Nach und nach wird es ruhiger im Saal und Moritz Rohr kann beginnen. „Freunde, schön dass so viele von euch heute zu dieser Versammlung gekommen sind. Ich möchte euch den Abgeordneten Paul Drechsler aus Königsberg vorstellen. Er hat den langen Weg zu uns auf sich genommen, da er euch um eure Unterstützung bitten möchte. Es soll eine Bauernpartei gegründet werden, aber alles weitere wird er euch selber erklären."

„Ruhe im Saal", ruft jetzt der Dorfpolizist Kaludrigkeit, „ich bitte mir Ruhe aus." Er hat die Bühne betreten und sich vor Moritz Rohr und Drechsler gestellt. Korpulent, mit exaktem Uniformsitz und Helm strahlt er die ganze Würde einer Amtsperson aus. Allen ist sofort klar, hier steht der Staat mit all seiner Macht. „Diese Versammlung ist nicht erlaubt", ruft er in den Saal, „politische Versammlungen sind untersagt. Ich werde jeden festnehmen, der sich daran nicht hält. Die Versammlung ist aufgelöst."

Im Saal entsteht große Unruhe, die ersten wollen schon gehen. Paul Drechsler tritt jetzt nach vorne. „Ich bitte um Aufmerksamkeit", ruft er jetzt in den Saal. „Der Herr Polizeiwachtmeister geht von falschen Tatsachen aus. Dies ist keine politische Versammlung, sonst hätten wir die ja anmelden müssen. Nach der Ordnung des Preußischen Provinziallandtags haben die Abgeordneten das Recht, ja die Pflicht, ihre Wähler regelmäßig über ihre Arbeit zu informieren. Das gilt für alle Abgeordneten, egal welcher Partei. Die Anwesenden sind meiner Einladung gefolgt und das ist nach dem Recht des Landtags keine politische Veranstaltung sondern ein Zusammentreffen zum Zwecke der Information durch ihren Abgeordneten. Da gibt es nichts zu genehmigen, Herr Wachtmeister, tut mir leid. Was glauben sie, was los ist, wenn ich das in Königsberg melde, das man in Osterode einen Abgeordneten bei seiner Arbeit behindert."

Wachtmeister Kaludrigkeit ist beeindruckt und versucht sich zu fassen. „Na ja", sagt er, „wenn da so ist, dann hat man mich eben falsch informiert. Keine politische Veranstaltung? Aber sie wollen doch bestimmt über Politik sprechen, Herr Abgeordneter?" „I wo, Herr Wachtmeister, ich spreche nicht über Politik, da sind sie wirklich völlig falsch informiert." „Worüber wollen sie denn sprechen?" fragt der Wachtmeister jetzt sichtbar misstrauisch." „Ich werde mit den hier anwesenden Bauern über ihre Arbeit auf den Höfen sprechen, möchte hören, wie die Ernte ausfallen wird oder ob sie Unterstützung brauchen und ich werde die Bauern darüber informieren, was Seine Majestät, unser König, zu ihrem Wohle in Zukunft beabsichtigt. Das müssen die doch erfahren, der König kann doch nicht mit jedem einzelnen reden, Herr Wachtmeister." „Aber das ist doch Politik, Herr Abgeordneter." „Keineswegs, wenn ich das nächste Mal komme, möchte ich die Bauern bitten, mich bei der nächsten Wahl zu wählen. Das ist dann Wahlkampf oder Politik, wie sie das nennen. Diese Veranstaltung werde ich dann ordnungsgemäß anmelden. Nun lassen sie uns mal weiter machen, Herr Wachtmeister, irren ist menschlich. Ich möchte jetzt anfangen und habe dann überhaupt keine Veranlassung in Königsberg irgendwelche Dinge über Osterode zu erzählen, wenn sie mich nicht weiter stören. Sie sind übrigens eingeladen, zuzuhören, Herr Wachtmeister." „Nein danke", sagt Kaludrigkeit jetzt etwas irritiert, „ich habe wichtigeres zu tun, als mich im Gasthaus aufzuhalten. Na, dann mal nichts für ungut, Herr Abgeordneter, ich gehe dann mal wieder."

Die Bauern haben sich vielsagende Blicke zugeworfen und es ist ruhig geworden im Saal. Alle warten gespannt auf die Ausführungen des Abgeordneten Drechsler. Dieser hat einen

Stuhl in die Mitte der kleinen Bühne gezogen und es sich bequem gemacht. „Im Sitzen geht das viel besser", sagt er schmunzelnd, „ihr solltet euch auch wieder setzen. Was ich euch zu sagen habe, dauert vielleicht etwas länger und das geht im Sitzen besser." Stühle werden geschoben, leichtes Gemurmel im Saal, man ist gespannt.

„Ihr habt es gehört", beginnt Drechsler, „politische Versammlungen werden nicht gerne gesehen. Darum merken wir uns alle ab sofort, dass dies hier heute Abend keine politische Veranstaltung ist. Dies ist ein Gespräch mit eurem Abgeordneten. Erzählt das so überall herum, dann gibt es auch keine Missverständnisse." Leises Gelächter im Saal. „Und damit das auch alles in Ordnung ist, frage ich euch zuerst einmal, wie wird die Ernte werden, wer erzählt mir das?" In den hinteren Reihen ist ein Bauer aufgestanden und sagt: „Das haben sie toll gemacht, Herr Abgeordneter, interessiert sie die Ernte wirklich?" „Na klar interessiert mich die Ernte, das habe ich dem Wachtmeister doch gesagt. Ihr habt es alle gehört." „Na, meinetwegen. Die Ernte wird auch in diesem Jahr ganz schlecht. Wir hatten einen ganz harten Winter, ständig schwerer Frost und der größte Teil der Einsaat ist wahrscheinlich erfroren. Man sieht das am Wachstum, überall leere Stellen und das bedeutet wenig Ertrag." „Getreide ist wichtig, aber habt ihr auch schon einmal an Kartoffeln gedacht?"

Moritz Rohr hat sich in die erst Reihe gesetzt, steht jetzt auf und fragt, ob man hier versammelt ist, um über Getreide und Kartoffeln zu sprechen? „Nicht nur", entgegnet Drechsler,

„aber es schadet nicht, wenn wir damit anfangen, Moritz. Im Übrigen haben wir das ja jetzt ausreichend besprochen, ich weiß jetzt gut Bescheid, was für meine Arbeit natürlich ungeheuer wichtig ist. Ich komme dann mal zu einem anderen Thema, die Allgemeine Landordnung. Das ist ja nun ein Wälzer, wie die Bibel. Ich weiß nicht, wer von euch die schon einmal gelesen hat?" Drechsler hat in seine Aktentasche gegriffen und ein gewichtiges etwas abgegriffenes Buch auf den neben ihm stehenden Tisch geworfen. „Da ist sie", sagt er, „wer sie durchlesen will braucht mindestens einen Monat."

Gemurmel und leises Gelächter im Saal. „Ich glaube, es ist wichtig für euch, dass ich sie gelesen habe. Diese Landordnung ist nun über hundert Jahre alt und es wird Zeit, dass die einmal etwas verändert wird. Das sehen auch der König und seine Regierung so, aber es ist nicht einfach. Unser König Friedrich Wilhelm möchte zwei Dinge ändern. Er möchte irgendwann einmal eine allgemeine Schulpflicht einführen und er möchte, dass die Bauern ihre Bauernhöfe auch kaufen können und damit selber Eigentümer und Landbesitzer werden können. Das Problem ist nun, dass die Gutsbesitzer das natürlich nicht wollen und dass diese Allgemeine Landordnung nur allgemein gilt und dass alle Provinzen zusätzlich noch ihre Provinzialordnungen haben." Drechsler greift wieder in seine Aktentasche und bringt ein zweites Buch zum Vorschein, das noch dicker ist. Krachend fliegt es auf den Tisch. „Das ist die Landesprovinzialordnung für Preußen", sagte Drechsler, „die müsstet ihr natürlich auch lesen und dafür braucht ihr mindestens zwei Monate, wenn ihr sonst nichts anderes zu tun hättet. Die habe ich auch gelesen und die ist in vielen Teilen anders, als die Allgemeine Landordnung und da fragt man sich natürlich, welche gilt denn nun?"

Im Saal wird es unruhig und die Bauern schauen etwas irritiert auf Drechsler, der ganz seelenruhig weitermacht. Er greift erneut in seine Aktentasche und holt einen dritten dicken Wälzer heraus, wirft ihn auf den Tisch und sagt: „Das ist die Agrarverfassung der Provinz Preußen. Einmal lesen dauert wieder zwei Monate. Die ist in Teilen nochmal anders, als die beiden anderen Bücher, regelt dafür aber genau die Eigentums- und Bewirtschaftungsrechte, Fruchtziehungsbefugnisse, Pacht- und Jagdrechte, Wasserrechte und so weiter, alles sehr kompliziert."

„Warum erzählen sie uns das alles?" will jetzt ein Bauer in der ersten Reihe wissen. Drechsler schaut freundlich auf den Fragesteller. „Weil es sicher eine gute Idee vom König ist, dass er dafür sorgen will, dass alle unsere Kinder lesen und schreiben lernen sollen. Das ist dann schon ein Anfang. Ich erzähle euch das so ausführlich, weil ich davon überzeugt bin, dass niemand das alles allein verstehen kann und dass ihr Hilfe braucht, um eure Rechte wahrzunehmen. Vor allem aber braucht ihr Hilfe, damit sich die Inhalte dieser Bücher einmal ändern. Wir sind dabei für die Provinz Preußen eine Bauernpartei zu gründen, die im Provinziallandtag in Königsberg eure Interessen vertreten soll. Wir wollen aber auch im Brandenburgisch- Preußischen Landtag in Berlin vertreten sein und uns mit den Bauerparteien der anderen Provinzen zusammenschließen. Ist euch eigentlich klar, dass ihr

Bauern mehr als Zweidrittel der Bevölkerung stellt, dass aber vor allem die Minderheit der adeligen Grundbesitzer über das Land, die Äcker und Wälder verfügen?"

„Warum gehören die Ländereien denn den Adeligen?" will ein anderer Bauer wissen. „Weil die das Land vom Landesherrn, dem Kurfürsten und heutigen König zu Lehen auf Lebenszeit bekommen haben und es an euch weiterverpachten." „Und woher hat der König das Land?" wird gefragt. „Wahrscheinlich vom lieben Gott", sagt Drechsler schmunzelnd, „ehrlich gesagt, weiß das niemand so genau. Die Großväter unseres Königs sind irgendwann einmal vor über dreihundert Jahren aus Nürnberg nach Brandenburg gekommen, weil der Kaiser in Österreich das so wollte und sie haben sich mit den Fürsten, Grafen und Freiherren so lange herum geprügelt, bis die seinen Herrschaftsanspruch schließlich anerkannten. Dann hat man sich auf diese Landesordnungen geeinigt, so dass sie damit gut leben konnten, geben und nehmen lautet das Prinzip. Natürlich konnten die das viele Land nicht ganz alleine bearbeiten, also haben sie es weiter verliehen, an euch Bauern, vielmehr an eure Vorfahren. Den Rest kennt ihr. Ihr bearbeitet das Land, habt dafür Dienstpflichten für das Allgemeinwohl, leistet Territorialdienste, zahlt dem König Kontributionen und leistet dem Gutsbesitzer Frondienste und macht Naturalabgaben. Der Gutsbesitzer passt auf euch und eure Angehörigen auf, damit ihr nicht weglauft und er entscheidet als Gerichtsherr, wenn ihr irgendetwas falsch macht, was in diesen Büchern steht."

Jetzt entsteht Unruhe im Saal. Ein Bauer steht jetzt auf und sagt: „Herr Abgeordneter, das haben sie ganz gut erklärt. Wir müssen die Ordnungen ändern, sonst bleibt immer alles so, wie es heute ist. Ich werde ihrer Partei beitreten." „Und wie lange soll das dauern?" will jetzt ein anderer Bauer wissen. Meinst du vielleicht, dass wir das noch erleben werden?" Drechsler übernimmt jetzt wieder das Wort: „Die Fragen sind berechtigt", sagt er, „die Zweifel kann ich gut verstehen, aber man muss anfangen. Wenn ihr einen langen Weg vor euch habt, fängt alles mit dem ersten Schritt an. Ihr seid aber nicht alleine. Was wir hier besprechen, darüber reden an vielen anderen Stellen im Land und in den Provinzen auch andere. Meine Parteifreunde sind im ganzen Land unterwegs und informieren die Bauern. Ich muss euch aber noch auf ein anderes Problem aufmerksam machen. Wir müssen auch das Allgemeine Wahlrecht ändern." „Haben sie das auch in ihrer Aktentasche?" will jetzt einer wissen und löst damit ein allgemeines Gelächter aus. „Nein, habe ich nicht und all die vielen anderen Vorschriften, Gesetze, Verordnungen und was sonst noch, auch nicht. Diese Bücher habe ich in Königsberg in meinem Büro. Zur Not lasse ich mich auch beraten, wenn ich einmal nicht weiter weiß."

Moritz Rohr ist aufgestanden und auf die Bühne gegangen. „Ich glaube, ihr habt verstanden, um was es in Zukunft geht", sagt er ganz ruhig. Wir müssen uns zusammenschließen und die Bauernpartei unterstützen und wir müssen hier in unserem Gebiet eine örtliche Parteivertretung bilden, die euch regelmäßig informiert und Probleme nach Königsberg weitergibt. Vor allem müsst ihr aber eins tun. Ihr müsst alle die Bauernpartei im Herbst wählen, damit sie landesweit möglichst viele Stimmen bekommt und viele Abgeordnetensitze in Königsberg erhält."

„Was zählen unsere Stimmen denn schon?" wird Rohr entgegen gehalten. „Das ist leider wahr", sagt Rohr, „aber das ist auch die größte Ungerechtigkeit in unserem Land, die ja genau das zum Ziel hat, dass sich nichts ändern soll. Das ist der wichtigste Teil der Arbeit unserer Abgeordneten, dieses Dreiklassenwahlrecht abzuschaffen. Wir brauchen ein allgemeines gleiches Wahlrecht, bei dem jede Stimme gleich viel zählt." „Dann haben wir ja die Mehrheit", wird aus dem Saal gerufen. „Dann haben wir die Mehrheit", wiederholt Rohr, „ganz richtig, dann haben wir die Mehrheit und bestimmen mit. Und dann haben wir auch die Möglichkeit, diese Ordnungen da auf dem Tisch zu verändern und gerechter zu gestalten."

Drechsler übernimmt noch einmal das Wort: „Moritz Rohr, liebe Freunde, wird hier in Osterode eure Ansprechperson sein. Ich lasse diese Bücher hier, damit er euch informieren kann und damit ihr wenigstens die Rechte bekommt, die da drin stehen. Mir wären die Bücher ohnehin zu schwer, um sie nach Königsberg zurückzutragen. Auf eine Gefahr muss ich euch aber hinweisen und das ist die Ungeduld. Wenn einige von euch die Geduld verlieren und das Recht in die eigenen Hände nehmen, dann verstößt ihr gegen diese Ordnungen und ihr setzt euch ins Unrecht. Die Folgen könnt ihr euch denken und niemand kann euch vor den Folgen schützen, solange die alten Ordnungen gelten. Wir verstehen natürlich, dass ihr mithelfen wollt, damit alles schneller geht. Wir werden euch Vorschläge machen, wie ihr auf eure Rechte besser aufmerksam machen könnt. Ihr habt immer das Recht, mit euren Gutsherren zu sprechen und eure Anliegen vorzutragen. Das ist am wirksamsten, wenn nicht der Einzelne das tut, sondern wenn immer mehrere gemeinsam auftreten. Dabei kann es auch ruhig etwas lauter werden, das macht dann mehr Eindruck. Aber ihr dürft niemals Gewalt ausüben. Damit setzt ihr euch sofort ins Unrecht und landet unweigerlich im Gefängnis. Davor muss ich euch warnen. Wir wollen auch in Königsberg und Berlin Versammlungen vor den Parlamenten durchführen und dort unsere Vorstellungen vortragen. Es wäre gut, wenn daran dann möglichst viele teilnehmen würden, vor allem in Berlin, damit auch der König und seine Hofbeamten das mitbekommen. Das können aber die Bauern machen, die um Berlin herum in Brandenburg leben. Wir organisieren das. Ihr macht das hier in Osterode. In Königsberg leben genug Bauern, die das da machen werden. Moritz Rohr wird euch über alles berichten. Keine Sorgen, ihr müsst jetzt nicht im ganzen Land herum fahren. Ihr habt dazu auch gar nicht genug Zeit. Es genügt, wenn ihr uns wählt und örtlich unterstützt."

Damit geht die Versammlung zu Ende und die Bauern sitzen noch lange im Wirtshaus und sprechen sich ihre Probleme von der Seele. Es keimt aber Hoffnung in ihnen und sie gehen etwas beruhigter zurück auf ihre Höfe und werden ihre schwere Arbeit wieder aufnehmen. Schneller, als die meisten glauben, wird es dann schon zu einem ersten Gespräch kommen.

***

Etwas abseits von der Allee nach Osterode befindet sich ganz in der Nähe des Schulhauses das Amtsgebäude des Gutes Bernsdorf. Der Backsteinbau wird umrahmt von hohen Bäumen und wirkt durch ein von Säulen gestütztes Eingangsportal auf Besucher imposant. Gleich im Erdgeschoß befindet sich der Gerichtssaal mit einer schweren, eichenen Eingangstür, eichenen Deckenbalken und einer schweren Richterempore. In diesem Gebäude herrscht der Amtsvorsteher Ernst von Knobelsdorf, der auch Amtsrichter des Patrimonialgerichtes Bernsdorf ist. Alle Amtsgewalt und die richterliche Gewalt liegt beim Gutsherrn Baron Friedrich von Bernsdorf.

Im Erdgeschoß befinden sich noch weitere Amtsräume, im Obergeschoß wohnt der Amtsvorsteher. Im Kellergeschoß befinden sich drei Gefängniszellen, die aber nicht so häufig gebraucht werden. Im Amtsbezirk Bernsdorf geht es normalerweise ordentlich zu. Gewaltverbrechen hat es hier seit langem nicht mehr gegeben, kleinere Probleme schon. Dabei geht es meistens um Versäumnisse der Bauern gegenüber ihrem Gutsherrn, Streitigkeiten unter den Bauern, Wald- und Wildfrevel und häufig auch um Trunkenheitsdelikte und Schlägereien. Amtsrichter von Knobelsdorf ist studierter Jurist und hat bei Bernsdorf eine Lebensstellung.

Heute ist Gerichtstag. Im Gerichtssaal haben sich einige Bauern eingefunden, Beklagte und Zeugen und es kehrt sofort Ruhe ein, als der Amtsrichter den Gerichtssaal betritt. Man erhebt sich. „Setzen", befiehlt der Amtsrichter, „ist der Beklagte Bauer Emil Liesegang anwesend?" Liesegang hat sich erhoben und sagt: „Ja, Herr Amtsrichter." „Schön, dann nehme er mal auf der Anklagebank Platz. Die Zeugen müssen jetzt den Saal verlassen." Zwei Bauern erheben sich und verlassen den Raum.

Der Amtsrichter wendet sich an den Angeklagten Emil Liesegang. „Sie wissen, um was es heute hier geht?" „Ja, Herr Amtsrichter, es geht um meine Abgaben und Spanndienste, vielmehr um nicht erbrachte Abgaben und Spanndienste, was ich aber nicht konnte." „Das wird sich zeigen. Der Beklagte bewirtschaftet den Hof im Erlengrund West?" „Ja, Herr Amtsrichter." „Ihm wird vorgeworfen, dass er in den letzten sieben Monaten seine Spanndienste immer nur unzuverlässig und nicht vollständig erfüllt hat. Außerdem ist er mit den Abgaben von Weizen und Feldfrüchten im Verzug. Was sagt er dazu?"

„Herr Amtsrichter, es sind schwere Zeiten. Ich war immer wieder krank und einer meiner Knechte hat den Hof verlassen und ist zum Militär gegangen. Im letzten Sommer hatten wir eine Missernte und von dem geringen Ertrag musste ich ja auch noch die Einsaat abzweigen. Wir leiden Hunger, meine Frau und meine sieben Kinder." „Hat er dem Gutsherrn Mitteilung gemacht von dem Verschwinden des Knechtes?" „Nein, Herr Amtsrichter, welchen Sinn hätte das wohl gehabt?"

„Welchen Sinn? Welchen Sinn? Nun überlasse er das Denken mal den Pferden, die haben einen größeren Kopf. Sie waren verpflichtet, das dem Gutsherrn zu melden, der bestimmt nämlich, ob der Knecht den Hof verlassen kann." „Der war doch plötzlich weg, ohne irgendetwas zu sagen. Ich hab ja auch nur mühsam heraus gekriegt, dass er wohl nach Allenstein zum Militär ist. Da bin ich dann hin und habe nachgefragt, aber man hat mich gar nicht vorgelassen." „Natürlich nicht, für diese Angelegenheiten wird ja auch der Gutsherr gebraucht. Meint er vielleicht, dass die mit jedem Bauern reden?"

„Nein. Herr Amtsrichter, das war wohl falsch von mir." „Das kann man wohl sagen. Jetzt ist es natürlich zu spät. Wer weiß, wo der Kerl mittlerweile hingeschickt wurde. Wie heißt der eigentlich?" „Gustav Kramer, Herr Amtsrichter." „So, na wir werden der Sache mal nachgehen, aber viel Hoffnung habe ich da nicht. Er muss das immer sofort melden." „Ja, Herr Amtsrichter, jetzt ist mir das auch klar."

„Schön, dann wollen wir mal über die Spanndienste reden. Nach Paragraf 325 der Allgemeinen Landordnung hat der Beklagte Spann- und Handdienste, sowie Ackerdienste mit einem Pferd und einem Helfer an vier Tagen in der Woche, in der Saatzeit und in der Erntezeit fünfmal die Woche von Sonnenaufgang bis Sonnenuntergang zu leisten. Zu den Handdiensten zählen Viehpflege, Ausmisten und Hofreinigung. Der Beklagte hat diese Dienste nur sehr unregelmäßig und unzuverlässig wahrgenommen. Was sagt er dazu?" „Herr Amtsrichter, ich habe das schon erklärt, ich war zeitweise krank und einer meiner Knechte..." Der Amtsrichter unterbricht

Liesegang unwirsch: „Das hat er schon gesagt. Was ist mit den Naturalabgaben, kann er die nachliefern?" „Nein, Herr Amtsrichter, ich habe nichts, was ich abliefern könnte." „Er hat dem Gutsherrn durch seine Unzuverlässigkeit einen Schaden in Höhe von hundert Gulden verursacht. Das Gericht nimmt an, dass der Beklagte die geschuldete Summe auch nicht zahlen kann?" „Ja", sagt Bauer Liesegang, "vielmehr nein, Herr Amtsrichter." „Was denn nun, ja oder nein?" „Nein, Herr Amtsrichter, ich kann auch diese Summe nicht zahlen, niemals." „Die Sache ist damit klar, Zeugen werden nicht mehr benötigt."

„Dann ergeht folgendes Urteil." Amtsrichter von Knobelsdorf erhebt sich. „Erheben sie sich!" ruft der Gerichtsdiener in den Saal. Allgemeine Unruhe entsteht. Der Amtsrichter ist etwas unwirsch und wiederholt: „Es ergeht folgendes Urteil. Der Beklagte Bauer Emil Liesegang schuldet seinem Gutsherrn, Baron von Bernsdorf, wegen unterlassener Spann- und Handdienste und wegen unterlassener Ablieferungen hundert Gulden. Er hat auch gegen seine Pflicht zur Gewährleistung der Gesindezwangsdienste verstoßen. Da er hier geäußert hat, dass er keine Gewähr bieten kann, seinen Pflichten künftig nachzukommen, wird ihm der entlehnte Hof abgenommen und einem anderen Bauern zur Bewirtschaftung übergeben. Ihm wird als außerordentlicher Gnadenakt des Gutsherrn ein anderer verlassener und brach liegender Hof stattdessen auf Probe überlassen, auf dem er für ein Jahr von seinen Dienstpflichten gegenüber seinem Gutsherrn freigestellt wird. Kommt er nach Ablauf des ersten Jahres nicht wieder seinen Pflichten nach, wird ihm auch dieser Hof abgenommen und zwar dann für immer. Das Urteil ist endgültig, ein Einspruch ist nicht möglich. Die Verhandlung ist geschlossen."

Der Amtsrichter verlässt sofort den Gerichtssaal. Zurück bleibt ein kreidebleicher Bauer Liesegang, der sich mit zitternden Händen am Geländer der Anklagebank festhält. Die anderen Bauern haben sich zu ihm begeben, Gustav Tramp legt den Arm um seine Schulter. „Ich bin erledigt", stammelt Liesegang, „wie soll das nur weitergehen?" „Lass mal", sagt Tramp, „wir werden dir helfen Emil. Wir haben zwar selber nicht viel, aber irgendwie werden wir es schon schaffen. Sieh doch zu, dass du den verlassenen Hof in unserer Nachbarbauernschaft bekommst. Das ist nicht weit und da können wir dir sicher abwechselnd helfen. In diesen schweren Zeiten müssen wir unbedingt zusammen halten." Liesegang schaut verzweifelt in die Runde. „Meinst du", stammelt er, "wie soll ich das nur meiner Familie beibringen?" „Sag doch, dass ihr einen neuen Hof bekommt, ganz in der Nähe und viel größer." „Und was ist mit meinem Vieh und meinen Geräten?" „Lass uns den Hof doch erst einmal anschauen, Emil, vielleicht ist alles halb so schlimm." „Halb so schlimm? Wie muss das erst sein, wenn es schlimm wird?"

***

Das Rittergut Bernsdorf liegt inmitten einer ausgedehnten Parklandschaft, die sanft zum Drewenzsee hin abfällt. Blumenbeete, Gruppen von Bäumen und Sträuchern, verschlungene Wege, Enten und Schwäne geben dem Park eine anheimelnde Note und laden zu ausgedehnten Spaziergängen ein. Nach Norden zu, verliert sich der Park in angrenzenden Mischwäldern mit in Jahrhunderten gewachsenen Baumbeständen. Kiefern, Fichten, Rotbuchen und Ahorn prägen diesen Teil des ausgedehnten Waldbesitzes.

Bauer Ludwig Arnold ist mit seiner Tochter Grete gekommen, die heute ihren Dienst im Gutshaus antreten soll. Friedrich Wilhelm und Amalie haben Grete freundlich begrüßt und ihr alles gezeigt, was sie in den ersten Tagen wissen muss. Grete ist ganz verwirrt von all den Eindrücken und sie hat sich mehrfach für die freundliche Aufnahme bedankt und versichert, dass sie alles tun werde, um ihre Arbeit bestmöglich zu verrichten.

Bauer Arnold und der Baron machen derweil einen Spaziergang durch den Park. Es gibt einiges zu besprechen. „Herr Baron, ich möchte ihnen ganz herzlich danken, dass sie unsere Grete in ihrem Haus aufnehmen wollen. Das Kind ist ja so aufgeregt. Ich glaube, sie hat in den letzten Nächten kein Auge zugetan." „So schlimm?" entgegnet schmunzelnd der Baron, „es wird ihr bei uns sicher ganz gut gehen. Grete ist ja auch ein wunderbares Mädchen, auf das sie sicher sehr stolz sind?" „Ja, das sind wir, Herr Baron und meiner Frau und mir wird sie auch fehlen. Es ist schön, Grete um sich zu haben".

So schreiten der Baron und Bauer Arnold langsamen Schrittes durch den Park. „Schön haben sie es hier, Herr Baron, eine Landschaft, wie gemalt. Ich wusste gar nicht, dass der

Drewenzsee so nahe am Gutshaus liegt." „Diese Landschaft ist in Jahrhunderten gewachsen und mein Vater hat immer nur ganz behutsam in die Landschaft eingegriffen. Ihm kam es darauf an, sie so natürlich, wie möglich, zu belassen. Nur hier und da, erkennt man die vorsichtige Hand des Gärtners. Aber Erlengrund ist auch schön, Bauer Arnold." „Ja, Herr Baron, Erlengrund ist auch schön, auch ohne Gärtner". Es entsteht eine Pause und man entfernt sich immer mehr vom Gutshaus.

„Wegen des Lohns, Herr Baron, habe ich doch richtig verstanden, dass ich dafür einen Tag pro Woche weniger Hand- und Spanndienste leisten muss und dafür unsere Grete hier im Gutshaus arbeitet. Sie kann uns doch wohl hin und wieder besuchen, Herr Baron?" „Natürlich besucht die Grete sie regelmäßig, das ist doch klar. Wir machen das am besten davon abhängig, wann Zeit ist und wann wir sie entbehren können. Darum kümmert sich meine Frau. Sie wird alles mit Grete besprechen und wir werden sie auch bringen, wenn sie nach Hause möchte. Bringen sie uns die Grete nur wieder zurück. Wie geht es so im allgemeinen, Bauer Arnold, wie läuft der Hof?"

Arnold schaut den Baron skeptisch an. „Wollen sie das wirklich wissen, Herr Baron? Darf ich ganz ehrlich zu ihnen sprechen?" „Ja natürlich, sonst würde ich nicht fragen." „Die Dinge laufen schlecht, Herr Baron. Ich weiß nicht, woran es liegt, aber die Erträge auf den Feldern werden immer weniger. Jedes Jahr wird es schlechter. In diesem Jahr kommt noch der verheerende Winter dazu, der uns einen großen Teil der Einsaat vernichtet hat. Wir wissen bald nicht mehr weiter." „Ihr macht doch Dreifelderwirtschaft, damit sich der Acker immer wieder erholen kann?" „Ja natürlich, Herr Baron, obwohl das bei der Größe unseres Hofes schon ein Problem ist. Der Hof ist einfach nicht groß genug für Dreifelderwirtschaft und dabei haben wir noch Glück. Die anderen Höfe auf Erlengrund sind ja noch kleiner." „Ich komme ihnen entgegen mit den Naturalabgaben, Bauer Arnold, das geht wohl nicht anders. Ich werde mit meinem Verwalter darüber sprechen. Ich sehe das ein, das geht so nicht." „Vielen Dank, Herr Baron, sie sind sehr gütig. Darf ich noch ein anderes Thema ansprechen?" „Nur zu, Bauer Arnold." Der Baron ist stehen geblieben, hat die Hand über die Augen gelegt und schaut zum Himmel. „Wir bekommen schönes Wetter. Schauen sie nur, wie die Wolken im Osten verschwinden. Danach ist der Himmel ganz klar."

Nach einer kurzen Pause beginnt Arnold das Gespräch erneut. „Ich bin ja auch der Bauernschafts Vorsteher von Erlengrund, Herr Baron. Da haben wir ja nun mit dem Franz Rohr ein ganz großes Problem. Dem Franz geht es noch schlechter, als uns anderen, Herr Baron, und da wurde er ja nun verurteilt, seinen Hof zu verlassen und woanders neu anzufangen. Ich weiß nicht, ob das richtig ist." Der Baron bleibt stehen und schaut ihn jetzt an. „Und sein Sohn, der Moritz, verhetzt uns die anderen Bauern und fordert überall, die Ordnung müsse sich ändern. Wie soll das denn gehen? Wir können doch nicht eine Ordnung in Frage stellen, die Jahrhunderte Bestand hatte." „Das sagen wir dem Moritz ja auch, Herr Baron. Aber der Moritz gehört schon zu einer ganz anderen Generation. Die sieht vieles anders, als wir." „Haben die Eltern nicht die Pflicht, für die Erziehung der Kinder zu sorgen?" „Natürlich, Herr Baron und unsere Grete ist ja wohl auch ganz gut geraten. Ich bin aber nicht sicher, wie das mit einem Sohn wäre, so wie der Moritz. Die Söhne müssen ja später die Höfe übernehmen und die Familie ernähren und da machen sie sich eben so ihre Gedanken. Das kann man gar nicht verhindern. Schau 'n sie, Herr Baron, da sieht er natürlich auch, was sein Vater für Probleme hat und wie man mit ihm umgeht." „Was soll das heißen, Bauer Arnold, der Vater hat doch gegen die Abgabenordnung verstoßen. Ist es da nicht natürlich, dass es dann Konsequenzen hat?" „Aber müssen die gleich so grausam sein? Runter vom Hof und irgendwo auf einem verlassenen Hof neu beginnen? Wie lange wird er brauchen, bis ihm dort etwas gelingt? Kann er dort die Auflagen erfüllen? Wissen sie, dass er dort überhaupt keine Geräte hat? Keine Vorräte, kein Pferd, kein Gesinde, nichts. Selbst wenn er es wollte, er kann es ganz einfach nicht schaffen. Und dann die arme Familie. Er hat ja nicht nur den Moritz, sondern noch sechs andere Kinder, die Hunger haben und eine liebe Frau, die mit darunter leiden wird. Gibt es keinen anderen Weg, Herr Baron?"

„Welchen?" „Barmherzigkeit, Herr Baron, man muss ihm doch eine Chance geben. Lassen sie ihn doch bitte auf seinem Hof und wir anderen auf dem Erlengrund können ihm dann helfen, bis er wieder auf eigenen Füßen steht." Der Baron geht nachdenklich weiter, Arnold folgt ihm in kurzem Abstand. So geht es eine ganze Weile, bis der Baron wieder stehen bleibt. „Also gut", sagt er, „sie haben Recht. Wenn wir ihn vertreiben, ist niemandem geholfen, das sehe ich ein. Sagen sie Franz Rohr, er soll übermorgen auf das Amt kommen, am Nachmittag. Ich werde dort sein und der Amtsrichter natürlich auch und wir werden mit ihm sprechen. Er soll uns ganz genau berichten, wie die Dinge stehen und dann werden wir einen Weg finden. Ihr Vorschlag ist der richtige." Arnold wäre am liebsten auf die Knie gesunken, überlegt sich das aber noch im letzten Moment. „Ich wusste es, Herr Baron, ich wusste es, dass sie sehr gütig sein können. Mein Gott, das wird eine Freude sein auf Erlengrund, alle werden erleichtert sein. Jetzt muss ich aber heim, Herr Baron, grüßen sie mir die Grete." Arnold geht schnellen Schrittes zurück zum Gutshaus, wo sein Pferdewagen steht, besteigt rasch den Bock und lässt die Pferde traben.

***

Der Verwalter, Heinrich von Waldersee, ist schon seit den frühen Morgenstunden unterwegs. Es geht ganz nach Norden des Gutsbesitzes, wo heute mit dem Einschlag von Kiefern und Buchen begonnen werden soll. Etliche Bauern sind zum Einschlag bestellt und der Förster von Gut Bernsdorf, Franz Globke, dürfte schon vor Ort sein und die Arbeiten leiten. Waldersee hat es nicht eilig. Er hat seinen Schäferhund dabei, hält zwischendurch an, begutachtet die Bestände und macht sich Notizen. Der Hund genießt dann seine Freiheit und rennt, wie wild in der Gegend herum. Von Waldersee ist gelernter Verwalter. Er hat in Königsberg Domänenverwaltung studiert, war ein paar Jahre auf einer königlichen Domäne in Postnicken am Kurischen Haff, lernte dann Baron von Bernsdorf kennen, der am Haff ein paar Tage Ferien machte und gerade einen Verwalter suchte. So angenehm es auf einer königlichen Domäne zuging, Waldersee konnte das Angebot des Barons gar nicht ablehnen. Dafür war der Wunsch viel zu groß, einmal leitender Verwalter auf einem Rittergut zu sein. Vielleicht kam er damit auch seinem Herzenswunsch etwas näher, einmal selber einen Gutshof zu übernehmen. Dazu fehlte ihm allerdings noch das nötige Kapital. Da er aber sparsam lebte, konnte er von seinem Gehalt einiges zur Seite legen und so handelte er nach der Überzeugung: Kommt Zeit, kommt Rat. Bis dahin ging es ihm gut auf Bernsdorf und zum Heiraten war noch Zeit genug, auch dafür galt sein Leitmotiv.

So nähert Waldersee sich dem Gebiet, auf dem heute der Holzeinschlag begonnen wurde. Schon von weitem hörte er die Geräusche der Waldarbeiter, Äxte schlagen im Takt, Sägegeräusche sind zu vernehmen und sogar das Krachen eines umfallenden Riesen konnte er hören. Dazwischen das laute Rufen der Waldarbeiter, die sich bei den Arbeiten verständigen mussten. So erreicht er den Rand einer schon ziemlich gelichteten Stelle, hält an und steigt vom Kutschbock.

Der Gutsförster Franz Globke hat ihn schon wahrgenommen und kommt auf ihn zu. „Guten Morgen, Herr von Waldersee", begrüßt er den Verwalter. „Guten Morgen Globke, na alles schon fleißig bei der Arbeit?" „Ja und nein, Herr von Waldersee, heute gibt es einige Probleme." „So? Welche denn?" „Na ja, man hat nicht die richtige Lust und Freude zur Arbeit mitgebracht. Da wird gemault und da gibt es viele Pausen und am Nachmittag haben viele schon keine Zeit mehr, sagen sie. Ich glaube nicht, dass wir das Pensum mit diesen Leuten schaffen. Wir haben hier schon viel Zeit verloren und wir müssen noch die Bestände da drüben auslichten und dann müssen wir alles noch fortschaffen und stapeln. Die haben aber ihre Pferde gar nicht mitgebracht und gar keine rechte Lust zur Arbeit." „Wer ist der schlimmste?" will Waldersee jetzt wissen. „Na ja, alle eigentlich, aber am schlimmsten ist der junge Rohr, der verhetzt mir die Leute regelrecht, redet dauernd von Ungerechtigkeit und das dies alles ja dem Baron gehört und der sich gefälligst selber um seine Bäume kümmern soll." „Schicken sie mir den mal her, Globke."

Langsam und ohne Hast nähert sich Moritz Rohr dem Verwalter. Man kennt sich natürlich und Moritz zeigt ganz deutlich, was er von dem Verwalter hält, der ohne Umschweife zur Sache kommt. „Ihr Vater hat sie hergeschickt, Rohr, um zu arbeiten. Muss ich ihnen ihre Pflichten erklären?" Moritz Rohr hält zwei Meter Abstand und spuckt ungeniert auf den Boden. Der Schäferhund ist angeleint und knurrt gefährlich. „Welche Pflichten? Sie meinen doch die Pflichten, die Leute wie sie und der Baron sich ausgedacht haben, um andere für sich arbeiten zu lassen." „Ich habe mir gar nichts ausgedacht, ich spreche von der Allgemeinen Landordnung, die hier jeder kennen sollte, Moritz, auch du. Da brauche ich gar nicht viel zu erklären. Die Waldarbeit gehört zu euren Pflichten und wenn du zu faul zum Arbeiten bist, dann muss dein Vater eben einen anderen zur Arbeit schicken, der nicht so viele Geschichten erzählt. Willst du die anderen Bauern aufhetzen gegen uns?"

„Vielleicht kommen sie einmal ohne ihren Köter in den Wald, Waldersee, dann gebe ich ihnen die passende Antwort auf ihre Fragen." „Ich habe überhaupt kein Interesse mit dir zu reden. Sieh zu, dass du fortkommst. Dein Vater muss für die nicht geleistete Arbeit aufkommen und er soll so schnell wie möglich Ersatz schicken. Dich will ich hier nicht mehr sehen." Moritz Rohr nimmt eine bedrohliche Haltung ein, der Hund knurrt und kläfft und will sich auf Rohr stürzen, aber Waldersee hält den Hund fest an der Leine. „Verschwinde, habe ich gesagt, sonst lasse ich den Hund doch noch los, der hat heute noch nichts gefressen." Moritz Rohr scheint die Aussichtslosigkeit der Lage einzusehen. „Das werden sie mir büßen", stößt er hervor, „wir sehen uns ganz bestimmt wieder, vielleicht ohne den Köter." Rasch entfernt sich Rohr jetzt von der Lichtung und verschwindet nach kurzer Zeit im Wald. Bis zum Elengrund sind es bestimmt zehn Kilometer, die er zurücklegen muss.

Waldersee geht jetzt zu den anderen. „Guten Morgen", sagt er, „ich habe den Moritz fortgeschickt, macht ihr nur eure Arbeit, je fleißiger ihr seid, umso eher werden wir fertig mit diesem Teil. Bringt morgen alle eure Pferde und das Gerät mit, damit wir mit dem Abtransport beginnen können. Wenn alles gut läuft, können wir in wenigen Tagen mit diesem Gebiet fertig sein. Auf euren Feldern ist zurzeit ohnehin nichts los, da kann mir niemand sagen, er hätte keine Zeit. Also an die Arbeit." Die Arbeiter murmeln etwas, irgendwo wird geflucht, aber alles bleibt jetzt friedlich, so dass Waldersee sich mit Globke entfernen kann, um das notwendige zu besprechen.

„Sie sollten sich auch einen Hund zulegen, Globke, das hilft manchmal." „Das habe ich gesehen, ganz schön eindrucksvoll, Herr von Waldersee. Mal sehen, vielleicht lege ich mir auch einen zu. An der Arbeitsmoral wir das aber vermutlich auch nicht viel ändern. Ich weiß nicht, wie lange das noch gut gehen soll." Sie schauen zur Einschlagstelle, wo die Arbeiter ihre Arbeit wieder aufgenommen haben. Fürs erste scheint jetzt Ruhe zu herrschen, so dass Waldersee nach kurzer Beratung seinen Heimweg antritt.

***

Paul Drechsler ist noch einmal aus Königsberg gekommen, um sich mit Moritz Rohr und anderen Bauern in Osterode zu treffen. Man sitzt im Wirtshaus „Zum Wilden Eber" zusammen. Außer Moritz Rohr sind auch Emil Liesegang und Gustav Tramp aus der Bauernschaft Erlengrund gekommen, aus der Bauernschaft Mulm ist Paul Radomski anwesend und aus der Bauernschaft Heilsberg Fritz Radzek.

„Was war mit dem Verwalter von Waldersee los?" will Drechsler zunächst von Moritz Rohr wissen. Der druckst etwas herum und sagt schließlich: „Das war wohl auch meine Schuld. Wir hatten Streit." „Streit worüber?" „Na ja, Streit halt. Der Förster hat sich beim Verwalter beschwert, weil ich geschimpft hatte." „Worum ging es?" „Immer das Gleiche. Es ging um den Dienst im Wald des Barons. Vielleicht hatte ich auch keine Lust für den Baron zu arbeiten. Auf unserem Hof geht es schlecht und es gibt viel Arbeit. Vater soll vom Hof gehen, weil er seine

Abgaben nicht mehr erbracht hat. Da kommt eben eins zum anderen."

„Wir müssen uns genau überlegen, was wir tun", sagt Drechsler mit leicht vorwurfsvollem Ton, „solche Auseinandersetzungen bringen überhaupt nichts, wir haben nicht einmal das Recht auf unserer Seite." „Welches Recht haben wir denn?" will Moritz Rohr jetzt wissen. Drechsler lässt sich etwas Zeit mit der Antwort. Schließlich sagt er: „Im Grunde genommen haben wir Bauern gar keine Rechte, nach der Allgemeinen Landordnung nur Pflichten. Preußen wird vom König absolut regiert. Er allein entscheidet alles, er entscheidet über Arme und Reiche, es gibt keine Mitbestimmung für uns. Die Adeligen sind die Grundbesitzer und sind Teil dieses absolutistischen Systems, in dem sie allerdings ganz gut leben können. Sie sind auch berechtigt in den preußischen Landtag zu gehen und können auf diese Weise zumindest ihre Meinungen zu Gehör bringen. Das können alle Stände, die Bischöfe und Prälaten, die Rittergutsbesitzer und die Magistrate der Städte, die Stände eben. Wir Bauern sind die absolute Mehrheit in Preußen und gelten nicht einmal als Stand. Dies muss sich ändern." „Wie wollt ihr das anstellen?" fragt Radomski. „Du müsstest fragen, wie wir das anstellen wollen. Es geht um uns alle. Wir müssen uns zusammenschließen und unser Anliegen bis zum Hof in Berlin tragen. Wir Bauern wollen ein Stand sein, wie die anderen und wir wollen unsere Vertreter in den Preußischen Landtag entsenden. Das ist der einzige Weg, einen anderen gibt es nicht."

„Glaubst du im Ernst, dass der Adel das zulässt?" fragt Radzek, „das richtet sich doch gegen deren Interessen." „Das ist richtig, den Adel haben wir nicht auf unserer Seite, den haben wir gegen uns, den Klerus wahrscheinlich auch. Vielleicht haben wir Verbündete in den Städten. Jedenfalls müssen wir unmittelbar beim König vorstellig werden, nur der kann uns helfen und die Verhältnisse ändern." „Weiß man, wie der König denkt?" „Ja, wir glauben, dass der König ein vernünftiger Monarch ist, der auch gerecht sein möchte. Ihm ist klar, dass die Bauern ein wichtiger Stand sind. Wir sorgen dafür, dass genügend Nahrung für alle erzeugt wird und wir zahlen, anders als der Adel, Kontributionen und füllen damit seine Staatskasse. Man weiß, dass der König geäußert hat, dass man die Kuh, die einen ernährt, nicht schlachten kann. Das ist unsere Chance."

„Was ist mit den Kriegs- und Domänenkammern?" will Moritz Rohr wissen. „Die sind sogar dem Adel ein Dorn im Auge. Der König hat erkannt, dass er nach den alten Verhältnissen zu sehr vom Adel abhängig war und da hat er mit den Kriegs- und Domänenkammern eine zusätzliche Verwaltung geschaffen, vorbei am Adel und direkt bis zu uns Bauern. Der König ist also durchaus zu Reformen bereit, weil er sie für nötig hält. Noch eins. Der Staat hat auch eigenen Grundbesitz mit den staatlichen Domänen, Manufakturen und Forstverwaltungen. Da gibt es ebenfalls sehr viele Bauern und Arbeiter, die nicht zu einem Rittergut gehören. Für diese Bauern soll es schon bald Erleichterungen geben. Sie sollen die Möglichkeit erhalten, ihre Höfe zu erwerben. Das gilt natürlich noch lange nicht für uns, aber wir haben die Möglichkeit, Gleichbehandlung zu fordern und das werden wir auch tun, wenn ihr uns unterstützt."

„Was können wir tun?" will Moritz Rohr wissen. „Ihr müsst euch zusammenschließen und eure Rechte gemeinsam vorbringen, aber immer friedlich, niemals mit Gewalt. Ihr könnt uns beauftragen, eure Rechte vom König einzufordern und ihr könnt euch, da wo es notwendig ist örtlich versammeln. Das ist dann schon ein kritischer Punkt. Dabei muss es immer ganz friedlich zugehen, sonst schickt man uns die Polizei und die Armee und dagegen haben wir dann keine Chancen mehr. Ohne es zu wollen provozieren wir dann schärfere Gesetze und das Ganze endet bestenfalls mit Mord und Totschlag, so wie vor ein paar hundert Jahren."

Paul Drechsler hat ein Schriftstück mitgebracht, das alle jetzt unterschreiben. In dem Schriftstück wird die Gründung einer Bauernvereinigung in Osterode vereinbart. Moritz Rohr wird sich um die Belange kümmern. Die Bauern wollen möglichst viele Bauer zu Mitgliedern gewinnen. Mit dieser Unterzeichnung endet dann das erste Treffen der neu geschaffenen Bauernvereinigung Osterode.

***

Treffen der Landstände

Die vierspännige Kutsche der Bernsdorfs ist flott unterwegs. Die Wege sind trocken und griffig und die beiden Kutscher auf dem Bock lassen die Pferde ordentlich traben. Der Max vorne links macht das Tempo und hat Ehrgeiz. Die anderen müssen mit. Über Liebemühl, Mohrungen, Mehlsack und Zinten geht es nach Königsberg, ungefähr einhundertachtzig Kilometer. Am Spätnachmittag will man bereits in Heinrikau sein, wo nach der halben Strecke in einem Gasthof übernachtet werden soll. Vielleicht kommt man ja im „Wilden Schmied" unter. Dort wird zünftig gekocht und es gibt ein gutes Bier vom Fass dazu. Der Baron hatte vor Beginn der Reise überlegt, ob man einen Besuch im Schloss Schlobitten einplanen sollte. Er hätte seinen Freund von Holnstein heimsuchen können, aber da hätte man mindestens zwei Tage einplanen müssen. Er hat es daher vorgezogen, diesmal nach Königsberg durchzufahren und die gewonnene Zeit mit der Familie für Ausflüge zu nutzen.

Die Kutscher haben das Gefährt auf eine Waldlichtung, etwas abseits vom Weg gesteuert und es gibt jetzt eine Pause. Die Bernsdorfs sind ausgestiegen, strecken die Glieder und beobachten die Kutscher, die sich um die Pferde kümmern und jetzt einen Koffer am Heck öffnen und einige Erfrischungen vorbereiten. „Mit dem Wetter haben wir Glück", sagt der Baron und legt seinen Arm um Amalie. „ist doch schön, einmal etwas raus zu kommen, oder wärst du lieber nach Schlobitten gefahren?" „Nein, nein Friedrich, das ist ganz gut so. Weißt du, ich bin eigentlich ganz zufrieden, wenn ich die Reise nicht durch einen Besuch unterbrechen muss. Man muss sich dann einstellen auf unsere Gastgeber und auf so manches Acht geben. So sind wir ungezwungener unterwegs. Nach Schlobitten können wir ein anderes Mal fahren, dann aber nur dahin."

Marie und Friedrich Wilhelm kommen nach kurzem Spaziergang aus dem Wald zurück. „Herrlich hier", meint Marie, „ein unwahrscheinlicher Duft liegt in der Luft. Ich habe das Gefühl, ich könnte die Blüten riechen, aber es ist doch wohl eine Mischung aus allen möglichen Pflanzen. Man kann sie gar nicht unterscheiden. Wo werden wir übernachten?" „Im Wilden Schmied", sagt der Baron, „hoffentlich kommen nicht auch andere auf die gleiche Idee, es sind ja einige unterwegs nach Königsberg, so wie wir."

Die Kutscher haben mittlerweile ein Tischchen aufgestellt und Getränke und kleine Erfrischungen bereitgestellt. Martha, die Köchin, lässt sich da immer etwas einfallen. Alle greifen tüchtig zu. „Wie laufen die Pferde?" möchte der Baron wissen. „Die laufen prima, Herr Baron. Der Max ist ganz aus dem Häuschen, wenn er auf so eine Strecke gehen kann. Der reist die anderen richtig mit. Die Edda möchte da nicht nachstehen, der Hans versucht manchmal den Max noch zu übertreffen und die Trude läuft einfach nur brav mit. Ist ganz gut die Mischung, die leisten was." Der Baron schaut zum Himmel. „Wird sich heute wohl halten das Wetter. Bis Heinrikau haben wir noch vier Stunden, da könnt ihr die Kutsche dann mal reinigen. Der Wirt im Wilden Schmied hält immer alles dazu bereit. Danach macht euch mal ein paar ruhige Stunden." „Wird gemacht, Herr Baron. Wann geht es morgen weiter?" „Na, bis Königsberg haben wir dann noch einmal gut acht Stunden. Da sollten wir früh starten. Sagen wir mal um acht Uhr Abfahrt."

Der Baron hat Friedrich Wilhelm zur Seite genommen und geht mit ihm ein paar Schritte abseits der Kutsche. „Friedrich, beim Landtag werden wir ganz sicher über die Bauern sprechen. Du solltest dir das mal anhören. Im Landtag haben wir ein paar Plätze für Zuhörer. Da kannst du gleich mal miterleben, wie das da so geht. Du musst das ja später alleine machen. Sag mal, hast du mitbekommen, was mit dem jungen Moritz Rohr los ist? Man hört ja so einiges über den jungen Rebellen. Waldersee hat sich auch über ihn beklagt." „Vater, der Moritz ist ganz in Ordnung. Wir müssen nur akzeptieren, dass die Jungen eben etwas anders sind, als ihre Eltern. Die sehen manches ganz anders, fortschrittlich eben." „Wenn Fortschritt darin besteht, die alte Ordnung umzustoßen, dann habe ich damit nichts im Sinn. Es geht dabei auch um deine Zukunft Friedrich und um uns alle." „Ich weiß, aber irgendwie kann ich die jungen Bauern auch verstehen, Vater. Die fragen sich doch, warum es ihnen so viel schlechter geht, als mir, zum Beispiel. Dabei hat sich keiner von uns seine Wiege aussuchen können." „Säg dir bloß nicht den Ast ab, auf dem du sitzt, mein Junge. Fortschritt kann doch nicht heißen, dass alle am Ende gleich arm sind." „Nein, natürlich nicht. Ich frage mich aber, ob es nicht klüger wäre, auf die Bauern zuzugehen und ihnen zu helfen. Wenn die ruhig bleiben, dann haben wir doch auch einen Vorteil davon. Der König hat das doch auch schon erkannt." „Ist wohl wahr, mein Junge. Na, wir werden uns mal anhören, was die anderen davon halten. Kann sein, dass du nach dem jungen Rohr gefragt wirst. Dann erzähl ruhig, was du weißt. Kannst dich dann ja schon etwas bekannt machen." Bei der Kutsche ist man im Aufbruch. Alles wird wieder verstaut und Amalie und Marie sind schon eingestiegen. Als letzter klettert der Baron in die Kutsche. „Nach Heinikau!" ruft er den Kutschern zu und mit einem Ruck ziehen die Pferde an und in rascher Fahrt geht es zur Straße und dann immer nach Norden, durch Wälder und Felder, durch seltene Dörfer, an Seen vorbei und immer wieder tiefe, ausgedehnte Wälder: Tannenwälder, Fichten, Föhren und Mischwald, endlos.

***

Am späten Nachmittag erreichen die Bernsdorfs Heinrikau. Ein kleiner Ort kurz hinter dem größeren Wormitt. Der Gasthof „Zum wilden Schmied" liegt etwas abseits der Straße am Waldrand. Der Wirt wartet schon mit einigen Bediensteten auf die Ankunft der Kutsche. Als der Baron aussteigt, begrüßt er ihn überschwänglich. „Herzlich willkommen, Herr Baron, in Heinrikau. Wir fühlen uns sehr geehrt, dass sie hier halt machen." Der Baron schüttelt dem Wirt die Hand. „Schön, dass sie Platz für uns haben. Wir freuen uns auf ein paar geruhsame Stunden. Was gibt es zu essen?" „Ist landesüblich recht, Herr Baron?" „Natürlich, was empfehlen sie?" „Bortschtsch vorweg, dann Piroggen ganz frisch, mögen sie Fisch oder Fleisch als Hauptgang?" „Fisch wäre nicht schlecht." „Wie wäre es mit Hering in Schmand Sauce, Herr Baron und dazu reichlich Bier?" „Lecker, der Fisch will schwimmen, was?" Der Wirt wendet sich seinen

Bediensteten zu: „Los, los, das Gepäck auf die Zimmer. Dann begrüßt er die Baronin, Marie und Friedrich Wilhelm. „Darf ich sie gleich zu einer Erfrischung einladen, Frau Baronin, dort im Schatten vielleicht. Man begibt sich in den Garten des Gasthofs, wo sich eine gemütliche Sitzecke unter einem großen Schatten spendenden Schirm befindet. Getränke werden gebracht. „Wie groß ist Heinrikau?" möchte Amalie wissen. „Ganz klein, gnädige Frau, vielleicht hundert Einwohner, vielleicht hundertfünfzig. Hier kennt jeder jeden. Übrigens, es war gut, dass ihr Verwalter so rechtzeitig Bescheid gegeben hat. Wir haben schon einige Durchreisende abgewiesen. Ist etwas los in Königsberg?" „Ja", sagt der Baron, „die Landstände tagen mal wieder, haben sie Wünsche?" „Was soll ich sagen, Herr Baron, Wünsche hat man immer, aber was bekommt man am Ende?" „Na ja, hätte ja sein können", schmunzelt der Baron und trinkt mit sichtbarem Genuss ein ganzes Glas Bier aus. „Gibt es etwas Schöneres auf Erden?" fragt er lachend, „bitte noch eins."

Schon fast bei Sonnenuntergang sitzt die Familie auf einer großzügig angelegten Terrasse zum Abendessen. Man genießt die heimische Küche. Das Essen ist einfach, aber äußerst geschmackvoll. „Sag mal, Friedrich, hast du die Heringe bestellt?" will Amalie jetzt wissen. „Hab ich", schmunzelt der Baron, „was glaubst du, was die für einen Nachdurst schaffen, meine Liebe?" „

„Ja, aber auch bei uns. Gibt es nichts anderes?" Der Wirt hat dies gehört und sich unmerklich dem Tisch genähert. „Selbstverständlich gnädige Frau, unser Koch macht ihnen, was sie wollen." „Haben sie Schaltenoßes?" Was ist das?" möchte

Marie wissen. „Wenn ich erklären dürfte, gnädiges Fräulein, das ist eine litauische Spezialität. Das sind mit Glumse, Zucker, Butter und Zimt gefüllte Pfannkuchen, ganz lecker. Wir wussten nicht, ob sie das mögen." „Die nehmen wir gerne. Meinem Mann dann lieber ein paar Heringe mehr." „Und noch ein Bier", ergänzt der Baron. „Die können sie auch als Bratheringe haben", sagt der Wirt. „Nehm ich auch", sagt der Baron und blinzelt behaglich in den Sonnenuntergang. „Ein friedlicher Abend beim Sonnenuntergang im Kreis der Familie, eine Terrasse in Heinrikau, umgeben von Wald, gutes Essen, Bier so viel gewünscht wird. Gibt es noch etwas Schöneres, Amalie? Sag, gibt es noch etwas Schöneres?"

***

Die Kutsche der Bernsdorfs rollt über die steinerne Pregelbrücke und vor allem Marie und Friedrich Wilhelm sind begeistert. „Was für eine schöne Stadt", ruft Marie aus, „so groß hätte ich sie mir nicht vorgestellt". „Unsere Hauptstadt, Marie", sagt der Baron „und ein paar hundert Jahre alt". Er zeigt auf verschiedene Bauten und bemerkt: „Das Schloss dominiert die Stadt. Aber auch der Dom ist einmalig. So etwas sieht man selten." Der Weg führt entlang dem Fluss und knickt dann ab am Kneiphof vorbei, dann noch einmal nach Norden am Schloss vorbei, dem Schlossteich folgend erreicht man schließlich den Gasthof „Zur Sonne". An der Vielzahl von Kutschen erkennt man unschwer, dass der Gasthof wohl gut belegt sein wird. „Ich schlage vor, wir machen gleich mal einen kleinen Bummel", schlägt der Baron vor und erhält begeisterte Zustimmung.

Nach der Begrüßung durch den Wirt wird das Gepäck auf die Zimmer gebracht und nach einer kleinen Erfrischung begeben sich die Bernsdorfs auf eine kleine Wanderung durch die Stadt. Zu Fuß sieht man besonders viel, zum Beispiel beim Durchgang durch den Innenhof des Schlosses, entlang der hölzernen Arkaden mit efeuumrankten Pfeilern. „Hier in den Gewölben werden wir heute Abend essen", sagt der Baron, „Amalie, da gibt es den berühmt berüchtigten Rotwein Blutgericht. Nur Vorsicht, der hat es in sich." „Au ja", ruft Marie, „Blutgericht hört sich interessant an." „Nichts da", wehrt der Baron ab, „ist nur für Erwachsene. Bei denen macht das sowieso nichts mehr, was die trinken." „Versteh ich nicht", meint Marie. „Ich auch nicht", brummt der Baron, „ist auch nur ein dummer Spruch, der als Ausrede gedacht ist."

Vom Schloss geht es zum Kneiphof mit vielen Geschäften und dem Dom als Wahrzeichen. Am Eingang fragt Friedrich Wilhelm: „Wieso hat der nur einen Turm, Vater?" „Ist wohl das Geld ausgegangen", sagt der Baron lächelnd, „schau, der Unterbau für den zweiten Turm ist da, aber dann hat man nur ein Dach darauf gesetzt, vielleicht wollte man ihn später vollenden. Seht ihr die Wehrgänge da oben?" Der Baron weist nach oben. „Das war einmal eine Festung bevor man sich entschloss, daraus einen Dom zu bauen. Wenn die Bauwerke reden könnten, hätten sie uns spannende Geschichten zu erzählen."

Die Bernsdorfs betreten den Dom durch das Hauptportal und gehen durch die gotische Hallenkirche, die eine enorme Ausdehnung hat und rundum von hohen gotischen Fenstern Licht durchflutet ist. „Wie schön", sagt

Amalie, „wir sollten am Sonntag zum Gottesdienst gehen. Schaut euch nur die Orgel an, was für ein gewaltiges Instrument. Es muss Jahre gebraucht haben, um diese Orgel zu bauen." „Und man muss viel Geld gehabt haben", brummt der Baron. „Aber Friedrich, wer wird denn immer gleich an Geld denken. Du bist mir aber einer, wirklich."

Nachdem man noch kreuz und quer durch die Straßen und Gassen gewandert ist, kommt man zur alten Burganlage. Hoch über dem Platz erheben sich die mächtigen Mauern und Türme. „Hier wurde unser König gekrönt", erklärt der Baron, „genau genommen hat er sich selber gekrönt." „Wieso?" will Marie wissen. „Wer hätte ihn krönen sollen, wenn nicht der Kaiser, aber der saß in Wien und war für Preußen nicht einmal zuständig." „Und was ist mit dem Papst?" möchte Friedrich Wilhelm wissen. „Gute Frage, aber der Papst ist katholisch und sitzt in Rom. Unser Königshaus ist protestantisch und würde niemals anerkennen, dass der Papst irgendwelche Rechte dazu hat. Tatsächlich hat der Papst die Königswürde unseres Königs und Herzogs und Kurfürsten von Brandenburg nie anerkannt. Der war beleidigt und ist es bis heute, dass man ihn nicht gefragt hat." „Auch nur ein Turm", bemerkt Friedrich Wilhelm, der andere ist rund und hat nur ein spitzes Dach." „Da kann man sehen, wie sparsam unsere Altvorderen gebaut haben", schmunzelt der Baron, „kann sein, dass ihr beide für ein paar Jahre hier in Königsberg sein werdet, je nachdem, was ihr werden wollt."

In einem kleinen Kaffee wird eine Pause gemacht und man genießt das leckere, hausgemachte Gebäck. Hier kann man alles beobachten, die Menschen, vorbeifahrende

Kutschen und man hat einen Blick auf einen Teil des Hafens, wo es rege zugeht. Es wird be- und entladen und Fuhrwerke verteilen die Fracht, wer weiß wohin. Was für ein Leben herrscht in dieser Stadt, ganz anders als zu Hause in Osterode. „Ihr Lieben", sagt der Baron, „ich schlage vor, wir nehmen jetzt eine Droschke und fahren zum Gasthof zurück. Wir wollen ja schließlich nachher essen gehen und da müssen wir uns noch vorher umziehen."

***

Im Schlosshof herrscht reger Betrieb. Die Teilnehmer an der Ständeversammlung fahren mit Kutschen vor, man begrüßt sich zum Teil überschwänglich und begibt sich dann in das Innere des Schlosses, wo die Ständeversammlung stattfinden wird. Fast alle Rittergutsbesitzer sind erschienen, dazu Prälaten und Dechanten der Kirchen, die Domänenverwalter und Magistrate und Bürgermeister der Städte. Man kennt und versteht sich.

Bernhard Freiherr von Hohenstein, der leitende Magistrat und Oberbürgermeister der Stadt Königsberg hat zur Glocke gegriffen und macht damit unmissverständliche deutlich, dass er mit der Versammlung beginnen möchte. Nach einigem Stühle rücken, verebbt die Lautstärke im Saal langsam und Freiherr von Hohenstein hat sich erhoben und begrüßt die Teilnehmer der Ständeversammlung.

„Ich begrüße sie alle, als Teilnehmer der Ständeversammlung", ruft er in den Saal, setzt die Glocke hörbar auf dem Tisch ab und schaut freundlich in die Runde, „schön, dass sie alle wieder kommen konnten. Ich eröffne die diesjährige Versammlung des Landtags." Neben ihm auf der Bank des Regierungsvertreters wird es etwas unruhig. „Ich weiß, ich weiß, Graf von Bentheim, dass sie das Wort Landtag nicht gerne hören, aber einen Landtag gibt es fast überall und daher soll diese Versammlung auch in Preußen so heißen. Das kostet doch nichts." Gemurmel und leises Gelächter im Saal. Baron von Bernsdorf hat sich zu seinem Sohn gewendet und sagt schmunzelnd: „Siehst du, das fängt doch schon richtig an. Die Regierung möchte uns nur als Versammlung der Landstände bezeichnet wissen, aber von Hohenstein sagt hartnäckig Landtag dazu."

„Ich begrüße auch die Vertreter der preußischen Regierung, allen voran den Oberpräsidenten der preußischen Domänenkammern, Herrn Freiherr von Hohenstein, der uns heute einige interessante Dinge zu berichten hat. Bevor wir aber mit der Versammlung beginnen, habe ich die Ehre und große Freude ihnen mitzuteilen, dass im Königshaus ein junger Kronprinz Friedrich heute Nacht das Licht der Welt erblickt hat. Meine Herren, Preußen hat wieder einen Thronfolger". Man erhebt sich und spendet lang anhaltenden Beifall. „Meine Herren, wir werden in den nächsten zwei Tagen einiges zu besprechen haben und ich möchte gleich zu Beginn darauf hinweisen, dass wir heute Abend hier im Schloss eine Abendgala vorbereitet haben, zu der sie alle und ihre besseren Hälften eingeladen sind. Defilee ist ab acht Uhr, für Essen und Trinken ist wie immer gesorgt. Das war der allgemeine Teil. Ich erteile jetzt dem Herrn Oberpräsidenten das Wort, der uns einiges vorzuschlagen hat."

Arnold Graf von Bentheim ist ein äußerst würdiger Herr, aufrechte Haltung, Schnauzbart und eleganter Rock mit Seidentuch. Er hat sich erhoben und das Rednerpult betreten. Von Hohenstein betätigt noch einmal die Glocke und der Graf beginnt. „Meine sehr verehrten Herren, ja das Wort Landtag ist wohl fehl am Platze. Preußen wird so gut regiert, dass es keinen Landtag braucht." Gemurmel im Saal. Aus der ersten Reihe wird gerufen: „Aber Preußen könnte noch besser regiert werden." Gelächter und anschwellendes Gemurmel. „Ja, ja, ich kenne diese Einwände", fährt Graf von Bentheim fort, „aber wir müssen doch davon ausgehen, dass unser König von Gottes Gnaden weise das Land regiert. Zwischen die göttlichen Eingebungen und ihn gehört nun mal kein Landtag." Gelächter im Saal und fast schon sarkastischer Beifall. Aus dem Saal wird gerufen: „Ist unser aller Gott!"

Von Hohenstein bedient wieder die Glocke. „Meine Herren, so kommen wir doch nicht weiter. Bitte besinnen sie sich doch darauf, dass wir hier die Landstände sind und große Verantwortung für das ganze Land tragen. Wir alle brauchen und erhalten die richtigen göttlichen Eingebungen. Bitte Herr Oberpräsident, fahren sie doch fort." „Danke", sagt von Bentheim, „lassen wir das mit den Eingebungen. Ich wollte ihnen ja einige wichtige Dinge mitteilen, die von der königlichen Regierung beschlossen sind und die sie alle angehen. Da spielt es doch überhaupt keine Rolle, wie die Dinge heißen." Er schaut sich etwas vorwurfsvoll blickend im Saal um, räuspert sich und fährt dann fort. „Also, wo war ich stehen geblieben, ach ja, die Verwaltungsreform wollte ich ihnen erklären. Also, meine Herren, vielleicht erledigen sich ja einige Bedenken, wenn ich ihnen erklärt habe, worum es geht." Es entsteht eine kurze Pause und im Saal herrscht jetzt angespannte Aufmerksamkeit. Der Oberpräsident fährt fort. „Seine Majestät, der König möchte die schon bestehende Organisation der Domänenkammern bis auf die unterste Ebene ausdehnen und sozusagen die Regierungsgewalt bis in die Ämter und Gutsbezirke ausdehnen, flächendeckend, sozusagen." Gemurmel im Saal und Getuschel. „Was heißt das nun?" Kurze Pause. „Nun, das heißt, dass die Regierung sie alle dazu braucht, zumindest viele von ihnen. Wir wollen Rittergutsbezirke zusammenfassen und dort jeweils einen Landrat einsetzen, der die Regierungsgewalt dort ausübt. Die Regierung ist dann überall und immer sofort vorhanden und ansprechbar." „Und wer soll das machen?" wird gefragt. „Das machen die Rittergutsbesitzer, nicht alle, aber in den zusammengefassten Bezirken einer von ihnen." „Und wird das dann bezahlt?" wird gefragt. „Meine Herren, wer fragt denn immer gleich nach Bezahlung. Das ist doch ein Ehrenamt und es hat Einfluss als Teil der königlichen Regierung, von Gottes Gnaden sozusagen. Na ja, die Unkosten werden natürlich übernommen, das müssen wir aber noch klären."

Von Hohenstein schaut in die Runde. „Ich sehe, dass sie allgemein überrascht sind. Schießen sie los, wenn sie Fragen haben. Der Herr Oberpräsident ist die richtige Adresse. Es erfolgen Wortmeldungen. „Wer bestimmt die Landräte und welche Rechte und Aufgaben haben sie?" „Also, die Landräte sind königliche Beamte und Rittergutsbesitzer zugleich. Als Rittergutsbesitzer ändert sich gar nichts, übrigens auch für die anderen nicht, die nicht Landräte sind. Die Landräte unterstehen der preußischen Domänenkammer und gehören damit zur Regierung. Sie sollen Berichte über die Dörfer erstatten, über Einwohnerzahlen, Bodenerträge, Viehbestände, Bienenzucht, Waldbestände und Holzeinschlag. Sie arbeiten eng mit den Steuerräten zusammen, haben aber auch die Aufgaben, auf die Instandhaltung der bäuerlichen Gebäude zu achten und darauf, dass die Schulen ordentlich geführt werden und sie achten ganz allgemein darauf, dass die Allgemeine Landordnung eingehalten wird." „Dann sollen sie vor allen Dingen dafür sorgen, dass die Steuereinnahmen stimmen?" „Ja, auch das. Aber sie sind vor allem das Auge und der Arm der Regierung und damit des Königs." „Und wie werden die Landräte bestimmt?" „Ja, also, das ist so vorgesehen. Wir benennen gleich die Landratsbezirke und die zugehörigen Rittergüter, das sind in der Provinz Preußen neun Landratsbezirke mit durchschnittlich vier bis fünf Rittergütern. Wir machen dann eine kurze Pause und sie bestimmen dann untereinander den Landrat, der ernannt werden soll. Das ist wohl am einfachsten. Herr von Hohenstein, wir sollten jetzt eine Pause machen und die Landräte wählen lassen."

In der jetzt angesetzten Pause werden die Informationen vom Oberpräsidenten ausgegeben und die jeweiligen Rittergutsbesitzer setzen sich zusammen und wählen einen aus ihrer Runde, der Landrat werden soll. Das Rittergut der Bernsdorfs gehört zum Landratsbezirk "Allenstein, Osterode". Dort befinden sich vier Rittergüter und man ist sich sehr schnell einig, dass Baron von Bernsdorf die Aufgabe des Landrats übernehmen soll. Dieser stimmt zu und verspricht, immer die Interessen aller zu vertreten und sich in allen wichtigen Fragen mit den anderen Rittergutsbesitzern abzusprechen. So ähnlich geht das auch in den anderen Runden. Nach kaum einer Stunde sind die Namen der neun Landräte gemeldet und werden vom Oberpräsidenten bekannt gegeben. Dieser bedankt sich für die raschen Entscheidungen und gibt das Wort an den Versammlungsleiter zurück.

„Meine Herren, das ging ja ganz ordentlich über die Bühne", sagt von Hohenstein, „aber ich glaube, der Herr Oberpräsident hat wohl gemerkt, welche Einigkeit unter den hier Anwesenden herrscht. Darauf können wir zu Recht stolz sein und die Regierung kann auf uns bauen, wenn sie sich uns gegenüber anständig verhält. Es ist nun mal eine uralte Tatsache, dass Preußen vor allem durch den Adel getragen wird und wenn dann noch ein König dazukommt, der von Gottes Gnaden eingesetzt ist, dann soll uns das Recht sein." Beifall und freundliches Gelächter im Saal.

„Ich komme jetzt zu einem anderen Thema", fährt von Hohenstein fort, „die Vertreter der Regierung werden daran auch interessiert sein. Ich spreche von Merkwürdigkeiten, die sich unter den Bauern ausbreiten. Da gibt es äußerst seltsame Berichte aus verschiedenen Gegenden des Landes und hier in Königsberg werden Leute vorstellig, die allen Ernstes fordern, den Bauern die Rechte eines eigenen Standes einzuräumen." Jetzt wird es im Saal etwas lauter. „Kann man darüber Näheres erfahren?" „Ja, man kann. Heute ist auch der junge Baron von Bernsdorf hier anwesend, der kann euch einiges aus Osterode berichten und dem könnt ihr alle eure Fragen stellen. Ich habe das mit seinem Vater so vereinbart. Vielleicht kann der junge Baron einmal nach vorne an das Rednerpult kommen und ich bitte euch, seid freundlich zu ihm. Die jungen Leute sind unsere Zukunft."

Friedrich Wilhelm von Bernsdorf ist nach vorne gekommen und wird von den Anwesenden freundlich begrüßt. Er schaut sich etwas verlegen zum Versammlungsleiter um und der muntert ihn auf: „Na, nun mal los, wir beißen nicht." „Ja, ich möchte mich zunächst vorstellen. Ich bin Friedrich Wilhelm von Bernsdorf und bin sechzehn Jahre alt." „Gute Vornamen", klingt es aus dem Saal. „Danke, aber die habe ich mir nicht aussuchen können. Ich finde sie aber auch sehr gut." Freundlicher Beifall. „Also in Osterode gibt es tatsächlich einige Unruhe unter den Bauern. Genau genommen sind es die jüngeren Bauern, die Söhne, die unzufrieden sind." „Gibt es Namen?" „Bitte haben sie Verständnis, die möchte ich von dieser Stelle aus nicht nennen, es geht ja auch zunächst um das Problem." „Ist schon in Ordnung. Braver Junge", hört man aus dem Saal. „Also, es geht darum, dass die jungen Leute es gar nicht einsehen können, warum es ihnen nicht so gut geht und uns, ich meine den adeligen Kindern, so viel besser. Wir haben eine gute Schulausbildung, erben Grundbesitz und erhalten gute Stellungen bei der Regierung und im Militär." „Was ist daran falsch?" hört man aus dem Saal. „Entschuldigen sie", fährt Friedrich Wilhelm fort, „Ich glaube nicht, dass es darum geht. Ich kenne die allgemeine Ordnung natürlich sehr gut und", jetzt stockt Friedrich Wilhelm ein wenig, „und wir jungen Adeligen sehen das natürlich auch und verstehen das genau so wenig. Ich will sagen, wir haben durchaus Verständnis für solche Fragen."

„Sieh einmal an", klingt es aus dem Saal, "wollt ihr denn auf eure Rechte verzichten?" Friedrich Wilhelm schaut ohne nervös zu werden in den Saal, „nein, entschuldigen sie bitte, aber wir glauben, dass es auch darum nicht geht. Das Land besteht zu dem allergrößten Teil aus Bauern, die alle Arbeit machen müssen. Wir sind auf sie angewiesen und es besteht überhaupt kein Grund dafür, dass es ihnen nicht besser geht. Wer seine Arbeit gerne macht und einen Sinn darin sieht, leistet am Ende mehr und niemand hat dann Weniger." „Schau, schau, was ist denn los in Osterode?" "In Osterode haben sich einige jüngere Bauernsöhne zusammengeschlossen und sich mit einem Mann aus Königsberg getroffen, der eine Partei gründen will. Man will es erreichen, dass die Bauern ein anerkannter Stand in Preußen wird, der dann auch Mitspracherechte erhält." „Unglaublich. Wie heißt der Kerl?"

Jetzt schaltet sich der Versammlungsleiter ein. „Der ist uns hier bekannt. Der heißt Paul Drechsler und hat Glaubensbrüder in Berlin, die dort versuchen, den Hof zu beeinflussen. Parteien, oder wie die heißen, gibt es natürlich nicht und wird es auch nicht geben. Der Versuch, die Bauern zu einem Stand zu erheben, ist allerdings schlau ausgedacht. Der Hof wird darauf hoffentlich nicht hereinfallen, aber wir müssen diese Bemühungen ernst nehmen." „Wozu gibt es Gefängnisse?" wird aus dem Saal gerufen.

„Entschuldigung", wirft Friedrich Wilhelm vorsichtig ein, „aber wenn es immer mehr werden, die das fordern, reichen auch die Gefängnisse nicht aus. Ganz abgesehen davon, dass wir die jungen Bauern ja auf den Feldern brauchen." „Das stimmt", hört man und „gar nicht so dumm, der junge Baron." „Was schlagen sie denn vor?" „Die Frage finde ich richtig gut", sagt Friedrich Wilhelm jetzt freundlich, „die Frage ist wirklich gut. Vielleicht sollten wir jungen Adeligen uns einmal treffen und uns verabreden, mit den jungen Bauern zu sprechen und sie einfach anhören. Es geht ja auch um unsere Zukunft dabei und um unsere Güter. Wir müssen ein Leben lang mit den jungen Bauern zusammen arbeiten, so wie unsere Väter es auch getan haben. Die älteren Bauern wirken beruhigend auf die jungen ein. Dafür gibt es Beispiele in Osterode, die gehen auch nicht mehr auf die Barrikaden. Auf die Jungen müssen wir achten, aber bitte nicht mit der Polizei." Es wird jetzt lebhaft im Saal. Verschiedene Meinungen werden gerufen bis der Versammlungsleiter das Wort nimmt: „Meine Herren, darf ich um etwas mehr Ruhe bitten. So, jetzt habt ihr gehört, was ein junger Baron uns zu sagen hat und ich meine, ich sollte ihm auch in eurem Namen danken. Das war sehr mutig, finde ich und seine Vorschläge finde ich vernünftig. Ich meine, unsere neu gewählten Landräte sind die richtige Adresse für unseren Nachwuchs und ich fände es gut, wenn Friedrich Wilhelm von Bernsdorf das einmal in die Hand nimmt. Ihr dürft klatschen, wenn ihr einverstanden seid." Nach kurzer Schrecksekunde entsteht Beifall an einigen Stellen im Saal, dann immer mehr und schließlich auf allen Plätzen. Richtig lauter Beifall und aufmunternde Zurufe begleiten Friedrich Wilhelm, der sich wieder auf seinen Platz begibt. „Das hast du prima gemacht, mein Junge", flüstert ihm sein Vater ins Ohr, „glaub mir, ich bin stolz auf deinen Auftritt. Du brauchst jetzt nicht mehr hier zu bleiben. Ich habe gleich noch ein Treffen mit den neu gewählten Landräten und am Abend müssen wir ja ohnehin noch zum Empfang."

Nachdem der Versammlungsleiter eine Pause bekannt gibt, erheben sich beide. Friedrich Wilhelm wandert zurück in den Gasthof und der Baron trifft sich in einem Nebenraum mit den gewählten Landräten. Man setzt sich in einem Kreis zusammen und tauscht erste Eindrücke aus. Baron von Bernsdorf macht den Anfang. „Wer hätte das gedacht", sagte er, "die Regierung lässt sich etwas einfallen. Da steckt gewiss etwas dahinter." Siegfried Freiherr von Reckenstein aus Elbing antwortet spontan: "Und ob da etwas dahintersteckt, Baron, das haben die in Berlin und Königsberg sich schlau ausgedacht. Die nehmen uns jetzt in die Pflicht und wollen bis auf die Güter und Ämter durchgreifen. Es geht natürlich vor allem um Steuern und wir sollen die Arbeit machen." „Wir sollten uns den Oberpräsidenten mal herholen", sagte Herr von Staff, Rittergutsbesitzer aus Heilsberg, „wenn die Herren einverstanden sind werde ich den Herrn einmal herholen. Der soll uns mal Rede und Antwort stehen." Nach einer kurzen Pause taucht von Staff mit dem Oberpräsidenten auf, der sogleich bekundete: „Na, das ist ein Bild, neun Landräte in einer Runde. Ich freue mich über ihre Bereitschaft, die Regierung zu unterstützen, meine Herren, das ist vorbildlich und patriotisch, wie sie sich verhalten." Baron von Bernsdorf kommt gleich zur Sache. „Lassen wir das mal, Herr Oberpräsident, wir wissen doch alle, worum es geht. Alles hat immer Vor- und Nachteile und die Vorteile für die Regierung liegen doch auf der Hand. Sie wollen jetzt den Gütern und den

Bauernschaften noch genauer auf die Finger schauen, damit möglichst viele Kontributionen eingetrieben werden können. Dazu brauchen sie unsere Hilfe und Berichte. Das ist der Vorteil für die Regierung, wo ist unser Vorteil?"

Von Bentheim ist zunächst etwas sprachlos, fasst sich aber bald wieder: „Na ja, so kann man das natürlich auch sehen, meine Herren, aber lassen wir das Patriotische mal beiseite dann bleibt für sie natürlich auch ein Vorteil dabei übrig. Ich spreche jetzt nicht von Einfluss und Macht, sondern wir haben natürlich überlegt, dass wir die Landräte auch an den Einnahmen beteiligen wollen. Durch ihre Arbeit erwarten wir eine deutliche Steigerung der Kontributionen, da nur sie die genauen Verhältnisse vor Ort kennen. Vor ihnen kann man eben keine Ernten und kein Vieh verstecken oder heimlich in den Wäldern Bäume schlagen. Von diesen Zusatzeinnahmen sollen sie den Zehnten Teil erhalten. Damit wären dann auch ihre Aufwendungen abgegolten." „Den Zehnten Teil", wird in der Runde gemurmelt, „gut, dass sie das nicht schon früher gesagt haben, dann hätten sich garantiert mehr Gutsbesitzer gemeldet. Die sind jetzt froh, dass sie weniger Arbeit haben. Wir müssen das ja nicht alles an die große Glocke hängen." „Genau", pflichtet der Oberpräsident bei, „das sind vertrauliche Angelegenheiten zwischen der Regierung und ihnen, da gebe ich ihnen ganz Recht. Das spricht sich ja irgendwann doch herum und dann werden wir hoffentlich auch immer ausreichend Freiwillige für diese Aufgaben haben." In der Runde ist man zufrieden. Ein Bediensteter wird herangewinkt und erhält den Auftrag, eine Runde Goldwasser zu bringen. Auf die neue Zusammenarbeit soll erst einmal angestoßen werden. Dann werden noch Einzelheiten der Zusammenarbeit besprochen und man einigt sich, einmal im Jahr ein Treffen auf einem der Güter durchzuführen.

„Bevor ich es vergesse, meine Herren", sagt der Oberpräsident, „für ihre Angelegenheiten haben wir in der Domänenkammer jetzt einen jungen Regierungsrat aus Berlin geholt, Herrn Friedrich von Korff. Ein ganz tüchtiger junger Mann, der sie regelmäßig aufsuchen wird und der alles Notwenige für sie regelt. Er wird heute Abend beim Empfang dabei sein. Kennt jemand von ihnen Herrn von Korff?" „Ich kenne ihn", sagt der Baron, „er war vor einiger Zeit bei uns in Osterode zusammen mit Herrn von Köslin. Da war er noch Assessor. Freut mich, dass er jetzt seine erste richtige Stelle hat. Ein netter junger Mann, der sich ganz bestimmt mit unseren jungen Leuten gut verstehen wird. Er hat auch so moderne Ansichten." „Na, vortrefflich meine Herren", ruft der Oberpräsident jetzt, „das passt ja alles wie Faust aufs Auge. Die Ansichten werden wir bei den jungen Leuten schon zu Recht biegen, ha, ha, ha!"

***

Der Abendempfang im Schloss ist ein großes Ereignis in Königsberg. Viele Zuschauer sind auf den Beinen, um die Vorfahrt der Teilnehmer mit anzusehen. Schließlich trifft sich hier fast der gesamte Adel Preußens. Auf dem Schlosshof ist richtig etwas los. Kutschen fahren vor, die Schläge werden von uniformierten Bediensteten aufgerissen und die Herrschaften begeben sich über die Freitreppe in das Schloss. Die Kutschen verlassen dann zum Teil den Schlossplatz, manche bleiben auch und warten dann auf einem abgesperrten Teil der Anlage.

Die Kutsche der Bernsdorfs fährt vor. Das Fahrzeug ist blank geputzt, die Pferde sind gestriegelt und mit allerlei Zierrat geschmückt. An der grün lackierten Kutsche befindet sich gut sichtbar auf beiden Seiten das Wappen der Bernsdorfs, ein goldener Adler über zwei gekreuzten Schwertern. Die Familie ist komplett und prächtig gekleidet. Man hat zu diesem Anlass die große Abendgarderobe angelegt. Der Baron trägt zur Feier des Tages die Uniform eines Obersten der Kürassiere, die Baronin und die Baronesse tragen lange Abendkleider mit Pelzstola und der junge Baron trägt einen Frack mit Biesen und Schärpe. Der Baron verharrt am Aufgang zur Treppe und grüßt mit einem Handzeichen die Besucher, die sich darüber aufrichtig freuen. Der eine oder andere applaudiert sogar ganz vorsichtig. Auf dem gesamten Platz haben sich Polizisten verteilt, die freundlich aber unverkennbar ein Auge auf die Veranstaltung haben. Es muss eben alles ordentlich zugehen.

Im großen Saal herrscht drangvolle Enge. Man begrüßt sich in Gruppen, stellt sich vor, wechselt freundliche Worte. Diener verteilen Getränke und kleine Speisen und im Hintergrund macht eine Kapelle gedämpfte Musik. Der Saal ist eine Pracht, komplett mit Eichenholz vertäfelt, große Bilder an den Wänden und Kerzenlüstern, wohin das Auge schaut. Dieser Saal muss schon Jahrhunderte erlebt haben.

Nachdem die offiziellen Reden gehalten sind, verteilt man sich im Kreise der Familien in Nebenräumen. Überall befinden sich festlich gedeckte Tische und an den großzügigen Tischen ist viel Platz für mehrere Familien und Gäste. Der junge Regierungsrat Friedrich von Korff hat sich am Tisch der

Bernsdorfs eingefunden. Er begrüßt galant die Damen und die Herren und nimmt dann als Tischherr neben der Baronesse Marie Platz. „Gratuliere zur Beförderung, von Korff", ruft der Baron dem jungen Mann über den Tisch zu, „sie leben jetzt in Königsberg?" „Ja, Herr Baron, ich musste natürlich umziehen, aber so viele Sachen habe ich noch nicht. Das war kein Problem. Ich habe eine kleine Wohnung neben der Universität, die ich mit einem Studenten im letzten Semester teile. Ich würde ihnen den gerne vorstellen, er wird wohl gleich kommen." „Sehr gerne und wie geht es ihren Eltern?" „Gut, Herr Baron. Vater befindet sich seit zwei Jahren im Ruhestand und hat sich auf unseren Landsitz zurückgezogen und Mutter kann ihn jetzt richtig verwöhnen, was sie auch tut." „Wie schön", sagt jetzt die Baronin, „sie wohnen im Westfälischen, nicht wahr?" „Ja, in der Nähe von Minden, im Fürstentum Minden- Ravensberg. Das ist meine Heimat."

Ein junger Mann etwa Mitte zwanzig, klein und von nicht besonders starker Statur tritt an den Tisch heran. Von Korff steht auf und stellt ihn der Familie vor. „Darf ich bekannt machen, mein Mitbewohner Manuel Kolund. Manuel studiert im letzten Semester hier an der Universität." „Nehmen sie doch bei uns Platz", sagt der Baron, „junge Leute sind uns immer willkommen." Kolund setzt sich neben Friedrich Wilhelm, der ihn sofort fragt: „Was studieren sie, Herr Kolund?" Kolund schaut in die Runde und antwortet: „Naturwissenschaften und Philosophie, vielleicht werde ich nach dem Examen auch noch Theologie anschließen." „Du meine Güte", sagt der Baron, „das ist ja eine geballte Ladung Wissen. Ehrlich gesagt, davon verstehen wir nicht viel, wir kennen uns mit der Land- und Forstwirtschaft aus, aber Philosophie ist für uns ein Fremdwort, Herr Kolund." „Das war es am Anfang für mich auch, Herr Baron, aber mit der Zeit hat es angefangen richtig Spaß zu machen. Alles hängt irgendwie zusammen: die Natur, das Universum, der Mensch und alles Denken. Es gibt ganz sicher für alles zusammenhängende Erklärungen, wir müssen sie nur finden." „Womit befassen sie sich in der Philosophie?" möchte die Baronin wissen.

Es entsteht eine kurze Pause, die Kolund sichtbar zum Nachdenken nutzt. Niemand stört ihn jetzt. Schließlich beginnt er zu erklären. „In der Philosophie beschäftige ich mich zurzeit mit Fragen der menschlichen Erkenntnisfähigkeit und mit der Struktur unseres Denkens. Beides hängt zusammen." Es entsteht wieder eine kurze Pause. Niemand unterbricht ihn. „Bei der menschlichen Erkenntnis befinden wir uns wahrscheinlich schon immer auf dem Holzweg, wenn ich das einmal so ausdrücken darf. Wir glauben, die Dinge - und damit meine ich alles, Gegenstände und Probleme - sind so, wie wir sie wahrnehmen. Das ist aber nicht so, wir glauben das nur. Dabei verändern wir ohne es zu wissen und zu wollen die Dinge durch in uns existierende Formen und Erfahrungen. Wir erzeugen dadurch ein Bild von den Dingen, das uns vertraut ist, das aber nicht der Realität entspricht." „Das ist schwer zu verstehen", sagt Friedrich Wilhelm. „Ja das stimmt. In der Wissenschaft haben wir uns angewöhnt, ein besonderes Wörterbuch für alles zu verwenden. Man muss dann darauf achten, dass man Erklärungen wieder in eine normale Sprache bringt, sonst wird man nicht verstanden und Wissenschaft wird Selbstzweck. Sie haben insofern Recht. Ich will es an einem

Beispiel verdeutlichen, das vielleicht etwas erzwungen ist, das aber tatsächlich stimmt. Wir haben lange geglaubt, dass sich die Sonne, der Mond und die Sterne um die Erde drehen. Das sieht ja auch so aus, ist aber ein klassischer Fall falscher Wahrnehmung. Galilei und jetzt auch Kopernikus haben diese Sicht der Dinge auf den Kopf gestellt, indem sie behauptet haben, dass wir uns um die Sonne bewegen, der Mond um die Erde ohne dass wir es merken und dass das Weltall steht, jedenfalls sind durch die immensen Entfernungen im Weltall keine Bewegungen zu erkennen."

„Und was hat das für eine Bedeutung?" möchte der Baron jetzt wissen. „Für den einzelnen Menschen zunächst gar keine, Herr Baron, dem kann das eigentlich egal sein, für die Religion ist der Sturz des Ptolemäischen Weltbildes aber eine Katastrophe. Die Kirche muss bekennen, dass sie sich geirrt hat und Menschen, die schon früher das Gegenteil behauptet haben zu Unrecht gequält und verbrannt wurden. Wenn das keine Auswirkungen sind, Herr Baron?" „Donnerwetter, das macht mich sprachlos. Da könnte man ja fast auf den Gedanken kommen, dass alles andere, was in Rom behauptet wird, auch falsch ist." „Das könnte man, Herr Baron und das ist ja auch das Grundproblem zwischen den Naturwissenschaften und der Kirche."

„Sie sagten, sie befassen sich auch mit dem menschlichen Denken, Herr Kolund", möchte die Baronin jetzt wissen, „gibt es da auch solche Probleme?" „Ja, gnädige Frau, auch dabei gibt es die gleichen Probleme. Wir denken nämlich auch strukturiert anhand fest gefügter Muster und Erfahrungen und kommen dadurch zu völlig falschen

Einsichten und Verhaltensweisen." „Das verstehe ich nicht." „Wenn es so ist, dass jeder Mensch ein von der Natur gegebenes Muster an Maximen oder Regeln hat - ich nenne das die Vernunft - dann hat jeder Mensch von Natur aus einen Eigenwert. Es ist dann nicht wichtig, was er ist oder was er tut. Er hat einen Wert in sich, als Mensch. „Und was bedeutet das praktisch?" „Das wird jetzt etwas unangenehm, Gnädige Frau, aber das bedeutet, dass wir den Menschen allein in seiner Existenz als Zweck ansehen müssen und ihn nicht als Mittel gebrauchen dürfen. Jeder Mensch - und ich meine wirklich jeder Mensch - hat eine Würde, die ihm nicht genommen werden kann, niemand darf Menschen zu seinen Zwecken gebrauchen, das ist ein striktes Naturgesetz."

Jetzt wird es still am Tisch. Friedrich Wilhelm schaut seinen Vater an und bemerkt: „Du sagst ja gar nichts, Vater." Der Baron brummt, kratzt sich am Kinn und äußert sich jetzt ganz vorsichtig: „Darüber muss ich erst einmal nachdenken. Das kann doch nicht bedeuten, dass alle Menschen gleich, frei und unabhängig sein sollen. Das stellt ja unsere ganze Ordnung total auf den Kopf." Alle schauen auf Kolund, der jetzt erwidert: „Streng genommen, wäre das so, Herr Baron, aber was gilt im Leben schon streng genommen. Wir Menschen haben uns über Jahrtausende organisiert und da sind eben Ungleichheiten entstanden, auch das entspricht menschlichem Handeln und Tun. Unabhängig war vielleicht Diogenes in seinem Fass, aber auch diese Unabhängigkeit hatte ihren Preis, nämlich Armut und am Ende Krankheit und frühen Tod. Niemand kann uns aber daran hindern, die Würde jedes Menschen zu achten, auch wenn er Untergebener und vermeintlich abhängig ist, so behält er doch immer seine Würde als Mensch. Wenn wir so denken würden, wäre das schon ein großer Fortschritt." „Haben sie sich das alles ausgedacht?" möchte der Baron jetzt wissen. „Nein, Herr Baron, ich sage immer, ich habe das durch intensives Forschen und Nachdenken entdeckt. Naturgesetze kann man nur entdecken, nicht erdenken."

„Ist ja toll", sagt jetzt der Baron, „ist ihnen eigentlich klar, was sie mit solchen Theorien anrichten können?" „Das ist mir schon klar, Herr Baron, aber es gibt immer auch begrenzte Wirkungen der Wissenschaft. Die eine Begrenzung ist fehlendes Wissen bei den Menschen und die zweite Begrenzung ist die Religion und die streng hierarchisch geordnete Kirche. Auf die hören die meisten Menschen, auch wenn sie keine Bücher lesen." „Sehr sympathisch, dass sie auch praktisch denken, junger Mann. Was machen sie nach dem Studium?" „Ich überlege, ob ich nicht eine Zeit lang Hauslehrer werden sollte, bevor ich mich weiteren Studien und Forschungen widme." „Hätten sie nicht Lust, zu uns nach Osterode zu kommen? Mein Sohn und meine Tochter wären gute Opfer für ihre Wissenschaft." „Ist das ein Angebot, Herr Baron?" „Ja natürlich." „Dann erlaube ich mir, ihr Angebot jetzt und hier anzunehmen."

***

Die Rückfahrt der Bernsdorfs verläuft im ersten Teil problemlos. Man kommt bis vor Mohrungen gut voran, dann aber verdunkelt sich der Himmel in kürzester Zeit und es wird fast Nacht. Dicke Wolken jagen vom Haff her kommend über den Himmel, der Wind schwillt zum Sturm an, so dass selbst starke Bäume schwanken und mit den Zweigen schlagen. Es ist unheimlich. „Schauen sie, ob wir eine Unterstellmöglichkeit finden!" ruft der Baron zu den Kutschern hinauf. Aber bis Mohrungen sind es noch einige Kilometer und bis dahin gibt es keinen Gasthof mehr. Man muss also durch. Als der erste Blitzschlag kommt und mit fürchterlichem Donner einhergeht werden die Pferde unruhig und die Kutscher wirken beruhigend auf die Tiere ein. Dann setzt der Regen ein, es gießt wie aus Kübeln und der trockene Boden saugt die Wassermengen wie ein Schwamm auf. Im Nu werden die Wege schwer befahrbar und es bilden sich richtige Seen auf den Wegen. Die Kutsche sinkt zusehends in den Boden ein und mit der schnellen Fahrt ist es vorbei.

„Das ist ja furchtbar", sagt Marie. „Mach dir keine Sorgen, mein Kind", beruhigt sie der Baron, „unsere Kutscher machen das schon. Die kennen das und werden den richtigen Weg schon finden." Aber insgeheim macht er sich schon Sorgen, denn ihm ist natürlich klar, dass das schwere Gefährt auf durchnässten Wegen irgendwann einmal auch stecken bleiben kann. Noch geht es jedoch voran. Die Kutscher lenken die Kutsche ganz an den Rand des Weges, wo die Räder wegen der Graskanten noch greifen können und sie fahren sehr behutsam. Ein Kutscher ist abgestiegen und führt den Max, auf den es jetzt besonders ankommt. Immer wieder spricht er beruhigend auf die Tiere ein. „Brav Max, das macht ihr gut. Brav, wir schaffen das schon." Immer wieder erhellen Blitze die Dunkelheit und der Donnerschlag wirkt wie Gift auf die Tiere, die mit aufgerissenen Augen laut ihrer Angst freien Lauf lassen. Der Kutscher beruhigt immer wieder und langsam geht es am

Wegesrand voran, ganz langsam. Jetzt kommt es nur noch darauf an, dass die Kutsche sich nicht fest fährt.

Nach einem weiteren Kilometer öffnet sich zur Rechten eine kleine Lichtung mit mächtigem Baumbestand. Die Lichtung ist dadurch gut geschützt, fast schon überdacht. Die Kutscher lenken die Kutsche in den Schutz dieser Lichtung, wo auch der Boden noch nicht völlig durchgeweicht ist. Fürs Erste ist man hier in Sicherheit, hier kann man das Unwetter abwarten. Der Baron steigt aus der Kutsche und spricht mit den Kutschern, die bis auf die Haut durchnässt sind. „Nehmt die Gummiumhänge", sagt der Baron. „Schon zu spät, Herr Baron, das kam zu plötzlich. Davon sterben wir nicht. Vielleicht sollten wir in Mohrungen Quartier machen. Auch wenn der Regen nachlässt, sind die Wege zum Teil unpassierbar, Herr Baron." „Sie haben Recht, in Mohrungen finden wir bestimmt einen Gasthof. Es ist wohl besser dort abzuwarten, morgen kann es schon wieder besser sein. Wir müssen nur erst nach Mohrungen kommen." „Das schaffen wir, Herr Baron, das schaffen wir."

Dann lässt der peitschende Regen allmählich nach, das Gewitter hat sich verzogen. Jetzt wird es allerdings auf der Lichtung langsam ungemütlich, da jetzt das Wasser von oben kommt. „Wir sollten weiterfahren", sagt der Baron und besteigt die Kutsche. „Hüa, hüa, Max hüa!" ruft der Kutsche und langsam ziehen die Pferde an und folgen dem Max, der sich jetzt den besten Weg sucht. Mal geht es am Wegesrand entlang, mal wird die Seite gewechselt, aber man fährt ganz vorsichtig und versucht das Gefährt in Bewegung zu halten. Der zweite Kutscher schaut immer wieder besorgt nach hinten und unten auf die Räder. "Das geht", sagt er, „noch geht es, gleich wird das Wasser auch versickern, dann wird es immer besser." „Hoffentlich", brummt der erste Kutscher, wir dürfen nur nicht zum Stehen kommen." So geht es langsam und schaukelnd immer weiter. Es wird hell und ein wenig scheint schon wieder die Sonne durch die Wolken. Die Vögel melden sich als Zeichen, dass es nun wohl mit dem Unwetter vorbei ist.

„Ich sehe schon Mohrungen, Herr Baron", ruft der Kutscher, „wir haben es bald geschafft. Sollen wir zum Gasthof Hohe Tannen fahren?" „Tun sie das", kommt es aus der Kutsche. Langsam fährt die Kutsche in Mohrungen ein, die Hauptstraße entlang, am Rathaus vorbei mit seinem mächtigen Backsteingiebel und dem eindrucksvollen Turm in der Mitte des Firstes. Dann erreicht man den Gasthof Hohe Tannen, ein Bau mit zwei Giebeln und Anbauten rechts und links, wo sich die Ställe befinden. Der Wirt steht am Eingang und geht direkt zur Kutsche. „Brauchen sie Hilfe, Herr Baron?" „Ja, Herr Wirt, das kann man wohl sagen. Wir sind froh, es überhaupt hierher geschafft zu haben. Haben sie Zimmer?" „Kein Problem, Herr Baron, für wie lange?" „Das ist eine gute Frage." Der Baron wendet sich an den Kutscher: „Was würden sie sagen, können wir morgen weiter fahren?" „Ich weiß nicht, Herr Baron, nur wenn es nicht wieder gießt." „Warten sie es doch ab", schlägt der Wirt jetzt vor, „wenn alle Stricke reißen, können sie auch zwei Nächte bleiben." „Sie haben Recht", brummt der Baron, „das machen wir. Wir werden sehen."

Der Regen hat dann tatsächlich nachgelassen. Am Abend ist der Kutscher noch einmal ein Stück den Weg nach Osterode abgegangen, kontrolliert den Boden und meldet schließlich dem Baron, dass man am nächsten Morgen weiter fahren kann, wenn es in der Nacht nicht mehr regnet.

***

Das Unglück

Im Allgemeinen verläuft das Leben in ruhigen, verlässlichen Bahnen. Die Zeit schreitet unmerklich voran, die Jahreszeiten wechseln und niemand kann sich vorstellen, dass es einmal anders kommen könnte. Genau das kann aber passieren und manchmal verändert sich das Leben in Sekundenschnelle, in einem Augenblick, ohne Absicht und ohne Ankündigung. Dann ist plötzlich nichts mehr, wie es einmal war und das ganze Leben nimmt eine völlig andere Richtung.

Die Bauernfamilie Rohr hat zwei Söhne, außer dem Moritz auch den Franz. Moritz ist der ältere von beiden. Franz ist der ruhigere, freundlich in seinem Wesen und ungefähr gleichaltrig, wie Grete, die Tochter des benachbarten Bauern Arnold, mit der er sich angefreundet hat. Dass Grete jetzt auf dem Gutshof der Bernsdorfs beschäftigt ist, macht den Franz traurig, denn so kann er sie nur noch selten sehen. Nahezu unglücklich ist er aber über das Gerede der Dorfjungen, die Grete hätte etwas mit dem jungen Baron Friedrich Wilhelm von Bernsdorf.

Nicht dass man offen darüber sprechen würde, nein, es wird gemunkelt und das ist die wohl übelste Form von Gerüchten, gegen die man nicht wirklich etwas tun kann. Schlimmer noch ist, dass Gerüchte sich verselbstständigen. Es wird verdreht, hinzugefügt und aus Mutmaßungen werden irgendwann vermeintliche Tatsachen, wobei niemand sagen kann, woher solche Gerüchte kommen und wer damit angefangen hat. Natürlich steht niemand zu derartigen Gerüchten, niemand will etwas damit zu tun haben. Aber Gerüchte haben ihre Wirkung: sie verunsichern, setzen Fantasien in Gang, bewirken Enttäuschungen und können schließlich zu Fehlreaktionen bei den Betroffenen führen.

Sonntags trifft sich die Jugend im Gasthof „Zum Wilden Eber" in Osterode. Man trinkt und tanzt, ist vergnügt miteinander und lernt sich auf diese Weise kennen. Es ist wohl der einzige Ort der Begegnung für die jungen Leute in Osterode. Franz und Moritz Rohr sitzen zusammen mit Freunden an einem Tisch und es geht schon hoch her. Es wird gelacht und geflachst und man lästert über den Franz und seine Freundin Grete. „Die Grete wird wohl jetzt Baronin?" meint einer der Dorfjungen. „Quatsch", sagt Franz Rohr, „die Grete arbeitet bei den Bernsdorfs, erzähl nicht solch einen Unsinn." „Aber es ist schon ungerecht, dass die Adeligen alles bekommen, was sie haben wollen, sogar unsere Freundinnen", setzt der junge Bauer nach. „Wenn du mit deinem dämlichen Gequatsche nicht aufhörst, kannst du gleich Bekanntschaft mit meiner Faust machen", ruft schon etwas aufgebracht Moritz über den Tisch, da er seinem Bruder helfen will. „Man hat auch schon gehört, dass die Mädchen bei den Adeligen nicht nur in der Küche arbeiten müssen", kommt es von der anderen Seite des Tisches. Allgemeines Gelächter setzt ein. Ein anderer Bauerjunge Hans Slobinski, klopft sich auf den Schenkel und brüllt: „Du meinst wohl so wie bei deinem Vater mit eurer Magd?" Man schüttet sich aus vor Lachen. „Halt bloß dein

Maul", ruft der so Provozierte zurück, „das ist glatt gelogen, du Idiot." So geht das immer weiter und am Tisch wird es immer lauter.

Fast unbemerkt haben zwei neue Gäste den Gasthof betreten, Friedrich Wilhelm von Bernsdorf und sein fast gleichaltriger Freund Adalbert von Hirschberg. Sie schauen sich um und begeben sich an einen freien Tisch am anderen Ende des Saals. Die Musik hat wieder begonnen zu spielen und die Neuankömmlinge werden mit Blicken gemustert. „Müssen die auch noch zu unseren Tanzvergnügen kommen?" heißt es jetzt am Tisch der Brüder Rohr, „die haben doch schon alles. Warum lassen die nicht unsere Mädels in Ruhe?" Als ein anderer bemerkt: „Die Grete reicht ihm wohl nicht aus", springt Franz Rohr auf und fasst den Lästerer beim Kragen. „Halt jetzt endlich dein Schandmaul, sonst verprügele ich dich hier vor all den Leuten." „Hab dich doch nicht so", macht der sich los, „ich sage ja nur, was alle sagen. Wird doch wohl noch erlaubt sein."

Friedrich Wilhelm und Adalbert haben das Geschehen beobachtet und sind sich schnell einig, dass es hier wohl heute nicht mehr besonders gemütlich werden wird. „Wir sollten woanders hin gehen", meint Adalbert, „vielleicht nach Bergfriede, die Bauernjungen haben wohl schon zu viel getrunken. Geh schon mal vor, Friedrich, ich muss nur noch einmal schnell dahin, wo der Kaiser zu Fuß hingeht." Beide erheben sich und Friedrich Wilhelm verlässt alleine den Gasthof. Draußen ist es bereits dämmrig geworden und Friedrich Wilhelm macht die Kutsche klar, als hinter ihm Franz Rohr auftaucht. „Hallo Franz", spricht Friedrich Wilhelm ihn an,

„ganz schön was los bei euch." „Lassen sie meine Grete zufrieden, Herr Baron", antwortet Franz ohne zu zögern, „die Grete ist mein Mädchen." „Ich verstehe nicht, was du meinst, die Grete arbeitet doch nur bei uns." „Und das Gerede?" „Welches Gerede, ich weiß nicht was du meinst. Im Übrigen verbitte ich mir, in dieser Weise angesprochen zu werden."

Was dann geschieht, wird wohl für immer im Unklaren bleiben. Der Franz - vom Alkohol und dem Gerede an seinem Tisch schon gereizt - verliert die Kontrolle über sich und greift Friedrich Wilhelm an. Dieser wehrt sich und während der entstehenden Rauferei stößt er den Franz kraftvoll von sich. Franz verliert das Gleichgewicht und stürzt rücklings über einige Holzscheite, die dort einen Haufen bilden. Er fällt und bleibt liegen. In diesem Augenblick kommt auch Adalbert aus dem Gasthof und sieht nur noch, was geschehen ist. „Was ist denn hier los?" möchte er wissen. „Weiß ich auch nicht", stößt Friedrich Wilhelm hervor, „der war ganz aufgedreht und wollte mir an den Kragen, angeblich wegen Grete." „Na ja, geschieht ihm Recht. Da kann er ja seinen Rausch ausschlafen. Komm Friedrich, wir verschwinden hier, bevor es noch ungemütlicher wird." Beide besteigen die Kutsche und schon saust das Gefährt vom Vorplatz auf die Chaussee in Richtung Bergfriede. Nach ihnen drängen die anderen Jungen aus dem Gasthof, verteilen sich auf dem Vorplatz und finden schließlich den Franz hinter dem Holzhaufen. „Die haben meinen Bruder zusammengeschlagen", ruft Moritz Rohr, „na wartet, die können was erleben." „Warte mal", sagt ein anderer, „der wurde nicht zusammengeschlagen, den haben sie totgeschlagen. Der blutet ja am Kopf. Moritz, die haben deinen Bruder totgeschlagen. Wir müssen die Polizei holen."

***

Baron von Bernsdorf hat sich nach dem Frühstück in sein Kontor zurückgezogen, als ihm die Ankunft des Polizisten Kaludrigkeit aus Osterode gemeldet wird. „Soll reinkommen", ordnet der Baron an, erhebt sich und begrüßt den Polizisten freundlich: „Schön, dass sie mal vorbeischauen, Kaludrigkeit, gibt es etwas Neues?" Der Polizist dreht die Dienstmütze in seinen Händen und ihm ist sichtlich unwohl. „Na, mal raus mit der Sprache", hilft ihm der Baron jetzt. „Na ja, Herr Baron, ich weiß gar nicht wo ich anfangen soll. Etwas ganz unangenehmes ist passiert. Man kann es kaum glauben." „Na, nun mal raus mit der Sprache, was ist los?" „Na ja, der Franz Rohr ist tot. Gestern Abend kam er ums Leben vor dem Gasthof "Zum Wilden Eber" in Osterode." „Das ist ja schrecklich. Wie konnte das kommen?" „Das weiß man noch nicht so genau. Die anderen Jungen behaupten, der junge Baron sei das gewesen." „Sei was gewesen?" „Na ja, da gab es wohl eine Schlägerei zwischen dem Franz und dem jungen Baron und da hat der ihm wohl eins übergezogen." „Friedrich Wilhelm soll sich geprügelt haben? Das ist doch unmöglich. Das hat der noch nie gemacht." „Ist immer irgendwann das erste Mal, Herr Baron." „Jetzt schlägt es aber dreizehn, Kaludrigkeit, gibt es Zeugen?" „Gibt es nicht, Herr Baron." Der Baron schickt einen Diener zu seinem Sohn, der heute wohl noch etwas länger geschlafen hat.

Friedrich Wilhelm erscheint und sieht verwundert, dass der Dorfpolizist anwesend ist. „Guten Morgen, Herr Kaludrigkeit", begrüßt er den Polizisten. „Fritz, hast du dich gestern mit dem Franz Rohr geprügelt?" will der Baron jetzt wissen. „Geprügelt ist wohl übertrieben, Vater. Angegriffen hat mich der Franz und da musste ich mich natürlich wehren." „Der Franz ist tot", mischt sich jetzt Kaludrigkeit ein. „Tot? Der Franz ist tot?" Friedrich Wilhelm ist fassungslos: „Wieso ist der Franz tot?" "Am besten ist es wohl, wenn sie alles der Reihe nach erzählen", sagt jetzt Kaludrigkeit. Friedrich Wilhelm berichtet alles so genau, wie möglich. Er erzählt auch, dass er mit Adalbert von Hirschberg unterwegs war, der das ja mitbekommen hat. „Gott sei Dank, dann gibt es ja einen Zeugen", bemerkt der Baron jetzt sichtlich erleichtert, „gibt es noch Fragen an meinen Sohn, Kaludrigkeit?" „Ja natürlich, Herr Baron. So einfach liegen die Dinge nicht. Ich müsste schon genau erfahren, wie das Ganze so vorgegangen ist. Haben sie vielleicht dem Franz eins übergezogen?" fragt er jetzt Friedrich Wilhelm, „mit einem Holzknüppel eins über den Kopf gezogen?" „Um Gottes Willen nein", beteuert Friedrich Wilhelm. „ich habe mich von ihm gelöst und ihn fortgestoßen. Dabei ist er über einen Holzhaufen gefallen und liegen geblieben. Mehr habe ich nicht gesehen. Der Adalbert kam dann dazu und wir sind weggefahren, um weiteren Auseinandersetzungen aus dem Wege zu gehen. Als wir kamen war die Stimmung schon sehr ungemütlich." „Wohin sind sie dann gefahren?" „Nach Bergfriede in den Gasthof „Zur Post". Da sind wir den ganzen Abend geblieben." „Und um den Franz haben sie sich nicht noch gekümmert, Herr Baron?"

„Gekümmert? Nein der war doch nur gefallen, warum hätte ich mich um den noch kümmern sollen? Der wäre dann vielleicht noch einmal auf mich losgegangen." „Wissen sie, warum der Franz sie angegriffen hat?" „Ja natürlich, er sagte so etwas, wie: Lassen sie die Grete zufrieden, die ist meine Freundin." „Hatte er Grund zu dieser Bemerkung?" „Nein, dazu hatte er keinen Grund. Die Grete ist ein liebes Mädchen. Wir kennen uns schon so lange und sie arbeitet bei uns. Hin und wieder gehen wir spazieren und sprechen miteinander über dies und jenes." „Mehr nicht?" Jetzt schaltet sich der Baron ein: „Jetzt reicht es, Kaludrigkeit. Sie haben doch gehört, was mein Sohn gesagt hat. Mit dem Tod von diesem Franz Rohr hat er nichts zu tun. Er hat sich gegen ihn gewehrt, aber er hat ihn nicht erschlagen. Gehen sie und finden sie den Täter Kaludrigkeit, mein Sohn ist das jedenfalls nicht gewesen." Der Polizist setzt seine Mütze auf, grüßt und verabschiedet sich: „Entschuldigen sie, Herr Baron, aber ich tue nur meine Pflicht. Ich muss dann noch ein Protokoll machen, aber dazu kann der junge Baron auch auf die Wache kommen. Nichts für ungut, ich gehe dann mal wieder. Nichts wie Ärger hat man mit den jungen Leuten. Auf Wiedersehen."

***

Grete ist todunglücklich. Nicht das sie mit dem jungen Franz Rohr eng verbunden war, wie manche behaupten, sie kannten den Franz seit frühester Kindheit und war mit ihm befreundet. Das der junge Baron mit dem Tod ihres Freundes zu tun haben sollte brachte sie fast zur Verzweiflung. So kam es dann auch zum Gespräch zwischen ihr und Friedrich Wilhelm. Dabei saßen sie im Park auf einer Bank und Grete ließ ihrer Trauer freien Lauf.

„Grete", sagt Friedrich Wilhelm, „ich schwöre dir, ich habe mit dem Tod von Franz nichts zu tun. Ich verstehe das alles aber auch nicht. Der Franz hat noch gelebt, als ich fortgefahren bin. Ich habe das doch bemerkt, dass er sich bewegte und er hat auch noch etwas gesagt. Ich habe immer wieder nachgedacht und mir das Ganze immer wieder vor Augen geführt. Obwohl alles sehr schnell ging, kann ich mich doch noch daran erinnern." „Aber ihm soll doch der Schädel eingeschlagen worden sein." „Das ist es ja, was ich nicht verstehe, Grete. Klar lagen auf diesem Holzhaufen kräftige Stöcke herum und mit einem soll er ja wohl erschlagen worden sein, jedenfalls behauptet das die Polizei. Sie hätten einen Knüppel gefunden, an dem noch Blut war und der Franz soll eine sehr starke Verletzung am Kopf gehabt haben." „Die hat er sich doch nicht selber zugefügt." „Natürlich nicht, aber nach mir kamen doch noch einige Leute aus dem Gasthof und ich vermute, dass einer von denen das gemacht haben muss."

Das Gespräch verstummt vorübergehend. Beide hängen ihren Gedanken nach. „Friedrich Wilhelm", sagte Grete jetzt, „hast du auch gehört, was die Leute über uns sagen?" „Ja, Grete, die Leute reden immer, ganz egal was man tut oder unterlässt. Ich habe mir angewöhnt, nichts darauf zu geben. Aber du hast Recht. Da kann man natürlich einen Grund finden, warum ich diese scheußliche Tat begangen haben soll. Alles passt dann fein zusammen, nur kann ich nichts dagegen machen. Da kann ich doch sagen, was ich will, wer will die

Wahrheit herausfinden. Das ist eine schlimme Situation. Ich habe mir schon überlegt, ob ich überhaupt hier bleiben kann." „Willst du fortgehen?" „Das weiß ich noch nicht. Erst einmal muss ich natürlich abwarten, was aus der ganzen Sache wird. Ich habe aber wenig Hoffnung, dass die Polizei das aufklären wird. Einer, der nach mir kam, muss den Franz erschlagen haben, aber wer kann das gewesen sein. Man müsste Näheres über die Jungen an seinem Tisch herausfinden. Die haben sich tüchtig gestritten und wollten sich schon an den Kragen. Das war ja auch der Grund, weshalb wir dann lieber gehen wollten." Grete schaut Friedrich Wilhelm jetzt an: „Friedrich Wilhelm, egal, was kommt. Du sollst wissen, dass ich dir glaube. Du wärst zu so etwas gar nicht fähig. Ich werde immer an deine Unschuld glauben." Beide umarmen sich zärtlich und halten sich eine Weile fest. Dann nähert sich der Baron mir sorgenvollem Blick den beiden.

„Hier seit ihr", sagt er, „wir haben euch schon vermisst. Morgen kommen zwei Polizisten aus Allenstein. Die wollen dir einige Fragen stellen, Fritz. Aber zuerst werde ich mit ihnen sprechen. Sag mal, hast du schon einmal daran gedacht, deine Militärzeit vorzuziehen?" „Daran habe ich auch schon gedacht, Vater. Wäre vielleicht das Beste, aber alles hat keinen Wert, wenn der Fall nicht aufgeklärt wird." „Da hast du Recht. Wir können jetzt nicht viel tun. Aber Fritz, eines sollst du wissen, wir stehen auf deiner Seite. Du hast das nicht getan und die Wahrheit wird sich schon zeigen."

***

Aus Allenstein sind zwei Polizeimeister angekommen und wollen Baron von Bernsdorf sprechen. Sie tragen blaue Uniformen wie die Dragoner und Rangabzeichen. Baron von Bernsdorf empfängt die beiden in seinem Kontor. „Setzen sie sich doch, meine Herren, ich nehme an, es geht um den Fall Franz Rohr." „Ganz Recht, Herr Baron, deswegen sind wir hier. Dürfen wir uns vorstellen; ich bin der Polizeimeister Brekendorf und das hier ist der Polizeiuntermeister Jakusch. Wir kommen aus Allenstein, sind aber der Provinzialregierung direkt unterstellt und kümmern uns um alle Fälle, die von dem Provinzial Blutgericht behandelt werden müssen. Da müssen wir erst einmal klären, was vorgefallen ist und müssen nach Möglichkeit den Täter dingfest machen." „Verstehe", sagt der Baron, „und haben sie sich schon einen Eindruck verschaffen können?"

„Haben wir, Herr Baron, ihr Sohn ist da in eine ganz unangenehme Sache reingeraten, wo es noch keine Klarheit gibt. Sicher ist ja nur, dass der Bauerjunge erschlagen wurde und jetzt tot ist. Es geht hier also um vorsätzliche, mindestens aber um fahrlässige Tötung. Das ist eine ganz schwere Straftat." „Mein Junge war das nicht", sagt der Baron, „sie müssen den wahren Täter finden. Haben sie schon Ermittlungen durchgeführt?" „Haben wir, Herr Baron. Wir haben alle Jungs, die an dem Tisch mit dem Franz Rohr saßen befragt, da gibt natürlich keiner etwas zu. Alle sagen, der junge Baron muss den Franz Rohr draußen erschlagen haben, was aber keiner gesehen hat."

„Worum ging es denn bei dem Streit am Tisch?" möchte der Baron jetzt wissen. „Der Franz Rohr und insbesondere der andere Raufbold Hans Slobinski, Vater ist Tagelöhner beim Bauern Rohr, machen widersprüchliche Aussagen. Der Slobinski ist ein ganz frecher Bursche, dem wohl sehr daran gelegen ist, ihren Sohn zu belasten. Hat ihr Sohn dem einmal etwas getan?" „Nicht das ich wüsste", sagt der Baron, „aber sie können ihn ja selber fragen." „Da ist noch etwas", fährt jetzt Polizeimeister Brekendorf fort. Wir wollten die Kleidung von dem Slobinski sehen und da behauptet der doch allen Ernstes, die hätte er nicht mehr. Der schmeißt offensichtlich seine Klamotten nach jedem Tanzabend fort. Das ist schwer verdächtig." „Sie müssen die Kleidung finden, sind vielleicht Blutspuren dran." „Wir suchen ja schon, ist aber nicht ganz einfach, Herr Baron."

Es erscheint Friedrich Wilhelm. Es hat ihn nicht mehr auf seinem Zimmer gehalten. Nach kurzer Begrüßung beginnt der Polizeimeister ein kurzes Verhör. „Wir müssen das machen, Herr Baron, das verstehen sie doch?" „Ja selbstverständlich", antwortet Friedrich Wilhelm, „ich sage ihnen alles, was ich weiß." „Kennen sie den Jungen vom Tagelöhner Slobinski?" „Ich weiß, dass es ihn gibt, hatte aber noch nie etwas mit ihm zu tun." „Merkwürdig, der Slobinski hat überall über sie gesprochen, Herr Baron." „Verstehe ich nicht", sagt Friedrich Wilhelm. „Ist aber so. Der Slobinski hat überall behauptet, sie hätten etwas mit der Tochter des Bauern Rohr, der Grete. Der hat vielleicht selber ein Auge auf das Mädel geworfen und hat sie daher überall schlecht gemacht." „Und warum soll er den

Franz dann erschlagen haben?" „Na ja, wenn er ihrem Sohn einen Mord anhängen kann, ist der die Grete los und er den behaupteten Nebenbuhler gleich mit. Der soll die Grete nämlich auch gemocht haben, aber das wissen sie ja. Klare Eifersuchtsgeschichte. Es sind schon Menschen umgebracht worden aus weniger guten Gründen."

„Und was passiert jetzt?" möchte der Baron wissen. „Wir drehen den ganzen Bauernhof bei den Rohrs um und die Tagelöhner Bude gleich mit, bis wir die Kleidung finden. Wenn er die Sachen nicht verbrannt hat, dann finden wir sie." „Verstehe, ist mein Sohn dann raus aus der Sache?" „Ich wollte es wäre so, aber wir müssen ihn natürlich solange als Verdächtigen ansehen, bis der Fall ganz aufgeklärt ist. Sagen sie, Herr Baron, muss ihr Sohn nicht irgendwann zur Armee?" „Warum fragen sie?" „Na ja, wenn er bei der Armee wäre, sind wir nicht mehr zuständig. Die regeln ihre Sachen selber, eigene Gerichtsbarkeit, verstehen sie?" „Und ob, und sie meinen das wäre dann eine Lösung?" „Na klar, also wenn das mein Sohn wäre, dann würde ich das so machen. Er sollte solange bei der Armee bleiben, bis Gras über die Sache gewachsen ist." „Wir werden uns das überlegen." „Aber warten sie nicht zu lange, Herr Baron, das müsste schnell gehen. Bei der Armee stellen sie jeden Tag ein, die sind froh, wenn die jungen Leute sich freiwillig melden." „Ich danke ihnen jedenfalls", sagt der Baron jetzt sichtbar nachdenklich, „ich muss auch noch mit dem Vater des armen Franz Rohr sprechen. Der tut mir wirklich leid. Ich muss jetzt mal sehen, was man für die Familie tun kann." „Tun sie aber nicht zu viel, Herr Baron. Sie wissen ja, die Leute reden gerne und wenn da zu viel geholfen wird, schöpfen die schon wieder Verdacht. Der Slobinski sitzt jetzt erst einmal in Osterode beim Polizisten Kaludrigkeit in Haft, wegen Verdunkelungsgefahr. Wenn wir mehr wissen, geben wir ihnen Bescheid und reden sie ihrem Sohn mal gut zu, Herr Baron, bei der Armee wird er sicher gebraucht." „Zur Armee muss er sowieso. Ich danke ihnen jedenfalls, meine Herren."

***

In der Kadettenanstalt

„So, Herr Baron, da wären wir!" ruft der Kutscher von vorn. Die Zweispänner Kutsche hält vor der Kadettenanstalt in der Berliner Hetzheide. „Hier werden Sie also erst einmal bleiben. Ist doch ganz schön hier." Die Kutsche hält vor dem Haupteingang eines imposanten Gebäudes, dass langgezogen von einer hohen Hecke aus Büschen verdeckt wird. In der Mitte dominiert ein gewaltiges Eingangsportal mit einem hohen Turm in der Mitte und zwei kleineren Türmen rechts und links. Den Haupteingang überspannt ein bogenförmiger Überhang. Front und Gebäude sind mit allerlei Fenstern und Verzierungen geschmückt. Etwas vorgezogen in Höhe der Hecke befindet sich ein eisernes Tor mit zwei steinernen Wachhäuschen rechts und links, wo zwei Kadetten stehen. Blauer Rock, rosafarbene eng geschnittene Hosen, weiße Gamaschenstiefel, flacher blauer Hut, Seitentasche und Degen am Gürtel und ein Gewehr in Vorhalte. So stehen die beiden Wachhabenden und zeigen keinerlei Bewegung.

Friedrich Wilhelm hat sein Gepäck empfangen und steht nun etwas unschlüssig neben dem Kutscher. „Na", sagt dieser jetzt, „es hilft wohl nichts, da müssen sie wohl rein. Ich werde jetzt noch zu meinem Bruder nach Köpenick fahren und Morgen geht es dann wieder zurück. Ich wünsche ihnen alles Gute, Herr Baron." „Danke", sagt Friedrich Wilhelm, „dann werde ich mich mal auf den Weg machen, Johann." Am Eingang salutieren die beiden Wachen, sagen aber kein Wort.

Friedrich Wilhelm geht daher einfach weiter auf das Eingangsportal zu. Irgendwer wird ihn wohl bald in Empfang nehmen. Noch bevor er das schwere Tor öffnen kann, wird es von innen aufgerissen und ein imposanter Soldat steht vor ihm, ähnliche Uniform wie die Kadetten, aber Dienstgradabzeichen und von stämmiger Gestalt. „Von Bernsdorf, wenn ich nicht irre?" „Jawohl", sagt Friedrich Wilhelm leise. „Na, dann mal willkommen. Ich bin Oberwachtmeister Schrade, folgen sie mir." Es geht zunächst in die Schreibstube, wo Friedrich Wilhelm das Gepäck absetzt, dann geht es weiter durch mehrere Gänge mit Säulen und hohen Stuckdecken bis zu einer weiteren Halle, die mit einer Fülle von Gemälden geschmückt ist, alles Generäle oder Ehemalige.

Der Oberwachtmeister hält an und nimmt Friedrich Wilhelm ins Gebet. „Also, sie melden sich jetzt beim Kommandeur, Oberst von Glasenapp. Anrede ist, Herr Oberst, ansonsten quatschen sie keine Operetten, sondern antworten sie, wenn sie gefragt werden. Ich komme mit rein. Alles klar?" „Jawohl", sagt Friedrich Wilhelm. „Jawoll, Herr Oberwachtmeister, heißt das. Alles klar?" „Jawoll, Herr Oberwachtmeister." „!Also, dann mal los und stehen sie gerade."

„Oberwachtmeister Schrade meldet sich mit dem neuen Kadetten von Bernsdorf, Herr Oberst." Der Oberst erhebt sich und kommt hinter seinem Schreibtisch hervor. „Na", sagt er zu Friedrich Wilhelm, „ihre Meldung." „Kadett von Bernsdorf meldet sich zum Dienst, Herr Oberst." „Na also, es geht doch schon", sagt Oberst von Glasenapp und schaut sich Friedrich Wilhelm interessiert an. „Ja, sie sehen ihrem Vater doch sehr ähnlich", meint er schmunzelnd, „wir waren auch zusammen auf der Kadettenanstalt und später dann bei der Belagerung Stralsunds zusammen. Ausgezeichneter Offizier, ihr Vater. Machen sie ihm keine Schande, Bernsdorf." „Nein, Herr Oberst." „Haben wohl etwas Schwierigkeiten in Osterode gehabt, was?" „Jawoll, Herr Oberst, deswegen bin ich hier." „Haben wohl einen Bauernlümmel erschlagen, was?" „Nein, Herr Oberst, habe ich nicht." „Wird aber gemunkelt, mein Lieber. Na ja, ist ja auch egal. Wird auch höchste Zeit, dass sie hier her gekommen sind. Seine Majestät erwartet von allen jungen Adeligen, dass sie diese Laufbahn durchlaufen. Im Übrigen unterliegen sie jetzt meiner Gerichtsbarkeit. Der Oberwachtmeister wird sich jetzt um sie kümmern. Machen sie es gut, mein Junge." „Zu Befehl", donnert der Oberwachtmeister, schlägt die Hacken zusammen und zieht Friedrich Wilhelm aus dem Raum. „Na, ging ja ganz ordentlich", brummt er auf dem Weg zurück zur Schreibstube, „hätten das ruhig zugeben können, dem Oberst ist das wurscht. Jetzt kümmert sich der Korporal Tacke um sie. Erst einmal Klamotten empfangen, damit sie nicht mehr in dusseligem Zivil rumrennen müssen. Dann machen wir einen Soldaten aus ihnen. Tacke wird ihnen das alles erklären. Alles klar?" „Jawoll, Herr Oberwachtmeister, alles klar." Oberwachtmeister Schrade schaut schräg zu Friedrich Wilhelm runter und kann sich ein Schmunzeln nicht verkneifen.

***

Friedrich Wilhelm hat vier Garnituren Uniform empfangen, Tornister, Kochgeschirr, Stiefel, Gewehr und allerlei anderes Gerät, das er mit letzter Kraft in seine Unterkunft schleppt. Korporal Tacke käme nie auf die Idee, ihm beim Tragen zu helfen. In der Unterkunft werden ihm ein Feldbett und ein Schrank zugewiesen. „Einräumen", befiehlt der Korporal kurz, „in einer halben Stunde kommen ihre Stubenkameraden, mit denen können sie sich selber bekannt machen. Die erklären ihnen auch, wie das hier so läuft. Heute Nachmittag Infanteriedienst. Dann können sie besser heute Nacht schlafen. So, jetzt stehen sie still und wiederholen den Befehl." „Einräumen, Kameraden kennen lernen, Infanteriedienst, nachts schlafen", wiederholt Friedrich Wilhelm. „Wenn ich rauskriege, dass man mich verarschen will, dann erwacht in mir der Teufel", schnauzt der Korporal, „merken sie sich das." „Jawoll, Herr Korporal." „Weiter machen", brummt der und verlässt die Stube.

Nach einer halben Stunde hört man auf dem Gang ein mächtiges Gepolter und Stimmen. Der morgendliche Unterricht ist beendet und die Kadetten streben auf ihre Stuben. Schon wird die Tür aufgerissen und drei junge Kadetten in Uniform stürmen herein. Dann verharren sie, als sie Friedrich Wilhelm sehen. „Meine Fresse", sagt einer, „der Neue". „Friedrich Wilhelm von Bernsdorf", stellt sich Friedrich Wilhelm vor, „aus Osterode." „Tag auch, Konrad von Witzleben". „Ernst von Thadden." „Alexander von Bornstedt". Man gibt sich die Hand und einigt sich auf die Vornamen. Dann setzt man sich um den Tisch herum und Konrad gibt Friedrich

Wilhelm erste Erklärungen. „Pass auf, Friedrich, ich bin der Stubenälteste, mach mir keine Schwierigkeiten. Hier läuft alles, wie von selbst, wenn man seine Fresse hält und das tut, was die wollen, verstehst du?" „Klar, verstehe." „Blödsinn, gar nichts verstehst du. Erst wenn wir dir die Schose hier erklärt haben, verstehst du etwas. Antworte immer kurz, je kürzer desto besser", sagt Konrad, „wenn wir allein sind, können wir wie Menschen sprechen, aber im Dienst halt einfach deine Klappe, dann machst du nichts falsch. Denken wird hier nicht erwartet, nur zuhören und immer alles wiederholen, Hacken zusammen und Jawoll brüllen, das macht Eindruck." „Wie geht das jetzt weiter?" „Wir gehen jetzt gleich Essen fassen. Dann kommt ein Korporal und brüllt hier herum und dann rennen wir raus und stellen uns auf. Dann geht es geschlossen zur Fresshalle. Immer nur das Maul halten und geradeaus laufen. Du kriegst hier alles befohlen. Kannst gar nichts falsch machen." „Danke", sagt Friedrich Wilhelm, „und danach?" „Danach führt uns der Korporal wieder hierher zurück, damit wir uns nicht verlaufen, verstehst du?" „Klar, ist doch ganz einfach." „Und danach müssen wir unsere Felduniform anziehen und werden wieder herausgebrüllt zum Infanteriedienst. Mach einfach alles mit. Ist ganz einfach und fall möglichst niemandem auf." „Wie kann man denn auffallen?" „Weiß ich auch nicht so genau, man fällt eben auf, irgendwie. Die Kunst ist, nicht aufzufallen."

Ernst von Thadden mischt sich jetzt ein. „Zum Beispiel, wenn du den Ausbilder bescheuert anschaust, dann fällst du auf." „Und was ist, wenn man auffällt?" „Das ist schlecht, dann wird mit dir irgendetwas geübt, bis es dir zum Hals heraushängt. Die meinen das gut, wirklich, aber in Wirklichkeit ist das Mist, wenn du auffällst." Alexander von Bornstedt lacht jetzt laut los. „Wie soll er das denn verstehen, wenn er doch heute erst angekommen ist. Das kriegt er schon alleine raus, wie das geht. Ich bin zum Beispiel aufgefallen, weil ich den Ausbilder angeschaut habe, nur geguckt, verstehst du?" „Und was kann man da machen?" „Nicht anschauen wenn du im Glied stehst, schau einfach geradeaus und wenn er vor die steht, dann schau durch ihn hindurch. Das kannst du vor dem Spiegel üben, das geht wirklich." Draußen auf dem Gang wird es jetzt laut. „Heraustreten!" wird gebrüllt und wie von der Tarantel gestochen springen die Jungs auf und rennen über den Gang auf den Vorplatz, wo sie antreten. Friedrich Wilhelm kriegt das erstaunlich gut hin und taucht schließlich in der Menge der Kadetten unter. Das Marschieren ist allerdings noch gewöhnungsbedürftig. „Nicht wandern, sondern marschieren", brüllt irgendwo ein Korporal, „so schlapp latscht ja nicht mal meine Großmutter zum Gottesdienst." „Immer die bescheuerte Großmutter", hört Friedrich Wilhelm ganz leise nebenan im Glied. „Maul halten", brüllt jetzt der Korporal, der wohl etwas gehört hat, „wir sind doch hier kein Knabenchor, Maul halten im Glied sonst laufen wir erst noch eine Runde durch den Hetzgarten. Ich habe Zeit und Hunger schon gar nicht." „Der frisst doch wie ein Scheunendrescher", wird jetzt geflüstert und das hört der Korporal zum Glück nicht. „Anhalten vorne. Einrücken!" brüllt der Korporal, „bewegt euch. Die Letzten machen den Ersten die Türen auf."

***

Seinen ersten Infanteriedienst wird Friedrich Wilhelm nicht so schnell vergessen. Später wird er sich an die Anstrengungen dieser Ausbildung gewöhnen, aber beim ersten Mal ist das eher ein Schock. Allein diese Anstrengungen ist Friedrich Wilhelm natürlich noch gar nicht gewohnt. Es wird endlos marschiert, in Reihen, in der Linie, in der schrägen Linie, in Gruppen und größeren Formationen und immer wieder Sturmläufe mit viel Gebrüll. So geht das Stundenlang und irgendwann verlassen die jungen Kadetten die Kräfte. Die Ausbilder wollen genau das erreichen. Sie wollen die Kadetten an die Grenzen ihrer Leistungsfähigkeit bringen. Sie sollen lernen, sich bis an die Grenzen zu quälen, blind zu gehorchen und vor allem in der Formation zu funktionieren. Der Einzelne zählt nichts mehr, es zählt die Formation. Irgendwann ist dann doch Schluss mit der Quälerei und es geht in die Unterkünfte zurück. Dort wird Zeugreinigung befohlen. Die Jungen sind so erschöpft, dass sie kaum noch zu Gesprächen fähig sind. Erst ganz langsam erholen sie sich und dann ist es auch schon wieder Zeit, herauszutreten zum Abendessen. Wieder marschieren, wieder Gebrüll und manch einem schmeckt es vor Überanstrengung überhaupt nicht.

Den Rest des Abends haben die Kadetten dann frei und jeder geht seinen Tätigkeiten nach. Man schreibt Briefe, lernt für den nächsten Tag oder trifft sich in Gruppen. Es bleibt aber noch längere Zeit ruhig in den Stuben. Die Erschöpfung ist allgemein spürbar. Dann beginnen wieder die Gespräche, die jetzt eher leise geführt werden. Friedrich Wilhelm sitzt mit seinen neuen Kameraden zusammen und unweigerlich kommt das Gespräch auf das Gerücht, Friedrich Wilhelm hätte einen Bauernjungen erschlagen. „Ihr könnt es mir wirklich glauben", sagt er jetzt, „ich habe das nicht getan. Es war eine Auseinandersetzung, aber ich habe ihn nicht erschlagen. Irgendwann wird die Wahrheit wohl ans Licht kommen. Fürs Erste muss ich jetzt aber hier bleiben. Das ist Strafe genug. Ich bin eben aufgefallen, Konrad und ich konnte nichts dagegen tun. Wenn sich einmal eine Meinung gebildet hat, dann bist du machtlos. Wie ist die Schule denn hier, auch so hart?" „Eigentlich nicht", sagt Konrad, „eine ganz normale Oberschule eben. Die Lehrer sind in Ordnung und hier kriegst du eine Menge eingetrichtert. Du wirst das ja Morgen sehen, Friedrich. Wenn du am Anfang noch Schwierigkeiten hast, können wir dir sicher helfen. Du musst dich anstrengen, nächstes Jahr geht es schon in die Oberstufe." „Können wir auch mal nach Hause?" möchte Friedrich Wilhelm jetzt wissen. „Dreimal im Jahr, zu Weihnachten, Ostern und im Sommer. Darauf freuen sich alle. Wirst du auch abgeholt?" „Na klar werde ich abgeholt. Kann man hier auch mal nach draußen gehen?" „Kein Problem, Friedrich, wir dürfen einmal in der Woche nach Dienst und am Sonntag nach dem Gottesdienst in Gruppen die Kaserne verlassen. Man muss sich natürlich abmelden und wieder zurück melden und vor allem wird der Anzug streng kontrolliert." „Und wohin geht ihr dann so?" „Da gibt es verschiedene Möglichkeiten, zum Wannsee oder in den Grunewald. Du wirst schon sehen."

***

Für die jungen Kadetten ist das Leben in der Anstalt hart. Vormittags ist Unterricht in der Internatsschule, einer höheren Lehranstalt. Nach dem Mittagessen findet die körperliche und militärische Ausbildung statt: Infanteriedienst, Reiten, Fechten, Schwimmen, Schießausbildung und immer wieder Infanteriedienst bis an die Grenzen der körperlichen Leistungsfähigkeit. Dabei werden die Kadetten abwechselnd auch darin geübt, eine Gruppe von Kadetten zu führen. Die Ziele sind allen klar: Ein höherer Schulabschluss und anschließend die Offiziersausbildung. Mancher weiß schon genau, zu welcher Waffengattung er später will. Friedrich Wilhelm macht sich darüber noch keine Gedanken.

Am Freitagnachmittag ist regelmäßig Kommandeursmusterung. Das gesamte Kadettenkorps ist auf dem großen Exerzierplatz angetreten. Korporale kontrollieren die Aufstellungen, brüllen herum und schließlich erscheint Oberst von Glasenapp. Der dienstälteste Kompaniechef meldet dem Kommandeur, der die Kadetten mit lauter Stimme begrüßt. Die Kadetten antworten im Chor: „Tag Herr Oberst!" Oberst von Glasenapp spricht dann zu den Kadetten. „Kadetten! Ihre Vorgesetzten melden mir, dass sie bei der Ausbildung fleißig bei der Sache sind und dass es zurzeit keinen Grund zur Klage gibt. Das freut mich natürlich. Machen sie weiter so. Der Kronprinz hat angekündigt, dass er unsere Kadettenanstalt besichtigen wird. Wir werden ihm dazu eine Landkampfübung vorführen, bei der ihr euer ganzes Können zeigen könnt. Wir werden die Ausbildung in den nächsten Tagen danach ausrichten. Eine Kompanie Dragoner wird an der

Übung teilnehmen, leichte Reiterei, und dem Ganzen etwas Atmosphäre geben. Vor Pferden habt ihr ja sicher keine Angst. Also, ich werde mir die Ausbildung ansehen. Major, übernehmen sie und lassen sie die Kadetten wegtreten."

***

Der große Tag ist da. Der Besuch des Kronprinzen wird heute stattfinden. Die Kadettenanstalt wurde in den letzten Tagen gründlich gereinigt, die Wege sind geharkt und für die Landkampfübung wurde viel Schweiß vergossen. Heute ist es also soweit. Die Kadetten sind in Kampfbekleidung angetreten, die Korporale haben mit einer Schnur die Frontlinie perfekt ausgerichtet, Offiziere des Stamms und die Wachtmeister sind am rechten Flügel eingetreten. Der Kommandeur erwartet hoch zu Ross die Ankunft des Kronprinzen.

Dann entsteht am Eingang Bewegung, man hört schon von weitem die klappernden Geräusche einer ganzen Reiterschwadron, die jetzt auf den Exerzierplatz einschwenkt. Was für ein Bild bietet sich den Kadetten. Der Kronprinz sitzt kerzengerade auf einem elegant gesattelten Schimmel. Er wird eingerahmt von seiner Prinzengarde, voran wird die Fahne des Kronprinzen von einem stämmigen Reiter präsentiert. Der Kronprinz trägt die blaue Uniform der Grenadiere mit hohem Helm und Federbusch, weißen Reithosen und schwarzen Stiefeln. Schärpe und Degen vervollständigen das imposante Bild. Die Kadetten staunen nicht schlecht. Der Kronprinz ist nicht älter als sie und trägt die Abzeichen eines Obristen.

Der Kommandeur, Oberst von Glasenapp, reitet auf den Kronprinz zu, der sein Pferd pariert hat und erstattet ihm Meldung. Der Kronprinz dankt freundlich und Oberst von Glasenapp erklärt dem Kronprinzen, wie die Landkampfübung gleich ablaufen soll. „Königliche Hoheit", sagt er, „die Kadetten werden gleich im Anschluss ihre Gefechtsstationen auf dem Übungsgelände einnehmen. Es wird die Grundgefechtsordnung vor dem Angriff eingenommen. Den Gegner stellt ebenfalls eine Kadettenkompanie. Das sind die älteren Kadetten, die in diesem Jahr fertig werden. Flankenschutz gibt eine Kompanie Dragoner." Der Kronprinz bedankt sich und grüßt die Kadetten durch Handzeichen. Dann nimmt das Geschehen seinen Lauf.

Von jetzt an geschieht alles nur noch im Laufschritt. Die Grundaufstellungen werden eingenommen, Korporale brüllen Kommandos. Die Kadetten nehmen die geübten Aufstellungen ein. Sie bilden vor allem Linien, die im Vormarsch geöffnet oder geschlossen werden. Es wird geschwenkt und am Ende erfolgt ein Angriff mit viel Gebrüll auf die gegnerische Linie. Der Kronprinz verfolgt das alles mit großem Interesse und diskutierte taktische Fragen mit seinem Adjutanten. Offensichtlich hat der Kronprinz eigene Vorstellung zur Aufstellung und zum Einsatz der Verbände. Schließlich ergeht das Signal zur Beendigung der Übung.

Das Kadettenkorps tritt wieder auf dem Exerzierplatz an und der Kronprinz verabschiedet sich von den Kadetten durch einen Vorbeiritt. Dabei mustert er die angetretenen jungen Leute freundlich und verlässt schließlich mit seinem Gefolge das Gelände der Kadettenanstalt. Den Abschluss bildet noch eine kurze Ansprache des Kommandeurs, der sich sehr zufrieden zeigt und anordnet, dass der Rest des Tages frei sein wird.

***

So vergeht die Zeit in der Kadettenanstalt und so langsam nahen die Sommerferien. Friedrich Wilhelm hat nach Hause geschrieben und darum gebeten, dass er abgeholt werden soll. Da erreicht ihn ein Brief seines Vaters. Der schreibt: „Mein lieber Sohn! Ich freue mich, dass Du in der Ausbildung gute Fortschritte machst. Dein Kommandeur scheint auch mit Dir zufrieden zu sein und er meint, dass Du einmal ein guter Offizier werden könntest. Wir alle, deine Mutter vor allem, freuen uns schon auf die Ferien, sehen aber doch dieser Zeit mit einiger Sorge entgegen. Hier haben sich die Dinge immer noch nicht beruhigt und es herrscht teilweise großer Groll über die Polizei und die Gerichte. Man fühlt sich falsch behandelt und zu Unrecht beschuldigt. In dieser Lage wäre es daher besser, wenn Du noch eine Weile fort bleiben würdest. Du hast uns doch mitgeteilt, dass Dein Kamerad Konrad von Witzleben Dich nach Hause einladen würde, um die Ferien bei seiner Familie in Kolberg zu verbringen. Wir halten das für eine gute Lösung, obwohl wir Dich natürlich lieber hier bei uns hätten. Mach es also gut, mein Junge und schreib uns regelmäßig. Wir freuen uns über jeden Brief von Dir und die Familie findet sich immer schnell zusammen, wenn Post von Dir kommt. Alles Liebe wünscht Dir Deine Familie." Friedrich Wilhelm ist sehr enttäuscht und als er den Brief ein zweites Mal liest hat er Tränen in den Augen.

Konrad von Witzleben hat ihn schon eine ganze Weile beobachtet. Jetzt kommt er zu Friedrich Wilhelm und legt ihm seinen Arm um die Schulter. „Schlechte Nachrichten, Fritz?" „Sie wollen nicht, dass ich in den Ferien nach Hause komme. Du weißt warum. Sie schreiben, dass ich deine Einladung annehmen soll." „Aber das ist doch großartig", platzt Konrad heraus, „dann verbringst du deine Ferien eben bei uns. Du wirst sehen, das wird eine schöne Zeit in Kolberg. Ich werde sofort nach Hause schreiben. Meine Familie wird sich sehr freuen, Fritz, du wirst sehen. Wir werden eine schöne Zeit zu Hause haben."

Sommer in Kolberg

Die Villa der von Witzleben liegt in unmittelbarer Nähe zur Ostsee. Es ist das letzte Haus in einer langen Reihe von Strandvillen, die sich alle zur See hin ausrichten und große, gepflegte Grundstücke haben. Das Grundstück der von Witzlebens ist allerdings besonders groß und dehnt sich nach der See abgewandten Seite über eine Park- und Dünenlandschaft aus. Die Villa wurde vor fünfzig Jahren vom Großvater erworben, der auch schon Offizier unter dem Großen Kurfürsten war und hier alles einrichten konnte, was er damals für nötig hielt. Auch heute bietet das Anwesen alles, was Oberst Heinrich von Witzleben als Kommandeur des 17. Infanterieregiments zu Fuß benötigt. Das Haus ist mit sechzehn Zimmern großzügig ausgestattet. Es hat geräumige Wohnräume und repräsentative Empfangsräume. Das Grundstück ist komplett eingewachsen. Im hinteren Teil des Parks befinden sich Stallungen und Unterkunftsräume für das Personal und die Wachen. Ein Flaggenmast zeigt an, wann Oberst von Witzleben im Hause und nicht in der Garnison ist. Heute weht seine Flagge.

Oberst von Witzleben hat es sich in einem Sessel gemütlich gemacht. Er trägt einen bequemen Hausrock und hat sich eine Zigarre angezündet. Konrad und Friedrich Wilhelm sitzen ihm gegenüber und berichten ihm von der Fahrt von Berlin über Stettin nach Kolberg. Die Familie hat ihnen eine Kutsche geschickt und so konnten sie die Strecke in einem Tag machen.

„Bis Osterode wäre die Strecke mehr als doppelt so lang, Herr Oberst", sagt Friedrich Wilhelm. „Du wärest sicher gerne nach Hause gefahren?" erkundigt sich Oberst von Witzleben. „Ja, das stimmt", sagt Friedrich Wilhelm, „aber das ging diesmal nicht. Vielleicht das nächste Mal. Aber ich danke ihnen sehr, dass ich hier sein kann." „Wir freuen uns auch sehr und mit Konrad verstehst du dich ja gut. Gibt es etwas Neues in Osterode? Wir haben schon von deinen Schwierigkeiten gehört." „Nein, leider nicht. Die Polizei ist noch nicht viel weiter gekommen. Der Verdacht ist auf einen Bauernjungen gefallen, aber das alles ist schwer zu beweisen." „Na ja, irgendwann wird Gras über die Sache wachsen, du wirst sehen. Bei der Armee bist jetzt jedenfalls gut aufgehoben."

Die Tür öffnet sich und Anna von Witzleben, die Mutter Konrads, bringt Getränke. „Damit ihr nicht verdurstet", sagt sie freundlich. Auch der Großvater Konrads ist hinter ihr in den Raum gekommen. Ernst- August von Witzleben ist mit seinen zweiundachtzig Jahren immer noch sehr beweglich und hält sich kerzengerade. „Ich muss mir doch mal die jungen Leute anschauen", sagt er und setzt sich in einen Sessel. Wie geht es in der Kadettenanstalt. Immer noch der alte Schliff?" „Es geht, Opa", sagt Konrad, „ich habe mir das eigentlich schlimmer vorgestellt. Der Kronprinz hat uns besucht." „Ist nicht wahr", sagt der Opa, „zu meiner Zeit hatten wir keinen Kronprinzen. Wie sieht er aus?" „Jung", sagt Konrad, „sechzehn Jahre alt und schon Oberst und Regimentskommandeur." „Sieh an", brummt der Opa, „schon Oberst. Na ja, den seinen gibt's der Herr im Schlaf. Euch hat der Storch eben woanders abgeworfen. Bis zum Obristen müsst ihr daher noch eine Menge leisten." Jetzt mischt sich Oberst von Witzleben wieder ein. „Vater", sagt er gütig, „du weißt ganz genau, dass der Kronprinz in wenigen Jahren schon König sein kann und da muss er dann den Oberbefehl über die Armee übernehmen. Da hat er alles sehr viel kürzer zu durchlaufen. Mit dem Kronprinzen kann sich niemand vergleichen." „Wohl wahr, er ist der Urenkel des Großen Kurfürsten. Mein Gott, was war das für ein Offizier. Dem folgte man ohne zu murren. Blendende Erscheinung auf seinem Pferd. Und er hat die Armee immer ganz intelligent geführt, hat unnötige Opfer vermieden. Er hat fast alles auch ohne Schlachten erreicht. Das waren noch Zeiten." „Na ja, unser König verheizt seine Soldaten ja auch nicht, Vater." „Das stimmt, aber man hört doch manche Kritik an seiner Majestät. Was nützen all die vielen Soldaten, wenn man sie überhaupt nicht einsetzt." „Willst du Krieg, Vater?" „Den gab es zu allen Zeiten. Brandenburg- Preußen ist doch immer noch so klein und wir haben nicht einmal eine direkte Verbindung zur Provinz Preußen. Das kann man doch ändern. Wie sind denn all die großen Länder entstanden? Russland, Österreich und Frankreich. Da ist es doch eine Schande, dass unser Land so klein ist."

„Vater", sagt Oberst von Witzleben, „wir müssen dennoch eine starke Armee haben, gerade weil wir noch so klein und unbedeutend sind. Der Große Kurfürst, unter dem du noch gedient hast, hat das ganz richtig erkannt und er hat durch geschickten und maßvollen Einsatz seiner Soldaten Brandenburg zu einem anerkannten Land gemacht, dass respektiert wurde und das man nicht angegriffen hat. Friedrich hat dann sehr viel mehr damit zu tun gehabt, die Ordnung im Inneren herzustellen. Der Landadel und die Städte wollten keinen Kurfürsten dulden, wollten keine Steuern zahlen und wollten sich nichts von ihm befehlen lassen. Wenn es nach ihnen gegangen wäre, hätten sie als Reichsfreie nur den Kaiser anerkannt und der war weit weg in Wien. Auch da war die Armee wichtig. Vor den Soldaten hatten sie Respekt." „Und so wurden wir ein Königreich", wirft der Vater ein, „ein kleines, aber richtiges Königreich. Unser jetziger König, Friedrich Wilhelm, hat die Armee noch einmal vergrößert, aber er setzt sie nicht ein. Wer soll das verstehen?"

Fast unbemerkt hat die Tochter Evi, den Raum betreten. Sie ist fünfzehn Jahre alt, tritt hinter den Sessel des Vaters und umschlingt ihn mit ihren Armen. „Na, na Evi, willst wohl unseren Gast besichtigen?" „Na klar. Ich muss doch wissen, wer jetzt bei uns wohnt. Hallo ihr beiden Praline Soldaten, könnt ihr schon schießen?" „Evchen, jetzt ist es aber genug. Was soll unser Gast denn von dir denken." „Lassen sie nur, Herr Oberst, meine Schwester ist auch nicht anders", sagt Friedrich Wilhelm. „Du siehst gar nicht so schlimm aus, wenn man bedenkt, dass du einen Bauerjungen erschlagen hast." Entsetzen breitet sich aus. Bevor der Oberst Evi erneut zur Ordnung rufen kann, antwortet Friedrich Wilhelm: „Das stimmt nicht. Ich habe den Bauernjungen nicht erschlagen. Das muss ein anderer gewesen sein, der nach mir kam. Ich kann nur hoffen, dass die Wahrheit eines Tages ans Licht kommt." „Das finde ich gut", sagt Evi, „umso besser. Soll ich dir Kolberg zeigen?" „Ich kann mich nur für meine vorlaute Tochter entschuldigen", sagt der Oberst jetzt, „sie meint das aber nicht so. Ist eigentlich ein braves Kind. Nur wenn Gäste im Haus sind, dann sticht sie manchmal der Hafer. Für Kolberg habt ihr die ganzen Ferien Zeit. Jetzt wollen wir uns erst einmal unterhalten, mein Kind. Armeeangelegenheiten sind Männersache." „Dann nicht", sagt Evi, „ dann gehe ich eben mit Gero los, der braucht jetzt seinen Auslauf." Gero, der Schäferhund wartet schon an der Tür. Das Zimmer betritt er nie, sitzt nur und beobachtet. Als Evi zu ihm kommt, springt er auf und empfängt sie wedelnd. Frau Merzhäuser, die Haushälterin hält schon die Leine bereit.

***

Friedrich Wilhelm sitzt am Fenster seines schönen Zimmers und schaut hinaus auf den Strand und auf die Ostsee, die sich dunkelblau vom hellblauen Himmel abhebt und sich mit ihm am Horizont vereinigt. Die See ist ruhig, nur kleine Schaumkronen sind zu sehen und die Wellen rollen ganz leicht, ständig rauschend und brechen sich am Strand. Er denkt an zu Hause, an Osterode, wo er jetzt gerne wäre. Er denkt auch an Grete, die er jetzt schon Monate nicht mehr gesehen hat, der er aber einige Male geschrieben hat. Was sie wohl macht? Ob sie auf ihn wartet? Zu dumm, die Sache mit dem Franz Rohr. Kann er jetzt noch überhaupt mit der Grete gehen, nach all den Gerüchten? Wann kann er wohl wieder einmal nach Hause fahren? Hat man den Täter endlich gefunden?" All das geht Friedrich Wilhelm durch den Kopf, als es an der Tür klopft.

„Fritz, wir wollen Kolberg unsicher machen. Komm, beeil dich, Evi wartet schon." Im Nu ist Friedrich Wilhelm auf den Beinen, als hätte er darauf gewartet. „Komme schon", ruft er und schon geht es mit Tempo durchs Treppenhaus, wo Konrad ihm einen Trick zeigt, den er seit frühester Jugend geübt hat. Er rutscht das letzte gerade Stück bis zu Eingangshalle das Treppengeländer herunter, stößt sich dann kräftig von der letzten Stufe ab, überspringt eine Truhe und landet auf einem Vorleger mit dem er dann bis zur Tür rutscht. So war es gedacht und so hat es unzählige Male auch geklappt, früher, vor der Zeit in der Kadettenanstalt. Was Konrad nicht wissen kann ist die Tatsache, dass die Rutschgefahr des Läufers Frau Merzhäuser dazu veranlasst hat, eine rutschfeste Unterlage unter diesen Läufer zu legen. So kommt, was kommen musste. Konrad erreicht den Läufer mit perfektem Sprung, aber der Rest des Auftritts geht gründlich schief. Der Läufer bewegt sich kaum. Dafür überschlägt sich Konrad ein paar Mal, nimmt noch eine chinesische Vase mit ins Unglück und landet schließlich krachend vor der Tür zur Bibliothek, an der auch noch ein Glasmosaik zu Bruch geht.

Evi, die schon in der Eingangshalle wartet, klatscht begeistert Beifall. Frau Merzhäuser kommt aus der Küche gestürzt und schlägt die Hände vor das Gesicht und der Großvater öffnet die Bibliothekstür und schaut verwundert auf Konrad, der noch am Boden liegt und gar nicht weiß, warum das geschehen konnte. „Ist das eine militärische Übung, die ich noch nicht kenne?" will der Großvater jetzt wissen. Konrad rappelt sich auf, schaut peinlich berührt in die Runde, lächelt und antwortet: „Ja, das machen wir jetzt so, wenn wir einem angreifenden Pferd ausweichen wollen, Großvater." „Interessant", brummt der alte Herr, „ich habe immer schon gesagt, dass Infanterie und Kavallerie nicht zusammen gehören. Da sieht man mal, was passieren kann. Frau Merzhäuser, räumen sie doch die Scherben zusammen, bevor sich noch jemand verletzt." Kopfschüttelnd macht sich Frau Merzhäuser an die Arbeit, während die jungen Leute hinter vorgehaltener Hand lachend das Haus verlassen.

Kreuz und quer durchstreifen sie das Städtchen, wandern dann die Strandpromenade entlang zurück und erreichen schließlich wieder ihr Haus, wo sich am Strand ein kleines Badehaus befindet, in dem man sich umziehen kann. Man muss nur ein paar Stufen über eine hölzerne Treppe zum Strand hinunter steigen und das richtige Badehaus finden. Rasch ziehen sich Evi, Konrad und Friedrich Wilhelm um und dann geht es auch schon im Laufschritt hinein ins Wasser, das um diese Jahreszeit angenehm warm ist. Die Wellen rollen ganz langsam ans Ufer und der Blick geht weit auf die Ostsee hinaus, wo am Horizont einige Schiffe segeln. Möwen veranstalten Sturzflüge auf die Badenden und ständiges Rauschen liegt in der Luft.

Friedrich Wilhelm hat sich auf den Rücken gelegt, lässt sich von den Wellen treiben und schaut in die Wolken, die hoch über ihm vorbeiziehen. „Ob die wohl nach Ostpreußen ziehen?" denkt er. „Wenn ich die Wolken sehe, dann müsste man die doch in Osterode auch sehen können, so hoch, wie die sind?" Unbemerkt hat sich Evi an ihn herangeschlichen und taucht nun lachend vor ihm auf. „Woran denkst du?" fragt sie keck, „an zu Hause vielleicht?" „Ja", sagt Friedrich Wilhelm, „ich habe tatsächlich an zu Hause denken müssen. Ich habe mich gefragt, ob die zu Hause die Wolken ebenso sehen können, wie ich jetzt." „Nein", sagt Evi, „dafür ist das zu weit und sind die Wolken nicht hoch genug. Aber die Sonne und den Mond können sie in Ostpreußen auch sehen, so wie wir. Schau, der Mond ist schon zu sehen. Aber du bist doch jetzt hier zu Hause. Ich bin doch da." Friedrich Wilhelm lächelt etwas verlegen. „Ja, Evi, du bist da und das finde ich sehr schön." „Denkst du nachts an mich?" „Evi, was ist das für eine Frage. Nachts schlafe ich, aber vor dem Einschlafen denke ich an so vieles." „Auch an mich?" „Ja, auch an dich." Evi hat sich ebenfalls auf den Rücken gelegt, strampelt mit den Beinen und spritzt so um sich. „Magst du das?" „Geh nur nicht unter, Evi." Rasch hat Evi sich um den Hals von Friedrich Wilhelm gehängt. „So kann ich nicht untergehen, so kannst du mich stundenlang halten und ich brauche mich gar nicht zu bewegen." „He, ihr beiden", ruft Konrad, „was macht ihr denn da, wohl verliebt, was?" „Na und?" ruft Evi, „wohl neidisch?"

So verbringen die drei bestimmt eine ganze Stunde im Wasser, schwimmen, tauchen oder lassen sich treiben. Es ist, als würde die Zeit stehen bleiben. Mit allen Sinnen nehmen sie die Atmosphäre der See auf, das Wasser, den lauen Wind, das Rauschen der Wellen, das Geschrei der Möwen. „Wir sollten einfach hier bleiben, Fritz, wozu brauchen wir die Kadettenanstalt?" „Ich bin nicht ganz freiwillig dort, Konrad. Aber dieses Gefühl zu bewahren, wäre schön. So schön ist es bei uns nicht, obwohl wir auch einen See haben, den Drewenzsee. Der ist auch ganz schön groß, aber irgendwie anders, nicht mit der Ostsee zu vergleichen." Evi hat die beiden mehrere Male umkurvt und nähert sich jetzt wieder. „So langsam bekomme ich Hunger", sagt sie, „ich hab schon versucht, Fische zu fangen, aber roh schmecken die ja auch nicht." „Ich glaube es gibt heute Borschtsch. Den macht Frau Merzhäuser ganz lecker, mit 'nem ordentlichem Stück Fleisch dazu", sagt Konrad, „man muss nur aufpassen, dass einem das Fleischstück nicht in den Teller fällt. Dann brauchst du ein neues Hemd und Frau Merzhäuser schimpft. Rote Beete Flecken gehen kaum noch raus. Vater hängt sich daher beim Borschtsch immer ein ganz großes Tusch um den Hals, achte mal drauf." Sie haben das Ufer erreicht und laufen jetzt um die Wette zum Badehaus, wobei Evi noch in eine Muschel tritt und kräftig aufheult. „Kannst du mich tragen, Friedrich Wilhelm?" ruft sie. „Lass deine Tricks", sagt Konrad, „darauf fällt ein preußischer Kadett nicht herein." „Blödmann", schimpft Evi und folgt den beiden humpelnd, „lasst ihr eure Kameraden auch im Feld liegen, wenn sie verbluten?"

***

Am Wochenende kommt Adalbert von Witzleben mit seinem Kameraden Hans von der Lühe nach Kolberg zu einem einwöchigen Urlaub. Adalbert ist der älteste Sohn und dient als Leutnant beim „Infanterieregiment Nummer zwei zu Fuß" in Rastenburg. Adalbert ist Kompanieführer im Regiment und sein Kamerad Hans von der Lühe ist Oberleutnant und Adjutant des Regimentskommandeurs Generalmajor von

Roeder. Tagelang wurde die Ankunft der beiden schon erwartet und jetzt steht die Familie freudig erregt in der Halle und begrüßt die beiden Ankömmlinge.

Oberst Heinrich von Witzleben ist extra etwas früher nach Hause gekommen und begrüßt jetzt seinen Sohn und seinen Gast. „Ich sage euch beiden ein herzliches Willkommen. Welch ein Glanz in unserem Hause. Zwei junge, schon erfolgreiche Offiziere mit prachtvollen Karriereaussichten, wie man hört, und zwei Kadetten, die unsere Zukunft sein werden. Das Land kann stolz auf seine Jugend sein. Ich erhebe mein Glas auf Seine Majestät König Friedrich Wilhelm." Man stößt an und es entwickelt sich ein lockeres Gespräch. Man hat sich festlich gekleidet und die jungen Männer tragen Uniform, der Oberst selbstverständlich auch. Frau Merzhäuser reicht Getränke und kleine Speisen herum und es entwickelt sich eine Atmosphäre des Wohlbehagens.

„Hier ist ja die halbe preußische Armee versammelt", meint Evi und es setzt allgemeines Gelächter ein. „An die Sprüche unserer Tochter müssen sie sich noch gewöhnen, Herr von der Lühe", meint der Oberst, „sie spricht die Dinge immer sehr direkt aus. Aber es ist immer doch sehr köstlich zu hören, was so in einem süßen Köpfchen vor sich geht." Von der Lühe schmunzelt und wendet sich an Evi: „Wenn ich bemerken dürfte, gnädiges Fräulein, dann erlaube ich mir darauf hinzuweisen, dass die preußische Armee allein aus zwanzig Infanterieregimentern besteht. Hinzu kommen Husaren, Dragoner, Ulanen, Jäger, Kürassiere, Füseliere, Kavallerie und Artillerie, die Quartiermeistertruppen nicht zu vergessen. Da sind wir doch eine arge Minderheit im Vergleich zur Größe der preußischen Armee." „Sind die jetzt auch alle im Urlaub?" möchte Evi jetzt wissen. „Bewahre", meint von der Lühe, „die meisten befinden sich immer in den Kasernen." „Das ist gut", meint Evi, „wenn die alle in den Kasernen bleiben, dann ist wenigstens kein Krieg." „Evchen!" donnert der Oberst jetzt etwas strenger, „was soll unser Gast denn von uns halten, wenn du solche Ansichten äußerst." „Lassen sie nur, Herr Oberst", sagt von der Lühe, „es gibt keine dummen Ansichten, meistens gibt es aber dumme Antworten und ihre Tochter hat natürlich Recht. Die preußische Armee befindet sich tatsächlich fast ausschließlich in den Kasernen und da fragen sich viele unserer Soldaten, wozu wir dann eine so starke Armee brauchen, aber das wissen sie ja besser als wir, was die Soldaten so reden."

Oberst von Witzleben schaut leicht indigniert, räuspert sich jetzt und sagt: „Die brandenburgisch- preußische Armee hat unser Land erst geschaffen. Eine Armee ist vor allem ein Ausdrucksmittel des politischen Willens und ein starkes Signal an jeden Staat, der etwas im Schilde führt. Unser König wird genau wissen, weshalb er diese Armeegröße für notwendig hält. Wir haben das nicht zu kommentieren, meine Herren."

Jetzt schaltet sich auch der Großvater Ernst August ein, der zur Feier des Tages seine Orden angelegt hat. „Meine Herren, ich glaube nicht das Evchen diese Diskussion auslösen wollte, aber es ist doch wichtig, dass vor allem unsere jüngere Generation immer berücksichtigt, unter welchen Opfern dieses Land geschaffen wurde. Ich hatte noch die Ehre, unter dem

Großen Kurfürsten zu dienen und eine so bedeutende Armee, wie heute, konnte sich das Kurfürstentum damals noch gar nicht leisten. Aber sie hat sich immer tapfer allen Eroberern entgegen gestellt und wir hatten Erfolg. Unser jetziger König hat die Armee konsequent ausgebaut und tut dies immer noch. Bedenken sie doch, mit welchen Staaten das kleine Brandenburg- Preußen es zu tun hat. Österreich, Frankreich, Russland, Polen nicht zu vergessen. Wenn wir keine ernst zu nehmende Armee hätten, was glauben sie, würden diese Staaten mit uns machen?"

„Das stimmt natürlich, Herr Oberst", lenkt von der Lühe jetzt ein. Er möchte als gerade angekommener Gast natürlich nicht unhöflich erscheinen, fügt dann aber etwas leichtsinnig noch hinzu: „eine große Armee braucht aber auch eine gute Führung und Taktik." „Und?" will der Großvater jetzt wissen, „haben wir die nicht?" Jetzt beginnt es ungemütlich zu werden und Anna von Witzleben greift schnell ein: „Wenn mehr als ein Soldat im Hause ist, wird gefachsimpelt. Meine Herren, ich glaube alle haben einen ordentlichen Hunger. Was gibt es denn Frau Merzhäuser?" „Königsberger Klopse, gnädige Frau, schön mit Weißwein-Kapern-Sauce und Salzkartoffeln." „Da sollten wir aber nicht länger warten, meine Herren, darf ich zu Tisch bitten, aber bitte ohne Streitgespräche." „Jawohl, gnädige Frau", kann sich Evi eine letzte Bemerkung nicht verkneifen. Die Familie begibt sich zu Tisch. „Laß das, Blödmann", ruft Evi dann noch, da Konrad ihr von hinten am Zopf gezogen hat. „Strafe muss sein", brummt Konrad und Friedrich Wilhelm kann sich ein Lachen nicht verkneifen.

***

Nach dem Essen haben die Herren im Wintergarten Platz genommen. Großvater raucht eine Pfeife, der Oberst eine Zigarre, die jungen Leute rauchen nicht. Dazu wird ein Cognac genossen. Die Stimmung könnte sehr behaglich sein, wenn da nicht noch die Frage vom Großvater im Raume stände. „Darf ich fragen, wie sie das vorhin gemeint haben, Herr Oberleutnant von der Lühe?" kommt der Großvater auf seine Frage vor dem Essen zurück.

„Natürlich, Herr Oberst. Mit meiner Bemerkung vorhin wollte ich auf einige Probleme hinweisen, in die wir zunehmend hinein geraten." „Was sind das für Probleme?" „Nun, ja, Herr Oberst, es geht da im Wesentlichen um das Problem der Überalterung des Offizierskorps und um die Taktik im Felde. Beides wird zunehmend vor allem von den jüngeren Offizieren als Problem angesehen." „Das war bei uns genauso", meint der Großvater, „wissen sie, als wir noch jung waren, ging uns die Karriere auch nicht schnell genug. Da waren die Älteren immer im Wege." „Muss ein Feldmarschall mit über achtzig Jahren noch auf ein Pferd steigen, Herr Oberst?" will von der Lühe jetzt wissen. „Der hat vielleicht die Erfahrung, Herr von der Lühe. Erfahrung hat etwas mit dem Lebensalter zu tun und mit Schlachten und Kriegen. Die bekommt man nicht geschenkt. Erfahrung muss man sich hart erkämpfen, im Pferdesattel meinetwegen."

Jetzt schaltet sich Adalbert ein. „Großvater, das bestreitet niemand. Was wir aber dringend brauchen ist eine Reform der

Armee, die unbestritten ihre großen Verdienste in der Vergangenheit hatte. Die Zeiten ändern sich aber und auch die Armee muss sich ändern. In fast allem muss sie sich ändern, in der Führung, im Altersdurchschnitt, in der Ausrüstung und vor allem in der Taktik. Was im vorigen Jahrhundert richtig war, muss heute durchaus nicht mehr richtig sein."

„Was ist heute nicht mehr richtig?" will jetzt der Oberst wissen. Die beiden jungen Offiziere schauen sich an. Oberleutnant von der Lühe antwortet: „Herr Oberst, sie sind eigentlich Dienstvorgesetzter. Daher ist es ein Problem ganz offen zu sprechen." „Machen sie sich keine Sorgen von der Lühe wir sprechen hier ganz privat und sie sind mein Gast. Wir hatten auch Verbesserungsvorschläge, als wir noch jung waren. Vater hat sogar richtig Probleme bekommen, als er damals vorschlug, die Reiterei an den Flügeln aufzustellen. Reiterei war die Hauptwaffe auf dem Gefechtsfeld und Infanterie waren damals nur Fußtruppen. Du erinnerst dich Vater, dass man dich deswegen am liebsten gerädert hätte?" „Erinnere mich nicht daran. Das habe ich nur einmal gewagt. Die Zeit hat mit aber doch Recht gegeben."

Oberleutnant von der Lühe räuspert sich und sagt dann: „Also gut, Herr Oberst, dann werde ich ihnen vortragen, was man unter den jüngeren Offizieren heute mehrheitlich denkt." Der Oberst und der Großvater lehnen sich gespannt zurück. „Also, Herr Oberst, da gibt es zunächst einmal ein echtes Generationenproblem, nicht mit ranghohen Offizieren in ihrem Alter. Die werden selbstverständlich uneingeschränkt respektiert. Sie sind schließlich unsere Vorgesetzten und

Erfahrungsträger, von denen vorhin schon die Rede war. Es geht um all die ganz alten und sehr hohen Offiziere, die eigentlich gar nicht mehr in das Feld gehören. Es wimmelt von siebzig, ja sogar achtzigjährigen in der Armee, die über alles bestimmen und alles verhindern. Mit denen ist keine Reform möglich. Deren Positionen müssten sie eigentlich einnehmen. Entschuldigen sie, wenn ich das so offen sage, aber eigentlich müssten sie heute schon mindestens Generalmajor sein." Der Oberst schaut seinen Vater an. Dieser schmunzelt und nickt. „Weiter", sagt der Oberst.

Dann gibt es ein richtiges Sinnproblem in der Armee. Die jungen Soldaten werden fast ausschließlich mit mehr oder weniger Gewalt in die Armee geholt. Sie kennen die Methoden der Rekrutierung und dann werden sie mit äußerster Gewalt in der Armee festgehalten. Wer desertiert und erwischt wird, dem geht es dann richtig dreckig. Der muss durch das Spießrutenlaufen und wird dann halb totgeschlagen, schon zur Abschreckung. Wir haben auf diese Weise zwar viele schlecht bezahlte Soldaten, aber keine Armee, die aus Überzeugung in den Krieg zieht. Die jungen Leute wissen, dass ihre Väter sich zu Hause auf den Bauernhöfen schinden müssen und ihre Familien kaum ernähren können, während sie in den Garnisonen hängen und stumpfsinnig den ganzen Tag exerzieren. Das alles für einen Krieg, den sie gar nicht wollen und der womöglich auch gar nicht kommt."

„Starker Tobak", brummt der Oberst, „was ist mit der Taktik?" „Damit steht es am schlimmsten, Herr Oberst. Die Soldaten wissen doch, dass sie mit der ganz überholten

Schlachtentaktik im Grunde verheizt werden. Wir stellen unsere Soldaten in Schlachtordnungen auf, marschieren in Massen aufeinander los, setzen sie bewusst dem feindlichen Feuer aus, steigen über unsere Kameraden hinweg, wenn sie gefallen sind, hauen alles kurz und klein, wenn die Linien aufeinandertreffen, schießen mit Kanonen in die Formationen und machen mit Hilfe der Reiterei am Ende Menschen- und Pferdegulasch auf dem Schlachtfeld. Dann lassen wir die armen Kerle, schwer verwundert, halbtot und wenn sie Glück gehabt haben ganz tot auf den Schlachtfeldern liegen und kümmern uns nicht um die Zeit nach dem Krieg oder um ihre Angehörigen. Die Schlacht hat der gewonnen, der am Ende noch die meisten Soldaten übrig hat, die dann benommen und zutiefst erschüttert das Schlachtfeld verlassen ohne zu wissen, wie es weiter gehen soll. All diese gefallenen Soldaten kann das Land doch gar nicht mehr ersetzen. Man muss Jahre warten bis neue Soldaten nachgewachsen sind, die Söhne der Gefallenen eben. Glauben wir wirklich, dass alles so weiter gehen kann, wie es in der Vergangenheit gemacht wurde?"

„Das ist Revolution, Herr Oberleutnant", bemerkt der Großvater. „Ich weiß, Herr Oberst", antwortet von der Lühe, „glauben sie bitte nicht, dass ich das gerne ausspreche. Wir – das heißt Adalbert und ich und die beiden jungen Kadetten – gehören ja noch zu den Privilegierten im Lande. Wir sind oder werden Offiziere, die Masse aber ist arm und zum Teil nur deshalb in der Armee, weil es dort regelmäßig etwas zu essen gibt. Sie verstehen nicht, warum sie für ein Land in den Krieg ziehen sollen, das sie und ihre Angehörigen so schlecht behandelt. Was haben sie davon, wenn wir andere Länder überfallen und ausrauben und die armen Menschen dort, die alle nicht besser leben, als ihre eigenen Angehörigen, totschlagen. Sie sollen für eine Sache kämpfen, von der sie überhaupt nicht überzeugt sind."

„Sollen wir die Armee abschaffen?" fragt der Oberst jetzt. „Natürlich nicht, Herr Oberst. Wir müssen aber die Verhältnisse in unserem Land zunächst von Grund auf ändern, damit es sich für unsere Soldaten lohnt, das Land mit einer Armee zu verteidigen. Und wenn wir das Land verteidigen wollen – nicht andere Länder angreifen – dann müssen wir das wertvollste, was dieses Land hat, das Leben unserer Soldaten nämlich, schonend einsetzen und nicht sinnlos verheizen. Dazu müssen auch Strategie und Taktik grundlegend geändert werden."

Es entsteht eine lange Gesprächspause bis der Oberst das Gespräch wieder aufnimmt. „Was sagst du, Vater?" Der Großvater zündet erneut seine Pfeife an. „Ich hätte nicht gedacht, dass die Kritik so weit geht, Heinrich. Wir waren auch kritisch, aber so weit ging unsere Kritik nie. Hier wird ja alles in Frage gestellt, einfach alles. Was sagt eigentlich unser junger Gast aus Osterode zu all dem? Das würde mich einmal interessieren."

Friedrich Wilhelm hat die ganze Zeit über zugehört und fühlt nun, dass er auf die Frage des Großvaters wohl antworten muss. Er schaut etwas verlegen in die Runde. „Konrad und ich", sagt Friedrich Wilhelm etwas zaghaft, „stehen ja noch ganz am

Anfang unseres Lebens. Konrad wird sicher einmal ein hoher Offizier sein und ich werde wohl das Rittergut von meinem Vater übernehmen müssen. Wir werden dann in zwei Welten leben, aber doch im selben Land. Unsere Bauernsöhne sind seine Soldaten oder sollen dies zumindest sein. In der Armee kennen wir bisher nur die Kadettenanstalt. Von der eigentlichen Armee verstehen wir daher noch sehr wenig. Es stimmt aber, was Herr Oberleutnant von der Lühe von den Verhältnissen auf dem Lande gesagt hat. Dort sieht es nicht gut aus für die Bauern und ihre Familien und Begeisterung für die Armee kann ich nicht feststellen. Es wäre sicher ein Weg, wenn die jungen Soldaten ausgebildet werden und dann auf ihre Höfe zurückkehren, wo sie dringend gebraucht werden. Man kann sie dann ja holen, wenn man sie braucht. Sie können zwischendurch ja auch immer wieder üben, außerhalb der Erntezeiten. Wichtig ist aber – und da gebe ich Herrn Oberleutnant Recht – dass sie wissen warum sie unser Land verteidigen sollen. Dass sie es tun, um ihre Angehörigen und ihr Eigentum zu schützen. Das würde Sinn machen."

„Dann sprechen wir aber nicht mehr von der Armee, sondern von der Ordnung in unserem Land", meint der Oberst und von der Lühe ergänzt: „Ganz Recht, Herr Oberst. Die Armee ist dann ein Ausdrucksmittel für die Verteidigungsbereitschaft unseres Landes und alle machen gerne mit, wenn sie wissen, wofür es sich zu kämpfen lohnt."
„Und was ist mit der Reform und der Taktik?" fragt der Oberst.
„Die Armee muss von Grund auf erneuert werden. Das müssen

die besten Offiziere, die wir haben in Angriff nehmen, sie Herr Oberst und unsere ranghohen Vorgesetzten."

Jetzt wird es still im Wintergarten. Man hängt den eigenen Gedanken nach. Oberst von Witzleben schaut seinen Vater an, der lächelt still in sich hinein und sagt schließlich schmunzelnd: „Dann man los, mein Junge. Das ist dann ja wohl deine Sache. Ich soll ja nicht mehr in den Sattel. Das hast du ja gehört." Der Oberst erhebt sich jetzt etwas mühsam, legt Oberleutnant von der Lühe eine Hand auf die Schulter, klopft ein paar Mal ohne etwas zu sagen auf dessen Schulter und verlässt wortlos den Wintergarten. Konrad erhebt sich ebenfalls und sagt: „Wir sollten bei dem schönen Wetter jetzt einmal ausreiten. Das Land können wir morgen auch noch ändern."

***

Konrad, Adalbert, Hans, Friedrich Wilhelm und Evi sind schon seit einer Stunde unterwegs. Im Reitstall wurden ihnen die Pferde gesattelt und jetzt reiten sie gemächlich durch die Dünenlandschaft immer nahe der Ostsee. Sie haben es nicht eilig und die Pferde finden sicher den Weg über die schmalen Sandwege durch Dünen, niederes Buschwerk und blühende Gräser. Sie streben einem kleinen Flecken wenige Kilometer von Kolberg entfernt zu, wo Konrad und Adalbert einen kleinen und bescheidenen Dünenausschank kennen, den sie schon häufiger aufgesucht haben. Dort wollen sie eine Pause machen.

Der Dünenausschank besteht aus einem flachen Holzgebäude, das sich fast in den Dünen versteckt. Man muss es schon kennen, um es zu finden. Der Wirt hat einige Tische und Stühle vor den Ausschank gestellt. Eine Überdachung bietet etwas Schutz vor der Sonne und auch bei Regen. Die Reitergruppe hat im Schatten Platz genommen und bestellt Getränke. Der Wirt kennt die beiden Jungen von Witzleben und begrüßt sie sehr freundlich. Die Gäste werden vorgestellt und der gemütliche Teil der Pause beginnt.

Evi hat etwas auf dem Herzen. „Was war denn vorhin im Wintergarten los?" möchte sie wissen. „Wir hatten eine kleine Meinungsverschiedenheit mit Vater und Großvater", sagt Adalbert kurz, „ist aber nicht so schlimm." „Und worum ging es?" hakt Evi nach. Die Jungen schauen sich an. Man merkt, dass sie das Thema lieber meiden würden. „Na ja", fährt Adalbert fort, „es ging um die Armee. Wir sind eben der Auffassung, dass sich manches ändern müsste." „Und was müsste sich ändern?" „Fast alles", sagt jetzt Hans von der Lühe und berichtet Evi in kurzen Zügen den Inhalt der Auseinandersetzung. „Meine Güte", sagt Evi, „jetzt verstehe ich, warum Vater so komisch war. Wie soll es denn jetzt weiter gehen?" „Gute Frage", sagt Friedrich Wilhelm, „es geht hier um das Grundsätzliche und das kann niemand von uns, auch euer Vater nicht, von heute auf morgen ändern. Er hat aber Verständnis gezeigt. Das war jedenfalls mein Eindruck."

„Hier sind die Getränke!" ruft der Wirt. Evi bekommt ein großes Glas Apfelsaft und die Jungen haben sich Bier bestellt. Sie genießen die kühlen Getränke und es kehrt erst einmal

Ruhe ein. Ein leichter Wind geht, das Meer rauscht und die Möwen veranstalten Kunstflüge. „Ich möchte auch fliegen können", sagt Evi, hat die Hände hinter dem Nacken verschränkt und beobachtet die Möwen am Himmel. „Unmöglich", meint Adalbert, „Menschen werden nie fliegen können." „Menschen nicht", sagt Hans, „aber Apparate schon. Da setzen Menschen sich dann rein und fliegen, wohin sie wollen." „Und wie soll das gehen?" möchte Evi jetzt wissen. „Wir haben in der Garnison einen Offizier, der eine technische Ausbildung gemacht hat", erklärt Hans, „der hat mir das erklärt. Der meint, dass es gehen müsste. Ich kann euch das natürlich nicht erklären, aber dieser Offizier – ein Hauptmann der Artillerie übrigens – bastelt mit zwei Freunden an einem Flugapparat herum. Er sagt, dass sei Physik oder so ähnlich und wenn man das versteht, kann man einen Apparat zum Fliegen bringen und sich da sogar reinsetzen."

„Fliegen wäre schön", schwärmt Evi und beobachtet interessiert die Möwen. „Du kannst auch fliegen", sagt Konrad jetzt. „Und wie?" möchte Evi wissen. „Vom Internat, wenn du nicht ordentlich lernst und immer eine so große Klappe hast", antwortet Konrad lachend. „Blödmann", erhält er zur Antwort und alle lachen. Friedrich Wilhelm ist aufgestanden und geht ein paar Schritte zum Strand hinunter. Evi folgt ihm. „Woran denkst du?" möchte sie wissen. „Ich muss immer daran denken, dass der Urlaub in ein paar Tagen vorbei ist", sagt Friedrich Wilhelm, „und dann werden wir uns erst einmal eine Zeitlang nicht sehen können." „Wichtig ist, dass du immer an mich denkst und mir häufig schreibst", sagt Evi und nimmt

Friedrich Wilhelm an der Hand. „Was machst du Weihnachten?" möchte sie wissen. „Weihnachten muss ich wieder einmal nach Hause, Evi. Kannst du nicht kommen?" „Hab ich mir auch schon überlegt. Ich werde die Eltern fragen. Vielleicht kann Konrad ja mitkommen, dann wird das leichter gehen." „Konrad? Natürlich, das ist eine gute Idee Evi. Ich werde Konrad das vorschlagen. Wir können ihm ruhig sagen, dass wir uns mögen. Er wird das verstehen." So kommen sie zurück zu den anderen. Ein frisches Bier steht auf dem Tisch und die jungen Leute lassen sich Zeit. Zurück ist es eine gute Stunde zu reiten und bis zum Abendessen ist noch viel Zeit.

***

Am letzten Abend des Aufenthalts von Friedrich Wilhelm, Konrad, Adalbert und Hans von der Lühe in Kolberg gibt die Familie von Witzleben einen Empfang für Freunde und Gäste des Hauses. Der Empfang wird begünstigt durch einen schönen, warmen Sommerabend. Eine ganz leichte aber angenehme Brise weht von der See her und die Gäste erscheinen nach und nach. Kutschen fahren vor und wieder weg, viele Gäste kommen auch zu Fuß, sofern sie in der Nachbarschaft wohnen. Unter den Gästen sind viele Offiziere mit ihren Frauen. Langsam füllt sich das Haus. Die meisten bevorzugen es aber, sich im Park aufzuhalten, der ebenfalls stimmungsvoll geschmückt und vorbereitet ist.

Oberst Heinrich von Witzleben hält von der Terrasse aus eine kurze Rede. „Liebe Freunde, liebe Gäste, liebe Kameraden. Ich begrüße ganz besonders die Damen, die unsere Feste mit ihrem Liebreiz schmücken und uns alten Haudegen immer daran erinnern, dass Soldasein nicht alles im Leben ist." Der Oberst erntet fröhliches Lachen und leisen Beifall bei den Damen. Leider brauchen wir offensichtlich immer einen Anlass, um uns in dieser Weise manchmal zu treffen. Nun, der Anlass ist dieses Mal nichts Weltbewegendes, es ist lediglich ein vorübergehender Abschied. Unsere Söhne Adalbert und Konrad haben ein paar Tage mit uns verbracht und sie haben uns ihre lieben Freunde Oberleutnant Hans von der Lühe und Friedrich Wilhelm von Bernsdorf als Gäste mitgebracht. Wir hatten in den letzten Tagen also vier Söhne im Haus und – entschuldige bitte Evi – eine Tochter. Die hat es natürlich bei dieser männlichen Dominanz nicht ganz leicht gehabt. Aber ich kann euch versichern, dass Evi damit keine Probleme hatte. Wer sie kennt weiß, dass sie sich durchsetzen kann. Und mit Hilfe ihrer Mutter – ich stoße auf dein Wohl an, liebe Anna – und von Frau Merzhäuser unterlag das Weibliche in diesem Haus nicht so ganz. Wie ihr wisst, sind die Jungs alle Soldaten. Zwei befinden sich noch in der Ausbildung und zwei sind aktive Offiziere. Wir hatten sehr interessante Gespräche über die Armee miteinander und vor allem mein Vater hat sich dabei zu meiner Überraschung als besonders einsichtsvoll gezeigt. Ich möchte hier keine Einzelheiten nennen, aber ich werde in der nächsten Zeit mit dem einen oder anderen von euch darüber sprechen. Ich bin von der Leistungsfähigkeit unserer Armee natürlich voll überzeugt, aber ich glaube auch, dass man immer bereit sein muss, Gutes auch immer noch etwas besser zu machen. So, jetzt aber Schluss mit solchen Gedanken. Meine

Frau und ich bedanken sich mit diesem Empfang bei unseren liebenswerten Gästen, die morgen wieder abreisen werden. Allen Gästen sagen wir Dank für ihr kommen und wir wünschen euch allen einen schönen und angenehmen Abend."

Und dieser Abend verlief wirklich angenehm. Die Stimmung war gut. Man unterhielt sich in Gruppen, prostete einander zu und speiste von den vielen Köstlichkeiten, die auf einem Buffet bereit gestellt waren. Die jungen Leute waren sehr gefragt. Man interessierte sich für die Garnison und die Kadettenanstalt und manch einer wollte auch gerne wissen, um was es denn bei den Gesprächen ging. Vor allem Adalbert und Hans von der Lühe hatten damit zu tun, auf solche Fragen zu antworten, ohne jedoch die Stimmung des Abends zu trüben. Solch ein Anlass ist für kritische Streitgespräche eben ganz und gar nicht der richtige Ort. So verlief der Abend in großer Harmonie und alle fühlten sich wohl im Hause der von Witzlebens.

So fiel es auch nicht auf, das Evi und Friedrich Wilhelm sich unterhakten und zu zweit einen Spaziergang durch den Park machten. Seitwärts führte der Weg dann hinaus aus dem Grundstück in Richtung zum Strand, wo sie ein gutes Stück miteinander liefen und das permanente Geräusch des Meeres und der Möwen in sich aufnahmen. Der Mond tauchte die anbrechende Nacht in wohlig warmes Licht und die beiden verließen dann den Strand und wanderten in die Dünen, wo der Weg immer noch gut zu sehen war. Eine melancholische Stimmung erfasste Evi und Friedrich Wilhelm, als sie anhielten und sich tief in die Augen sahen. „Friedrich", sagte Evi, „wie soll ich das nur aushalten, dass du morgen schon abreisen musst?" „Mir geht es ebenso, Evchen. Ich werde dir regelmäßig schreiben und dir alle meine Gedanken übermitteln. Wollen wir nicht zusammen bleiben und irgendwann heiraten?" „Wie gerne, Friedrich. Ob meine Eltern schon etwas gemerkt haben?" „Ich glaube schon, Evi, Eltern spüren das. Auch Konrad weiß sicher, wie es um uns steht. Ich werde ihm auf jeden Fall die Wahrheit sagen, wenn er mich fragen sollte." „Das ist wohl das Beste, Friedrich. Heimlichkeiten haben in diesem Fall keinen Sinn. Sie könnten nur schaden. Wenn sich die Eltern erst einmal an den Gedanken gewöhnt haben, ist Vieles dann leichter. Mehr als dagegen sein, können sie ohnehin nicht." „Meinst du, dass du über Weihnachten mit Konrad nach Osterode kommen kannst?" „Das wäre schön, Friedrich. Ich will es versuchen, sprich du mit Konrad. Vielleicht gelingt es uns ja. Das Hauptproblem besteht allerdings darin, dass Eltern Weihnachten nicht alleine sein können."

Dann gehen sie eng umschlungen weiter und nähern sich durch die Dünen von hinten dem Haus und dem Park, wo noch viel Betrieb herrscht. Sie schauen eine Weile auf das bunte Treiben. Dann schließen sie sich in die Arme und besiegeln ihre Wünsche mit einem langen Kuss, dem noch viele Küsse folgen. Schweren Herzens und aufgewühlt in den Gefühlen gehen sie dann aber schließlich zurück in den Park und mischen sich wieder unter die Gäste. Irgendwann endet auch dieser schöne Abend und mit ihm und einem übervollen Herzen endet auch dieser schöne Sommer für Friedrich Wilhelm und Evi in

Kolberg. Am nächsten Morgen geht es dann zurück nach Berlin in den harten Alltag der Kadettenanstalt.

***

Ein strenger Winter

Das Leben in der Kadettenanstalt geht für Friedrich Wilhelm weiter, wie es vor den Sommerferien aufgehört hat. Strenge Disziplin, die aber durch die Gewöhnung an die Ausbilder zunehmend als angenehm empfunden wird. Intensives Lernen im Klassenraum, sportliche und militärische Übungen und hin und wieder etwas Freizeit im Kameradenkreis. Die Tage sind ausgefüllt und die Zeit vergeht wie im Fluge.

Der Kommandeur Oberst von Glasenapp lässt Friedrich Wilhelm kommen. Oberwachtmeister Schrade schaut Friedrich Wilhelm scharf an, als der sich abmeldet. „Wohl was ausgefressen, was?" „Nein, Herr Oberwachtmeister, das heißt, ich weiß es nicht, Herr Oberwachtmeister." „Na, dann melden sie sich mal beim Kommandeur, aber machen sie eine anständige Meldung, verstanden?" „Jawohl, Herr Oberwachtmeister, anständige Meldung machen." „Ist gut, wegtreten."

Oberst Glasenapp hat sich erhoben, als Friedrich Wilhelm sich bei ihm meldet. „Kadett von Bernsdorf, meldet sich zur Stelle, Herr Oberst." „Rühren, setzen sie sich." Friedrich Wilhelm nimmt auf einem Stuhl vor dem Schreibtisch Platz, hält sich aber gerade. „Also, Bernsdorf, wie geht es denn Oberst von Witzleben? Sie haben doch den Sommer in Kolberg verbracht?" „Herrn Oberst geht es gut, Herr Oberst. Es war sehr schön in seinem Haus." „Na schön. Schon irgendetwas gehört, von ihrer Geschichte in Osterode mit dem Bauerlümmel?" „Nein, Herr Oberst, nichts Neues gehört, alles noch in der Untersuchung." „Sind ein bisschen lahmarschig die Polizisten in Osterode. Hätten den gefassten Bauerjungen schon längst verurteilen lassen können. Egal, sie unterstehen jetzt meiner Gerichtsbarkeit und ich habe ihr Wort. Das genügt mit fürs Erste." „Jawohl, Herr Oberst." „Kommen wir mal zu etwas anderem. Man meldet mir, dass man mit ihnen ganz zufrieden ist. Das freut mich natürlich, weil das ihren Herrn Vater natürlich auch freuen wird, wenn er solch einen tüchtigen Sohn hat. Wie es aussieht, werden wir sie nächstes Jahr in die Selekta aufnehmen, sie wissen, was das bedeutet?" „Jawohl, Herr Oberst, Selekta ist die oberste Klasse". „Ganz richtig, die Selekta bedeutet, dass sie nach dem Abschluss direkt Offizier werden können, die anderen werden erst Fähnriche. Haben sie schon eine Truppengattung, wo sie mal hinmöchten?" „Nein, Herr Oberst, habe ich noch nicht. Das muss ich mir noch überlegen." „Tun sie das, sonst schlagen wir etwas vor. Fahren sie Weihnachten nach Hause?" Friedrich Wilhelm strahlt deutlich sichtbar. „Ja, Herr Oberst, Weihnachte fahre ich nach Hause, zusammen mit Konrad von Witzleben. Der wird auch bei uns sein." „Recht so, man muss schon hier Freunde haben. Hält das ganze Leben, manchmal. Passen sie auf, wenn sie von der Polizei in Osterode angesprochen werden. Die müssen sich immer an mich wenden. Sagen sie gar nichts und zeigen sie ihren Kadettenausweis vor. Sie unterstehen nur mir, verstanden?" „Jawohl, Herr Oberst, nur ihnen." „In Ordnung, strengen sie sich weiter so an und ich möchte keine Klagen hören, klar?" „Klar, Herr Oberst, keine

Klagen." „Sie können wegtreten." Friedrich Wilhelm ist aufgesprungen, grüßt und ruft: „Kadett von Bernsdorf meldet sich ab!" Als er sich in der Schreibstube zurückmeldet brummt Oberwachtmeister Schrade: „Na, Bernsdorf, der Kopf ist ja noch dran. Nun sehen sie mal zu, dass sie in die Klasse kommen, sie können hier schließlich nicht überwintern." Friedrich Wilhelm stutzt, grüßt dann aber schneidig, legt eine Kehrtwendung hin und will die Schreibstube verlassen. „Halt", ruft der Oberwachtmeister, „Kehrtwendung gibt es im Raum nicht, sie bohren mir ja den ganzen Fußboden durch." Friedrich Wilhelm grüßt noch einmal und verschwindet, so schnell er kann. Auf dem Weg in die Klasse denkt er noch einmal über alles nach und hat keine Eile.

***

Der ersehnte Tag ist da. Die Kutsche der Berndorfs, mit dem Kutscher Johann Dübel, ist schon gestern eingetroffen, der über Nacht wieder bei seinem Bruder in Köpenick gewesen ist. Jetzt ist alles zur Abfahrt bereit. Friedrich Wilhelm und Konrad haben das Gepäck verstaut und rasch sitzen sie in der Kutsche, die flott auf die Heimreise geht. Zunächst soll es aber nach Kolberg gehen, wo Evi zusteigen wird. In vielen Briefen, die hin und her gingen, ist das schon entschieden worden und von Witzlebens haben schweren Herzens zugestimmt, dass Konrad und Evi über Weihnachten mit zu den Bernsdorfs nach Osterode fahren dürfen. Wie sagte Evi ganz richtig: „Eltern können Weihnachten eigentlich nicht alleine sein. Aber irgendwann müssen sie es schließlich lernen."

Die Fahrt geht zunächst über Stettin nach Kolberg, wo sie am Abend ankommen und übernachten werden. Den Abend verbringen sie im Kreis der Familie von Witzleben bei einem reichlich gedeckten Tisch. Frau Merzhäuser schaut etwas böse und meint: „Kinder gehören Weihnachten nach Hause." Evi stört das nicht. Sie ist glücklich und auch Friedrich Wilhelm sieht man an, dass er voller Freude und Erwartung auf zu Hause ist. Beim Abschied liegt man sich in den Armen und Obers von Witzleben hat Konrad noch einmal zur Seite genommen und im eingeschärft, gut auf seine Schwedter aufzupassen. Dann geht es weiter die Küste entlang über Köslin, Stolp, Danzig und Elbing nach Osterode. In Danzig wird noch einmal übernachtet und die jungen Leute verleben einen fröhlichen Abend. Man isst und geht noch einmal ausgiebig spazieren und am Abend fallen sie im Gasthof müde in ihre Betten. Je näher man am nächsten Tag Osterode kommt, umso mehr steigt vor allem bei Evi und Konrad die Spannung. Schließlich ist es geschafft und die Kutsche fährt in die Chaussee zum Gutshof der Bernsdorfs ein, wo sie schon ungeduldig erwartet wird. „Hier sind wir!" ruft Johann Dübel schon von weitem, „alle wohlbehalten, Herr Baron."

Amalie und Friedrich von Bernsdorf begrüßen ihre Gäste und schließen dann Friedrich Wilhelm in die Arme. „Schön, dass du wieder da bist", flüstert Amalie ihrem Sohn ins Ohr. Man begibt sich in das Haus, wo eine Kaffeetafel vorbereitet ist und es muss erst einmal erzählt werden, über die Fahrt, den Sommer in Kolberg und das Leben in der Kadettenanstalt. Schließlich löst sich die fröhliche Runde auf und die Gäste richten sich in ihren Zimmern ein. Anschließend zeigen Friedrich Wilhelm und Marie Evi und Konrad das Haus und den Gutshof und am Abend sitzt die jetzt viel größere Familie lange zusammen zum Abendessen. Dann begibt man sich zur Ruhe. Evi und Marie teilen ein Zimmer und so haben die beiden Mädchen noch lange Gelegenheit, über manches zu sprechen, was für die Ohren der Brüder oder Eltern gänzlich ungeeignet wäre.

Als der Baron und seine Frau dann im Schlafzimmer sind fragt der Baron: „Wie findest du unsere Gäste, Amalie?" „Das sind auch ganz liebe junge Leute, Friedrich." „Wie findest du Evi, ist sie nicht ein nettes Mädchen?" „Friedrich, hast du eigentlich keine Augen im Kopf?" „Was meinst du?" „Na, das sieht man doch. Evi und Friedrich Wilhelm sind ineinander verliebt." „Meinst du?" „Das merkt man doch. Jetzt muss ich aber staunen, Friedrich, wo ist dein Spürsinn geblieben." Friedrich schaut etwas verwundert auf Amalie, die fortfährt: „Hast du nicht bemerkt, wie die beiden sich anschauen? So hast du auch einmal geschaut. Auch wenn es schon lange her ist, vergessen habe ich das nicht." „Und wie schaue ich heute?" „Heute schaust du wie ein zufriedener Jäger, der sich genüsslich seine Beute anschaut." „Jetzt übertreibst du aber, Amalie." „Findest du? Das ist doch ganz normal, Friedrich. Jetzt komm ins Bett, mir ist kalt."

***

Nicht alle sind gleichermaßen froh in diesen Stunden. Grete Arnold hat sich schon sehr auf Friedrich Wilhelm gefreut und muss nun verwundert feststellen, dass Evi mit Friedrich Wilhelm sehr vertraut zu sein scheint. Ihr Instinkt sagt ihr, dass da etwas zwischen den beiden ist und das macht sie traurig. Damit hat sie überhaupt nicht gerechnet und ihr fällt in der schlaflosen Nacht ein, was ihr Bruder ihr immer wieder gesagt hat. „Mach dir nichts vor, Grete. Da gehörst du nicht hin. Für die sind und bleiben wir Bauern und mit denen lässt man sich nicht ein. Die heiraten nur untereinander. Je schneller du das begreifst, umso weniger wirst du enttäuscht sein. Ich möchte jedenfalls nicht, dass meine Schwester leidet, Grete." Mit solchen Gedanken schläft sie schließlich ein.

Am nächsten Tag hat sie schon bald Gelegenheit mit Friedrich Wilhelm zu sprechen. Sie hat lange auch nach dem Aufwachen überlegt, wie sie es wohl anfangen soll und sie ist ganz unsicher, ob sie überhaupt das Gespräch auf Evi bringen darf. Was wäre, wenn sie sich das mit Friedrich Wilhelm nur eingebildet hat? Ja, er war sehr freundlich zu ihr. Aber welche Gefühle hat er? Ihr ist klar, dass sie keinen Beweis für seine Zuneigung hat. Er hat darüber nie gesprochen, wird ihr jetzt klar. Sie darf nichts verderben, wenn sie mit ihm spricht. Erzwingen kann sie ohnehin nichts.

Schließlich trifft sie auf Friedrich Wilhelm in der Halle, der sie ganz freudig begrüßt und spontan vorschlägt, ein paar Schritte im Park zu gehen. „Du hast mir häufig geschrieben", sagt er, „das hat mir immer das Gefühl gegeben, sehr eng mit meinen Lieben verbunden zu sein. Die Kadettenanstalt ist hart, Grete. Aber das kann wohl nicht anders sein. Man will schließlich Offiziere aus uns machen. Aber ich rede nur von mir? Wie geht es dir?"

Grete weiß nicht mehr, was sie denken soll? Während sie durch den Park schlendern, erzählt sie von sich und ihrer Familie und Friedrich Wilhelm hört aufmerksam zu. Er erkundigt sich nach ihrer Familie und was ihr Bruder macht. Dann erreichen sie wieder das Haus und Friedrich Wilhelm legt ihr sanft die Hand auf die Schulter und sagt: „Es ist wirklich schön, wieder hier zu sein. Hier ist alles so vertraut, Grete. Ganz anders, als in Berlin. Dort stehe ich ganz allein, aber dennoch geht es nicht anders. Er lächelt Grete an und sagt noch: „Wir sehen uns noch. Ich muss jetzt aber rasch zu meinem Vater. Der wartet sicher schon auf mich." Und dann ist Friedrich Wilhelm auch schon im Haus verschwunden und lässt eine total verwirrte Grete mit ihren Gefühlen zurück.

***

„Schön, dass du schon so früh auf bist", sagt der Baron, „das ist wohl schon die Schule der Armee, was?" „In Berlin stehe ich noch viel früher auf Vater und manchmal sogar nachts, wenn wieder mal ein Alarm geübt wird." „Wie geht es denn in der Anstalt?" „Am Anfang war es schwer, aber je länger ich dort bin, umso leichter fällt es mir. Die Ausbilder empfand ich anfangs als roh und unfreundlich. Mit der Zeit wandelt sich das aber. Man gewöhnt sich gegenseitig aneinander und vieles wird als notwendige Pflicht akzeptiert. Im Übrigen tut der körperliche Drill wirklich gut. Ich merke das?"

„Gibt es schon Ergebnisse?" will der Baron jetzt wissen. „Ja Vater, der Kommandeur Oberst von Glasenapp hat mich zu sich bestellt und mir mitgeteilt, dass ich möglicherweise im nächsten Jahr in die Selekta aufgenommen werde." „Das ist ja großartig, Junge. Ist dir klar, was das bedeutet? Mein Gott, die Selekta. Das ist ja ein Sprungbrett für deine Karriere." „Ich weiß, Vater. Oberst Glasenapp hat mir noch etwas gesagt. Er hat mir dringend geraten, mich hier bei der Polizei auf nichts einzulassen. Er ist als Gerichtsherr für mich zuständig."

Der Baron lehnt sich in seinem Stuhl zurück und denkt sichtbar nach. „Das ist mit bekannt, Friedrich Wilhelm, aber es gut, dass Oberst Glasenapp das noch einmal so deutlich gesagt hat. Im Mordfall Franz Rohr gibt es noch wenig Klarheit. Dieser Hans Slobinski sitzt immer noch in Haft und das Gerede hört einfach nicht auf. Ich fürchte, dass sich die Verdächtigungen und die Vermutungen mittlerweile so festgesetzt haben, dass man die Gerüchte mittlerweile für die Wahrheit hält. Da ist es dann schon fast egal, was am Ende dabei herauskommt. Das Grundproblem sind die Zustände bei uns. Allen, die zum Adel oder zur Regierung gehören, vertraut man nicht. Man vertraut nur den eigenen Vorurteilen und glaubt am Ende garnichts mehr." „Was sollen wir machen?" möchte Friedrich Wilhelm jetzt wissen. „Wir können da leider garnichts machen, Friedrich Wilhelm. Die Zustände sind ebenso und wir können nur darauf bauen, das im Laufe der Zeit Gras über die Sache wachsen wird. Dafür gibt es genug Beispiele auch andernorts."

Es entsteht eine längere Pause. Dann sagt Friedrich Wilhelm:" Da ist noch etwas Vater. Konrad hat einen Bruder

Adalbert, der schon Leutnant ist und mit einem Freund, der Oberleutnant ist, auch in Kolberg war. Beide haben in einem Gespräch gegenüber dem Vater und dem Großvater von Konrad heftige Vorwürfe gegen die Zustände in der Armee gemacht. Konrad und ich haben uns da heraus gehalten, aber ich fürchte, dass die beiden nicht Unrecht haben. Das passt genau zu dem, was du eben gesagt hast. Es sind die Zustände in unserem Land. Die zu einer tiefen Kluft zwischen den Bauern und den Adeligen führen. Wenn sich das nicht ändert, werden wir auch unsere jungen Soldaten nicht für die Armee begeistern können."

Der Baron nickt. „Ja und wenn ich dann sehe, wie die Armee die junge Leute in den Ämtern und Bezirken in die Armee treibt, vorbei an den Rechten der Gutsbesitzer, dann kann das auf Dauer nicht gut gehen. Die königliche Armee und die Domänenkammern achten nicht einmal die Rechte der Landbesitzer. Wir arbeiten gegeneinander und die einfachen Bauern sehen das sehr genau und verhalten sich entsprechend. Habe ich dir schon gesagt, dass Friedrich von Korff über Weihnachten unser Gast sein wird? Er ist jetzt Preußischer Regierungsrat in Königsberg und ich habe das Gefühl, das er wegen Marie kommt. Der junge Korff ist für die Landratsangelegenheiten zuständig und ich werde einmal mit ihm über all die Probleme sprechen. Ich weiß allerdings nicht, ob er helfen kann." „Jedenfalls ist er modern eingestellt und auch kritisch gegenüber den Zuständen bei uns", sagt Friedrich Wilhelm, „es kann nicht schaden, mit ihm zu sprechen."

„Wir sollten uns aber die bevorstehenden Feiertage nicht verderben", sagt der Baron jetzt, „sag mal, die Evi ist ein ganz bezauberndes Mädchen, nicht wahr?" „Was möchtest du wissen?" „Na ja, wie du zu ihr stehst?" „Wir lieben uns Vater und wir haben uns überlegt, ob wir nicht für immer zusammen bleiben wollen." „Ihr wollt heiraten?" „Ja Vater, mit eurer und ihrer Eltern Hilfe." Wieder entsteht eine Pause und der Baron lächelt seinen Sohn an. „Das geht alles viel schneller, als ich für möglich gehalten habe, Friedrich Wilhelm. Ihr beiden solltet aber nichts überstürzen. Es ist schön, dass ihr euch gefunden habt. Es besteht aber kein Grund, die Dinge zu überstürzen, mein Junge." Beide erheben sich und der Baron umarmt Friedrich Wilhelm. „Deine Mutter und ich wünsche euch jedenfalls alles Gute, Friedrich Wilhelm. Die Partnerwahl ist eine der wichtigsten Entscheidungen im Leben. Du wirst schon wissen, was du machst. Wenn das Herz dir rät, dann ist das schon mal ganz wichtig. Was machst du heute?" „Konrad und ich wollen Albert von Hirschberg besuchen." „Das ist sicher eine gute Idee. Dann kann Konrad einmal unser schönes Land kennen lernen. Fährt Evi mit?" „Ich glaube, die hat etwas mit Marie vor."

***

Friedrich Wilhelm und Konrad haben den Tag bei den Hirschbergs verbracht. Sie haben sich mit Albert von Hirschberg die Forstdomäne angeschaut und auf dem Schießstand der Domäne Schießübungen gemacht. Jetzt sitzen beide wieder in der Kutsche und befinden sich auf dem Heimweg, als es zu schneien anfängt. Es ist schon später

Nachmittag, als das Schneegestöber beginnt. Der Winter hält pünktlich Einzug.

Der Kutscher Johann Dübel treibt die beiden Pferde zum Trab an und ruft von oben: „Donnerlittchen, Herr Baron, jetzt geht es aber los. Wir müssen sehen, dass wir nach Hause kommen. Das kann ganz schön schlimm werden." Friedrich Wilhelm und Konrad fühlen sich in der Kutsche ganz wohl, haben das Fenster herunter gelassen und Friedrich Wilhelm ruft: „Schaffen wir das, Johann?" „Weiß nicht, Herr Baron. Ich will es versuchen." Und er treibt die Pferde mit Peitschenknall an.

Mittlerweile ist der Wind zu einem Sturm geworden. Die Schneeflocken wirbeln durcheinander so dass der Kutscher den Weg kaum noch erkennen kann. Immer dichter fällt der Schnee, der sich in kürzester Zeit schon stellenweise zu Haufen und Schneewehen aufgetürmt hat. Johann Dübel versucht alles, um voran zu kommen. Er wechselt die Seite des Weges, wo es noch geht und redet den Pferden gut zu, die auch bemüht sind, voran zu kommen.

Etwa zwei Kilometer vor dem Gutshof ist die Fahrt dann zu Ende. Es geht einfach nicht mehr weiter. Die Kutsche steckt in einer Schneewehe und die Pferde treten auf der Stelle. „Verdammter Mist!" brüllt Johann vom Bock, „das hat uns gerade noch gefehlt. Wir müssen ausspannen, Herr Baron. Mit der Kutsche kommen wir nicht mehr weiter." Friedrich Wilhelm und Konrad steigen aus und helfen, die beiden Pferde auszuspannen. Die Tiere sind schon ganz verstört und man spricht beruhigend auf sie ein. „Ruhig", sagt Johann, „ganz ruhig. Ist alles halb so schlimm."

Jetzt beginnt der schwierige Teil der Strecke. Die Pferde werden jetzt durch die Schneewehen geführt und immer wieder beruhigt. Friedrich Wilhelm, Konrad und Johann kämpfen sich durch die herein gebrochene Winterlandschaft. Obwohl es noch Spätnachmittag ist, kann man kaum noch die Hand vor Augen sehen, so dunkel ist es geworden. Langsam aber stetig geht es voran. Die drei ahnen, dass sie in Gefahr sind. Sie müssen es schaffen, den Gutshof zu erreichen. So laufen, rutschen und stolpern sie immer weiter und die Stunden vergehen. Zwischendurch machen sie kurze Pausen und beruhigen die Pferde, die aber Vertrauen haben und ruhiger geworden sind. So geht es immer weiter und Friedrich Wilhelm fragt Johann, ob sie noch auf dem richtigen Weg sind. Der bestätigt das und zeigt auf eine Lichtung. „Da durch Herr Baron. Da müssen wir durch und dann ist es noch ein Kilometer. Wir schaffen das." Weiter geht es, immer weiter. Die Pferde halten sich gut, obwohl sie es jetzt besonders schwer haben und immer wieder ganz tief einsinken. Das kostet Kraft, viel Kraft. Aber endlich, nach unendlich lang erscheinender Zeit haben sie es geschafft. Sie kämpfen sich durch die Allee, vorbei am Schulhaus und da kommen auch schon mehrere Stallknechte, die ihnen die Pferde abnehmen und den Rest der Strecke gemeinsam bewältigen. Dann sind sie endlich am Gutshaus, wo sie schon sorgenvoll erwartet werden.

***

In dieser Nacht und an den folgenden Tagen und in den Nächten schneit es unaufhörlich. Der Himmel - so scheint es - hat seine Pforten geöffnet und deckt das Land mit Schneemassen zu. Immer mehr fällt vom Himmel. Die Tage sind dunkel und es geht ein stürmischer Wind, Tag und Nacht. Das Leben erstickt förmlich. Jeder bleibt im Haus, wo er gerade ist. Alle warten auf eine Unterbrechung dieses ersten, heftigen Wintereinbruchs. Es ist nicht einmal möglich, vom Gutshaus zum Verwaltergebäude oder zu den Ställen zu kommen. Die Familie sitzt im Haus und vertreibt sich die Zeit mit Gesprächen.

"Ist der Winter immer so schlimm in Ostpreußen?" möchte Evi wissen. „O ja", sagt Friedrich Wilhelm, „der Winter kommt hier immer sehr pünktlich und er kann äußerst heftig werden. Die Menschen kennen das und haben sich darauf eingestellt." „Und wie?" „Na ja, in den Häusern muss alles sein, um ein paar Tage zu überstehen, so wie jetzt. Man darf sich vom Wintereinbruch nicht überraschen lassen." „In Pommern ist der Winter auch streng, aber so schlimm habe ich ihn noch nicht erlebt", mischt sich jetzt auch Konrad ein. Die Ostsee mildert das Klima doch sehr. Wie lange werden wir jetzt hier im Haus festsitzen?" „Ein paar Tage kann das schon dauern, Konrad".

Endlich, am vierten Tag, hört es auf zu schneien. Der Wind hat sich gelegt und die Sonne steht strahlend über einer einmaligen Winterlandschaft. Häuser und Bäume sind unter den gewaltigen Schneemassen förmlich verschwunden. Die Wege sind nur noch zwischen den Bäumen auszumachen, die

die Alleen säumen und die Wege sind schulterhoch zugeschneit. Der Drewenzsee ist vollständig zugefroren und mit Schnee bedeckt. Man kann den See nur ahnen. Ostpreußen ist zu einem Wintermärchen geworden.

Als die Bernsdorfs die Haustür aufmachen, trauen sie ihren Augen kaum. Sie stehen vor einer Schneewand. Es ist unmöglich durch den Haupteingang das Haus zu verlassen. So versuchen sie es am Hinterausgang. Hier auf der vom Wind abgewandten Seite liegt der Schnee nur halb so hoch, so dass mit einiger Mühe das Verlassen des Gebäudes möglich ist. Am Verwaltergebäude und an den Ställen und Scheunen ist es ähnlich. Hier sind die Knechte unter der Aufsicht des Verwalters schon fleißig bei der Arbeit. Die Eingänge werden freigeschaufelt und die Wege werden freigelegt. Die Knechte sind fröhlich bei der Sache und werfen sich auch schon einmal eine Schaufel voll Schnee über den Kopf. Der Verwalter brummt: „Aufhören mit dem Unsinn, wir haben noch viel zu tun." Es ist allerdings auch nötig, denn in den Ställen brüllt das Vieh, das versorgt werden muss.

Der Baron stapft mit Friedrich Wilhelm und Konrad zu den Leuten. Ein „Guten Morgen Herr Baron", schallt ihm entgegen. „Morgen", antwortet er, „alle gut überstanden?" Beifälliges Nicken. „Na ja, ein paar Tage in der Kammer ist ja wohl wie Urlaub, was?" Leises Gelächter bei den Knechten und von Waldersee kann sich die Bemerkung nicht verkneifen: „Jetzt sind aber alle gut ausgeruht, Herr Baron. Jetzt wird wieder gearbeitet."

Die nächsten Tage sind damit ausgefüllt, das Leben auf dem Gutshof wieder zu normalisieren. Wege müssen frei geschaufelt werden. Die Ställe müssen ausgemistet und das Vieh muss wieder versorgt werden. Das Brennmaterial wird frei gelegt und in die Gebäude geschafft. Die Öfen werden gereinigt und müssen in Betrieb gehalten werden. Mehr ist aber auch nicht möglich. „Morgen schlagen wir die Weihnachtsbäume, Herr Baron", ruft von Waldersee, „wollen die jungen Herrn mitkommen?" Friedrich Wilhelm und Konrad stimmen zu. Dann wird es Zeit, zu den Nachbarn Kontakt aufzunehmen. Da ist vor allem der Schulmeister Recke, der im Schulhaus alleine lebt und nach dem gesehen werden muss.

So wie auf dem Gutshof geht es jetzt überall zu. Man ist emsig bemüht, das normale Leben wieder aufzunehmen und sich auf den langen Winter einzustellen, der jetzt begonnen hat und Monate dauern kann. Wichtig ist vor allem, den Kontakt zu den Nachbarn aufzunehmen und die Wege so weit frei zu machen, damit sie mit Schlitten benutzt werden können. Das wird eine Daueraufgabe sein, denn es fängt schon wieder an zu schneien. Nicht mehr so heftig, wie beim ersten Wintereinbruch, aber doch stetig. So dass die frei geschaufelten Wege sich langsam wieder mit Schnee füllen. Dieser wird aber im Laufe des Winters immer wieder festgefahren und baut sich langsam zu einer festen Schneedecke auf. Winter in Ostpreußen bedeutet, sich vollständig auf den Winter umzustellen. Alles geht langsamer, vieles wird schwieriger, aber nichts ist unmöglich. Die Menschen helfen sich, wo es notwendig ist und man stellt sich langsam auf Weihnachten ein. Auch in Ostpreußen ist Weihnachten das wichtigste Fest des Jahres. Es verbindet die Menschen im Glauben an die Geburt von Jesus Christus und so wird auch das Fest im Familienkreis begangen und in den Gemeinden in den gemeinsamen Weihnachtsgottesdiensten und das unabhängig vom Stand.

***

Auf dem Gutshof stehen vier Schlitten mit Pferden zur Abfahrt bereit. Der Verwalter brauchte gar nicht lange zu fragen, wer mitfährt. Das jährliche Schlagen der Weihnachtsbäume hat schon Tradition auf Gut Bernsdorf. Man fährt mit viel „Hallo" in den Forst des Gutes, um dort die geeigneten Tannen auszusuchen. Zur Stärkung gibt es Brote und natürlich auch Schnaps. Auch Friedrich Wilhelm, Konrad, Marie und Evi sind dabei. An den Schlitten sind Laternen befestigt, für den Fall, dass es etwas später werden sollte und die Pferde tragen Glöckchen um den Hals und Decken anstelle von Sattelzeug. Der vierte Schlitten fährt am Ende und bleibt frei für die Tannenbäume.

Als der Knecht Theo Kalusche in einer Kurve vom Schlitten fällt und durch eine Schneewehe rollt gibt es fröhliches Gelächter. „Du hast doch noch gar nichts getrunken, Theo", wird gerufen, „was soll das erst auf der Rückfahrt werden?" Theo hat sich aufgerappelt und rennt, so schnell er kann, um wenigstens den Transportschlitten am Ende noch zu erreichen. Als er beim Aufspringen wieder in den Schnee fällt, kann sich keiner mehr vor Lachen halten, auch Theo nicht. Schließlich gelingt es ihm doch aufzuspringen und in flottem Tempo geht es durch die tief verschneite Landschaft. Nach einer Stunde wird der Forst erreicht und die Schlitten stellen sich auf einer Lichtung im Halbkreis auf. „Wir sind ganz schwach, Herr Verwalter", wird gerufen und von Waldersee gibt lachend die Verpflegung frei. Es wird geschmaust und das eine oder andere Gläschen getrunken. Die Stimmung ist gut.

„Wie gefällt es ihnen in Ostpreußen?" will von Waldersee von Evi und Konrad wissen. „Ganz gut", sagt Konrad, „aber der Winter überrascht uns schon. Solch einen Winter sind wir in Pommern nicht gewohnt." „Das ist das Kontinentalklima", bemerkt von Waldersee, „die Kälte kommt direkt aus Russland. Wir kennen das schon und werden damit fertig." Dann steht er auf, geht durch die Runde und fragt: „Kann sich irgendjemand daran erinnern, weshalb wir hier sind?" Es wird ihm mit leisem Lachen geantwortet. „Dann wollen wir mal", sagt er, „ich schlage vor, die jungen Leute suchen eine schöne Tanne für die Halle im Gutshaus aus, mindestens fünf Meter hoch. Dann brauchen wir noch vier weitere Tannenbäume, da reichen aber drei Meter."

Jetzt kommt Bewegung in die Gruppe und mit lautem Gelächter und viel Erzählungen macht man sich auf in den Forst, um die richtigen Tannenbäume zu finden. Auch die jungen Leute machen sich auf die Suche. Die Tannen sind schwer beladen mit Schnee und man muss hin und wieder kräftig schütteln, um die Bäume überhaupt erkennen zu können. Bei dieser Schüttelei gibt es wieder viel zu lachen, da der Schnee diejenigen überdeckt, die nicht aufpassen. So geht das in bester Stimmung bis die richtigen Bäume gefunden sind und lautes Hackgeräusch vernehmbar wir und schließlich die ersten Bäume fallen. Auch der Hauptbaum für die Halle, unter der sich am Weihnachtsabend die ganze Gutsbelegschaft versammeln wird, ist schließlich gefunden und wird gefällt. Dann werden die Bäume zur Lichtung getragen und auf dem Transportschlitten verladen und festgebunden. Erneutes Gelächter bricht aus, als Theo ankommt und ein total verkrüppeltes kleines Bäumchen mitbringt. „Wie finden sie den, Herr Verwalter?" will er wissen. „Schön", sagt von Waldersee, „sehr schön, Theo, der kommt in ihre Kammer."

„Herr Verwalter", wird gerufen, „merken sie das auch, wie trocken die Winterluft hier im Wald ist?" Gelächter und Gejohle folgen. „Das ist immer das gleiche", sagt von Waldersee, „ja, das merke ich auch. Eine Runde für alle." So geht das noch eine Weile und es beginnt so langsam zu dämmern. „Dann wollen wir mal wieder", gibt der Verwalter schließlich das Zeichen zum Aufbruch. Die Laternen werden angezündet und es geht wieder auf die Rückfahrt zum Gut. „Sollen wir den Theo nicht auch anbinden?" wollen die Knechte wissen. „Der Theo kann nächstes Jahr im Gespann laufen", brummt der Verwalter, „dann passen die Pferde auf ihn auf." Mit viel Gelächter geht es jetzt durch den Wald bis zum Hauptweg und dann immer geradeaus. Als die Gruppe am Gutshof ankommt, wird es gerade dunkel.

Vor dem Eingang des Gutshauses steht ein Einspänner-Schlitten. Der Kutscher versorgt gerade das Pferd. Die jungen Leute sind auf dem Weg vom Verwaltergebäude zum Haus.

„Wem gehört der Schlitten?" möchte Friedrich Wilhelm vom Kutscher wissen. „Der gehört dem Herrn Regierungsrat von Korff, gnädiger Herr", antwortet der Kutscher. "Friedrich ist gekommen!" ruft Marie ganz aufgeregt. Schnell läuft sie die Stufen hinauf und stürmt auf Friedrich von Korff zu, der noch im Gespräch mit dem Baron ist. Freudig erregt schüttelt sie ihm die Hand und auch Korff lässt echte Freude erkennen, als er Marie auf sich zustürmen sieht. „Wie lange bleiben sie?" möchte Marie jetzt wissen. Noch bevor von Korff antworten kann sagt der Baron: „Herr von Korff ist von uns eingeladen worden, mit uns die Weihnachtstage zu verbringen. Soweit ich ihn verstanden habe, hat er zugestimmt."

***

Es ist Weihnachten, Heilig Abend. Auf dem Vorplatz zum Gutshaus stehen Schlitten bereit, für alle, die zur Kirche nach Osterode wollen. Wer will, fährt mit. Alle haben sich fein gemacht und die Schlitten sind mit Tannengrün geschmückt. Die Laternen beleuchten die Szene malerisch. Die Kirche in Osterode ist brechend voll und manch einer bekommt nur einen Stehplatz. Die Familie Bernsdorf hat im vorderen Bereich einen Familienplatz. Die Kirche ist feierlich geschmückt, überall Kerzen und ein riesiger Weihnachtsbaum ziert die Kirche. Den hat dieses Jahr die Familie von Hirschberg gestiftet, was Pastor Lüder nicht zu erwähnen vergisst.

Als das schöne Weihnachtslied „O Jesu Christ, meins Lebens Licht" angestimmt wird, geht so Manchem das Herz auf und man sieht auch vereinzelt eine Träne, die verlegen abgewischt werden muss. Pastor Lüder predigt dieses Jahr die Weihnachtsbotschaft. Er ruft zum Miteinander und zur Barmherzigkeit auf und spricht auch das Problem des Bauern Franz Rohr an. „Der Herr hatte ein Erbarmen mit ihm und seiner Familie", ruft Pastor Lüder, „und wie man hört sind auch seine Nachbarn bereit, ihm zu helfen. Recht so, meine Kinder, hier zeigt sich wahre Christenpflicht. Der Herr möge alle segnen und behüten, die dem armen Franz Rohr geholfen haben." Dann wird das Lied „Zu Bethlehem geboren ist uns ein Kindelein" angestimmt und das Schlussgebet wird von den Kirchenglocken begleitet. Pastor Lüder begibt sich als erster vor die Kirche und verabschiedet seine Schäfchen mit einem Händedruck und mit einem aufrichtig gemeinten: „Fröhliche Weihnachten."

Es ist schon Tradition, dass sich in der Halle des Gutshauses alle Bediensteten und ihre Familien unter dem großen und prächtig geschmückten Weihnachtsbaum versammeln. Auch die Kinder der Bediensteten sind dabei und strahlen mit glänzenden Augen den schönen Weihnachtsbaum an. Es wird gesungen und es gibt warme Getränke und für jeden ein Geschenk. Im Anschluss verteilt man sich in Gruppen in den Unterkunftsgebäuden. Ein weiterer Höhepunkt ist ein gemeinsames Weihnachtsessen aller Bediensteten und ihrer Angehörigen im großen Versammlungsraum des Verwaltergebäudes, wo schon die lange Tafel festlich gedeckt ist. Es wird Punsch gereicht und auch der Verwalter hält eine kurze Ansprache.

Die Familie Bernsdorf ist jetzt unter sich und begeht den Weihnachtsabend am Kamin mit Gesprächen und Erinnerungen. Evi und Konrad denken an ihre Familie in Pommern und erzählen, wie man dort Weihnachten feiert. Dann spielt Konrad ein Weihnachtslied auf dem Klavier und Evi singt dazu. Der Höhepunkt des Weihnachtsabends ist dann das Abendessen. Wie jedes Jahr gibt es einen Gänsebraten, dessen Duft schon das ganze Haus erfüllt.

***

Es folgt die Zeit bis zum Jahreswechsel. Auf dem Gutshof ist jetzt wenig zu tun. Die Tage werden ganz im Kreis der Familie und ihrer Besucher begangen. Man sitzt beisammen, tauscht Erinnerungen aus über vergangene Zeiten. Evi und Konrad erzählen von zu Hause in Kolberg und Friedrich von Korff von seinem Elternhaus und seiner Jugendzeit in Ravensberg bei Minden. Gerne würde er wieder einmal hinfahren, aber im Augenblick kann er nicht fort. Er muss sich ganz um seine neue Aufgabe in der Kriegs- und Domänenkammer in Königsberg kümmern. „Wir müssen unbedingt in den nächsten Tagen einmal ein paar Dinge besprechen", sagt der Baron und von Korff stimmt zu. „Das hätte ich auch vorgeschlagen, Herr Baron. Wäre es wohl möglich, sich mit den beiden benachbarten Landräten zu treffen?" „Das ist eine ausgezeichnete Idee, Herr von Korff. Ich werden den beiden Landräten eine Nachricht schicken und sie zu einem Treffen im Neuen Jahr hierher einladen."

Aber auch der Spaß kommt nicht zu kurz. Der Verwalter hat für die jungen Leute Schlittschuhe besorgt. Das sind geschliffene Eisenkufen, die unter den Stiefeln mit Schnüren befestigt werden. Damit kann man dann auf dem Eis laufen und der Drewenzsee ist ein idealer Platz, um sich im Schlittschuh laufen zu üben. Natürlich ist noch kein Meister vom Himmel gefallen und es gibt einige Ausrutscher und Stürze, aber es geht immer alles gut und im Laufe der Zeit lernen die jungen Leute das Laufen auf Kufen immer besser. Am Abend ist man dann hungrig und müde. So vergeht die Zeit und jeder Tag macht Freude und ist ganz ausgefüllt.

Zum Jahreswechsel besucht die Familie mit zwei Schlittengespannen die Familie des Freiherrn von Schomburg. Das Rittergut der Schomburgs liegt dreißig Kilometer entfernt im Norden und ist über den Hauptwaldweg in Richtung Liebemühl und einen gut ausgebauten Weg, der dann nach Westen führt über Gersweide in gut drei Stunden zu erreichen. Das Gutshaus liegt direkt am Gerserichsee, umgeben von einem weitläufigen Park und gewaltigem Baumbestand.

Das Gutshaus ist ein eindrucksvoller dreigeschossiger Bau mit Türmen und Erkern und mit rotem Backstein verklinkert. Den Eingang bilden vier starke Säulen, auf denen ein Vordach ruht. Der Besucher ist auf dem Weg vom Vorplatz durch diesen Eingang zur Halle beeindruckt. Der vielfältig gegliederte großzügige Park grenzt unmittelbar an den Gerserichsee, der lang gestreckt fast bis zum Horizont reicht. Das Ufer ist umsäumt von breiten Schilfgürteln. Der See ist in dieser Jahreszeit vollkommen zugefroren.

„Kommt herein", sagt Freiherr von Schomburg, begrüßt alle Gäste mit Handschlag und legt liebevoll seinen Arm um die Schultern des Baron von Bernsdorf. „Mensch Friedrich", sagt er und schlendert mit ihm zur Halle, „wie ich mich freue, dass es mit eurem Besuch geklappt hat. Jetzt stärkt euch erst einmal." Drinnen warten schon seine Frau Hildegard und die Kinder, drei Söhne und zwei Töchter erwartungsvoll. Man schaut sich interessiert um und staunt über die Großzügigkeit des Hauses.

Freiherr von Schomburg bemerkt das und erklärt seinen Gästen: „Ja, das ist ein imposantes Gebäude, das schon über zweihundert Jahre alt ist. Früher diente es einem Ordensritter als Domizil, zeitweise stand es unter polnischer Verwaltung und mein Großvater hat es zusammen mit dem Rittergut übernommen. Wir haben natürlich einiges am Gebäude machen müssen, aber im Großen und Ganzen handelt es sich um einen massiven Bau, der auch heute noch allen Ansprüchen genügt. Aber Friedrich, ihr könnt euch mit eurem Gutshaus ja auch nicht beklagen."

Für den Abend haben die Schomburgs sich etwas Besonderes einfallen lassen. Es gibt ein Konzert. Ein Quintett bringt barocke Musik zur Aufführung. Es gibt einen Querschnitt von Monteverdi über Jean Baptiste Lully bis Vivaldi und Georg Friedrich Händel. Die Musiker spielen die ganze Bandbreite barocker Musik und die Gäste sind begeistert. Besonders geschätzt sind die Erklärungen des Kapellmeisters, der die einzelnen Stücke und Komponisten erklärt. Das Konzert dauert über zweieinhalb Stunden und als man nach dem Konzert noch einmal die Eindrücke bespricht, nimmt Amalie Baronin von

Bernsdorf ihre Freundin Hildegard von Schomburg in den Arm und sagt: „Da habt ihr uns aber eine große Freude gemacht, Hildegard. Von solch einem Konzert kann man lange zehren. Wo hast du die Künstler entdeckt?" „Das sind alles Musikstudenten aus Königsberg, Amalie. Ich hörte, dass sie ein paar Tage für gemeinsame Übungen in der Nähe sind und habe mir gedacht, dass sie sicher einmal ihre Kunst einem erlesenen Publikum vortragen möchten. Und sie haben spontan zugesagt. Ich glaube, die Überraschung ist uns gelungen?" „Ja, das kann man wohl sagen. Ich bin noch ganz sprachlos und begeistert."

Es wird ein langer Abend und die Bernsdorfs und ihre Gäste bleiben auch noch am nächsten Tag und erst am dritten Tag machen sie sich auf die Heimreise, nicht ohne sich für die Gastfreundschaft und das wunderschöne Konzert herzlich zu bedanken. Der Baron spricht die Gegeneinladung aus und dann geht in Pelze und Decken warm eingepackt bei strahlendem Sonnenschein auf die Heimreise durch eine einzigartige Winterlandschaft.

Dann beginnen die Vorbereitungen für die Rückreise von Friedrich Wilhelm, Konrad und Evi. Die Rückfahrt soll über Kolberg und dann nach Berlin gehen und die Durchführung der Reise muss überlegt werden. Noch liegt in Ostpreußen auf allen Wegen hoher Schnee, so dass zunächst nur der Schlitten infrage kommt. In Pommern muss man aber mit anderen Wegeverhältnissen rechnen. Der Kutscher Johann Dübel berät sich mit dem Baron. „Vielleicht sollten wir einen Wechsel auf eine Kutsche unterwegs einplanen, Herr Baron." „Das wäre wohl das Beste, Johann. Nur können wir nicht sagen, wo das sein wird." „Das ist kein Problem, Herr Baron. Ich kenn auf dem Weg einige Stationen, wo der Wechsel jederzeit möglich ist. Ich lasse dann den Schlitten stehen und leihe eine Kutsche, die dann auf dem Rückweg wieder abgegeben werden kann. Auf dem Rückweg machen wir es dann umgekehrt. In drei Tagen wird sich das Wetter wohl nicht ändern." „So machen wir das, Johann. Fahren sie morgen los und bringen sie mir die jungen Leute wohlbehalten zum Ziel."

Die Stunde der Landräte

Gleich im Neuen Jahr beginnt auf Gut Bernsdof der Alltag wieder. Friedrich von Korff ist noch geblieben und man erwartet die Ankunft der beiden vom Baron eingeladenen Landräte aus den Nachbarämtern. Um die Mittagszeit kommen sie an, Herr von Staff aus Heilsberg und Freiherr von Reckenstein aus Elbing. Man kennt sich und hält sich nicht lange mit der Vorrede auf. Man hat im Büro des Barons in bequemen Sesseln Platz genommen und warme Getränke werden gereicht. Schon in einer Stunde soll es ein warmes Essen geben und die Zeit bis dahin soll genutzt werden.

Der Baron beginnt. „Ich möchte mich zunächst einmal bei ihnen beiden bedanken, Freiherr und Herr von Staff, dass sie hergekommen sind. Herr von Korff war Gast in unserem Haus und hat sich bereit erklärt, eigens für diese Besprechung noch etwas länger zu bleiben. Er sollte uns zunächst einmal ein paar Eindrücke geben, wie es in Königsberg aussieht und welche Erwartungen die Regierung an uns Landräte hat. Ich nehme an, dass sie einverstanden sind." Die Herren nicken und lehnen sich erwartungsvoll zurück.

„Danke, Herr Baron", sagt von Korff, „ ich will es versuchen. Zunächst einmal sollten sie wissen, dass Seine Majestät, unser König, in einigen Schwierigkeiten steckt. Er hat ein schweres Erbe angetreten und ist dabei, die Verhältnisse in Brandenburg Preußen zu verändern. Er hat die Armee stark ausgebaut, es gibt Unruhen im Land, ganze Landstriche wurden von der Pest beinahe leergefegt und die Ernten der überlebenden Bauern waren schlecht in den letzten Jahren. Für all das braucht der König Geld und dabei hat er eine Menge königlicher Schlösser und Ländereien übernehmen müssen, die wenig einbringen und im Gegenteil sogar sehr viel kosten. Er hat daher am Hof begonnen, den Hofstaat tüchtig zu verkleinern, alle nutzlosen Dinge der Repräsentation abzuschaffen und hat schon viele Schlösser verkauft."

„Das ist uns nicht verborgen geblieben, Herr von Korff", bemerkt Freiherr von Reckenstein, und daher erinnert man sich jetzt an uns, damit wir helfen sollen. Auch wir haben mit den Problemen zu kämpfen, die Ernten zum Beispiel. Die Bauern können kaum noch ihre Abgaben leisten und werden auch noch an anderer Stelle geschädigt, durch die Armee zum Beispiel. Wie soll das alles denn nun weiter gehen?" „Zunächst einmal hat der König seine Verwaltung neu geordnet", fährt von Korff unbeeindruckt fort. Die königliche Kriegs- und

Domänenkammer, der ich angehöre, hat praktisch die Verwaltung in Brandenburg und Preußen übernommen. Die alte Ordnung unter der Herrschaft des Landadels hat dazu geführt, dass beim König kaum noch etwas ankam und das Land verarmte. Wenn wir uns in Zukunft nicht einmal mehr eine Armee leisten können, dann ist das Land verloren und wird irgendwann unter den großen Ländern aufgeteilt. Niemand kann doch glauben, dass es uns dann besser geht."

„Das muss man wohl akzeptieren", sagt Herr von Staff, „aber warum wird denn alles jetzt an uns vorbei gemacht. Wir waren der Krone doch immer treu. Wer soll denn das Land regieren ohne den Adel?" „Das will auch niemand, Herr von Staff, aber sie müssen einsehen, dass der König irgendwo beginnen musste. Dazu konnte und wollte er keine Befragung unter den Betroffenen durchführen. Dabei wäre doch nichts heraus gekommen." „Das sagen sie", fährt Freiherr von Reckenstein jetzt dazwischen, „man hat es ja nicht einmal versucht."

„So kommen wir nicht weiter", mischt sich jetzt der Baron ein, „meine Herren, ich schlage vor, dass wir uns jetzt konkret unseren neuen Aufgaben als Landräte zuwenden. Da habe wir genug zu besprechen." „Danke, Herr Baron", sagt von Korff, „das sehe ich genauso. Es muss doch ganz in ihrem Interesse sein, dass der König erkannt hat, dass er mit den Kriegs- und Domänenkammern allein das Land nicht regieren kann. Selbst wenn er noch so viele Leute damit beschäftigen würde, wäre das vollkommen aussichtslos. In unserem Land gibt es zigtausende von Bauernhöfen und niemand aus der

Verwaltung kennt doch die unterschiedlichen Verhältnisse dort. Da bietet es sich doch an, auf die bestehende Ordnung zurück zu greifen, die ja über viele Jahrhunderte Bestand hatte." „Ach nee", meint von Staff, „welche Einsicht." „Herr von Staff, bitte!" mischt sich der Baron erneut ein.

Von Korff fährt unbeeindruckt fort: „Die Landräte sind in Zukunft der Arm der Regierung. Sie sind die Regierung, meine Herrn und Seine Majestät verlässt sich auf sie. Sie müssen in Zukunft die Einnahmen des Landes sichern, indem sie die Viehbestände und Ernteerträge erfassen und die Gebäude bewerten. Danach richten sich in Zukunft die Kontributionen und Abgaben und niemand kann das besser und verlässlicher als sie." „Sollen wir das umsonst machen?" möchte Freiherr von Reckenstein wissen. „Natürlich nicht, Herr von Reckenstein, sie erhalten von den Kontributionen zehn Prozent und sie haben dann ja noch die Naturalabgaben der Bauern und die Spanndienste." „Und im Kriegsfall müssen wir dann noch Pferde und Truppen stellen?" „Nein, damit ist es dann vorbei. Das Land unterhält eine stehende Armee, die natürlich Geld kostet. Von Kriegsdiensten ist der Adel befreit, dafür sollen auch sie in Zukunft Steuern zahlen."

„Das schlägt dem Fass den Boden aus", ruft von Staff entrüstet, „jetzt sollen wir auch noch Steuern zahlen. Das hat es ja noch nie gegeben. Wissen sie eigentlich, was sie da sagen, junger Herr? Das ist Revolution von oben. Und dafür sollen wir auch noch Landräte spielen und uns mit allen Bauern anlegen? Totschlagen wird man uns, wenn wir das machen. Nein, nein, das mit dem Landrat schlagen sie sich mal aus dem Kopf. Das mache ich nicht mit." „Überlegen sie sich das lieber noch einmal", sagt der Baron, „wenn sie das nicht machen wollen, dann wird das eben ein anderer Rittergutsbesitzer machen, der dann zu ihnen kommt und alles überprüft. Ändern werden sie dadurch gar nichts."

Die Gemüter befinden sich in Wallung und da passt es ganz gut, dass gemeldet wird, das Essen sei aufgetragen. Die Herren erheben sich und begeben sich in den Speiseraum. Der Baron hält von Korff am Ärmel fest und sagt ganz leise: „Der beruhigt sich schon wieder, Herr von Korff, erst mal muss der Ärger raus. Wenn dann das Denken wieder einsetzt sehen die Dinge schon wieder ganz anders aus." „ Das glaube ich auch, Herr Baron. Glauben sie mir, das ist nicht die erste Besprechung dieser Art. Das kenne ich schon." „Na bestens", brummt der Baron, „dann wollen wir mal etwas essen gehen."

Nach dem Essen haben die Herren wieder in ihren Sesseln Platz genommen und dicke Zigarren angezündet. Ein Schnaps ist bereit gestellt und man ist gut gesättigt. Das scheint die Nerven zu beruhigen. Von Staff eröffnet das weitere Gespräch mit der Bemerkung: „Nichts für ungut, Herr von Korff. Das mit dem Landrat habe ich vorhin nicht so gemeint. Man bekommt in letzter Zeit nur noch schlechte Nachrichten und dann ist mir vorgestern auch noch mein treues Pferd verendet. Da ist man dann schon ein bisschen empfindlich." „Ist schon in Ordnung, Herr von Staff. Sie sind nicht der Einzige, der Kritik übt. Sie müssen natürlich auch die eingesparten Kriegsdienste dagegen rechnen und dann kommt eben auch dazu, dass sie als Landräte großen Einfluss und vor allem Mitsprache haben. Das sollte man nicht gering schätzen." „Sehen sie", unterstützt der Baron jetzt von Korff, „man muss eben immer das ganze Bild betrachten bevor man seinen Wert einschätzt. Herr von Korff, was gibt es noch an Neuigkeiten?"

„Der König möchte die allgemeine Schulpflicht einführen, Herr Baron." „Etwa für alle?" möchte Freiherr von Reckenstein jetzt wissen. Herr von Staff zieht es vor, jetzt erst einmal zu schweigen. „Ja, für alle Kinder. Der König sorgt sich um die Zustände bei den armen Familien und er möchte wenigstens den Kindern durch eine Schulausbildung ein besseres Leben ermöglichen. In anderen Ländern gibt es die schon und Preußen ist keine Insel." „Aber das geht doch nicht", fällt jetzt von Reckenstein von Korff ins Wort, „die Kinder werden doch auf den Feldern benötigt, jedenfalls bei der Aussaat und bei der Ernte."

„Das ist Kinderarbeit, Herr von Reckenstein. Das würden sie ihren Kindern sicher nicht zumuten." „Das ist doch ganz etwas anderes, Herr von Korff. Ich muss mich über ihre Ansichten schon wundern. Sie wissen doch ganz genau, dass unsere Kinder später wichtige Staatsämter oder die Gutshöfe übernehmen müssen." „Eben, und die Bauerkinder bleiben, was sie sind, arm und dumm. Ist es das, was sie sagen wollen?" Von Reckenstein lässt das Monokel fallen und wirkt tödlich beleidigt. „Auf dieser Ebene diskutiere ich nicht mit ihnen, Herr von Korff. Was haben sie eigentlich für eine Gesinnung, ich dachte sie seien einer von uns." „Bin ich auch und mit mir brauchen sie überhaupt nicht zu diskutieren, Freiherr von Reckenstein, ich habe ihnen lediglich berichtet, was Seine

Majestät, unser König, will. Mit ihm werden sie doch sicher über das Thema sprechen, wenn er das wünscht."
„Selbstverständlich, natürlich, das ist doch gar keine Frage, junger Mann. Aber sie müssen doch einsehen, dass unsere ganze Ordnung ins Wanken gerät, wenn wir solche gravierenden Änderungen in unsere Ordnung vornehmen."
„Selbstverständlich sind das gravierende Änderungen, wie sie das nennen. Glauben sie aber bitte nicht, dass immer alles so bleiben kann, wie es heute ist. Preußen ist heute ein Agrarland. Es wird aber schon bald ein Land sein mit Fabriken, besseren Straßen, besseren Transportmöglichkeiten und vor allem durchlässigen Grenzen. Die Menschen werden Preußen verlassen, wenn es ihnen woanders besser geht." „Na ja, sie sehen das alles viel zu kritisch, Herr von Korff. Das ist ja das Problem der jungen Leute heute. Alles soll immer geändert werden, wo soll das denn nur hinführen?" „In eine gute Zukunft für Preußen soll das führen und die meisten jungen Adeligen haben das auch schon verstanden."

Jetzt mischt sich wieder der Baron ein. „Meine Herren, ich glaube nicht, dass wir die Dekrete Seiner Majestät hier diskutieren müssen. Wir müssen uns vielmehr überlegen, wie wir das machen wollen. Wir haben doch keinen Schaden, wenn die Kinder der Bauern auch etwas lernen. Das wird allerdings ein Problem. In meinem Gutsbezirk habe ich über hundert Bauernhöfe in fünfundzwanzig Bauernschaften. Die Entfernungen sind sehr groß. Von den entferntesten Bauernschaften bis hierher, wo das Schulhaus ist, braucht man mindestens eine Stunde, wenn man die Kinder bringen will.

Zurück noch einmal eine Stunde und am Nachmittag noch einmal hin und zurück. Das sitzt ein Fahrer schon allein vier Stunden auf dem Bock, um die Kinder zu transportieren. Natürlich kann der immer alle Kinder einer Bauernschaft mitnehmen. Aber dennoch sehe ich ein unlösbares Problem, zumal ich nur einen Schulmeister habe. Man muss sich das einmal vorstellen. Da fahren täglich fünfundzwanzig Wagen fast vier Stunden nur hin und her. Ich halte das für unmöglich."

„Warum richten sie nicht drei Schulen über den Gutsbezirk verteilt ein. Sie brauchen dann natürlich noch zwei Lehrer, Herr Baron." „Und wer soll das alles bezahlen?" „Durch die neu bestellten Landräte erwarten wir mehr, vor allem aber zuverlässige Kontributionen. Die Landräte erhalten davon zehn Prozent für ihre Aufgaben. Sagen wir noch einmal fünf Prozent könnte man für das Schulwesen nehmen. Das sollten wir in Berlin vorschlagen." „Wenn sie meinen, Herr von Korff. Mir soll es Recht sein, wenn das Land die Schulpflicht auch bezahlt." „Selbstverständlich, Herr Baron. Wenn das Land etwas anordnet, muss es auch für die Bezahlung aufkommen. Das gilt doch für alles, was der König dekretiert. Gibt es noch Fragen, mein Wagen wartet schon. Ich muss gleich anschließend nach Königsberg zurück."

„Ja", sagt von Staff, „da ist noch etwas, Herr von Korff. Wie kann es sein, dass die Armee überall in unseren Gutsbezirken die jungen Bauernsöhne verschleppt ohne unsere Zustimmung?" „Ja, Herr von Staff, das ist wirklich ein Problem und das fängt ganz oben an. Daran können nicht einmal die Kriegs- und Domänenkammern etwas ändern. Die Armee untersteht uns nicht. Sie ist ein Staat im Staate. Ändern kann das nur Seine Majestät. Glauben sie mir, alle Gutsbesitzer klagen über diese Zustände. Wir können das aber nur ganz oben lösen. Ich werde das dem Herrn Oberpräsidenten noch einmal vortragen. Wir brauchen aber Geduld. Einige Gutsbesitzer haben schon zur Selbsthilfe gegriffen und Schlägertrupps aufgestellt, die die Wirtshäuser überwachen. Das ist natürlich kein Zustand."

Der Baron nickt zustimmend und fragt von Korff: „Da gibt es noch ein Thema, Herr von Korff. Es geht um die Frage, ob die Bauern ihre Höfe ‚als Eigentum erwerben können. Uns ist ehrlich gesagt nicht ganz klar, wie das gehen soll." Von Korff sagt: „Das ist auch ganz und gar unklar, Herr Baron. Darüber können wir vielleicht das nächste Mal sprechen, dann weiß ich vielleicht etwas mehr. Ich habe ohnehin vor, mindestens einmal im Jahr die Landratsbezirke zu besuchen. Wir wollen immer drei Landratsämter zu Landratsbezirken zusammenfassen. In Ostpreußen wären das dann drei Landratsbezirke mit insgesamt neun Landratsämtern. So ist es dann einfacher, Kontakt zu halten. Da sie hier den größten Gutshof haben, sollten sie dann auch den Landratsbezirk übernehmen." „So kommt man zu Ehren", schmunzelt der Baron, „wir drei würden sowieso eng zusammenarbeiten, wie sie sehen. Das ist wohl eine gute Lösung für alle."

Jetzt erhebt sich von Korff und verabschiedet sich von den drei Landräten. „Ich muss jetzt unbedingt auf die Reise gehen, meine Herren. Herr Baron, bei ihnen bedanke ich mich für die Gastfreundschaft. Grüßen sie mir ihre Frau und Marie. Ich freue mich schon auf meinen nächsten Besuch." Sprach's und verlässt eiligen Schrittes das Gutshaus, wo seine Kutsche schon bereit zur Abfahrt steht."

Leutnant bei der Garde

Die Ausbildung von Friedrich Wilhelm an der Kadettenanstalt verläuft sehr gut. Er erzielt ausgezeichnete Leistungen in der Schule und in der militärischen Ausbildung. Wie angekündigt wechselt er in die Selekta und auch dort hat er keine Schwierigkeiten. Die Leitung der Kadettenanstalt hat ein Auge auf Friedrich Wilhelm geworfen und schlägt ihn am Ende der Ausbildung für eine gehobene Laufbahn bei der Armee vor.

Mit Abschluss der Selekta findet ein Abschlussappell statt. Die jungen Fähnriche sind angetreten und der Kommandeur überreicht die Beförderungsinsignien zum Offizier im Dienstgrad eines Leutnants. Friedrich Wilhelm wird zum Infanterieregiment Nummer 1, dem Garderegiment versetzt, das in Berlin stationiert ist und unter anderem die Wachen für die königlichen Schlösser stellt. Als Leutnant übernimmt er einen Wachzug und schon sein erster Einsatz führt ihn nach Schloss Rheinsberg, etwa hundert Kilometer nordwestlich von Berlin im Märkischen gelegen. Dort wohnt der Kronprinz Friedrich, sein Vater hat ihm das Schloss zum Geschenk gemacht, nachdem Vater und Sohn sich wieder versöhnt hatten.

Vom Kronprinzen weiß man, dass er kein gutes Verhältnis zu seinem strengen Vater hatte. Er wurde von seinem gewalttätigen Vater streng erzogen, auch geschlagen und erhielt strikte Verhaltensvorschriften auch für seine

Ausbildung. Seinen Lieblingsbeschäftigungen konnte er nur heimlich nachgehen und die lagen in den Bereichen der Kunst und der philosophischen Literatur. Der junge Prinz schrieb auch selber gerne und anspruchsvoll, machte Musik, malte und komponierte. Als er es gar nicht mehr in seiner Welt aushalten konnte, plante er die Flucht. Er wurde jedoch verraten, in den Kerker geworfen und verurteilt. Sein Helfer, ein junger Leutnant wurde zum Tode verurteilt. Vor den Augen des jungen Prinzen wurde er enthauptet, ein Ereignis, das Friedrich sein Leben lang nicht mehr vergessen kann.

Hier in Rheinsberg ist er aber weit entfernt von den Sauf- und Fressgelagen am Hofe, wo es sein Vater es gerne derb liebt und eine Männlichkeit pflegt, die vollkommen am Naturell des Kronprinzen vorbei geht. Schloss Rheinsberg ist ein Märchenschloss, mit Türmchen und spielerisch gewirkten Fassaden, Rundbogenfenstern und einer himmlischen Lage direkt an einem See, in dem das Schloss sich spiegelte, wenn man es von der gegenüber liegenden Seite betrachtete. Märkische Wälder umgaben den großzügig angelegten Park und die Ruhe an diesem Ort kann man mit Händen greifen.

Wie das Schloss ist auch das Leben in Rheinsberg, wo der Kronprinz, wie er sagt, seine glücklichste Zeit mit seiner Frau Elisabeth fast vier Jahre verleben darf. Überall Girlanden und Grazien, Brunnen und Blumenrabatten. Bei Hof gehen Künstler ein und aus: Maler, Musiker, Schauspieler. Es herrscht ein Atmosphäre der Bildung und der Vornehmheit. Gesprochen wird leise und gedämpft. Es geht auch fröhlich zu, aber keinesfalls dröhnend fröhlich, wie bei seinem Vater. Die Küche ist raffiniert, man speist mit Niveau und schlägt sich nicht den Bauch voll, wie manchmal am Hof. Man genießt den Alkohol gemäßigt und besäuft sich nicht. Vater und Sohn leben in Welten, die unterschiedlicher nicht sein können.

Hier in Schloss Rheinsberg wird Friedrich Wilhelm mit seinen Wachsoldaten das nächste Vierteljahr seinen Dienst verrichten. Gleich mit Dienstantritt meldet er sich bei der Adjutantur. Der Adjutant, Major von Eulenkamp, mustert Friedrich Wilhelm und bemerkt: „So sieht der Wunderknabe also aus. Herzlich Willkommen in Rheinsberg. Der Kronprinz möchte sie sehen, warten sie einen Augenblick." Er verschwindet hinter einer schweren Tür, ist aber rasch wieder da und sagt: „Sie können rein gehen."

Der Raum ist groß und hoch, elegant ausgestattet und der Kronprinz wirkt in diesem Saal fast wie verloren. Friedrich Wilhelm wusste, dass der Kronprinz von kleiner Statur war, er hatte ihn ja in Berlin gesehen, aber hier wirkte er noch etwas kleiner, als er auf Friedrich Wilhelm zugeht und die Meldung entgegennimmt. Der Kronprinz zeigt auf eine Sesselgruppe und nimmt Platz. „Man hört Gutes von ihm", bemerkt der Kronprinz, „er hat das Examen sehr gut abgeschlossen. Das gefällt mir." Friedrich Wilhelm weiß gar nicht, was er darauf erwidern soll und nickt nur vorsichtig. „Es ist mir eine Ehre, königliche Hoheit, das ich mit meinem ersten Kommando hier in Schloss Rheinsberg Dienst tun darf", sagt Friedrich Wilhelm ist aber nicht sicher, dass dies so ganz passend ist. Der Kronprinz schmunzelt: „Es wird ihm hier so gut gefallen, dass er am Ende am liebsten gleich hier bleiben möchte. Der Vater ist Gutsbesitzer?" „Jawohl, königliche Hoheit, unsere Familie besitzt das Rittergut Bernsdorf in Osterode seit Generationen." „Er hat ein Problem in Osterode, wurde mir gemeldet?" Damit hat Friedrich Wilhelm nun nicht gerechnet. „Jawohl, königliche Hoheit. Ein Bauernjunge wurde erschlagen und man hat mich unberechtigt verdächtigt. Es hat sich aber ein Verdächtiger gefunden, der jetzt in Haft sitzt. Abgeschlossen ist der Fall aber noch nicht." „Wie lange geht das schon?" will der Kronprinz jetzt wissen. „Fast zwei Jahre." „Das ist viel zu lange. Ich werde eine Untersuchung anordnen und mir über den Fall berichten lassen. Natürlich war er das nicht, aber die Zuständigen müssen hier schneller handeln und nicht den Fall endlos pflegen. Die haben wohl nichts anderes zu tun und halten sich womöglich gerne an dem einen Fall fest. So geht das nicht. Gibt es sonst noch etwas, was ich wissen sollte?" „Nein, königliche Hoheit, ich verstehe selber nicht, wie das passieren konnte, aber es lässt mich gar nicht mehr los." „Wir werden das beenden. Er kann jetzt weg treten."

***

Friedrich Wilhelm ist für die Bewachung des gesamten Schlosses und seiner Umgebung verantwortlich. So ist es erforderlich, dass er er sich im gesamten Schloss umsieht und dabei so manches mitbekommt. Es fällt ihm auf, dass es zwischen den Bediensteten und den Adeligen Hofangehörigen recht vertraulich zugeht. Da wird geschaut, gelacht, geschäkert und schon mal im Vorbeigehen angefasst, was insbesondere die Zofen sich offensichtlich gerne gefallen lassen. Er kann sich unschwer vorstellen, dass es dabei wohl nicht immer bleiben wird, was ihm aber egal ist. Er schaut diskret zur Seite und setzt seine Rundgänge fort. Zunehmend kürzt er auch seine Rundgänge ab oder meidet gar bestimmte Bereiche des Schlosses, wo es besonders locker zugeht.

Dennoch, es nützt nichts, man hat es auch auf ihn abgesehen. Insbesondere die Kammerzofe der Kronprinzessin, die Comtesse Minna von Bellheim, scheint es auf Friedrich Wilhelm abgesehen zu haben. Wann immer sie ihm begegnet, strahlt sie ihn an, macht Augenaufschläge und gibt ganz deutlich zu verstehen, dass bei ihr etwas möglich wäre. Friedrich Wilhelm lächelt freundlich zurück, geht aber auf nichts ein und hofft, dass sich das von allein erledigen werde. Aber gerade die etwas abweisende Art von Friedrich Wilhelm scheint die Comtesse besonders anzuspornen. Eines Tages stellt sie sich ihm in den Weg, es handelt sich um einen wenig begangenen Gang im Obergeschoss, und drängt sich ganz dicht an ihn heran. „Na, mein schöner Gardeleutnant", flüstert sie, „warum so schüchtern? Ihr Offiziere seid doch sonst nicht so zurückhaltend. Ihr Vorgänger war ja gar nicht zu bändigen, so wild war er hinter uns Zofen her." Das ist deutlich. Friedrich Wilhelm ist allerdings nicht sehr überrascht, hat er doch schon mit einem derartigen Frontalangriff gerechnet. Er weiß daher, wie er sich zweckmäßigerweise aus der Affäre ziehen könnte. „Liebenswürdige Comtesse", sagt er, „ich weiß ihre Freundlichkeit wirklich zu schätzen. Zu meinen Aufgaben hier gehört aber, sie zu bewachen und zu schützen und keinesfalls zu bedrängen. Das mag mancher Offizier vielleicht anders sehen, das geht mich aber nichts an." Die Comtesse ist sichtlich überrascht und denkt sich: „Das kann ja wohl nicht wahr sein. So etwas gibt es auch noch?" Sie sagt:" Aber, aber, Herr Leutnant, ich bitte, mich nicht falsch zu verstehen. Wir sind hier bei Hofe lediglich freundlich miteinander. Sind sie gebunden?" Unmerklich hat sie wieder Abstand genommen, ihr Lächeln ist jetzt etwas eingefroren. „Gewiss", sagt Friedrich Wilhelm, „und ich bin sicher, Comtesse wird dafür volles Verständnis haben." „Wer ist die Glückliche?" „Sie ist nicht am Hofe, liebe Comtesse, meine Zukünftige lebt in Kolberg." Jetzt schaut die Comtesse ihn nachdenklich an. „In Kolberg? Na, das ist doch weit. Da sind die Nächte aber sehr einsam." „Das ist kein Problem", sagt Friedrich Wilhelm, der das Gespräch jetzt beenden möchte, „mit ihrer Erlaubnis möchte ich jetzt meinen Dienst fortsetzen." „Bitte, bitte", sagt die Comtesse, „bei ihrer Dienstauffassung kann ich dann ja wenigstens gut und sicher schlafen. Lassen sie es mich wissen, wenn sie Einsamkeitsgefühle bekommen. Wir müssen unsere tapferen Soldaten ja unterstützen, wo wir können." Dann dreht sie sich um und entschwebt. „Glück gehabt", denkt, „Friedrich Wilhelm, „diesen Teil des Schlosses sollte ich wohl besser meiden."

***

An einem schönen, sonnigen Tag trifft Friedrich Wilhelm den Kronprinzen im Park. Er geht sofort auf ihn zu und macht ihm eine Meldung. Der Kronprinz dankt und fordert Friedrich Wilhelm auf, ihn bei seinem Spaziergang zu begleiten.

Beide gehen ein paar Minuten schweigend nebeneinander her, dann eröffnet der Kronprinz das Gespräch: „Wir haben Nachricht aus Allenstein, Leutnant von Bernsdorf, ihr Fall ist aufgeklärt. Der in Haft genommene Bauernjunge hat gestanden, den Franz Rohr mit einem Holzscheit erschlagen zu haben. Niemand konnte das sehen. Es ging wohl um ein Bauernmädchen, aber auch darum, ihn als vermeintlichen Rivalen zu verdächtigen. Der Fall ist jetzt abgeschlossen."

Friedrich Wilhelm bleibt stehen, ist zunächst sichtbar erregt, bringt aber dann doch heraus: „Das ist eine gute Nachricht, Königliche Hoheit. Das ist auch wichtig für meine Familie und für meinen Vater als Landrat." „Er sollte sich künftig von Bauermädchen fern halten, Leutnant. Er wird wohl schon eine passende Frau in angemessenem Kreise finden." „Die habe ich schon gefunden, Königliche Hoheit." „Na, umso besser. Wer wird die Glückliche sein?" „Evi von Witzleben, Königliche Hoheit." „Die Tochter von Oberst von Witzleben, etwa?" „Ja, Königliche Hoheit." "Na also, dann ist ja alles bestens geregelt. Soll geheiratet werden?" "Ja, Königliche Hoheit, schon bald werden wir heiraten." „Das freut mich, Leutnant. Ich habe dann noch eine Order."

„Übermorgen werde ich nach Berlin müssen. Mein Vater ist schwer erkrankt, ich muss ihn dringend aufsuchen. Er wird mich mit einem Zug Soldaten begleiten. Major von Eulenkamp wird die Einzelheiten mit ihm besprechen. Richte er sich auf zwei oder drei Wochen in Berlin ein." „Jawohl, Königliche Hoheit, darf ich wegtreten?" „Nein, er darf noch nicht wegtreten. Ich habe da noch mehr mit ihm zu besprechen.

Man hört, dass vor allem jüngere Offiziere Kritik an der Armee üben, gilt das auch für ihn?" Friedrich Wilhelm verschlägt es etwas die Sprache. Er schaut beim Gehen auf den Boden, dann auf den Kronprinz. „Na, heraus damit, Leutnant. Ich liege offensichtlich richtig mit meiner Frage."

„Königliche Hoheit, ich bin erst sehr kurze Zeit in der Armee und ich war noch nie in einem Kriegseinsatz. Ich kenne natürlich die taktische Lehre und die Gefechtsübungen, so wie man sie uns beigebracht hat." „Ich war auch noch nicht im Kriege, Leutnant. Ich denke natürlich viel darüber nach und ich frage mich, was diese große Armee, die mein Vater aufgebaut hat nützen soll, wenn sie in den Kasernen verkommt. Man macht entweder Gebrauch davon oder wenn man das nicht will, kann man die Armee verkleinern."

„Königliche Hoheit, auf dem Lande herrscht großer Unmut über die Zustände. Die Jungen sind noch unzufriedener als die Alten. In den Bauernschaften herrscht großer Mangel, schlechte Ernten und es gibt viel Arbeit. Da kann man es gar nicht verstehen, dass die Bauernjungen von der Armee mit übelsten Methoden zwangsrekrutiert werden und dann in den Kasernen Exerzieren bis zum Umfallen. Man fragt sich warum und wozu? Und wenn einer es nicht mehr aushält und desertiert, dann wird er halb tot geprügelt, wenn man ihn erwischt. Diese Soldaten werden nicht mit Überzeugung für König und Vaterland kämpfen."

Der Kronprinz hat aufmerksam zugehört. Schweigend gehen beide durch den Park. „Das ist wahr, Leutnant. Die Frage ist, wie man die Männer besser motiviert und für den Kriegseinsatz überzeugt. Sie müssen nicht für König und Vaterland in den Krieg ziehen, sondern für ihre Familien. Das Rekrutierungssystem ist natürlich so unmöglich. Wir müssen die jungen Leute gewinnen, sie anständig ausbilden und dann wieder nach Hause schicken, bis man sie braucht. Was ist mit der Gefechtstaktik?"

„Die Taktik muss darauf ausgelegt sein, unnötige Verluste zu vermeiden, Königliche Hoheit. Den Hauptkampf müssen wir mit Kanonen und Feuerwaffen auf Distanz führen, auch Deckung ist wichtig. Der Kampf Mann gegen Mann gehört heute noch offensichtlich zur höchsten Kriegskunst, ist aber eigentlich nur Metzelei. Die Linien gehen aufeinander zu, schießen sich in Salven nieder. Über tote Kameraden wird hinweggestiegen, dann wird immer wieder Salvenfeuer geschossen. Was übrig bleibt an Soldaten geht dann mit Bajonetten aufeinander los. Die Kavallerie haut auch noch dazwischen. Am Ende bleiben tausende toter oder verstümmelter Soldaten und Pferdegulasch auf dem Gefechtsfeld zurück. Die Kameraden bleiben liegen ohne dass sich jemand um sie kümmert. Es tut mir leid, aber ich kann darin keine Taktik erkennen. Vor allem, Königliche Hoheit, woher sollen all die Soldaten wieder her kommen, die wir auf diese Weise geopfert haben."

Der Kronprinz schweigt eine Weile. „Er ist sehr mutig, Leutnant. Aber er hat Recht. Das kann so nicht bleiben. Nur, wir müssen aber auch an die vielen alten Generäle denken, für die es nur diese Art der Gefechtsführung gibt, solange sie denken können." „Darf ich auch dazu etwas sagen, Königliche Hoheit?" „Nur zu!" „Warum müssen über Achtzigjährige noch ins Feld ziehen? Man bekommt diese alten Männer ja kaum noch auf das Pferd." Der Kronprinz bleibt stehen und mustert Friedrich Wilhelm eingehend. „Leutnant Bernsdorf. Nehme er sich in Acht, dies im Kreise älterer Offiziere zu äußern. Seine Karriere wäre dann schnell beendet. Aber es ist gut, dass er mit mir so offen spricht. Ich bin ja nur der Kronprinz."

Beide setzen den Spaziergang fort. Schließlich eröffnet der Kronprinz erneut das Gespräch. „Was wäre zu tun, Leutnant?" „Für eine bessere Taktik brauchen wir bessere Waffen, Königliche Hoheit. Das Steinschlossgewehr ist zwar schon ein Fortschritt gegenüber dem Luntengewehr, aber es immer noch nicht gut genug. Die Gewehre müssen weiter reichen, genauer treffen und schneller nachladen. Das Gleiche gilt für die Kanonen. Die können gar nicht gut genug sein." „Ja, mit solcher Ausrüstung lässt sich eine ganz andere Taktik denken. Was schlägt er vor?" „Jetzt machen sie mich verlegen, Königliche Hoheit. Ich dachte, wir haben für all das Spezialisten in der Armee." „Unfug, wir haben vor allem Dummköpfe in der Armee, Leutnant. Je höher der Dienstrang, desto dümmer. Dazu muss er jetzt nichts sagen. Also, was ist zu tun?"

Friedrich Wilhelm überlegt ein paar Minuten. „Wir brauchen eine ganz spezielle Fabrik für die Bewaffnung mit guten Leuten, die etwas davon verstehen. Die müssen wir dann mit allem unterstützen, was sie brauchen und ihnen klare Aufträge erteilen. Wir müssen ihnen Ziele setzen und die dann auch überwachen. Vor allem müssen die Ergebnisse immer wieder erprobt werden." Der Kronprinz überlegt kurz, bleibt dann stehen und sagt dann: „Genau das ist es, Leutnant. Genau das muss geschehen. Ich werde in Berlin mit einigen Wenigen darüber sprechen, die keine Dummköpfe sind. Halte er sich bereit. Er wird bald gebraucht und wird sich dann um diese Aufgabe kümmern müssen. So ist das eben, wenn man Vorschläge macht. Also, übermorgen geht es nach Berlin. Noch etwas. Halte er sich besser von den Kammerzofen fern. Die sind alle verdorben. Es wäre schade um ihn. Er kann jetzt wegtreten."

***

In rascher Fahrt geht es nach Berlin. Die etwa sechzig Kilometer sollen an einem Tag gemacht werden. Der Kronprinz liebt keine Bummelei. Wenn es ein Ziel gibt, dann soll es auch schnell erreicht werden. Drei vierspännige Kutschen werden von Friedrich Wilhelms Soldaten begleitet. Die Vorhut sorgt für freie Bahn. Eine Nachhut sorgt dafür, dass keiner von hinten aufschließen kann. Am Rhin entlang geht es über Neuruppin und Ferbellin nach Falkensee und dann ist das Königsschloss nicht mehr weit.

Um die Mittagszeit gibt der Kronprinz das Zeichen, anzuhalten. Auf den Feldern hat er Bauern bei der Arbeit entdeckt. Er möchte die Ernte inspizieren. Nachdem den Bauern, Landfrauen und Kindern zugerufen wurde, wer kommt, unterbrechen die ihre Arbeit und versammeln sich am Feldrain. Der Kronprinz trägt einen langen schwarzen Umhang und einen mit Fell abgesetzten Zweispitz, einen schwarzen

Waffenrock mit roten Biesen und eng geschnittene Lederstiefel. Das Koppelschloss trägt den preußischen Adler. Die Bauern verneigen sich ehrfürchtig, die Frauen machen einen tiefen Knicks.

Der Kronprinz begrüßt die versammelten Leute freundlich und erkundigt sich nach der Ernte. „Erdäpfel werden geerntet", sagt er, „die will ich mir doch einmal ansehen." Niemand wagt es, ihn anzusprechen. Da geht der Kronprinz auf eine Bäuerin zu und fragt sie direkt: „Wie bereitet ihr die Erdäpfel zu?" Die Bäuerin ist sichtlich verwirrt. „Kochen, Majestät, vor allem erst einmal tüchtig kochen. Dann, wenn sie weich sind, kann man damit verschiedene Speisen machen. Wir mögen gerne die Kartoffelsuppe." „Könnt ihr meinem Adjutanten das Rezept verraten?" möchte Friedrich jetzt wissen. „Natürlich, Majestät", sagt die Bäuerin, „ich wusste gar nicht, dass Majestät auch Kartoffelsuppe mag." Die Bauern lachen. „Wenn sie gut zubereitet ist, schon. Nur kennt man bei Hofe nicht das Rezept, liebe Frau. Vielleicht können wir auf dem Rückweg anhalten und sie gibt mir einmal ihre Suppe zum Probieren." „Ich weiß nicht, Majestät. Sie sind doch ganz andere Speisen gewöhnt. Meine Kartoffelsuppe?" „Genau die und machen sie einen ordentlichen Topf voll, damit meine Begleiter sich auch überzeugen können." Die Bäuerin geht wieder in den Knicks und sagt: „Es wird mir eine Ehre sein, Majestät." Friedrich geht zu der Frau und sagt ihr leise: „Lassen sie die Anrede Majestät nicht meinen Vater hören. Der wird nämlich als Einziger so angesprochen." Dann lässt er eine sichtlich verwirrte und leicht errötete Bäuerin zurück. Er grüßt noch einmal kurz und dann wird wieder eingestiegen und die Fahrt wird genau so rasch fortgesetzt. Die Bauern werden noch lange davon erzählen.

***

Die Kutschen des Kronprinzen nähern sich der Schlossanlage in Berlin und Friedrich Wilhelm kann schon von weitem einen Blick auf die imposante Anlage werfen. Ein großzügiges offenes Karree mit einem ausgedehnten Vorplatz empfängt die Reisegruppe, die zunächst vor den Wachhäusern der Garde haltmacht. Der Blick wird von hier frei gegeben auf das Hauptportal mit dem barocken Zentralbau über dem ein hoch zum Himmel aufsteigender Kuppelturm ruht. Friedrich Wilhelm ist an die Spitze geritten und erstattet dem Wachhabenden Offizier hoch zu Ross eine Meldung. Die Wachen sind zum Spalier angetreten und das Tor wird geöffnet. Dann setzt sich die Reisegruppe wieder in Bewegung und überquert den Vorplatz bis zum Haupteingang. Vor dem Schloss verfolgen aus einiger Entfernung viele Menschen die Ankunft des Kronprinzen, der jetzt schwungvoll die Kutsche verlässt und auf das Hauptportal zuschreitet, wo er vom Zeremonienmeister des Schlosses empfangen wird. Schon ist der Kronprinz mit seinem Adjutanten im Schloss verschwunden und die Kutschen setzen sich sofort wieder in Bewegung. Es geht zunächst zum Seiteneingang, wo das Gepäck entladen wird, dann zu den Ställen und Quartieren.

Friedrich Wilhelm gibt Anweisungen an seine Soldaten und begibt sich dann zum Kommandeur der Garde Oberstleutnant von Wangenheim, der sofort Instruktionen erlässt: „Leutnant von Bernsdorf, ihre Soldaten bleiben hier am Hof vollständig zur Verfügung des Kronprinzen. Innerhalb der Schlossanlage haben sie keine Aufgaben, außerhalb des Schlosses sind sie für den Kronprinzen allein zuständig. Sprechen sie alles mit dem Adjutanten des Kronprinzen ab und halten sie mich informiert. Niemand weiß, wie lange der Aufenthalt dauern wird und welche Absichten der Kronprinz in Berlin hat. Wir werden sehen."

Schon bald wird Friedrich Wilhelm zum Adjutanten des Kronprinzen gerufen und hat zum ersten Mal Gelegenheit, sich in den umfangreichen Räumlichkeiten des Schlosses zurechtzufinden. Auf dem Weg zu den Gemächern des Kronprinzen im Westflügel muss er über lange Gänge gehen, durch Treppenhäuser steigen und vorbei an Sälen und Kabinetten. Ein Saal steht offen und er wirft einen Blick hinein in einen über vierzig Meter langen Saal, der prunkvoll mit Malereien und viel Gold ausgestattet ist. Ein Diener tritt an ihn heran. „Das ist der Thronsaal, Herr Leutnant", sagt er, „der wird auch für große Diners und Empfänge genutzt." Friedrich Wilhelm bedankt sich und beeilt sich, zum eigentlichen Ziel zu kommen. Einmal verläuft er sich noch, findet aber mit Hilfe eines anderen Dieners schließlich den Eingang zu den Gemächern des Kronprinzen.

„Da sind sie ja", sagt Major von Eulenkamp sichtlich ungeduldig, „na ja, ist wohl beim ersten Mal noch alles etwas verwirrend hier, ging mir auch so." Er fordert Friedrich Wilhelm auf, sich zu setzen. „Morgen wird der Kronprinz nach Potsdam fahren. Er will dort sein Regiment inspizieren und anschließend den Hofbaumeister im Obst- und Gemüsegarten des Schlosses treffen. Man hört, dass der Kronprinz Baupläne hat, die gehen uns aber nichts an. Wichtig ist, dass ihre Soldaten auf den engen Boulevards ordentliche Abstände zu den Menschen auf der Straße schaffen. Wenn wir an jeder Ecke anhalten müssen, schaffen wir das Programm nicht." Friedrich Wilhelm nickt. „Weiter", sagt von Eulenkamp, „übermorgen will der Kronprinz in das Schloss im grünen Wald. Dort wird eine Jagd für ihn gegeben und dort wird er auch übernachten nach dem Jagdessen. Sie bleiben mit ihren Leuten immer ganz dicht beim Kronprinzen. Nicht, dass ich irgendwelche Befürchtungen habe, aber die deutliche Abschirmung des Kronprinzen soll Eindruck machen. Manch ein Zeitgenosse braucht das, sonst würde er dem Kronprinzen zu sehr auf den Leib rücken. Lassen sie sich auch von forschen Dienstgraden nicht beeindrucken. Machen sie einfach ihre Arbeit. Bleiben sie freundlich aber korrekt und schaffen sie Abstand. Das wäre es fürs Erste, Leutnant von Bernsdorf."

***

Die Fahrt nach Potsdam ist problemlos. Die Menschen winken dem Kronprinzen freundlich zu. Die Inspizierung beim Regiment des Kronprinzen verläuft mit viel militärischem Zeremoniell. Friedrich Wilhelm bleibt mit seinen Soldaten immer ganz dicht beim Kronprinzen, der nur einmal absitzt, um sich mit dem Regimentskommandeur kurz zu besprechen. Das Ganze dauert mit Abschreiten der Front und einer knappen Gefechtsvorführung knapp eine Stunde. Dann geht es weiter zu den königlichen Gärten in Potsdam. Dort wartet schon der königliche Hofarchitekt von Knobelsdorff.

Kronprinz Friedrich steigt aus und begrüßt den Architekten. Friedrich Wilhelm ist mit vier Soldaten abgesessen und hält sich dezent im Hintergrund aber immer in der Nähe von Kronprinz Friedrich. So kann er durchaus das Gespräch zwischen den beiden verfolgen, lässt dies aber nicht erkennen. Der Kronprinz sagt zu dem Architekten, dass dieses große Gelände nach seinem Geschmack für Zwecke des Gartenbaus verschwendet ist. Er plane zu gegebener Zeit hier zu bauen, zeigt auf einen Hügel und macht dem Architekten klar, dass er hier Weinterrassen anlegen lassen möchte, die ein romantisches und nicht übermäßig großes Schloss umrahmen würden. In der Gegenrichtung würde dann eine Parkanlage entstehen. Von Knobelsdorff erkundigt sich nach einem möglichen Baubeginn, den der Kronprinz aber noch offen lässt. Er, der Architekt solle einmal einen Entwurf machen. Der Kronprinz lässt sich vom Adjutanten einige Rollen reichen, die er von Knobelsdorff aushändigt, der sie interessiert studiert. Der Kronprinz beobachtet den Architekten gespannt, der schließlich nickt und seine Bewunderung ausdrückt. Mit einigen Änderungen wäre das durchaus eine interessante Anlage. Man einigt sich darauf, dass der Architekt eine erste Bauplanung erstellt und diese mit dem Kronprinzen dann abstimmen wird. Nachdem der Kronprinz mit dem Architekten Vertraulichkeit verabredet hat, ist die Besprechung beendet. Rasch wird eingestiegen und aufgesessen und in flotter Fahrt geht es zurück nach Charlottenburg. Für den Rest des Tages hat die Leibgarde frei.

***

Am nächsten Tag geht es zum Jagdschloss „Im grünen Wald", einem sehr alten Schloss, dass schon seit fast zweihundert Jahren genutzt wird. Als man nach einer längeren Fahrt entlang eines Sees und durch Mischwälder schließlich durch den Torbogen in den Innenraum der Schlossanlage einfährt, ist man überrascht von dem Anblick des zwar schlicht gebauten Schlosses, das aber eine eigentümliche Ausstrahlung hat. Das Hauptgebäude ist vier Stockwerke hoch und die Nebengebäude, die flacher gebaut sind, bilden ein vollständiges Karree zu einem Innenhof.

Kronprinz Friedrich ist ausgestiegen und schaut sich interessiert um. Dann drückt er gegenüber der schon wartenden Jagdgesellschaft seine Bewunderung aus. „Hier bin ich lange nicht gewesen", sagt er, „es ist schon erstaunlich, wie unser Vorfahre Kurfürst Joachim gebaut hat. Alles passt hier zusammen, eine ideale Verbindung von Bauwerk und Natur." Dann übernimmt der Jagdleiter das Wort. Er begrüßt den Kronprinzen und die Jagdgesellschaft, wünscht allen eine gute Jagd und schon wird aufgesessen und die Jagd kann beginnen. Friedrich Wilhelm wird sich während der gesamten Jagd mit drei anderen Soldaten immer ganz in der Nähe des Kronprinzen aufhalten.

Es geht über Stock und Stein und gute Reitkünste sind erforderlich. Das ist aber überhaupt kein Problem, denn die Teilnehmer sind sehr geübt und der Kronprinz macht dabei eine blendende Figur. Friedrich Wilhelm konzentriert sich weniger auf das Jagdgeschehen, sondern ganz auf seine Aufgabe. Und die besteht nun einmal darin, ganz diskret auf den Kronprinzen zu achten und sofort zur Stelle zu sein, wenn etwas Außergewöhnliches passieren sollte.

Als mit Einbruch der Dunkelheit die Jagd abgeblasen wird, liegen auf der Strecke einige Hasen, zwei Rehe und ein Wildschwein. Kein besonders aufregendes Ergebnis, wie der Jagdleiter meint, aber es sollte ja vor allem um den Spaß gehen. Dann geht es nach einem Umtrunk in das Jagdschloss zum Jagdschmauß. Friederich Wilhelm und seine Soldaten übernehmen jetzt die Nachtwache, denn der Kronprinz wird hier übernachten. Die Wachsoldaten werden sich während der Nacht ablösen und das Schloss bewachen.

Am nächsten Morgen geht auch dieses Ereignis zu Ende und es geht zurück in das Schloss Charlottenburg. Dort erwartet Friedrich Wilhelm allerdings noch eine kleine Überraschung. Der Adjutant teilt ihm mit, dass er sich am nächsten Tag im Armeehauptquartier zu melden habe. Den Grund kenne er nicht.

***

Friedrich Wilhelm macht sich am nächsten Tag auf den Weg zum Generalquartiermeister und meldet sich dort ordnungsgemäß beim Oberst von Gnersheim. „Da ist er ja", bemerkt der Oberst etwas spitz, „wohl was ausgefressen, was?" Friedrich Wilhelm ist etwas irritiert. „Nicht das ich wüsste, Herr Oberst." „Na, ist ja schon in Ordnung", bemerkt der lächelnd, „nehmen sie mal Platz. Von Bernsdorf? Kenne ihren alten Herren aus der Offiziersschule und aus dem neunzehnten Infanterieregiment. Haben manche Schlacht gemeinsam geschlagen. Meine Güte, waren das noch Zeiten. Heute ist ja nichts mehr los. Na ja, wollte ich eigentlich nicht sagen. Vergessen sie das mal wieder. Grüßen sie mal ihren Vater von mir." „Werde ich machen", sagt Friedrich Wilhelm. Ihm ist natürlich klar, dass es hier nicht um die Vergangenheit seines Vaters geht.

Der Oberst streicht seinen Spitzbart und mustert Friedrich Wilhelm mit sichtbarem Interesse. „Ich muss etwas mit ihnen besprechen, Bernsdorf. Behalten sie aber alles fein für sich, kein Gerede, verstehen sie?" „Verstehe, Herr Oberst." „Na, das will ich hoffen. Also, ich weiß nicht warum, aber sie scheinen beim Kronprinzen ein Stein im Brett zu haben. Das muss mit der Waffentechnik was zu tun haben, genaues weiß ich auch nicht. Aber der Kronprinz möchte, dass sie hier ins Hauptquartier versetzt werden und sich um die zukünftige Waffentechnik kümmern. Sagt ihnen das was?" „Ja, Herr Oberst, das sagt mir was. Soll ich erklären?" „Nein, lassen sie das mal. Mit technischem Kram kenne ich mich nicht aus, höchstens Pferde. Also, sie werden hier dem Generalquartiermeister direkt unterstellt und dem Kronprinzen regelmäßig berichten. Kaum zu glauben, als Leutnant. Sind wohl an einem Sonntag im Mai geboren, was?" Dann lacht der Oberst vernehmlich. „Na, mal Spaß beiseite. Sie werden nach Rückkehr nach Rheinsberg dort abgelöst und melden sich dann hier, klar? Alles andere können sie mit dem Generalquartiermeister besprechen. Kennen sie den?" „Nein, Herr Oberst, kenne ich nicht." „Na, sie werden den dann schon kennen lernen. Ist der Generalmajor von Trotha. Dem können sie dann alles vortragen, was sie mit dem Kronprinzen ausgeheckt haben. Müssen natürlich befördert werden. Können doch nicht so nackt als Leutnant herumlaufen, ha, ha, ha. Na ja, es gibt schlimmeres, nicht wahr?" Friedrich Wilhelm zieht es vor, jetzt darauf besser keine Antwort zu geben. Der Oberst erhebt sich und die Besprechung ist beendet.

Ziemlich verwirrt begibt sich Friedrich Wilhelm zurück ins Schloss, wo der Adjutant schon auf ihn wartet. „Waren sie bei Oberst von Gnersheim?" „Jawohl, Herr Major, war ich." „Und? Was gibt es?" „Ich soll in das Hauptquartier versetzt werden." „Meine Fresse, als Leutnant? Sollen sie da Kaffee kochen?" „Nein, Herr Major, ich soll mich um die künftige Waffentechnik kümmern." „Ist ja wohl nicht wahr. Wir haben doch Waffen. Was gibt es da noch zu kümmern?" „Der Kronprinz möchte modernere Waffen haben, Herr Major, die weiter reichen, schneller und genauer schießen." „Was sie nicht sagen, und sie sollen die bauen?" „Natürlich nicht. Ich soll mich darum kümmern, dass die gebaut werden." „Von wem denn?" „Genau darum muss ich mich dann auch kümmern." „Menschenskinder, müssen sie Beziehungen haben, ist ja unheimlich." „Ich habe überhaupt keine Beziehungen, Herr

Major." „Was denn, wenn der Kronprinz ihnen Zucker in den Hintern bläßt, dann nennen sie das keine Beziehungen? Na, sie machen mir Spaß, Bernsdorf. Viel mehr als Kronprinz geht doch gar nicht. Na, Schwamm drüber. Übermorgen geht es zurück nach Rheinsberg. Der Alte ist wohl noch mal von der Schippe gesprungen. Da kann der Kronprinz wieder zurück. Mit dem König werden muss er noch eine Weile warten. Melden sie ihm das Mal mit den Waffen, wenn sie ihn das nächste Mal sehen, klar?" „Klar, Herr Major." „Wegtreten!"

***

Hochzeit auf Bernsdorf, Urlaub auf der Nehrung

Auf dem sonst sehr ruhigen Gutshof Bernsdorf herrscht viel Trubel. Wagen fahren vor, festlich gekleidete Gäste steigen aus, die Wagen fahren anschließend in den Hof hinter dem Gutshaus, wo die Kutscher warten müssen. Es wird Hochzeit gefeiert auf Bernsdorf.

Friedrich Wilhelm wird Evi von Witzleben heiraten und Marie heiratet ihren Friedrich von Korff. Beide Paare sind schon lange in Liebe verbunden und freuen sich natürlich auf den heutigen Tag. Die Eltern, Schwiegereltern und alle Geschwister sind gekommen. Evis Eltern aus Kolberg, Friedrichs Eltern aus Ravensberg. Auch alle Freunde sind da.

Natürlich auch alle Bekannten und Honoratioren: die Schomburgs, Grieses, Hirschbergs, die Landräte von Reckenstein und von Staff, auch Oberleutnant von der Lühe. Ehrengast ist der Oberpräsident aus Königsberg Graf von Bentheim.

Die Kirche in Osterode ist überfüllt, viele müssen vor der Kirche warten. Pastor Lüders traut die beiden Paare und hält eine bewegende Predigt. Er spricht vom Glück und von der Unschuld der Jugend, von der Verantwortung für die Zukunft und legt das Schicksal der Hochzeitspaare vertrauensvoll in Gottes Hand. Dann begeben sich die frisch Vermählten vor die Kirche, wo sie mit Beifall und Hurras empfangen werden. Friedrich Wilhelm trägt die Uniform eines Oberleutnants der Infanterie, Evi ein weißes Brautkleid, Friedrich von Korff trägt einen Frack und Marie trägt ein Brautkleid mit einer zwei Meter langen Schleppe. Vor dem Eingang ist ein Ehrenspalier des "Infanterieregiments Nummer Zwei zu Fuß" aus Rastenburg unter der Führung von Evis Bruder Oberleutnant Adalbert von Witzleben angetreten. Die Brautpaare durchschreiten das Spalier und besteigen die bereitstehende Hochzeitskutsche. Ein solches Ereignis hat Osterode noch nie gesehen.

In rascher Fahrt geht es dann zum Gutshof, wo das Personal schon wartet. Der Verwalter von Waldersee spricht für alle Bediensteten Glückwünsche aus. Dabei schaut er traurig auf Marie und nahezu unbemerkt laufen Grete Arnold, die sich in die zweite Reihe gestellt hat, Tränen über die Wangen. Nur sehr Vertraute wissen warum? Ein Knecht tuschelt mit seinem Nachbarn ganz leise: „Der hat sich auch Hoffnungen gemacht."

Dann wird gefeiert, mit Musik und Tanz, Speisen und Trank bis spät in die Nacht. Kurz nach Mitternacht verabschieden sich die beiden Brautpaare und begeben sich in ihre Räume. Der Rest feiert weiter bis in die frühen Morgenstunden.

***

Die Gäste, soweit sie geblieben sind, haben sich im großen Saal zu einem mittäglichen Mahl versammelt. Die engere Familie speist zum ersten Mal gemeinsam im Frühstückszimmer. Der Baron erhebt sich: „Wenn ich mich so umsehe", sagt er, „so muss ich feststellen, dass die Familie doch tüchtig gewachsen ist. Sozusagen über Nacht bestehen wir aus nunmehr drei Familien und wir bitten euch alle, das vertraute "Du" zu gebrauchen. Ich bin also der Friedrich und meine liebe Frau ist die Amalie. Friedrich Wilhelm und Marie kennt ihr ja schon etwas länger. „Heinrich", spricht er Oberst von Witzleben jetzt direkt an, „deine liebe Anna haben wir ja jetzt auch kennen gelernt. Konrad und den Adalbert waren ja schon bei uns. Die Hochzeit war insofern keine Überraschung mehr für uns." Dann wendet er sich an die Eltern von Friedrich von Korff. „Waldemar, dich und deine liebe Frau Sieglinde haben wir erst anlässlich dieser Hochzeit kennen gelernt und ihr hattet wohl den weitesten Weg von allen. Von Ravensberg bis hier sind das ja bestimmt achthundert Kilometer. Da seid ihr ja einige Tage unterwegs gewesen." „Eine Woche, Friedrich", wirft Waldemar von Korff ein, „wir haben uns aber unterwegs vieles angesehen." „Na, dann haben wir ja eine Vorstellung, was uns erwartet, wenn wir einmal nach Ravensberg kommen", sagt der Baron und schaut seine Frau lächelnd an.

Das Frühstück wird aufgetragen und man langt ordentlich zu. Nach einer Weile erhebt sich Oberst von Witzleben. „Ihr Lieben, Anna und ich möchten euch ganz herzlich für die schöne Hochzeitsfeier danken. Ich will mal damit beginnen, euch etwas über uns zu erzählen. Wie ihr ja wisst, leben wir in Kolberg und da fühlen wir uns so dicht an der Ostsee auch ganz wohl. Das Anwesen gehört uns, und wir wollen dort auch bleiben, egal, wohin die Armee mich wohl noch schicken wird. Man kann eben nicht dauernd den Wohnort wechseln. Irgendwann wachsen die Wurzeln dann nicht mehr an. Anna und ich haben uns vor fast genau vierzig Jahren in Brandenburg kennen gelernt. Mein Vater war dort Regimentskommandeur noch unter dem Großen Kurfürsten. Anna war die Tochter eines anderen Regimentskommandeurs aus der Nachbargarnison und auf Empfängen hat man sich kennen gelernt." Heinrich von Witzleben macht eine kleine Pause, schaut in die Runde der aufmerksamen Zuhörer und sein Blick bleibt dann auf Anna heften, die ihn warm anlächelt. „Ich ging natürlich auch in die Armee, ist ja klar. Im Kurfürstentum wird man entweder Offizier, Hofbeamter oder Gutsbesitzer. Manche schaffen sogar alles. Es sei denn, man ist Kronprinz oder so was, ha, ha, ha! Na, Scherz beiseite, als ich Anna kennen lernte, gab es nur noch ein Ziel nach Soldatenart: Ein erkanntes Ziel muss ohne zu zögern sofort angegriffen werden und dann dranbleiben, bis alles klar ist. Sieg oder Niederlage, was anderes gibt es nicht. Na, wie ihr seht, habe ich gesiegt." Allgemeines Gelächter. „Na, unsere Söhne sind ja nun auch Offiziere und was soll ich sagen, Friedrich Wilhelm auch. Und irgendwann wird er wohl auch Gutsbesitzer." Er lässt die Worte wirken und schaut wieder in die Runde. „Unsere Evi, lieber Friedrich Wilhelm, ist nun allerdings ein wenig anders geraten. Du wirst das schon gemerkt haben. Mit ihr muss man geduldig reden und sie nach Möglichkeit überzeugen. Sillgestanden und Jawohl gibt es bei ihr nicht. Dafür bekommst du aber eine tolle Frau, mein Junge. Die geht mit dir durch dick und dünn, die richtige Frau für einen Offizier, wie ihre Mutter. So, nun will ich aber hier keine Jahrhundertrede halten, sondern nur noch eines sagen. Ihr seid bei uns in Kolberg jederzeit willkommen. Waldemar und Sieglinde können doch auf der Rückreise bei uns gleich Station machen, wie wäre es damit? Und Amalie und Friedrich, ihr kommt am besten gleich mit. Die Kinder werden ja schon bald auf die Nehrung fahren, da habt ihr doch Zeit."

Jetzt erhebt sich auch Waldemar von Korff. „Jetzt bin ich wohl dran", sagt er schmunzelnd. „Nun, wir leben in der Grafschaft Ravensberg, die ja verwaltungsmäßig vom Fürstentum Minden mitregiert wird. Mein Vater war Sägewerksbesitzer und wegen der großen und ausgedehnten Wälder des Wiehengebirges, des Weserberglands und des Teutoburger Walds sehr erfolgreich. Ich habe sieben Geschwister, drei Brüder und vier Schwestern und nur einer konnte das Sägewerk übernehmen. So habe ich dann zwar

Forstwirtschaft gelernt, bin dann aber in den Verwaltungsdienst eingetreten, zunächst in der Grafschaft, später in der Regierung in Minden. Dort habe ich auch meine Frau Sieglinde kennen gelernt. Als Tochter des Regierungspräsidenten war sie oft bei ihrem Vater und ich wurde auch als Stellvertreter des Regierungspräsidenten manchmal nach Hause eingeladen. So haben wir uns kennen und lieben gelernt. Stürmen oder Angreifen brauchte ich nicht, da wir uns sehr schnell einig waren. Es mussten allerdings die Eltern überzeugt werden. Das gelang und jetzt sind wir schon fast fünfzig Jahre zusammen. Friedrich, unser Ältester, lebt jetzt in Königsberg und fehlt uns natürlich sehr, aber so ist das Leben eben. Wichtig ist, dass er seinen Weg macht. Was wir hier erleben durften hat uns natürlich sehr froh gemacht und verdrängt alle Sorgen um die Zukunft. Ich bin jetzt seit fast zwei Jahren im Ruhestand und wir bewohnen einen nicht zu großen Landsitz in der Grafschaft Ravensberg, den ihr ja sicher hoffentlich bald kennen lernen werdet. Wir freuen uns auf eine gemeinsame Zukunft mit der nun größeren Familie und hoffen natürlich, bald Oma und Opa zu werden."

Diese letzte Bemerkung löst heftigen Zuspruch bei den Eltern aus, so dass sich der Baron noch einmal erhebt. „Ich danke euch für die freundlichen Worte. Unseren beiden Brautpaaren möchte ich einen schönen Urlaub auf der Kurischen Nehrung wünschen. Ihr werdet dort in Rositten bei einem Freund von uns wohnen, der euch ganz bestimmt verwöhnen wird. Die Nehrung ist um diese Jahreszeit herrlich. Dünen, Wälder und endlose Strände, ihr werdet sehen. Es gibt dort Bernstein, viel Fisch und einen ganz gefährlichen Schnaps, den Bärentöter. Vor dem müsst ihr euch vorsehen." Zu den Schwiegereltern gewandt sagt er dann noch: „Ihr bleibt bitte noch ein paar Tage und mal sehen, vielleicht begleiten wir euch ja noch über Kolberg nach Ravensberg. Man muss die Zeit nutzen. Wer weiß, wie lange wir noch solche Reisen unternehmen können."

***

Auf die Kurische Nehrung gelangt man etwa fünfzig Kilometer nördlich von Königsberg. Bei Cranz verlässt man das Festland und kommt auf die endlos lange und sehr schmale Landzunge. Auf der linken Seite rollen die Wellen der Ostsee ständig an die endlosen Strände. Rechts liegt das ruhige und melancholisch anmutende Haff, dass nur über einen ganz schmalen Zugang ganz oben bei Memel mit der Ostsee verbunden ist. Das Haff ist eine Welt für sich. Endlose Schilfgürtel säumen die Strände und fast überall hat man einen Blick auf das gegenüber liegende Festland. Der geräumige Vierspänner mit den beiden Brautpaaren strebt in flotter Fahrt über Forst Fritzen, Sarkau, Möwenhaken und Konzen dem Ziel Rositten zu. Um die Mittagszeit ist man dann am Ziel.

Das kleine Hotel liegt am Ende der Hauptstraße Rosittens, die direkt auf das Haff zuläuft und an der Haffleuchte endet. Der Holzbau hat zwei miteinander verbundene dreistöckige Giebelhäuser, die gelb angestrichen und mit roten Dekorleisten abgesetzt sind. Zwischen den Giebelhäusern befindet sich ein zweistöckiger Verbindungsbau mit Balkonen. Hier werden die Brautpaare wohnen.

Das Eigentümerehepaar Ernst und Margarete Marowski empfangen ihre Gäste auf dem Vorplatz, wo die beiden Kutscher schon damit beschäftigt sind das Gepäck abzuladen. Zwei Diener halten auf einem Tablett Getränke bereit, darunter auch der berüchtigte Bärentöter. „Herzlich willkommen", sagt Herr Marowski, „wir fühlen uns geehrt, zwei Brautpaare bei uns zu haben. Wir hoffen, dass sie sich hier sehr wohl fühlen werden." Man schüttelt sich die Hände, nimmt die Glückwünsche zur Vermählung entgegen und stößt dann gemeinsam an, wobei die Damen den Wein bevorzugen. Die Männer kippen den Bärentöter hinunter, nicht ohne sich anschließend lachend zu schütteln. „Ist das ein Getränk", sagt Friedrich Wilhelm, „wir sollen sie ganz herzlich von unseren Eltern grüßen. Vater hat uns schon wegen des Schnapses vorgewarnt, Herr Marowski." „Ja, ja, der hat es in sich. Aber nach einem schweren Mahl ist er pure Medizin, Herr Baron. Ihre Zimmer sind schon vorbereitet. Sie müssen sich nur einigen, wer oben und wer unten wohnt." Dabei zeigt er auf das Verbindungsgebäude. Friedrich von Korff sagt, „Ich bin ja schon etwas älter als der Baron. Da ist es wohl besser, wenn wir im Erdgeschoss wohnen, Friedrich Wilhelm, natürlich nur, wenn du einverstanden bist." „Einverstanden", sagt Friedrich Wilhelm, „dem Alter gebührt die Bequemlichkeit." Alle müssen jetzt lachen und man begibt sich in das Hotel, wo der Mittagstisch schon gedeckt ist. „Wir werden uns rasch umziehen und frisch machen, Herr Marowski", sagt Friedrich

Wilhelm. Man begibt sich auf die Zimmer, die schlicht, aber gemütlich eingerichtet sind. Vom Balkon hat man freien Blick auf das Haff, das jetzt in der Mittagssonne glitzert.

In einem kleinen Speisesaal, in dem sie die einzigen Gäste sind, begibt man sich zu Tisch. Frau Marowski, jetzt bekleidet mit einer weißen Spitzenschürze, erklärt das Menü: „Wir haben heute eine leichte Pilzsuppe vorweg. Dann folgt Brataal an Aspik mit kleinen Kartoffelpuffern und zum Nachtisch Blaubeerpfannkuchen. Wir empfehlen einen leichten Weißwein zum Fisch und am Ende Kaffee und natürlich Bärentöter." Allgemeine Zustimmung. Evi meint: „Ist der Fisch auf wirklich tot, Frau Marowski?" Die weiß zunächst gar nicht, was sie sagen soll. Herr Marowski schaltet sich schnell ein: „Garantiert tot, gnädige Frau. Aber noch nicht all zu lange. Heute Morgen lebte er noch."

Nach dem Essen begibt man sich auf einen Spaziergang. Zunächst geht es zur Haffleuchte, einem kleinen Leuchtturm und schaut auf das hier ziemlich breite Haff. Das Festland kann man aber noch sehen. Dann wandert man auf dem Strandweg entlang und genießt den herrlichen Sonnenschein, die leichte Brise und die unbeschreibliche Ruhe dieses Ortes. Nur die Möwen sorgen für etwas Lärm, indem sie schreiend ihre eindrucksvollen Flugvorführungen machen. „Schade, dass wir Menschen nicht fliegen können", bemerkt Evi. „Das kommt schon noch", sagt Friedrich Wilhelm, „in Berlin gibt es schon einige Wagemutige, die an Flugapparaten basteln." Weiter geht es zur Vogelwarte, wo ein alter Mann sie freundlich begrüßt und ihnen erklärt, was er hier so macht. „Nichts

Aufregendes", sagt er, „wir beobachten hier die Vögel, versuchen, sie zu zählen und helfen, wenn ein Vogel einmal in Schwierigkeiten gerät. Das kommt schon mal vor. Sie sehen ja, was die sich alles zutrauen und manchmal geht das auch schief. Wir können dann nicht immer helfen, manchmal aber doch. Ich habe gerade eine Möwe zur Genesung im Käfig, die können sie sich ja mal ansehen."

Dann trennen sich die Paare und wandern ein bisschen zu Zweit. Am Abend wollen sie gemeinsam essen und noch in den Ort gehen. Sie suchen jetzt die Einsamkeit am Haff. Friedrich Wilhelm hat sich auf einer kleinen Düne im Sand niedergelassen und Evi hat ihren Kopf in seinen Schoß gelegt. So genießen sie schweigend die gemeinsame Zeit, die jetzt erst richtig beginnt und auf die sie sich von ganzem Herzen freuen. „Morgen sollten wir einen Brief an die Eltern senden", sagt Evi, „vielleicht erreicht er sie ja noch. Meinst du, dass deine Eltern mit nach Kolberg und Ravensberg fahren werden?" „Ich glaube schon, Evi. Vater hat das ganz ernst gemeint, was er über das Alter sagte. Mich macht das natürlich stutzig. Für mich war mein Vater bisher immer jung. Warum ändert sich das eigentlich so schnell? Gestern noch jung und heute schon alt? Ist das möglich?" „Ich fürchte ja, Friedrich Wilhelm. Bei meinen Eltern geht es mir auch so. Vater spricht nur noch vom Ruhestand. Das sind schon Signale, auf die man hören muss. Schau mal, wer da kommt."

Friedrich und Marie haben sich genähert. „Stören wir?" möchte Marie wissen. „Natürlich nicht", sagt Evi, „kommt, nehmt Platz. Hier ist es gemütlich." Eine Weile sagt niemand etwas. Man hängt den eigenen Gedanken nach bis Friedrich die Ruhe unterbricht: „Wir werden in Königsberg leben, schon bald. Ich habe dort ein geeignetes Haus gefunden und wir wollen möglichst schnell zusammen sein." „Das ist doch klar", sagt Friedrich Wilhelm, „uns geht es nicht anders. Ich muss nur die nächste Versetzung abwarten. So wie es aussieht, soll ich in das Armeehauptquartier nach Berlin und dort eine besondere Aufgabe übernehmen." „Berlin muss ganz wunderbar sein", jubelt Evi. „In Berlin war ich noch nicht", meint Marie, „aber wir waren schon in Königsberg. Die Stadt hat mir gefallen. Friedrich, du kennst beide Städte. Welche ist schöner?"

Friedrich denkt etwas nach. „Na ja, jede Stadt ist anders, aber beide Städte sind schön. Berlin ist groß und sehr interessant. Es gibt viel zu sehen: Herrliche Schlösser, weitläufige Parkanlagen und eine schöne Umgebung. Aber Königsberg ist eine ganz besondere Stadt. Sehr viel kleiner, aber ein interessantes Stadtbild um das Schloss herum. Viele Gassen und kleine Plätze. Ihr habt es ja gesehen, Marie." „Und wo liegt unser Haus?" möchte Marie wissen. „Ganz in der Nähe der Domänenkammer im Zentrum, ein sehr hübsches Fachwerkhaus mit sieben Zimmern. Da können wir auch unsere Besucher unterbringen. Ihr müsst uns unbedingt besuchen, Friedrich Wilhelm." „Worauf du dich verlassen kannst, nicht Evi. Vielleicht schon auf der Rückfahrt?"

**

Die jungen Paare verbringen in Rositten eine glückliche Zeit der Zweisamkeit. Sie sind viel zusammen, durchstreifen aber auch getrennt die Umgebung, die viel zu bieten hat: Lange, einsame Strände, Dünenlandschaften und Wälder. Am kleinen Hafen zum Haff hin schaukeln Fischerboote und in der Frühe kann man sie ausfahren sehen. Abends, vor der Dunkelheit sind sie dann zurück und die Fischer laden aus, was sie am Tage gefangen haben.

Heute wird die Kutsche wieder angespannt. Es soll zur Wanderdüne gehen, die schon nach kurzer Fahrt hinter Nidden erreicht wird. Als sie ihr heutiges Tagesziel erreichen, sind alle aber doch sprachlos. In einer für diese Landschaft ganz ungewöhnlichen Höhe von fast dreißig Metern erhebt sich das Naturschauspiel der großen Düne vor einem Bewuchs von Kiefern und Lärchen am Fuße. Oberhalb leuchtet der Sand im Sonnenlicht fast weiß und es steht ein ständiger leichter Staubnebel über der Krone, der sie zur Wanderdüne macht.

Evi läuft auf die Düne zu, wirft ihre Schuhe fort und stapft durch den warmen, weichen Sand. „Ist das nicht herrlich", ruft sie, „ich glaube, ich möchte die Düne malen." „Du malst?" möchte Marie wissen. „Ja, ich male schon so lange ich denken kann." „Sie hat eine eindrucksvolle Sammlung wunderschöner Bilder", sagt Friedrich Wilhelm, „überwiegend Bilder von Landschaften, natürlich von der Ostsee und Kolberg. Wir werden einige rahmen und damit unser Haus schmücken." Liebevoll legt er den Arm um Evi und steigt mit einiger Anstrengung langsam durch den weichen Sand die Düne hinauf. Marie und Friedrich folgen. Alle haben die Schuhe ausgezogen und sie am Fuße der Düne zurück gelassen.

Schließlich erreichen sie die Spitze der Düne und schauen auf die Ostsee und das Haff. Die Sicht ist klar und es geht ein stetiger Wind, der die Haare zerzaust und den Sand in die Augen treibt. Unentwegt rauscht die Ostsee, lange Wellen rollen an das Ufer und brechen sich schließlich in Schaumkronen. Über allem vollführen die Möwen wahre Kunstflüge, als wollten sie den kleinen Menschen da unten zeigen, was sie können. Evi und Marie haben sich niedergesetzt, Friedrich Wilhelm und Friedrich gehen noch ein Stück auf der Krone der Düne weiter. Langsam, fast bedächtig setzen sie die Schritte und es entsteht eine schon fast Ehrfurcht gebietende Atmosphäre um sie herum. Lange schweigen sie und lauschen den Umgebungsgeräuschen, schließlich setzen auch sie sich nieder, etwas Abseits von den Damen. Friedrich zeigt nach Osten und bemerkt: „Dort etwa liegt Tilsit gar nicht so weit von hier, dann zeigt er nach Süden: „und dort liegt Königsberg, Friedrich Wilhelm. Bald schon wird uns der Alltag wieder einholen. Wenn ich an die Änderungen bei den Landräten denke, dann mache ich mir schon Sorgen." „Warum?" „Du hättest einmal die beiden anderen Landräte hören sollen, Friedrich Wilhelm. Die sind im Grunde genommen gegen jede Reform und schlimmer noch, sie stehen nicht zur Krone." „So schlimm ist das?" „Leider. Wie gut, dass dein Vater eine völlig andere Einstellung hat. Er wird den Herrn Landräten, Freiherr von Reckenstein, vor allem aber dem Herrn von Staff noch tüchtig ins Gewissen reden müssen, um sie zur Zusammenarbeit mit der Krone zu bringen." „Was haben die denn davon, wenn sie nicht mitmachen?" „Überhaupt nichts. Aber irgendwie sind die beiden blockiert. Die verstehen überhaupt nicht, worum es für unser Land geht. Wird man eigentlich im Alter völlig unbeweglich, Friedrich Wilhelm?" „Ich hoffe nicht. Eines ist doch klar: es kann nicht immer alles bleiben, wie es ist. Die Zukunft stellt immer neue Herausforderungen und wer nicht mitmacht, wird zurück gelassen."

Beide hängen jetzt ihren Gedanken nach und Friedrich hat sich lang ausgestreckt. „Was erwartet dich, wenn du nach dem Urlaub zurück nach Berlin musst?" „Ich werde zunächst alleine nach Berlin gehen, Evi wird noch in Kolberg bleiben, bis wir eine Wohnung in Berlin gefunden haben. Ich muss in das Armee- Hauptquartier und soll dort eine neue Aufgabe übernehmen, die der Kronprinz angeordnet hat." „Worum geht es?" „Na ja, ich hatte ein längeres Gespräch mit dem Kronprinz und war da wohl etwas zu mutig. Ich habe ihm gesagt, dass wir jüngeren Offiziere die Ausrüstung und die Einsatztaktik der Armee für überholt halten und dass sich da etwas ändern muss." „Und jetzt hast du die Aufgabe?" „Genau. So ist das bei der Armee. Wer sich meldet kriegt eine Aufgabe. Aber im Ernst, das ist natürlich auch eine interessante Sache und auch eine Chance." „Wie finden das die anderen Offiziere?" „Einige können ihren Neid gar nicht verbergen. Vor allem die Älteren sind skeptisch, denen es bei der Vorstellung, etwas könnte sich ändern, ganz mulmig wird. Das ist genau so, wie bei den Landräten." Es entsteht eine kurze Pause. Schließlich sagt Friedrich: „Das ist schon komisch. Wie sich die Dinge doch ähneln. Mit der Landrätereform wollen wir für verlässliche Einnahmen sorgen. Wenn das gelingt, wird auch

Geld da sein für eine neue Ausrüstung und für eine bessere Taktik. Das schont dann auch die Soldaten, von denen dann nicht so viele fallen oder verstümmelt werden. Das sind doch auch die Bauernsöhne, die wir dringend brauchen. Und was machen die älteren Landräte oder Offiziere? Sie sind dagegen und wissen nicht einmal, warum? Eigentlich zeigt das doch, dass ein Land streng von oben regiert werden muss." „Ich habe mir übrigens überlegt, dass ich den Fabrikbesitzer Heinrich Griese einmal ansprechen werde, ob er sich vorstellen kann, für Preußen moderne Waffen zu bauen." „Eine gute Idee, Friedrich Wilhelm. Der Griese schnappt überall zu, wo er ein Geschäft wittert. Das ist wirklich eine gute Idee."

Beide erheben sich langsam und wandern zurück zu Evi und Marie, die sichtbar die Sonne genießen. „Ich bleibe hier einfach liegen", sagt Evi. „Tu das", meint Friedrich, nach einer Woche bist du tot und die Möwen fangen an, deinen Kadaver zu verteilen. Nach zwei Wochen hat der Sand dann alles zugedeckt und es hat dich gar nicht gegeben." „Scheusal", sagt Evi, „du kannst einem aber auch jede Romantik austreiben. Na gut, dann machen wir uns also auf den Heimweg. So langsam bekomme ich auch schon Appetit."

Nach der Rückkehr sitzen die Vier jetzt gemütlich im Wintergarten des kleinen Hotels. Sie sind immer noch die einzigen Gäste und das Ehepaar Marowski kümmert sich ausschließlich um ihr Wohl. „Heute gibt es Dämpfkarbonade mit Stampfkartoffeln und Gurkensalat", verkündet Frau Marowski, „ganz lecker und zart das Filet." „Frau Marowski, sie haben uns so gut ernährt, dass wir am Ende gar nicht mehr fort wollen", sagt Friedrich Wilhelm lachend. „Dann bleiben sie mal, uns soll es recht sei, nicht wahr?" Und fragend schaut Frau Marowski ihren Mann an. „Meinetwegen", sagt der, „mir soll es recht sein. Dauergäste könnten wir schon vertragen. Aber ich fürchte, die Herrschaften werden nach dem Urlaub schon dringend erwartet."

Während des Essens meint Marie: „Was wohl unsere Eltern jetzt machen?" „Die müssten jetzt in Ravensberg sein", sagt Friedrich, „bei meinen Eltern. Und wie ich die einschätze, sitzen die jetzt auch gemütlich in unserem Park und schmausen genau so gemütlich, wie wir. In Westfalen gibt es auch eine gute Küche und wir haben eine ausgezeichnete Köchin."

***

Eine Reise nach Ravensberg

Mit drei Kutschen haben sich die Eltern von Marie, Friedrich Wilhelm und Friedrich tatsächlich auf die Reise nach Ravensburg begeben. Zuerst ging es nach Kolberg mit einer Übernachtung in Gdingen. In Kolberg wird bei Anna und Heinrich von Witzleben Station gemacht und die herrliche Umgebung der Ostsee genossen. Man ist begeistert vom Anwesen der von Witzlebens. Es wird in der Ostsee gebadet, ausgeritten und mehr als ausgiebig gespeist. Der Großvater ist völlig aus dem Häuschen. Mit Baron Friedrich von Bernsdorf und Waldemar von Korff hat er aufmerksame Zuhörer, denen er in allen Einzelheiten von seiner Zeit in der Armee des Großen Kurfürsten erzählen kann. Vom Aufstieg des damals noch kleinen Herzogtums Brandenburg bis zum einflussreichen Kurfürstentum und heutigen Königreich Preußen. Man sitzt bis tief in die Nacht im Wintergarten, lauscht dem Geräusch der Ostsee, raucht Zigarren und trinkt Bier und Wein, während die Damen im Salon zusammensitzen und geheimnisvolle Geschichten austauschen. Hin und wieder müssen sie lachen und irgendwann erheben sie sich, um die Herrn zu überzeugen, doch endlich die Schlafräume aufzusuchen. Die drei Tage in Kolberg sind atmosphärisch einmalig und nach den Strapazen der Reise erholsam zudem. Man hat beschlossen, mit zwei Kutschen weiter zu reisen. Von Witzlebens steigen in die Kutsche der Bernsdorfs ein, die sie auf dem Rückweg wieder absetzen werden.

So geht es dann schließlich weiter nach Berlin, wo noch einmal Zwischenstation gemacht wird. Man macht Rundfahrten und bewundert insbesondere die Schlossanlagen in Berlin und Potsdam. Zwei Tage lässt man sich in Berlin Zeit, bis es schließlich auf den letzten Teil der Reise über Magdeburg und Hannover nach Ravensberg geht. Immer wieder müssen Schlagbäume passiert werden, wird kontrolliert und gefragt, schließlich ist man beim letzten Grenzübertritt zum Kurfürstentum Minden-Ravensberg wieder auf preußischen Boden.

In Ravensberg haben die Korffs einen ansehnlichen Landsitz mit einem Gestüt und etwas Land- und Forstwirtschaft. Waldemar von Korff verbringt hier seinen Ruhestand. Das Anwesen liegt fast schon einsam außerhalb von Ravensberg und ist umgeben von Ausläufern des Teutoburger Waldes. Sieglinde und Waldemar von Korff haben immer schon die Einsamkeit geliebt und sofort zugegriffen, als der Landsitz von einer Erbengemeinschaft zum Kauf angeboten wurde. Waldemar hatte während seiner Amtszeit als stellvertretender Regierungspräsident in Minden eine kleine Zweitwohnung. Sooft es seine Zeit zuließ begab er sich aber immer wieder auf diesen Landsitz, der von Sieglinde mit großer Umsicht geleitet und bewirtschaftet wurde. Vor allem die zugehörigen Wälder waren für beide unverzichtbar, hatte Waldemar doch als Sohn eines Sägewerkbesitzers Land- und Forstwirtschaft gelernt und viele Jahre in der kurfürstlichen Forstverwaltung gearbeitet.

Das zweistöckige weiß getünchte Hauptgebäude hat einen auf zwei Säulen ruhenden Eingangsvorbau und wird an den

Giebeln von Efeu und allerlei Kletterpflanzen umrankt. Nebengebäude, Koppeln und einige Stallungen befinden sich im hinteren Teil des Grundstücks, wo auch der Verwalter und einiges Gesinde wohnen. Hinter dem Haupthaus liegt ein naturbelassener Park, der übergangslos an die angrenzenden Wälder anschließt. In einem überdachten Pavillon sitzen Sieglinde und Waldemar jetzt mit ihren Gästen bei angeregten Gesprächen beisammen.

„Preußen muss aufpassen, dass unser kleines Fürstentum nicht verloren geht", sagt Waldemar von Korff, „Hannover, Westfalen und Hessen werfen begehrliche Blicke auf uns. Da ist es gut, dass wir in Minden eine ordentliche Garnison haben. Die Soldaten sind nicht immer angenehm für die Bevölkerung, aber sie sorgen immerhin für unseren Schutz." „Was gibt es für Probleme mit den Soldaten?" möchte der Oberst jetzt wissen. „Na ja, es fängt schon damit an, dass die Kommandeure wenig Lust haben, hier stationiert zu sein. Für manch einen scheint das eher eine Strafversetzung zu sein. Berlin ist eben um ein Vielfaches interessanter." Von Witzleben schmeckt das nicht: „Aber Waldemar, wo wird die Armee schon von der Bevölkerung geliebt? Die Soldaten brauchen Verpflegung und Auslauf und da gibt es mit der Bevölkerung immer wieder Ärger, nicht nur hier in Minden-Ravensberg. Ein Problem ist immer wieder auch, dass desertierende Soldaten von der Bevölkerung versteckt werden. Da kommt es bei Hausdurchsuchungen natürlich zum Ärger." „Hausdurchsuchungen ließe man ja noch durchgehen. Aber weißt du, wie die vor sich gehen?" „Soldaten sind keine

Samariter, Waldemar, das wissen wir doch alle." „Bei Hausdurchsuchungen in der angrenzenden Bauernschaft haben die Soldaten alles verwüstet, Heinrich, weil sie nichts gefunden haben. Dann wurde geplündert, wurden die Töchter belästigt und schließlich wurde Feuer gelegt. Nennt man so etwas eine Durchsuchung bei der Preußischen Armee?" „Wo gehobelt wird, da fallen Spähne", sagt Heinrich von Witzleben jetzt schon etwas ungehalten, „schließlich ist die Bevölkerung nicht ganz unschuldig, wenn sie immer wieder Deserteure versteckt."

Jetzt schaltet sich der Baron ein. „Lasst uns doch lieber das Thema wechseln. Es ist so schön hier und da können die Probleme gerne draußen bleiben, komm Heinrich, lass es gut sein." „Schon gut", brummt Heinrich von Witzleben jetzt, „was kann man denn hier besichtigen?" Waldemar von Korff hat noch einmal nachgeschenkt und übernimmt jetzt die Erklärung des vorgesehenen Programms der nächsten Tage. „Also, Sieglinde und ich haben uns gedacht, dass wir morgen zu den Extern Steinen mit euch fahren. Das ist nicht weit von hier und die müsst ihr unbedingt sehen. Übermorgen findet in der Bauernschaft ein Kranzreiten statt. Das sollten wir uns auch ansehen, ist sehr amüsant. Dann werden Sieglinde und ich euch auf dem Heimweg noch bis Minden begleiten und wir können uns die Stadt zusammen ansehen. Auch da kann ich euch natürlich einiges zeigen." „Hört sich gut an sagt die Baronin, „was sind die Extern Steine?" Waldemar wirft einen Blick auf seine Frau und Sieglinde übernimmt die Erklärung.

„Die Extern Steine, ihr Lieben, sind ein Naturereignis. Ihr müsst euch eine markante Formation von mehreren Felsentürmen vorstellen, die nebeneinander in den Himmel wachsen, sich aber nicht berühren. Manche sagen dazu auch Eggestersteine und manche Elstersteine. Entweder abgeleitet vom Eggegebirge oder von den Elstern, die da nisten. Egal, der Ort ist schon immer ein Kultort für die Menschen gewesen. Er wirkt etwas unheimlich, hat Felshöhlen und wurde wohl auch als Begräbnisstätte genutzt. Mönche haben dort Kultfeiern abgehalten und interessante Reliefs geben uns noch Rätsel auf. „Klingt ja sehr interessant", sagt die Baronin. „Ja, ihr werdet staunen. Übrigens ganz oben liegt ein gewaltiger Felsbrocken, der jederzeit abzustürzen scheint. Der Wackelstein liegt da aber schon ein paar Jahrhunderte und wird morgen wahrscheinlich auch nicht herunter fallen."

***

Die Kutsche hat auf einem kleinen Platz vor den Extern Steinen angehalten und man schaut doch sehr überrascht und beeindruckt auf dieses Naturdenkmal. Mächtig erheben sich die Felsentürme in den Himmel und der Wackelstein sieht wirklich bedrohlich aus. Man ist ausgestiegen und begibt sich jetzt zu Fuß in Richtung der Felsen. Schmale unbefestigte Wege führen ganz dicht heran und wer mag, kann auch über einen in den Fels gehauenen Aufstieg die Felshöhlen erreichen. Die Damen ziehen es vor, unten zu bleiben und vermeiden es auch, unmittelbar unter dem Wackelstein zu stehen.

So steigen die Herren langsamen Schrittes nach oben und erreichen schließlich die erste Felsenhöhle. Waldemar von Korff übernimmt jetzt die Erklärung. Er deutet auf ein Relief und erläutert: „Das könnte die Kreuzabnahme sein. Wer es geschaffen hat und wann, darüber streiten sich die Gelehrten." „Weiß man, wie diese Felsformation entstanden ist?" möchte Friedrich jetzt wissen. „Nicht genau, aber es muss wohl vor vielen Millionen Jahren hier zu einer Auffaltung gekommen sein, wobei die einmal flach liegenden Felsen aufgerichtet wurden. Die heutige Form ist dann durch Verwitterung entstanden." „Kaum zu glauben was die Natur im Laufe der vergangenen Jahrhunderte alles zustande gebracht hat", sagt Heinrich von Witzleben, „das müssen unvorstellbare Kräfte gewesen sein, die das alles fertig gebracht haben. Da sind unsere menschlichen Kräfte nichts dagegen." „Und die setzen wir auch noch ein, um vieles zu zerstören", sagt Friedrich jetzt, „und um uns gegenseitig umzubringen." Jetzt wird es still zwischen den drei Herren, die ergriffen das Naturschauspiel auf sich wirken lassen, bis sie sich dann langsam wieder auf den Abstieg machen. Unten warten schon die Damen und man macht noch einen Spaziergang zu einer kleinen Waldschänke, wo es Kaffee und Kuchen gibt.

***

Während des Frühstücks am nächsten Tag sagt Waldemar von Korff: „So, ihr Lieben, heute könnt ihr einmal eine Besonderheit unseres Landlebens kennen lernen. „Was ist das?" möchte der Baron wissen. „Wir nennen das hier Kranzreiten. Wer unter den Bauernjungen etwas auf sich hält, nimmt daran teil. Dabei kann man seine Geschicklichkeit im Reiten unter Beweis stellen und natürlich gehört auch einiger Mut dazu. Das imponiert natürlich den Mädels." „Und was passiert dabei?" möchte Amalie wissen. „Also", erklärt Waldemar: „Man trifft sich in einem Hohlweg im Wald, ganz in der Nähe hier, wo an einem hohen Baum ein aus Tannen geflochtener Kranz aufgehängt wird. Diesen Kranz, der an einer Klemme hängt, gilt es dann im Vorbeireiten mit einer Art Lanze zu durchstechen und herunter zu holen. Einer nach dem anderen versucht sein Glück. Der Kranz wird natürlich immer wieder aufgehängt und nach jedem Durchgang höher hinauf gezogen. Wer verfehlt, scheidet aus. Sieger ist, wer den Kranz als letzter noch von seiner höchsten Stelle herunter holt."

Man macht sich auf den Weg und erreicht schon bald den Waldweg, wo sich schon viele Leute versammelt haben. Die Reiter haben sich auf einem Platz vor dem Wald versammelt, haben ihre Pferde geschmückt und reiten sie nun ein. Es herrscht allgemein freudige Erwartung und einige Spannung liegt in der Luft. Die Korffs haben mit ihren Gästen etwas höher im Wald Platz genommen und können das Geschehen von da aus gut verfolgen. Gegenüber, auf der anderen Seite des Waldweges, hat die Dorfkapelle Platz genommen und unterhält die Zuschauer mit volkstümlicher Musik. Es gibt auch einen Ausschank und man bedient sich reichlich mit Getränken. Heute ist Feiertag.

Jetzt nimmt die Spannung zu. Die Kapelle hat ihr Spiel eingestellt und der erste Reiter macht sich bereit. Er hat sein Pferd kurz angenommen, die Steigbügel sind hoch gebunden, so dass der Reiter sich auch während des Rittes noch erheben kann und so an Höhe gewinnt. Das ist sicher nicht ganz ungefährlich. Ungeschriebenes Gesetz ist, das die Reiter nicht bummeln, sondern in scharfem Galopp ihr Glück versuchen. Das wird ihnen dann schon während des Anreitens mit ordentlichem Applaus gelohnt. Wer zu langsam daher kommt, erntet auch schon einmal Pfiffe und Buh-Rufe. So beginnt der Wettkampf. Fast alle Reiter des ersten Durchgangs haben den Kranz, der ja noch niedrig hängt erwischt. Einer nach dem anderen jagd durch den Hohlweg und die Zuschauer sind begeistert. Hier kennt jeder jeden, schließlich reiten dort ja die Söhne und Väter der Zuschauer. Nach dem ersten Durchgang wird eine Pause eingelegt und die Kapelle spielt wieder fröhlich auf. Die Stimmung ist gut und nu wenige Reiter, die gefehlt haben müssen getröstet werden. Dann beginnt der zweite Durchgang. Der Kranz hängt jetzt deutlich höher. Sitzend ist er kaum noch zu erreichen. Die Reiter müssen jetzt vor dem Kranz aus dem Sattel und benötigen viel Geschick, um nicht in vollem Galopp vom Pferd zu stürzen. Einer nach dem anderen versucht sein Können und tatsächlich scheiden auch bei diesem Durchgang nur wenige Reiter aus. Im dritten Durchgang hängt der Kranz erstaunlich hoch. „Der ist doch gar nicht mehr zu erreichen", sagt Amalie sichtlich aufgeregt, „hoffentlich passiert dabei nichts."

Die Reiter reiten jetzt etwas vorsichtiger an, was allgemein selbstverständlich toleriert wird. Jetzt kommt es nur noch darauf an, den Kranz überhaupt noch zu erreichen, ohne sich das Genick zu brechen. Die Spannung knistert förmlich. Viele

Reiter verfehlen jetzt den Kranz, der für die meisten kaum noch zu erreichen ist. Dann geht ein Raunen durch die Zuschauer, aber jeder Reiter wird dennoch mit stürmischem Applaus verabschiedet. Nur zwei Reiter schaffen es noch, den Kranz fast halsbrecherisch zu erreichen. Beide kommen in den Endkampf. Der Kranz wird noch einmal etwas höher gezogen. „Das ist doch unmöglich", ruft Amalie, „das kann doch nicht gut gehen." Ängstlich schlägt sie die Hände vor das Gesicht und der Baron schmunzelt. „Abwarten", sagt er leise, „abwarten, Amalie. Die Burschen können wirklich gut reiten."

Jetzt beginnt der Endkampf. Die Spannung knistert förmlich. Atemlos verfolgen die Zuschauer das Geschehen. Der erste Reiter reitet jetzt an, in verhaltenem Galopp ist er voll konzentriert. Kurz vor dem Kranz erhebt er sich voll aus dem Sattel und verfehlt um Haaresbreite den Kranz. Befreiender Applaus begleitet ihn jetzt beim abreiten. „Kommt jetzt der Sieger?" fragt man sich. Wieder wird es ganz still im Hohlweg. Man hört nur das Trommeln der Hufe des heranreitenden letzten Reiters, der auch etwas größer ist. Hoch reckt er sich im Galopp, die Lanze sticht hoch in den Himmel und tatsächlich bleibt der Kranz an der Lanze hängen. Jubel brandet auf. Die Menschen sind aufgesprungen und der Sieger reitet jetzt ganz langsam mit hoch gehaltenem Kranz an den Zuschauern vorbei, die ihn stürmisch feiern. Dann spielt die Dorfkappelle einen Tusch und es geht zur Siegerehrung. Dazu versammeln sich alle Reiter noch einmal unter der Aufhänge Vorrichtung und der Landrat überreicht dem Sieger, einem Bauerjungen, den Kranz und einen Pokal mit den Worten: „Hoch lebe der

Sieger des diesjährigen Kranzreitens, Josef Faulhaber. Er hat uns allen gezeigt, wie gut unsere jungen Leute reiten können. Er hat Mut und Geschicklichkeit bewiesen und ist jetzt ein Jahr lang der König der Kranzreiter in Ravensberg. Wir wollen ihn auf dem Dorfplatz tüchtig feiern."

„Meine Güte", sagt Amalie immer noch ganz aufgeregt, „war das spannend. So etwas habe ich noch nie gesehen." „Ja", sagt Waldemar, „dieser Wettbewerb ist wirklich spannend. Nur gut das diesmal nichts passiert ist." „Hat es denn schon Unfälle gegeben?" möchte der Oberst wissen. „Leider, Heinrich, im letzten Jahr ist ein Junge schwer vom Pferd gestürzt und hat sich den Arm gebrochen. Die Reiter kennen das Risiko, aber glaube mir, keiner würde auf eine Teilnahme verzichten. Er käme sich wie ein Feigling vor. Ich weiß, wovon ich spreche." „Soll das heißen, dass du auch schon geritten bist?" möchte der Baron jetzt wissen. „Selbstverständlich, als junger Mann war ich jedes Jahr dabei. Einmal habe ich sogar gewonnen." „Waldemar", sagt Amalie ganz erstaunt, „das sagst du uns erst jetzt. Das ist ja unglaublich." „Waldemar war ein sehr guter Reiter", sagt Sieglinde und schaut ihren Mann liebevoll an, „er hat auch an Springreiten und Geländeritten teilgenommen. In jeder freien Minute hat er im Sattel gesessen."

***

Die Zeit in Ravensberg geht ihrem Ende zu. Das Gepäck ist verladen und man bereitet sich auf die Rückreise vor. Die Korffs werden ihre Gäste noch bis Minden mit ihrer eigenen Kutsche begleiten. Danach wird man sich trennen und das gewohnte Leben wieder aufnehmen. Mit dem Besuch in Minden steht aber noch ein letzter Höhepunkt auf dem gemeinsamen Programm. Hier kennt sich Waldemar von Korff natürlich bestens aus und er möchte ihnen diese eindrucksvolle Stadt an der Weser noch zeigen.

In flotter Fahrt geht es durch das Weserbergland, die Ausläufer des Teutoburger Waldes begleiten die Reisenden noch bis das Wiehengebirge sichtbar wird. Zwischen dem Wiehen- und Wesergebirge hat die Weser ihr Bett gegraben und durch diese Pforte nähert man sich jetzt dem Regierungssitz des Fürstentums Minden- Ravensberg. Eindrucksvoll ist die Silhouette der Stadt mit ihren sechs Kirchtürmen und der vollständig geschlossenen Stadtmauer einer kurfürstlich- brandenburgischen Festung. Hinein in die Stadt geht es vorbei an einer vor der Stadtmauer stehenden Windmühle durch das Simeonstor, die schmale mit Kopfstein gepflasterte Simeons Straße hinauf und wieder hinunter zum Marktplatz, wo man anhält und die Kutschen verlässt.

Waldemar von Korff übernimmt jetzt die Führung. "Schaut euch diese Stadt an", sagt er, breitet die Arme aus und zeigt auf die Sehenswürdigkeit, die von hier aus zu sehen sind. Der Marktplatz ist umschlossen von herrlichen Fachwerkbauten und Bürgervillen. Das schwere Rathaus mit seinen Kolonnaden dominiert das Stadtbild und auf der Höhe der Oberstadt sieht man die Türme der Simeons- und der Martinikirche, dahinter auch die Petrikirche. Eine Treppe führt hinauf vorbei am gewaltigen Zeughaus. Vom Marktplatz führen zwei parallele Straßen, der obere und untere Scharren zur Beckerstraße und zur vierten großen Kirche, der Marienkirche. „Lasst uns zum Domplatz gehen", sagt Waldemar und führt seine Gäste vorbei am Rathaus zum Domhof, wo sich auch die Gebäude der preußischen Verwaltung befinden. Dominiert wird der Domhof von dem eindrucksvollen aus schwerem dunkelbraunen Stein gebauten Westwerk des Doms, dessen Fassade sich hoch in den Himmel erhebt und hinter dessen Eingangsbauwerk sich der Glockenturm und die Domspitze erheben. Rechts daneben sieht man einen Dompark und den Bischofssitz. „Einen Bischof gibt es hier seit dem Westfälischen Frieden nicht mehr, aber ein Domkapitular. Der Domprobst mischt in der örtlichen Politik ordentlich mit", sagt Waldemar.

Weiter geht es am Dom vorbei die schmale Pulverstraße entlang zum offenen Teil der Stadt außerhalb des Wesertors mit Blick auf die Weser. Weserabwärts schmiegen sich die kleinen Häuser der Fischerstadt an die Stadtmauer an und man sieht von hier aus den Kirchturm der Johanniskirche. „Mein Gott, wie viele Kirchen hat diese Stadt denn eigentlich?" will Amalie jetzt wissen. „Innerhalb der Stadtmauer sind es sechs große Kirchen", sagt Waldemar schmunzelnd, „ hier haben sowohl die Bischöfe, als auch die Reformatoren ganze Arbeit geleistet. Aber die Kirchen sind voll. Wenn es den Menschen schon in diesem Leben nicht so gut geht, so möchten sie doch wenigstens an ein besseres Leben im Jenseits glauben." „Wo liegt das Militär?" möchte Heinrich von Witzleben jetzt wissen. „Minden hat fünf Kompanien als Festungsbesatzung", erklärt Waldemar, „die Kasernen liegen hinter dem Zeughaus in der

Oberstadt. Möchtest du den Kommandanten aufsuchen?"
„Nein, danke, ich bin jetzt im Urlaub."

Durch die Beckerstraße geht es jetzt zurück zum Scharren und dann wieder zum Marktplatz. „Ich schlage vor, dass wir im Ratskeller einkehren", schlägt Waldemar von Korff vor, „dort gibt es handfeste westfälische Küche." „Gute Idee", brummt der Baron, „mein Magen knurrt auch schon die ganze Zeit. Vor der Weiterreise sollten wir etwas zu uns genommen haben, schlafen können wir dann in der Kutsche." Man kehrt ein und genießt ein ausgiebiges Mahl mit krossgebratener Stippgrütze, Schweinebraten und Sauerkraut. Dazu gibt es Bier aus der hiesigen Brauerei. „Köstlich", sagt Waldemar, „wo werdet ihr übernachten?" „Das lassen wir auf uns zukommen", sagt der Baron, „irgendwo hinter Bückeburg werden wir einen Gasthof ansteuern und unsere Häupter niederlegen. Euch beiden, liebe Sieglinde und lieber Waldemar möchten wir jetzt aber ganz herzlich Dank sagen für die schönen Tage bei euch und für eure Gastfreundschaft. Das nächste Mal hoffentlich wieder ins Osterode."

***

Waffen braucht das Land

Die Kutsche mit den beiden Brautpaaren hat Königsberg erreicht. Hier werden Marie und Friedrich ihr neues Heim beziehen und Evi und Friedrich Wilhelm werden noch ein paar Tage ihre Gäste sein. Marie war schon ganz neugierig und hat Friedrich immer wieder nach ihrem Haus ausgefragt und Friedrich hat ihr alles erklärt, so gut er konnte. Jetzt sind sie da und stehen vor einem kleinen, aber sehr ansehnlichen zweigeschossigen Fachwerkhaus ganz in der Nähe der Preußischen Kriegs- und Domänenkammer gelegen.

Zwei Bedienstete begrüßen die Ankommenden und schaffen das Gepäck ins Haus. Marie durchschreitet mit gespannter Aufmerksamkeit alle Räume, steigt die Treppe hinauf und schaut in jeden Winkel. „Ja, Friedrich, hier werde ich mich sicher wohl fühlen", sagt sie und Friedrich lächelt stolz und nimmt seine Marie sanft in die Arme. „Herzlich willkommen, mein Schatz!" Auch Evi und Friedrich Wilhelm haben alles besichtigt und Evi meint: „Also, hier würde ich es wohl auch aushalten. Klein aber fein."

Nachdem man sich im Speisezimmer etwas gestärkt hat bittet Friedrich um Nachsicht. Er muss nur schnell hinüber zur Domänenkammer, um sich zu melden um zu sehen, was in der nächsten Zeit für Aufgaben auf ihn warten. Er schlägt vor, dass die anderen solange einen Stadtbummel machen. Am Abend will man zur Feier des Tages essen gehen. So geschieht es und die Pflicht hat Friedrich als ersten bereits wieder eingeholt.

Auch Friedrich Wilhelm drängt es nach Hause, da auch er einiges zu erledigen hat. Er hat lange darüber geschwiegen, aber jetzt erklärt er, dass er dringend in Osterode mit dem Fabrikbesitzer Griese zu sprechen hat. Es soll um wichtige Dinge gehen, die mit seiner neuen Aufgabe in Berlin verbunden ist. Einzelheiten nennt er nicht. Spätestens übermorgen muss die Reise weiter gehen.

***

Auf Bernsdorf herrscht große Freude. Die Eltern sind bereits wieder von ihrer Reise zurück und erwarten Evi und Friedrich Wilhelm schon ganz ungeduldig. Als die Kutsche schließlich vorfährt gibt es kein Halten mehr. Die Baronin und der Baron kommen ihnen entgegen und schließen das junge Paar stürmisch in die Arme. Geschwind gehet es ins Haus und am Kaffeetisch gibt es dann viel zu erzählen: von Rositten und der Nehrung, von der Wanderdüne und von Königsberg, von Stolberg und Ravensberg. So fliegt die Zeit dahin und die Baronin sagt schließlich: „Es freut uns sehr, dass ihr beide euch gefunden habt und dass es so gut mit euch geht. Mit unseren neuen Verwandten, den Schwiegereltern sind wir mehr, als zufrieden. Ich glaube, wir werden uns sicher öfter sehen. Der Herr hat uns wirklich neues Glück geschenkt.

Der Baron und Friedrich Wilhelm machen einen Spaziergang im Park und nehmen auf einer Bank Platz. „Du hast etwas wichtiges zu erledigen?" möchte der Baron wissen. „Ja, Vater, etwas sehr wichtiges." „Darf man fragen, wie wichtig das ist?" „Selbstverständlich, Vater, es geht um meine neuen Aufgaben im Armeehauptquartier in Berlin. Ich soll dort dem Generalquartiermeister unterstellt werden." „Wer ist das?" „Generalmajor von Trotha, kennst du ihn?" „Ja, flüchtig. Von Trotha gehört zu den Leuten, die sich um das Material kümmern und immer sagen, was nicht geht. Und was sollst du da machen?" „Der Kronprinz möchte bessere Waffen für die Armee und darum soll ich mich kümmern." „Aha, bessere Waffen. Hast du schon eine Vorstellung, wie das gehen soll?" „Ja, im Urlaub hatte ich viel Zeit nachzudenken. Preußen braucht eine eigene Waffenfabrik und gute Fachleute, die diese Waffen bauen können." „Wir haben doch schon Waffen." „Ja, aber die beziehen wir aus dem Ausland. Das kostet Preußen ein Vermögen und wir sind abhängig." „Interessant. Aber Preußen, das ist Land- und Forstwirtschaft, mein Junge. Wer soll da solche Waffen bauen?" „Genau das ist das Problem, Vater. Ich werde mal mit dem Fabrikanten Griese sprechen." „Griese? Der kann das doch gar nicht." „Noch nicht, Vater. Aber man kann alles lernen, ob das nun Griese ist oder ein anderer, der das auch noch nicht kann. Wir werden sehen, ob er anbeißt. Das ist natürlich ein enormes Geschäft, Vater. Ich bin sicher, dass Griese das sehr schnell verstehen wird."

***

Friedrich Wilhelm hat es sich in der offenen Kutsche gemütlich gemacht. Es ist ein wunderschöner Sommertag und das Land zeigt sich von seiner schönsten Seite. Er nimmt die an ihm vorbeiziehende Landschaft natürlich wahr, aber gedanklich bereitet er sich schon auf das Gespräch mit Heinrich Griese vor. Er muss versuchen, Griese zu überzeugen. Das wird nicht leicht sein.

Am Tor zur Eisen- und Gerätemanufaktur wird er von einem Bediensteten freundlich begrüßt. Den Weg zum Hauptgebäude kennt der Kutscher bereits und als sie am Haupteingang vorfahren, werden sie von einer Kontorkraft bereits erwartet. Auf dem Wege zum Büro des Chefs werden freundliche Worte über das Wetter gewechselt, dann erreicht man das Allerheiligste, Grieses Büro.

Heinrich Griese erhebt sich etwas schwerfällig und schüttelt Friedrich Wilhelm, der heute in Zivil erscheint, kräftig die Hand. „Schön, dass sie mich besuchen, Herr Baron. Heute nicht in Uniform?" „Nein, Herr Griese, heute befinde ich mich noch im Urlaub." „Wie schön, wie geht es der gnädigen Frau nach dem Urlaub auf der Nehrung?" „Sehr gut. Urlaub auf der Nehrung ist einfach herrlich. Aber ich bin gekommen, um etwas mit ihnen zu besprechen, wenn sie erlauben."

„Selbstverständlich", sagt Griese, „ich habe für alles ein offenes Ohr." Friedrich Wilhelm lehnt sich in einem bequemen Sessel zurück, nimmt einen Schluck aus der Kaffeetasse und schaut ihn intensiv an. „Wollen sie nicht ihre Manufaktur erweitern?" Griese ist nun doch irritiert: „Oh, damit hätte ich gar nicht gerechnet, worum geht es?" Friedrich Wilhelm nimmt sich eine kleine Pause und die Spannung steigt. „Es geht um Staatsangelegenheiten, ganz wichtige Staatsangelegenheiten von höchster Stelle." „Wie hoch?" „Vom Kronprinzen." „Ja, das ist hoch", brummt Griese, macht aber keine Anstalten nachzufragen. Ihm ist klar, dass sein Besuch ihm das schon erklären wird. Als Geschäftsmann hat er gelernt, sein Interesse zu zügeln. Nur wer ihn genau kennt, wüsste, dass er jetzt aufs äußerste gespannt ist, sich aber sein Interesse nicht anmerken lassen möchte. Friedrich Wilhelm spürt das intuitiv, möchte aber Griese noch etwas auf die Folter spannen.

„Herr Griese", beginnt er ganz ruhig, „ich muss da etwas weiter ausholen." Der hört aufmerksam zu und stellt zunächst keine weiteren Fragen mehr. Friedrich Wilhelm macht erneut eine Pause. „Die preußische Armee hat einige Probleme in der Strategie, Taktik und in der grundsätzlichen Einstellung der Offiziere ihren Soldaten gegenüber. Kurz gesagt, ist das bisherige Gemetzel auf den Schlachtfeldern eine unglaubliche und unverzeihliche Verschwendung von Soldaten und Material. Es schadet den Zielen und dem Land insgesamt. Diese Situation, die sich in den Gehirnen der überwiegend überalterten Generalität eingebrannt hat, ist ursächlich der Tatsache geschuldet, dass die preußische Armee über nicht ausreichende, genauer gesagt schlechte Waffen verfügt. Dem Kronprinzen ist das bewusst und er ist entschlossen, das zu ändern."

Griese hat bis hier gespannt zugehört und er blickt einigermaßen erstaunt auf Friedrich Wilhelm. „Und warum erzählen sie mir das, Herr Baron?" Friedrich Wilhelm lächelt freundlich: „Weil sie Fabrikant sind und Preußen helfen können, das zu ändern." „Ausgerechnet ich, Herr Baron? Ich stelle Eisenwaren her und landwirtschaftliche Geräte. Ich kann doch keine Waffen bauen." „Das ist mir klar, aber da ist in

Preußen so gut wie niemand, der es könnte. Genau so, wie sie. Und einer von unseren Fabrikanten, die das alle nicht können müsste jetzt damit anfangen, sich darum zu kümmern. Preußen kann doch nicht auf Dauer seine Gewehre, Kanonen und Munition im Ausland kaufen. Was das allein den Staat ständig kostet. Millionen und Abermillionen geben wir ständig für Waffen im Ausland aus. Wäre es da nicht viel vernünftiger, wenn ein preußischer Fabrikant seine Fabrik dafür ausbauen würden die Waffen für die preußische Armee herzustellen?" „Wieviel sind das?" „Herr Griese, die preußische Armee zählt mittlerweile über achtzigtausend Soldaten, von denen jeder ein modernes Gewehr braucht, die zum großen Teil auch immer wieder erneuert werden müssen. Das sind sichere Aufträge, die nie abreißen werden. Vergessen sie die Kanonen nicht, tausende von Geschützen und die Munition dazu. Und alles wird verbraucht und muss nachgeliefert werden."

Jetzt entsteht eine längere Pause und in Griese arbeitet es sichtbar. Dann springt er auf, eilt mit schnellen Schritten in das vorgelagerte Kontor und ruft in das Kontor: „Bringt rasch eine Flasche Wodka und zwei Gläser." Genau so rasch wirft er sich wieder in seinen Sessel und ab jetzt versucht er gar nicht mehr seine Erregung zu verbergen. „Wie soll das gehen, Herr Baron?" Friedrich Wilhelm kann ein Lächeln nicht unterdrücken. Das erste Hindernis scheint genommen. Die Flasche Wodka wird gebracht und zwei Gläser werden gefüllt.

„Vielleicht sollt ich noch erwähnen, dass ich in das Armeehauptquartier versetzt bin und dort unter dem Generalquartiermeister mich im Auftrage des Kronprinzen um alles zu kümmern habe, was wir jetzt besprechen, Herr Griese." „Großartig", brummt der, „direkte Gespräche mit der Krone. Manchmal geschehen Wunder." Friedrich Wilhelm fährt ungerührt fort: „Es gibt in Preußen, genauer in Potsdam nur eine kleine Gewehrfabrik. Die gehört Gottfried Splittbauer, der bisher nur Musketen in kleiner Stückzahl herstellt. Splittbauer hat sich dazu Fachleute aus Belgien und Frankreich geholt, die ihm aber schon wieder davonlaufen. Außerdem ist Splittbauer mittlerweile ein alter Mann, der keinen Betriebsnachfolger hat. Mit dem Mann muss zu allererst gesprochen werden. Man müsste ihm seine Fabrik abkaufen." Griese bekommt große Augen, sagt aber kein Wort. „Dann müsste ein Stamm an Facharbeitern aus dem Ausland gewonnen werden, die wiederum Handwerker aus der Region auszubilden haben." Griese nickt. „Genau so wichtig ist die Frage des Materials und der Rohstoffe. Gebraucht werden vor allem Kupfer, Blei, Zinn und Salpeter für das Schwarzpulver, natürlich noch Hölzer und andere Materialien, aber das sind schon Einzelheiten." „Wo gibt es diese Fachleute?" „In Lüttich, Solingen und Suhl. Die preußische Regierung würde diese Anwerbungen natürlich unterstützen, Herr Griese." „Natürlich", murmelt der, „ein Fabrikant alleine könnte das Risiko ja auch nicht tragen. Was soll denn hergestellt werden?"

„Wir brauchen neue und bessere Gewehre als die alten Musketen und Vorderlader. Es kann nicht sein, dass auf dem Gefechtsfeld mehr Zeit mit dem Laden und Nachladen verbracht wird, als für das eigentliche Gefecht. Außerdem wäre es ganz hilfreich, wenn die Gewehre über einige hundert

Meter auch einigermaßen treffen würden." „Natürlich, das muss ja wohl der Zweck sein. Was wird diese Firma wohl kosten?" „Wenn sie gut verhandeln höchstens einhunderttausend Taler. Sie können einen Teil davon von der Krone erhalten, der Rest kann gestundet werden." „Hatten sie das alles schon im Kopf, als sie hier ankamen?" „Selbstverständlich, Herr Griese und wenn sie das nicht machen wollen, mache ich mich sofort auf den Weg nach Berlin und suche einen anderen Fabrikanten." „Langsam, Herr Baron, das habe ich nicht gesagt. Dieser Kauf der Gewehrfabrik will wohl überlegt sein und ist der Schlüssel für das Ganze und natürlich ein Kontrakt mit der Krone. Können sie ein Treffen mit diesem Splittbauer vermitteln?" „Ja, wann wollen sie nach Potsdam kommen?" „Sofort natürlich. Wenn es ihnen recht ist, können wir zusammen reisen, Herr Baron."

***

Heinrich Griese steigt etwas steif aus der Kutsche, streckt seine Glieder, bedeutet seinem Kutscher, hier zu warten und schaut sich interesseiert um. Hier in Potsdam war er vor einigen Jahren und er staunt, wie sich die Stadt verändert hat. Die Schlossanlagen im Hintergrund waren schon damals da, wenn auch noch etwas kleiner, aber insgesamt scheint die Stadt mächtig gewachsen zu sein. Ein riesiger Platz bildet jetzt den Mittelpunkt der Stadt, ganz umgeben von mehrgeschossigen, streng ausgerichteten Bauten, mit zum Himmel strebenden Fassaden und Säulenvorbauten. In der Mitte des Platzes ist ein Park angelegt. Alle Wege streng symmetrisch und sternförmig auf die Mitte ausgerichtet. Die

Wege sind exakt eingezäunt, was wohl bedeuten soll, dass die mit Bäumen bepflanzten Anlagen außerhalb der Wege nicht betreten werden sollen. Auf den Kopfsteinpflasterwegen herrscht reger Betrieb. Gut gekleidete Menschen und Soldaten gehen ihrer Wege, einige haben sich zu Gruppen versammelt und diskutieren intensiv. Dazwischen bewegen sich Kutschen und Reiter, alles wirkt streng ordentlich, wie auf einem Kasernenhof.

Griese schaut sich um. Er sucht den Eingang zur Gewehrmanufaktur und sein Blick bleibt schließlich an einem von einer Mauer umfassten Gebäudekomplex hängen, der wohl zu der gesuchten Manufaktur gehören könnte. Mehrere Gebäude befinden sich auf dem Gelände, eines ist ein Fachwerkhaus, ein anderes sieht wie eine Werkshalle aus, ein hoher Schornstein raucht. Die Anlage scheint an die Havel anzugrenzen, wo er im Hintergrund einige Boote liegen sieht, auch eine Art Hebevorrichtung ist erkennbar. Griese geht jetzt zum Eingang und sucht Kontakt zu einem Pförtner, der in einem kleinen Gebäude hinter dem verschlossenen Tor döst. „Hallo", ruft Griese, „hallo, kommen sie doch mal!" Der ältere Mann scheint fast überrascht. Hier kommt sonst wohl selten jemand. Langsam schlurft er zum Eingang und schaut verständnislos, spricht aber kein Wort. „Ist das hier die Gewehrmanufaktur", will Griese wissen. Der Pförtner nickt, sagt aber immer noch nichts. „Ich möchte zu Gottfried Splittbauer", sagt Griese schon etwas ungeduldig. Der Pförtner scheint nachzudenken. „Hier kommt niemand herein", brummt er, „Sperrgebiet." Er wendet sich ab und schickt sich an, zu gehen. „Halt", ruft Griese, „bleibe er doch mal stehen, ich bin mit dem Manufakturbesitzer Splittbauer verabredet, er wartet auf mich." „Davon weiß ich nichts", brummt der Pförtner und will ihn erneut stehen lassen. Jetzt wird Griese wütend und brüllt den Pförtner an: „Wenn ich hier herkomme, kann er sich gleich eine neue Arbeit suchen, elender Dummkopf. Er geht jetzt sofort zu Herrn Splittbauer und meldet ihm, dass Herr Fabrikant Griese da ist, hat er das verstanden?" Der Pförtner steht wie erstarrt und weiß offensichtlich nicht, wie er sich verhalten soll. „Hat er das verstanden? Oder muss ich erst mit einem Offizier der Kriegs- und Domänenkammer kommen, um ihm Beine zu machen?" Der Pförtner kann froh sein, auf der anderen Seite des eisernen Tores zu stehen und ihm wird jetzt erkennbar mulmig. „Ich geh ja schon", brummt er und macht sich langsam auf den Weg zum Fachwerkhaus, wo er schließlich durch den Eingang verschwindet. Es dauert bestimmt eine Viertelstunde bis er wieder mit einem zweiten Mann auftaucht und sich dem Tor nähert. Der Pförtner verschwindet schnell wieder in seinem Pförtnerhaus und der andere Mann kommt an das Tor: „Guten Tag", sagt der, „ich bringe sie jetzt zu Herrn Splittbauer."

Umständlich kramt er einige Schlüssel aus der Tasche, sucht nach dem passenden Schlüssel für das Tor und schließt schließlich auf. Als sich das eiserne Tor quietschend öffnet, tritt er zur Seite und bedeutet Griese, dass er eintreten möge. Der hat sich wieder unter Kontrolle, wirft dem Pförtner im Vorbeigehen einen bitterbösen Blick zu und folgt dem Begleiter zum Eingang des Fachwerkhauses. Der ansonsten schweigsame Mann murmelt unterwegs so etwas wie: „Wir sind hier ein behördlich angeordnetes Sperrgebiet." „Ist schon gut, bringen sie mich nur zu Herrn Splittbauer." Im Gebäude ist es ziemlich finster. Es geht eine knarrende Treppe hinauf, dann erreicht man schließlich einen ebenso dunklen Raum, in dem ein alter Mann hinter einem ziemlich ramponiert wirkenden Schreibpult hockt und seinen Besucher durch ein Monokel interessiert mustert.

„Guten Tag, Herr Splittbauer, Griese mein Name. Ich komme aus Osterode." „Guten Tag, Herr Griese, man hat mir schon gesagt, dass sie kommen. Was machen sie in Osterode?" „Ich habe eine Manufaktur für Eisenwaren und landwirtschaftliche Geräte." Griese setzt sich auf einen etwas wackligen Stuhl, schaut sich interessiert um und mustert dann seinen Gegenüber. Er sieht vor sich einen alten Mann, der wohl auch schon von Beschwerden geplagt wird. Dieser eröffnet das Gespräch. „Ich mache das hier jetzt seit über fünfzehn Jahren. Damals hat man mich überredet, diese Fabrik aufzubauen. Preußen brauchte Waffen und die gab es damals nur im Ausland. Im Herzogtum Lüttich, in Kursachsen und Württemberg, aber auch noch anderswo. Aber das war eine schwierige Aufgabe. Schwieriger, als wir gedacht haben. Für die Herstellung brauchten wir gute Fachleute und die gab es in ganz Brandenburg- Preußen nicht. Wir mussten jeden einzelnen Mann mühsam anwerben und überreden, hier zu arbeiten. Viele haben uns auch wieder verlassen. Das Problem besteht immer noch. Wir können gar nicht alles herstellen und liefern, was von uns erwartet wird." „Aber dann gibt es doch einen großen Bedarf?" „Ja, das kann man wohl sagen. Allein Preußen braucht hunderttausende von Gewehren und Munition und wir könnten genau so viel ins Ausland liefern. Solange Kriege geführt werden, sind wir bestimmt nicht arbeitslos."

„Was ist mit Kanonen?" Splittbauer schaut etwas traurig. „Kanonen bringen noch mehr ein, sind aber noch anspruchsvoller herzustellen. Wir arbeiten daran, sind aber nicht zufrieden. Wir haben noch eine Manufaktur in Spandau und überlegen, ob wir noch eine weitere nur für Kanonen aufbauen müssten. Aber ehrlich gesagt, das traue ich mir nicht mehr zu." Es entsteht eine Pause und schließlich fragt Griese unvermittelt: „Wollen sie verkaufen, Herr Splittbauer?" Der ist gar nicht überrascht von der Frage. „Ich muss wohl. Einen Nachfolger habe ich nicht. Über den Kaufpreis müssen wir natürlich reden. Soll ich ihnen das Werk zeigen?" Griese nickt und erhebt sich.

Langsam und immer auf einen Stock gestützt geht Splittbauer voran, Griese hat kein Problem ihm zu folgen. So schlendern sie über den Werkhof und betreten eine Werkhalle in der es geräuschvoll zugeht. Es wird gehämmert und über einen Teil der Halle verläuft an der Decke ein eine Antriebswelle mit Rädern, auf die im Bedarfsfall Transmissionsriemen zugeschaltet werden können. Damit werden dann einzelne Maschinen angetrieben. Die Arbeiter, an denen sie vorbeikommen, schauen immer nur kurz hoch und nicken ihrem Chef und seinem Gast zu.

„Hier fertigen wir die einzelnen Bauteile", erläutert Splittbauer, „die glatten Rohre kaufen wir fertig aus Suhl. Hier werden sie weiterbehandelt durch Schleifarbeiten und durch zusätzliche Bauteile. Dahinten werden die Gewehrschäfte hergestellt. Die machen wir selber." Weiter geht es in die angrenzende Werkhalle, wo es wesentlich ruhiger zugeht. „Hier machen wir die feineren Arbeiten und die Montage", erklärt Splittbauer, „dazu gehört das Gewehrschloss und das Zubehör." „Wieviel Gewehre bauen sie?" möchte Griese wissen. „Wenn alles reibungslos läuft, schaffen wir fünfzig in der Woche. Wenn aber Teile fehlen oder noch nicht da sind, arbeiten wir unsere Teile auf Vorrat und schaffen natürlich weniger." „Reicht das für die preußische Armee?" „Nein, das reicht nicht. Hinten und vorne nicht. Dazu müssten wir uns noch vergrößern. Aber Vorsicht! Die Armee bestellt immer nur in größeren Abständen und dann immer gleich große Mengen. Man kann das kaum ausgleichen, es sei denn man würde ins Ausland verkaufen dürfen. Man bleibt sonst zu lange auf seinen Arbeitern sitzen und kann die Zeit dazwischen nur schwer überbrücken." Beide besichtigen dann noch ein paar andere Werkstätten, u.a. eine Schmiede und eine kleine Gießerei. Am Ende sehen sie sich noch einen langen Raum an, in dem die Gewehre geprüft und eingeschossen werden. Zum Abschluss geht es noch in den Hafen, wo einige Kähne auf Verladung warten. „Dieser Hafen ist sehr wichtig, damit man sich die Transporte über Land ersparen kann. Kommen sie, wir gehen in meine Kanzlei, Herr Griese und besprechen, wie es mit uns weiter gehen soll." Auf dem Rückweg entsteht eine Gesprächspause. Dann sagt Splittbauer unvermittelt:

„Neunzigtausend, Herr Griese. Die brauche ich für mein Alter."
„Achtzigtausend", sagt Griese, „und eine jährliche Lebensrente. Wie wäre das?" Splittbauer schaut Griese von der Seite an und schmunzelt: „Ich wusste, das wir zusammenkommen. Ihr Vorschlag ist wirklich anständig."

***

Friedrich Wilhelm wartet auf seine Meldung bei Generalquartiermeister, Generalmajor von Trotha. Nach kurzer Wartezeit wird er eingelassen. Generalmajor von Trotha kommt auf ihn zu, begrüßt ihn mit Handschlag und sagt seinem Adjutanten: „Bringen sie mir die Unterlagen.." Der verschwindet schleunigst und bringt dem General nach kurzer Zeit eine Mappe. „Bleiben sie hier", sagt er zum Adjutanten, stellt sich dann kerzengerade vor Friedrich Wilhelm auf, der ebenfalls Haltung angenommen hat. „Ich befördere sie zum Oberleutnant", sagt er mit schnarrender Stimme, „ganz schön Karriere gemacht, was? Für ihre Aufgaben hier brauchen sie einen ordentlichen Dienstgrad, von Bernsdorf." „jawohl, Herr General." „Stehen sie bequem. Ich brauche sie nicht mehr", sagt der General zu seinem Adjutanten und gibt die Mappe zurück.

„Setzen wir uns. Sie unterstehen ab sofort unmittelbar mir, Bernsdorf. Ich berichte dem Kronprinzen, wenn nötig kommen sie dazu. Wie stehen die Angelegenheiten?" Friedrich Wilhelm hat sich von der Überraschung erholt. „Der Fabrikant Heinrich Griese aus Osterode ist bereits bei Splittbauer und hat vor, die Gewehrfabrik zu übernehmen. Er wird die Sache sicher mit dem notwendigen Schwung angehen, wenn alles erst einmal geregelt ist." „Was ist dazu noch erforderlich?" „Griese braucht außer dem Kaufvertrag mit Splittbauer noch einen Vertrag mit der preußischen Krone. Der Vertrag von Splittbauer muss angepasst werden. Dann muss noch über ein Darlehen verhandelt werden. Er kann die Gewehrfabrik nicht auf einmal bezahlen." „Das ist klar. Ich werde mit dem Schatzmeister sprechen, zur Not muss sich der Kronprinz einschalten. Wie geht es dann weiter?" „Dann geht es erst richtig los, Herr General. Griese muss dann das Werk zu einer Gewehr-, Kanone- und Munitionsfabrik ausbauen. Er muss vor allem sofort mit der Entwicklung eines neuen Gewehrs beginnen. Ich werde mit unseren Fachleuten die Forderungen an das neue Gewehr zusammenstellen. Dann müssen wir mit Griese auch dafür einen Kontrakt schließen." „Genauso machen wir das, Bernsdorf. Genauso, Gott sei Dank kommt jetzt Schwung in den Laden. Machen sie ordentlich Druck. Wenn einer nicht mitmachen will, kurze Meldung an mich. Ich mache dem dann Beine. Haben sie sich hier schon eingerichtet?" „Kein Problem, Herr General, hier habe ich alles, was ich brauche, einen Soldaten könnte ich noch gebrauchen, der immer hier ist. Ich werde ohnehin die meiste Zeit unterwegs sein." „So habe ich mir das auch vorgestellt, Bernsdorf. Machen sie ordentlich Tempo. Wenn mich nicht alles täuscht, wird unser Kronprinz schon bald König sein und wer weiß was er dann vorhat. In der Generalität munkelt man, es könnte schon bald zum Krieg kommen. Da haben wir für unser Vorhaben keine Zeit zu verlieren. Was sie noch wissen müssen, der Kronprinz hat mit dem Grafen von Mansfeld aus Thüringen-Gotha verabredet, dass sie sich einmal die Gewehrmanufaktur in Suhl ansehen können. Fahren sie dahin und versuchen sie herauszufinden, was bei uns geschehen muss, damit wir auf einen vergleichbaren Stand kommen. Halten sie mich immer informiert." Friedrich Wilhelm grüßt kurz und will den Raum schon verlassen, als der General ihn noch einmal anspricht: „Die militärischen Fisimatenten können wir uns in Zukunft sparen, Bernsdorf. Da wir häufig miteinander zu tun haben werden, kostet das zu viel Zeit. Außerhalb des Hauptquartiers ist das etwas anderes, da können sie dann ja ihre Männchen machen. Alles klar?" „Alles klar, Herr General, melde mich ab."

***

Die Kutsche hat am zweiten Tag die Ausläufer des Thüringer Waldes erreicht. Über Leipzig und Erfurt ging die Fahrt sehr rasch, jetzt aber lässt es der Kutscher ruhig angehen. Friedrich Wilhelm schaut aus dem geöffneten Fenster der Kutsche und spricht mit dem Kutscher. „Müssen wir da hinüber?" „Ja, Herr Oberleutnant, nach Ilmenau müssen wir am Beerberg vorbei und über den Pass. Da müssen die Pferde bis Suhl noch einmal arbeiten." „Wir haben keine Eile", sagt Friedrich Wilhelm, „können auch gerne vorher noch einmal eine Rast einlegen."

Der nur wenig befestigte Wege führt jetzt ständig bergauf. Rechts erhebt sich der Hochwald bis hinauf zum Gipfel, der noch verdeckt ist. Links fällt der Wald ab in Richtung Ilmenau, das auf der linken Seite in zwei Kilometer Entfernung ganz schwach am Horizont zu erkennen ist. Die Pferde gehen jetzt langsam und das Schaukeln der Kutsche ist daher ganz gut zu ertragen. „Wir brauchen wohl noch eine gute Stunde", ruft der Kutscher. „Wie in Ostpreußen", denkt Friedrich Wilhelm, „nur wesentlich hügeliger." Er lehnt sich zurück und lässt die Landschaft an sich vorüber ziehen, irgendwann ist er eingeschlummert. Er erwacht wieder als die Kutsche etwas flottere Fahrt aufnimmt. Es geht hinunter nach Suhl, das im Tal bereits zu erkennen ist. „Da ist Suhl, Herr Oberleutnant." Gemächlich nähert sich die Kutsche dem Ort, ein Flüsschen begleitet sie bis Suhl. Am Eingang werden sie von auf Felsgestein aufgerichteten Fachwerkbauten empfangen, die das Klappern der Hufschläge vom Kopfsteinpflaster zurückwerfen. Durch verwinkelte Gassen erreichen sie schließlich den Hauptplatz und den Gasthof „Thüringer Hof". „Da wären wir", ruft der Kutscher und klettert mühsam vom Bock. Auch Friedrich Wilhelm macht nach dem Ausstieg einige Dehnübungen. „Schön ist es hier", sagt er, „kaum zu glauben, dass es hier so viele Manufakturen gibt, „für heute ist Schluss. Morgen fahren wir zur Gewehrmanufaktur. Schauen sie mal, wo die ist, damit wir morgen nicht suchen müssen." „Wird gemacht, Herr Oberleutnant."

***

Am nächsten Morgen trägt Friedrich Wilhelm Uniform. Die Kutsche hat vor der Gewehrmanufaktur gehalten und der Kutsche geht zum Portal und spricht mit dem Pförtner. „Alles klar", ruft er, „man weiß schon Bescheid. Ich bringe sie dann mal zum Herrn Manufakturrat." Friedrich Wilhelm wird sofort zu August von Knittern geführt, der offensichtlich schon auf ihn wartet. „Herzlich willkommen, Herr Oberleutnant", sagt der und eilt auf Friedrich Wilhelm zu, „ich hoffe, sie hatten eine angenehme Reise." „Sehr angenehm, Herr von Knittern", sagt Friedrich Wilhelm, „Suhl liegt sehr schön, ich bin begeistert." „Wo kommen sie her?" „Aus Ostpreußen, Osterode genau gesagt." „Na, da gibt es ja auch viel Natur, Land der tausend Wälder, sagt man ja wohl." „Und der tausend Seen", ergänzt Friedrich Wilhelm, „ja, meine Heimat ist wirklich schön, aber für Natur allein kann man sich wenig kaufen."

„Deswegen sind sie ja wohl hier. Darf ich fragen, was ihre Aufgabe in Berlin ist?" „Selbstverständlich, ich kümmere mich um die Ausrüstung für die preußische Armee." „Wirklich interessant, wie viele Gewehre brauchen sie?" „Eine ganze Menge, aber wir brauchen auch ihre Hilfe. Wenn wir alle Gewehre, die wir in Zukunft benötigen, hier kaufen würden, hätten sie wahrscheinlich auch ein Problem mit der Menge. Daher müssten wir einen Weg finden, die Ausrüstung der preußischen Armee zum Teil hier zu kaufen und einen Teil selber zu bauen. Dazu müssten wir zusammen arbeiten, Herr von Knittern." „Verstehe, sollen wir deswegen eine Fabrik in Berlin bauen?" „Das wird nicht nötig sein. Wir haben eine Gewehrfabrik in Potsdam." „Lebt der alte Splittbauer denn noch?" „Ja, er lebt noch, aber er wird schon bald einen Nachfolger haben. Das ist schon entschieden." „Interessant, Herr Oberleutnant, was können wir da tun?" „Zunächst einmal hat unser Kronprinz Friedrich mit ihrem Landesherren schon eine grundsätzliche Vereinbarung getroffen. Preußen und

Sachsen-Gotha werden auf dem Gebiet der Gewehrherstellung künftig zusammen arbeiten. Deswegen bin ich hier. Ich werde mich um die Kontrakte auf der Regierungsebene kümmern und Herr Griese wird die Einzelheiten der Zusammenarbeit mit ihnen vereinbaren." „Ist das der Nachfolger von Splittbauer?" „Ja, genau. Herr Griese ist Fabrikant, so wie sie, kennt sich also mit Manufakturgeschäften aus." „Wie groß ist denn der Bedarf der preußischen Armee?" „Hunderttausende von Gewehren und Munition, Herr von Knittern. Das werden sie gar nicht liefern können." Von Knittern lehnt sich in seinem Sessel zurück und lässt die eben genannte Zahl auf sich wirken. Er ist sichtlich beeindruckt. „Will Preußen einen Krieg führen?" möchte er jetzt wissen. „Davon ist noch gar keine Rede. Ich spreche aber nicht nur von den heutigen Steinschlossgewehren. Ich spreche von moderneren Gewehren, Hinterladern mit Magazinen und rascher Nachladezeit von Sekunden und hoher Treffgenauigkeit auf große Entfernung." Von Knittern ist sprachlos: „Donnerwetter, Herr Oberleutnant, sie wissen ja verdammt gut Bescheid. Wissen sie, was sie da fordern?" „Ich glaube ja, was ich fordere ist eine Revolution im Gewehrbau. Preußen und Sachsen-Gotha können das zusammen schaffen, für jedes Land allein, wäre das unmöglich."

Von Knittern beginnt sich langsam von seiner Überraschung zu erholen. „Heißt das auch, das Preußen Sachsen nicht angreift?" „Das wäre doch mehr als dumm, meinen sie nicht auch?" „Ja, das wäre sicher dumm. Das hat es aber schon gegeben. Es ist noch keine hundert Jahre her, da wurden wir

vom Grafen Isolani ausgeplündert, allein wegen der Gewehre."
„Sehen sie und daher wäre es gut für Sachsen-Gotha mit Preußen befreundet zu sein. Könnte man es einem Kommandeur verdenken, sich die benötigten Gewehre auf dem Weg nach Österreich einfach zu holen? Österreich ist natürlich nur ein Beispiel. Wie viele Soldaten hat Sachsen-Gotha?" „Viel zu wenige, Herr Oberleutnant, das ist ja unser Problem, das uns Sorgen macht." „Sehen sie, Herr von Knittern, je schneller die Regierungen sich einigen, umso besser können sie schlafen. Dann habe ich noch eine Bitte. Kann ich mich ein paar Tage in ihrer Gewehrfabrik umsehen und mit ihren Meistern sprechen? Ich wäre ihnen sehr dankbar, wenn das ginge. Es ist doch immer gut, wenn man über die Dinge gut Bescheid weiß." „Selbstverständlich, Herr Oberleutnant, es ist mir eine Ehre. Ich möchte sie morgen gerne zum Essen einladen. Wäre ihnen der frühe Abend angenehm?" „Sehr angenehm, Herr von Knittern. Und auf die heimische Küche freue ich mich natürlich, die soll ja besonders gut sein."

***

Zurück in Berlin trifft Friedrich Wilhelm Heinrich Griese im „Borussen Bierkeller". Es geht hoch her und sie müssen in einer abgelegenen Ecke einen etwas ruhigeren Platz finden, wo man sich ohne laut zu brüllen unterhalten kann. Bierkrüge und Buletten werden aufgetischt. Dann gibt es viel zu besprechen.

„Der Kauf der Gewehrfabrik geht in Ordnung", beginnt Griese, „wir haben dann eine Fabrik für Gewehre in Potsdam und eine Kanonen- und Munitionsfabrik in Spandau. Einzelne Teile werden wir auch in Osterode herstellen können. Wir müssen aber an allen drei Standorten ordentlich Geld in die Fabrik stecken müssen. Wir müssen tüchtig wachsen, sonst schaffen wir die Mengen nicht. Wie war ihr Gespräch bei von Knittern?" „Gut, von Knittern hat eine wirklich gute Fabrik. Von dem können wir eine Menge lernen. Er hatte natürlich die Vorstellung, alles selber machen zu wollen. Das habe ich ihm aber ausgeredet. So etwas kommt für Preußen überhaupt nicht in Frage." „Natürlich nicht." „Sachsen-Gotha hat ein Problem. Es hat nur eine ganz unbedeutende Armee, die das Land und die Gewehrfabrik überhaupt nicht schützen kann. Schon deshalb liegt es im Interesse des Landes mit Preußen einen Vertrag zu schließen, Zusammenarbeit und Schutz, sozusagen." „Verstehe", brummt Griese, „kann man das nicht als Drohung auffassen?" „Glauben sie? Was von Knittern glaubt, kann uns nur Recht sein. Gedroht habe ich ihm nicht, aber ich habe ihm erklärt, dass die preußische Armee irgendwann auf dem Wege nach Österreich bei ihm vorbeikommen könnte. Das hat ihn sehr nachdenklich gemacht."

Jetzt kann sich Griese nicht mehr halten Er brüllt laut los vor Lachen und hält sich den Bauch. „Na, dann Prost, Herr Oberleutnant. Das Argument werde ich mir merken. Das kann man ja fast überall gebrauchen. Köstlich der Gedanke, wirklich köstlich. Sie hätten auch Fabrikant werden können. Na, kommt vielleicht noch. Kommt Zeit, kommt Rat. Prost, Herr Oberleutnant." „Prost, Herr Griese. Ich soll mich morgen beim Kronprinzen melden zur Berichterstattung." „Ist der denn in

Berlin?" „Ja, seinem Vater geht es wohl wieder ziemlich schlecht. Der König soll auch schon sein Testament gemacht haben. Hat alles genau festgelegt, wie man sagt, sogar die Lieder zu seiner Beerdigung. Sie sollten ihren schwarzen Anzug immer dabei haben, Herr Griese, sie könnten ihn bald brauchen."

Der König ist tot, es lebe der König

Der König Friedrich Wilhelm, sagt man, sei an Wassersucht, aber auch an Kummer gestorben. Vor allem die schändliche Behandlung durch die Großmächte und den Kaiser in Wien, hätten ihm auf dem Sterbelager den Rest gegeben. Dem Kronprinzen Friedrich, seinem Nachfolger, hat er daher auch eingeschärft, sich solche Behandlung in Zukunft nicht gefallen zu lassen. Der Kronprinz, der zu Lebzeiten seines Vaters nie ein gutes Verhältnis zu ihm hatte, hat bis zuletzt am Sterbebett gesessen und um seinen Vater wirklich getrauert. Irgendwann hat er sich aber gelöst und die neue Würde angenommen. Er ist jetzt König in Preußen und setzt erste Zeichen mit dem Begräbnis seines Vaters.

Ein mächtiger Leichenwagen aus dem Berliner Marstall wartet vor der Freitreppe des Potsdamer Schlosses. Das Schloss, die angrenzenden Gebäude, Masten und

Flaggenstöcke tragen schwarze und schwarz-weiße Flaggen. Die Pferde tragen Trauerflore und der Sarg wird von acht Obristen des königlichen Garderegiments zum Leichenwagen getragen. Dann setzt sich der Trauerzug in Bewegung, begleitet von schwerer Musik. Zu Beginn erklingt das Lieblingskirchenlied des verstorbenen Königs, „Oh Haupt voll Blut und Wunden". Unmittelbar dem Leichenwagen folgt der Kronprinz, jetzt König in Uniform mit dem jüngsten Sohn der Familie an der Hand. Dann folgt eine große Zahl von Generälen, die Helme untergeklemmt. Es folgen hohe Regierungsangehörige und eine fast unübersehbare Zahl an preußischen und ausländischen Trauergästen. So zieht sich der Leichenzug gemächlich dahin zur Garnisonskirche, in der kaum alle Platz finden werden. Durch den königlichen Eingang wird der Sarg dann in das Gewölbe getragen und unter Musikbegleitung abgesetzt. Acht Generäle bilden die Totenwache. Der königliche Kapellmeister spielt die Orgel. Die Generäle begleiten den Sarg dann in die Gruft.

Draußen vor der Garnisonskirche spielt sich derweil ein schier unglaubliches Zeremoniell ab. Extra aus Berlin wurden von der Artillerie über zwanzig Kanonen aufgestellt, die jetzt in schneller Folge Salut- schießen. Es folgt dann das Salutschießen jedes angetretenen Regiments. Den Trauernden läuft dabei eine Gänsehaut über den Rücken.

Der junge König Friedrich betritt nach der Beisetzung in der Gruft den Vorplatz der Garnisonskirche und nimmt in der Mitte Aufstellung. Es treten die Fahnenträger aller Regimenter vor ihm an und die Kommandeure machen ihrem neuen

Befehlshaber Meldung, die der junge König ohne erkennbare Regungen entgegennimmt. Friedrich ordnet an, dass dem Wunsche seines verstorbenen Vaters folgend, jetzt an alle Regimenter bester Wein ausgeschenkt wird. Das kann bis morgen früh dauern. Langsam, sehr langsam, löst sich die Trauergemeinde auf. Zurück bleibt eine Trauerstimmung, begleitet vom Geruch der gewaltigen Salutschüsse. Allen Anwesenden wird klar, dass heute eine Epoche zu Ende gegangen ist und man auf die Zukunft gespannt sein darf.

Die Regimenter rücken ab und begeben sich in ihre Quartiere, die auswärtigen Truppenteile marschieren in ihre Behelfsunterbringungen, meist Zelte auf den Kasernenanlagen. Dann beginnt eine lange Nacht mit Lagerfeuern und viel Getränken. Es wird die ganze Nacht kaum Ruhe einkehren.

***

Im Schloss herrscht emsiges Treiben. König Friedrich bringt nach Monaten der Lethargie wieder Schwung in den Hofstaat. Audienzen folgen in schneller Folge. Minister, Geheime Räte, Diener und bedeutende Leute geben sich die Klinke in die Hand. Überall wirbeln die Bediensteten herum, wechseln rasch einige Worte und tauschen sich mit Neuigkeiten aus. Es ist schier unglaublich, was alles passiert und was der junge König schon angeordnet hat. Folter und Prügelstrafen werden ab sofort verboten, die Zensur wird abgeschafft, Kindesmörderinnen sollen nicht mehr ertränkt werden, das Regiment der langen Kerls wird aufgelöst, die Soldaten in der gesamten Armee verteilt, zusätzliche Regimenter werden aufgestellt, unnütze Einrichtungen beim Hof werden abgeschafft. Es ist fast unglaublich, aber die noch trauernde Königinnenwitwe, die Mutter Friedrichs, wird aufgefordert, aus dem Schloss auszuziehen. Ihr wurde ein kleines Schloss in ausreichender Entfernung zu Berlin zugewiesen.

Auf dem Gang zum königlichen Audienzsaal gehen Friedrich Wilhelm und der Generalquartiermeister Henning von Trotha auf und ab. „Wissen sie, worum es Geht, Herr General?" „Ja, der König möchte Druck auf die Heeresausrüstung machen. Berichten sie ihm, was alles schon veranlasst wurde. Ich habe das Gefühl, dass die Zeit gegen uns arbeitet. Ich weiß nur nicht, woher die Eile kommt."

Es erscheint mit eiligem Schritt Heinrich Griese und wischt sich mit einem großen, weißen Tuch die Schweißperlen von der Stirn. Von Trotha zeigt sich verwundert. „Na nu, Herr Griese, sie auch hier?" „Ja, Herr General. Ich wurde erst heute Morgen verständigt und hätte es beinahe nicht mehr geschafft zur Audienz. Überall ist jetzt so viel Aufregung und Durcheinander auf den Straßen. Ist das noch unser schönes, gemütliches Preußen. Alle fragen sich, was eigentlich los ist." Von Trotha schmunzelt: „Na, bleiben sie mal ganz ruhig, der Kopf wird ihnen sicher nicht abgerissen. Haben sie das mit der Gewehrfabrik hingekriegt?" „Habe ich. Erst vorgestern wurden alle Verträge unterzeichnet." „Na, dann ist ja alles bestens. Freuen sie sich mal ruhig. Ich glaube der König hat eine Überraschung für sie, und für sie Bernsdorf übrigens auch."

Die große Flügeltür wird geöffnet und die drei werden eingelassen. Sie begeben sich in die Mitte des Raums, bleiben aber in gebührender Entfernung zum schweren Schreibtisch stehen, hinter dem sich der junge König fast verloren ausnimmt. „General von Trotha, Oberleutnant von Bernsdorf, Herr Griese, Majestät", werden die drei vom königlichen Sekretär angekündigt. Friedrich erhebt sich, mustert die drei interessiert und macht einige Schritte auf sie zu. „Ihren Bericht, General von Trotha", sagt er kurz.

Von Trotha räuspert sich kurz: „Majestät, es ist alles geschehen, was sie angeordnet haben. Die Gewehrfabrik wurde vom Fabrikanten Griese übernommen, der auch Gespräche mit dem Gewehrfabrikanten in Suhl geführt hat. Oberleutnant von Bernsdorf war zur Vorbereitung der Gespräche in Suhl. Er wird jetzt alle Vorbereitungen für einen Ausrüstungstross in Angriff nehmen." Der König macht einige Schritte auf Friedrich Wilhelm zu: „Ich höre", sagt er kurz. „Majestät", beginnt Friedrich Wilhelm etwas beklommen, „wir müssen unsere alten Vorderladergewehre durch neue, schnellere und vor allem genauere Gewehre ersetzen. In Suhl hat man schon begonnen, solche Gewehre zu entwickeln. Man ist bereit, mit uns zusammen zu arbeiten und Herr Griese hat auch dort schon Kontakt aufgenommen. Hilfreich wäre sicher eine Vereinbarung mit dem Fürsten von Thüringen Trotha. Ein größeres Problem wird die Ausrüstung der Artillerie werden. Hier sind wir ganz vom Kauf im Ausland abhängig. Einzelheiten kennt Herr Griese." „Danke", sagt der König kurz und wendet sich an Griese. Der leidet sichtbar unter Nervosität, versucht aber, sich nichts anmerken zu lassen. „Majestät", beginnt er stockend, „ich habe die Gewehrfabrik von Splittbauer übernommen und mit dem Generalquartiermeister die notwenigen Verträge über Waffenlieferungen geschlossen. Die neuen Gewehre stellen eine schwierige technische Aufgabe dar, die aber meiner Ansicht nach lösbar ist. Ich kann ihnen Einzelheiten dazu gesondert vortragen, wenn es gewünscht wird." Der König nickt kurz und Griese fährt fort: „Die Kanonenfabrik soll in Spandau entstehen. Ich werde dazu nach Lüttich müssen, wo es schon eine sehr gute Fabrikation gibt. Wir wollen Spezialisten nach Berlin holen." „Sehr gute Idee", sagt Friedrich, „tun sie das und seien sie großzügig zu den Leuten. Keiner verlässt gerne und ohne Anreize die Heimat."

Der König wendet sich ab und schreitet nachdenklich und gemessenen Schrittes auf und ab. Er wendet sich den Dreien wieder zu. „Die Lage hat sich geändert", referiert er in Gedanken versunken und setzt seine Wanderung fort, „in Österreich gibt es ein Problem in der Thronfolge. Man streitet sich darüber, ob ein Weiberrock die kaiserliche Nachfolge antreten kann. Uns ist das egal, aber wir haben mit Österreich noch eine Rechnung offen. Ich habe meinem Vater auf dem Sterbebett versprochen, dass ich ihm nachträglich Genugtuung verschaffen werde, und genau das werde ich auch tun. Wir werden die Armee schnell vergrößern und die Ausrüstung verbessern und das ist dann ihre Aufgabe, meine Herren. Wenn alles gut geht, werden noch Generationen davon sprechen und Preußen wird dann hoffentlich von allen ernst genommen."

Es öffnet sich die Tür und zwei Sekretäre kommen mit Mappen herein, die dem König mit devoter Verbeugung überreicht werden. Der König geht auf Friedrich Wilhelm zu und sagt kurz: „Ich ernenne sie hiermit zum Rittmeister des königlichen Garderegiments." Er gratuliert Friedrich Wilhelm und wendet sich an Heinrich Griese. „Zum Dank für Preußen geleistete Dienste und in Erwartung weiterer großer Leitungen für Preußen werden sie in den Adelsstand erhoben, Herr von Griese. Sie erhalten ein vakantes Rittergut in Bergfriede und staatliche Unterstützung für den Aufbau der Waffenfabriken. Wir werden Gottes Unterstützung haben, solange das Herrscherhaus, die Armee und der Adel zusammenwirken. Gott schütze sie." Griese ist wie vom Donner gerührt und sichtbar ergriffen. Er senkt vor Friedrich wie selbstverständlich das Knie und sein Haupt. Der König geht rasch zu ihm und hebt ihn auf. Mit einem tiefen Blick in Grieses Augen beendet er dann die Audienz. Wenige Augenblicke später befinden sich die drei wieder auf dem Gang. Griese wirkt wie betäubt und General von Trotha schüttelt ihm die Hand. „Willkommen im Adel, Herr von Griese", sagt er freundlich und auch Friedrich Wilhelm schüttelt Griese die Hand. „Daran habe ich im Traum nicht gedacht", sagt Griese, „mein Gott unser ganzes Leben wird sich ändern."

***

Im kleinen Dorf Lietzow nahe Charlottenburg haben Friedrich Wilhelm und Efi ein Haus gefunden, das mit Hilfe einer kleinen Dienerschaft gemütlich eingerichtet wurde. Zum Armeehauptquartier hatte es Friedrich Wilhelm nicht weit, etwa eine knappe Stunde und in Lietzow konnte er sich nach seinem anstrengenden Dienst gut erholen.

Das Haus – ein grauer Granitbau mit ausgeprägten, klaren Mauerwerkstrukturen – hatte drei Stockwerke und ein flaches Dach. Es war ganz und gar eingewachsen von riesigen Bäumen, die das Haus überragten. Zum Park hin wurde der Blick von einer großzügigen Fensterfront freigegeben. Im ersten Obergeschoss befand sich ein weit ausladender überdachter Balkon, dessen Überdachung von fein geschnitzten Hölzern getragen wurde. Rechts und links gab es Anbauten, die das Personal und die Küchenräume aufnahmen.

Efi war schon im sechsten Monat schwanger, fühlte sich aber gut und die neuen Aufgaben im eigenen Heim taten ihr sichtbar gut. Eine gespannte Erwartung lag über allen, da Friedrich von Korff und Marie heute erwartet wurden, die aus Königsberg zu Besuch kommen wollten. Friedrich wollte die Gelegenheit nutzen, um wichtige Fragen bei der Kriegs- und Domänenkammer zu klären. Es sollte also eine Dienstreise werden, verbunden mit ein paar freien Tagen bei Efi und Friedrich Wilhelm in ihrem neuen Heim.

Beide erwarteten ihren Besuch auf der Terrasse. Efi hatte angeordnet, sofort Bescheid zu geben, wenn der Besuch vorfahren würde. Die Vorfreude war riesig. „Was sollen wir den beiden zeigen, Friedrich Wilhelm?" „Na, ich denke, hier gibt es so viel zu sehen, dass ein paar Tage gar nicht ausreichen werden. Ich habe nur Sorge, dass ich zwischendurch wenig Zeit haben werde. Im Quartier ist so viel zu tun, das kannst du dir gar nicht vorstellen." „Was ist denn los mit der Armee, wir haben doch Frieden." „Ja, Efi, aber ich fürchte, nicht mehr lange. Der König hat ganz merkwürdige Andeutungen gemacht. Es soll wohl bald gegen Österreich gehen." „Was haben die uns denn getan?" „Uns gar nichts, aber dem verstorbenen König hatte man Besitz im Rheinland versprochen und dieses Versprechen gebrochen. Friedrich fühlt sich wohl in der Pflicht, einen Preis für diese Ungerechtigkeit zu fordern." „Und dafür sollen jetzt Soldaten sterben?" „In jedem Krieg sterben Soldaten, Efi. Das ist nun mal der Lauf der Welt. Das war nie anders." Es entsteht eine Pause und Efi schaut Friedrich Wilhelm besorgt an: „Du bist auch Soldat, mein Liebster." „Ja, Efi, aber ich werde auf mich aufpassen. Jedenfalls werde ich es versuchen. Ich möchte doch noch meinen Sohn kennenlernen." „Wieso ein Sohn, warum nicht deine Tochter?" „Egal, mein Schatz, ob Sohn oder Tochter, Hauptsache gesund und du überstehst alles gut. Dann sind wir schon eine Familie."

Jetzt entsteht Unruhe im Haus. Das Dienstmädchen Selma kommt gelaufen und kündigt den Besuch an. Efi und Friedrich Wilhelm begeben sich rasch zum Eingangsportal und erwarten gespannt die anrollende Kutsche, der Marie und Friedrich entsteigen. Das ist ein Jubel. Man umarmt und küsst sich überschwänglich. Seit dem gemeinsamen Urlaub in Rositten sind ja schon einige Monate vergangen und das erste, was Efi auffällt ist, das auch Marie schwanger ist. Sie nimmt Marie in den Arm und führt sie ins Haus. Unterwegs streicht sie zärtlich über Maries Bauch und flüstert ihr zu: „Rositten hat uns gut getan, nicht wahr? Wann bist du soweit?" „Ich glaube, wir werden wohl zur gleichen Zeit nieder kommen, Efi. Ich habe mir das schon gedacht, aber ich wollte nicht fragen." Dann wird das Haus besichtigt. Alle Räume werden angesehen und natürlich die Gästezimmer, wo schon alles für den Besuch vorbereitet ist. Dann ziehen sich Efi und Marie in die Veranda zurück und Friedrich Wilhelm und Friedrich machen einen Spaziergang durch den Park.

„Ich kann mir den Grund für deine Dienstreise vorstellen, Friedrich", sagt Friedrich Wilhelm. „Ja, wir sind aufgefordert in Ostpreußen so viele Soldaten, wie möglich auszuheben. Vor allem aber benötigt der König Geld. Hast du eine Ahnung, wieviel Zeit uns noch bleibt?" „Nicht genau Friedrich, aber der König hat es eilig. Er treibt uns an, die Waffen herzustellen und die Armee so schnell, wie möglich damit auszurüsten. Hast du gehört, dass Heinrich Griese in den Adelsstand erhoben wurde?" „Ist nicht wahr. Wegen seiner Waffengeschäfte vielleicht?" „Natürlich für Verdienste für das Vaterland, mein Lieber, was denkst du denn. Die einen bauen Waffen, Geschütze und Munition und die anderen führen damit Krieg. Wo ist da der Unterschied, wenn alle dann dafür ausgezeichnet werden?" „Hast wohl Recht, Friedrich Wilhelm. Na ja, vielleicht bekommst du ja auch irgendwann einen Orden." „Kann schon sein, aber bitte nicht im Lazarett."

So wandern die beiden durch den Park, tauschen ihre Informationen aus, rätseln über den Kriegsgrund nach und versuchen sich vorzustellen, wie das alles ablaufen wird. Efi und Marie haben unterdes ganz andere Themen. Sie interessieren sich mehr für den erwarteten Nachwuchs und wo sie wohl zur Geburt sein wollen. Gut Bernsdorf in Osterode wäre kein schlechter Platz für Marie, zumal dann, wenn die beiden Ehemänner weiterhin so stark beschäftigt sind, wie das im Augenblick der Fall ist. So vergeht der Nachmittag und es wird Zeit, sich für das Abendessen umzuziehen. Man sieht einigen angenehmen Tagen entgegen, die man noch gemeinsam genießen möchte, im Frieden.

***

Bei herrlichem Sonnenschein befinden sich Friedrich Wilhelm und Evi mit ihren Gästen Marie und Friedrich auf einer Kutschfahrt durch Berlin. Die Hufe der beiden Pferde klappern und man hat sich vorgenommen, heute die Stadt und auch Potsdam anzuschauen.

In der Friedrichstraße wird kräftig gebaut. Auf beiden Straßenseiten sind langgezogene Wohnhäuser entstanden, durchweg dreistöckig, wobei die Dachgeschosse in langen Reihen von Mansarden gebildet werden. Die Straße erscheint fast endlos, da es keine Unterbrechungen gibt. In die hinteren Höfe führen in Abständen Tordurchgänge. Ganz vorne wird immer noch weitergebaut, als sollte das lange Gebäude gar kein Ende nehmen. Die Arbeiter haben am offenen Giebel hohe Holzgerüste aufgebaut, an denen das Baumaterial hochgezogen wird. Es hat den Anschein, als würden die Baustellen rechts und links der Straße um die Wette arbeiten.

„Wer wird hier wohnen?" möchte Marie wissen. „Viele einfache Leute, Arbeiter der Fabriken, vielleicht auch Kaufleute oder Bedienstete des Hofs", erklärt Friedrich Wilhelm, „Berlin wächst schnell und es besteht ein großer Wohnungsbedarf. So schön wohnen aber nicht alle. Wir fahren gleich durch einige Hinterhöfe. Die solltet ihr euch einmal ansehen, damit ihr unseren Landarbeiter erklären könnt, worauf sie sich einlassen, wenn sie ihre Bauernhöfe verlassen wollen."

Die Kutsche ist von der Friedrichstraße abgebogen und durchfährt jetzt in Richtung Kutschenmachermarkt enge Gassen, in denen es verwahrlost, schmutzig und grau aussieht. Kinder spielen im Straßenschmutz zwischen Hunden und Ziegen. Aus den Fenstern hängt Wäsche zum Trocknen und Frauen huschen in Tücher gehüllt über die Straße, wohl um Besorgungen zu machen. Männer sieht man jetzt kaum, da diese wohl in der Fabrik arbeiten. Ein Kind, das gerade verprügelt wird, schreit erbarmungswürdig. „Mein Gott", flüstert Marie, „so habe ich mir das nicht vorgestellt. Hier kann man doch nicht leben, schon gar nicht mit Kindern." Friedrich hat sich interessiert umgeschaut: „Wenn sich das nicht ändert, werden wir alle dafür bezahlen", sagt er leise, „glauben wir wirklich, dass hier irgendein Familienvater gerne für den König und das Land in den Krieg ziehen möchte?"

Die Kutsche ist wieder auf die Friedrichstraße abgebogen und in rascher Fahrt geht es in Richtung Charlottenburg durch den Tiergarten. Es geht am Schloss vorbei in Richtung Spandau und Potsdam. Jetzt will keine rechte Unterhaltung mehr aufkommen. Die jungen Leute wirken bedrückt und erholen sich nur ganz langsam von dem, was sie vorhin gesehen haben.

Potsdam kommt in Sicht, erkennbar an Türmen und Türmchen und dann erreicht die Kutsche den Wilhelmplatz, vollständig geschlossen durch schmucke Häuserfronten, die einen eingezäunten Park einschließen. „Oh, das ist schön", sagt Marie, „wer wohnt hier?" „Vor allem Soldaten, aber auch Händler und Handwerker", erklärt Friedrich Wilhelm.

Auf der gegenüber liegenden Seite ist ein Regiment Soldaten angetreten. Sie bilden zwei Dreierreihen und eine Gasse von etwa zwei Metern in der Mitte. „Das sieht toll aus", ruft Evi begeistert. Friedrich Wilhelm und Friedrich schauen sich beklommen an. „Das ist alles andere als schön", sagt Friedrich Wilhelm, „wir sollten hier schleunigst verschwinden." „Wieso denn?" will Evi wissen. „Weil hier gleich ein fürchterliches Schauspiel stattfinden wird. Man nennt das in der preußischen Armee Spießrutenlaufen". „Und was ist das?" „Das ist eine ganz schreckliche Strafe für Verfehlungen von Soldaten, wahrscheinlich handelt es sich um Deserteure, die ihr Regiment unerlaubt verlassen haben."

Da beginnt auch schon das Zeremoniell. Ein bis auf die Hose entblößter junger Soldat betritt die Gasse. Ihm voran schreitet ganz langsam ein Unteroffizier mit gezogenem Degen und gleich nach Betreten der Gasse hageln Peitschenhiebe auf den Unglücklichen nieder, der keinen Laut von sich gibt. Ganz langsam schreitet er durch die endlos lange Gasse und wird mit unglaublicher Brutalität geschlagen. Es gibt kein Entrinnen, da sich nirgendwo eine Gasse öffnet. Man hört die Schläge bis in die Kutsche hinein und auch das Gebrüll der exekutierenden Soldaten, die den zu strafenden Kameraden auch noch mit höhnischen Schimpfwörtern erniedrigen. Blut läuft dem Soldaten den Rücken herunter und hinterlässt eine Spur auf seinem leidvollen Weg. „Das kann man doch nicht zulassen", ruft Evi, „mein Gott da müssen wir doch helfen." „Da kann man gar nicht helfen", murmelt Friedrich Wilhelm etwas verlegen, „diese Bestrafung kann nur der König abschaffen. Im Grunde genommen kommt diese Strafe in vielen Fällen einem Todesurteil gleich, zumal dann, wenn er dazu verurteilt ist, mehrfach durch die Gasse zu gehen." „Und die Soldaten, die ihn schlagen, warum machen die das?" „Die schlagen vor allem aus Angst, sonst selber bestraft zu werden und auch aus Wut über den Kameraden, der so dumm war, sich einfangen zu lassen. Eine merkwürdige Mischung. Kommt lasst uns hier wegfahren".

Verständlicherweise kommt jetzt überhaupt keine Stimmung mehr auf und die Fahrt geht zurück zum Haus, in dem Friedrich Wilhelm und Evi wohnen. Es dauert lange bis man sich von den schrecklichen Dingen etwas erholt, die man heute gesehen hat. Und so sitzen die Vier im Wintergarten und hängen bei Tee und Gebäck ihren Gedanken nach. „Was glaubst du, wann der Krieg beginnt?" möchte Friedrich wissen. „Ich weiß es wirklich nicht, Friedrich, aber ich weiß, dass preußische Emissäre an den Hof von Sachsen gefahren sind und über den preußischen Durchmarsch nach Schlesien verhandeln sollen." „Dann geht es also gegen Österreich?" „Ja, es soll gegen Österreich gehen und ich werde mit meinem Regiment des Generalquartiermeisters dabei sein." „Und was ist, wenn Sachsen sich weigert?" „Das ändert gar nichts,

Friedrich, dann führen wir auch gegen Sachsen Krieg. Unserem jungen König wäre das wahrscheinlich auch recht. Was soll er mit Schlesien anfangen, wenn dazwischen noch Sachsen liegt? König Friedrich will vor allem eines, er will Preußen größer und stärker machen."

Die beiden Frauen haben beklommen zugehört. Evi findet als erste die Sprache wieder. „Wenn du in den Krieg musst, Friedrich Wilhelm, dann möchte ich mein Kind in Kolberg bei meinen Eltern zur Welt bringen. Kolberg wird doch hoffentlich ruhig bleiben?" „Ich glaube schon, Evi, aber denk daran, dass auch dein Vater mit seinem Infanterieregiment dabei sein wird." „Das ist mir schon klar, aber in Kolberg bei meiner Mutter fühle ich mich am besten aufgehoben. Wo möchtest du dein Kind bekommen, Marie?" „Friedrich wird ja wohl auch viel unterwegs sein. Ich bin nur froh, dass er kein Soldat ist. Ich werde wohl zu meinen Eltern nach Osterode gehen und mein Kind auf Bernsdorf erwarten."

Sie sitzen noch zusammen, bis es langsam dunkel geworden ist. Die Bediensteten haben Laternen angezündet und haben sicher das eine oder andere aus den Gespräche gehört, niemand lässt sich jedoch etwas anmerken. Sie machen sich aber ganz sicher auch ihre Gedanken, zumal ein Hausdiener auch schon eingezogen wurde. Berlin und die angrenzenden Parkanlagen strahlen Ruhe und Frieden aus. Das Gezwitscher der Vögel verklingt langsam und ein strahlend heller Mond steht am Himmel. Evi lässt ihren Gedanken freien Lauf: „Der Mond ist aufgegangen", summt sie, „die gold'nen Sternlein prangen." Und nachdem sie das ganze Lied leise vorgesungen hat, sagt sie: „Wie schön friedlich es noch ist. Warum müssen die Menschen immer nur Krieg führen?"

Elend des Krieges

Seit über zehn Jahren hat Preußen im Frieden gelebt, jetzt herrscht Mobilmachung im ganzen Land. In Berlin überschlagen sich die Ereignisse. Die Stadt ist voller Truppen aller Waffengattungen. Auf den Exerzierplätzen herrscht zusätzlicher Drill und im Quartiermeisterregiment werden alle Vorbereitungen für einen baldigen Abmarsch getroffen. Ein genauer Termin ist noch nicht bekannt, aber lange wird es wohl nicht mehr dauern. Die Offiziere fragen sich, wieso ausgerechnet im Spätherbst ausgerückt werden soll. Bald wird der Winter kommen und dann beginnt man normalerweise keinen Krieg. Der König muss schon besondere Gründe haben, wenn er es trotzdem riskiert.

Friedrich Wilhelm befindet sich zur Lagebesprechung mit anderen Offizieren bei General von Trotha, der die Anweisungen für die nächsten Tage gibt. „Meine Herren", erklärt der General in leicht schnarrendem Ton, „einen Termin für den Abmarsch habe ich nicht, aber wir müssen täglich damit rechnen. Es hat sich wohl schon herumgesprochen, dass es gegen Österreich gehen wird, genauer gegen Schlesien. Preußen wird mit zwei Armeekorps und fünfundzwanzigtausend Mann Schlesien besetzen und das Gebiet zurückholen zu Preußen. Es gibt immer wieder

Schlauberger, die behaupten, das Land hätte nie zu Preußen gehört. Lassen sie sich davon nicht irre machen. König Friedrich wird wissen, was er tut, und wenn er sagt, Schlesien gehört zu Preußen, dann ist das so. Da gibt es alte Ansprüche aus einer Erbverbrüderung, die jetzt eingelöst werden sollen."

Es entsteht eine kurze Pause, niemand hat eine Frage, alle hören aufmerksam zu. Von Trotha fährt fort: „Wenn das klar ist, dann komme ich zum nächsten Punkt. Ich höre, dass über den Zeitpunkt der Mobilmachung diskutiert wird, wegen des bevorstehenden Winters, oder so. Dazu sage ich ihnen Folgendes: Erstens geht das keinen was an, das entscheidet nämlich Seine Majestät, und zweitens kann die Preußische Armee jederzeit Krieg führen, das wäre doch gelacht. Also ziehen sie sich warm an, mit der Kuschelei am Kamin ist es erst einmal vorbei. Gibt es Fragen?"

Allgemeines Gemurmel, aber keine Fragen. „Sehr gut, dann komme ich zur Durchführung. Rittmeister von Bernsdorf leitet den Nachschubtreck mit allen Schikanen, Vorbereitung, Transport, Ausgabe und so weiter. Ist das klar?" „Jawohl, Herr General", sagt Friedrich Wilhelm. Der General fährt fort. „Die beiden Armeekorps haben alles für den ersten Einsatz dabei. Wir müssen aber alles nachschieben, was verbraucht wird oder kaputt geht. Vor allem Gewehre und Munition, aber auch Bekleidung und Fourage. Wie viele Fuhrwerke haben wir?" Friedrich Wilhelm antwortet: „Zweihundert Fuhrwerke und sechshundert Pferde, Herr General." „Ausgezeichnet, Bernsdorf, ausgezeichnet. Vergessen sie nicht, dass die Viecher auch etwas zu fressen haben wollen, jeden Tag. Auch die Gäule der Kavallerie natürlich. Wenn die Gäule nicht fressen und saufen, dann laufen sie nicht. Dann müssen die vornehmen Herren von der Kavallerie zu Fuß gehen."

Es entsteht Gelächter und auch der General muss jetzt lachen. „Na ja, kleiner Scherz meine Herren. Bernsdorf, wenn sie die Ladelisten fertig haben, möchte ich die sehen. Noch etwas, eigentlich müsste ich das gar nicht erwähnen. Ich tue es aber trotzdem. Nehmen sie keinen privaten Klüngel mit, meine Herren. Ich denke da an Hunde, Klaviere, Ehefrauen oder Freundinnen. Ja, sie schmunzeln, aber was glauben sie, auf welche Ideen manche kommen. Wenn man das jedem überlassen würde, dann wären am Ende Hunderttausend unterwegs. Das kommt überhaupt nicht in Frage. Wenn ich bei irgendjemandem eine Freundin entdecke, dann wird die konfisziert." Getuschel und leises Gelächter. „Was gibt es?" „Was geschieht dann mit den Freundinnen, Herr General?" „Na sie haben ja Nerven. Glauben sie vielleicht, ich behalte die? Weiße Schürze um und ab in das nächste Lazarett, meine Herren, als Krankenschwester. Wäre keine schlechte Lösung, wenn ich mir das genau überlege." „Dann bringen wir doch alle eine Freundin mit, Herr General." Lautes Gelächter. „Schluss jetzt, werden sie mal wieder ernsthaft. Noch Fragen?"

„Was ist mit Sachsen, Herr General?" Von Trotha schaut etwas verwundert. „Darüber brauchen sie sich keine grauen Haare wachsen zu lassen, meine Herren. Entweder Sachsen spurt, soll heißen, lässt uns durchmarschieren, oder Sachsen wird gleich mitkassiert, zur Übung sozusagen. Ist doch sowieso kein Zustand, wenn zwischen Schlesien und Brandenburg später noch Sachsen liegt. Die sollten sich glücklich schätzen, wenn sie zu Preußen gehören würden, haben nicht einmal eine ordentliche Armee, nur einen total versauten Hof." Von Trotha räuspert sich: „Wenn es keine Fragen mehr gibt, dann kann ich nur sagen, auf an die Arbeit meine Herren. Vergessen sie nie, die Heinis auf dem Gefechtsfeld sind ohne unser Quartiermeisterregiment nichts. Auf uns kommt es nämlich an. Soldaten zum Kämpfen halten wir uns. Wegtreten!"

***

Friedrich Wilhelm weiß kaum, wo ihm der Kopf steht. Um so viele Dinge muss er sich kümmern, dass er manchmal gar nicht weiß, wo er anfangen soll. Alle kommen mit Fragen zu ihm, ständig ändern sich die Ausrüstungslisten: Die Pferde vom Gut Neudeck sind immer noch nicht eingetroffen, jemand muss dahin und Dampf machen; Grieses Gewehrfabrik muss noch liefern, Griese ist aber nicht zu erreichen; das Befehlszelt für den Gardestab ist zu klein, der Adjutant hat sich heftig beschwert; sollen die Pferdewagen jetzt schon beladen werden, damit man nicht zu spät zum Abmarsch bereit ist?

Ein Soldat kommt gelaufen: „Herr Rittmeister, Ihr Vater erwartet sie im Stabsgebäude." Friedrich Wilhelm stutzt: „Vater ist hier? Warum hat er mir nicht geschrieben, dass er kommt?" Rasch geht er ins Stabsgebäude, wo sein Vater ihn schon schmunzelnd erwartet: „Hast wohl viel zu tun mein Junge? Ich will dich auch gar nicht lange aufhalten. Ich bin nur gekommen, um Evi abzuholen. Sie soll doch ihr Kind nicht alleine bekommen, ich werde sie auf der Rückfahrt in Kolberg absetzen. Wie geht es dir?"

„Danke, Vater, mir geht es gut. Wenn ich mich nur auf den Krieg freuen könnte. Endlich dabei sein, wenn es losgeht. Die Soldaten sind schon sehr gespannt. Sie sprechen über die Abenteuer, die auf sie warten. Andere freuen sich auf Beute und auf das neue Land, das Preußen bald gehören wird." Baron von Bernsdorf hört skeptisch zu, schüttelt dann aber den Kopf: „Alles Unsinn, Friedrich Wilhelm. Die wissen doch alle nicht, was Krieg wirklich bedeutet. Na ja, woher auch. Wir hatten ja fast zwanzig Jahre keinen Krieg mehr. Der alte König - Gott hab ihn selig - wollte keinen Krieg. Warum der junge König es so eilig hat, wissen die Götter. Warum muss er am Beginn des Winters losziehen? Das widerspricht allen militärischen Erfahrungen."

„Ja, Vater, das höre ich vor allem von den älteren Offizieren, die das überhaupt nicht verstehen können. Sie sorgen sich um das Winterquartier. Das soll dann wohl schon in Schlesien sein." „Dazu müsst ihr aber erst einmal durch Sachsen, mein Junge. Was ist, wenn Sachsen sich weigert, die Armee durchzulassen?" „General von Trotha scheint da überhaupt kein Problem zu sehen, Vater. Er sagt, dann wird Sachsen eben auch besetzt." „Und die Armee verzettelt sich dann schon an zwei Orten. Nein, nein, mein Junge, von Trotha ist ein alter Esel. Strategisches Denken ist nicht seine Sache, nie gewesen. Ich kenne ihn. Bei dem geht es immer darum: auf Männer, mir nach, egal wohin!"

Der Baron und Friedrich Wilhelm sind zur Hauptwache geschlendert. Hier verabschieden sie sich. Der Vater nimmt seinen Sohn noch einmal in die Arme und flüstert ihm zu: „Pass auf dich auf, mein Junge. Man muss nicht überall der Erste sein. Als Quartiermeister seid ihr ja nicht ganz vorne. Das ist auch gut so, aber es wird nicht leicht werden. Du wirst viele schreckliche Dinge zu sehen bekommen. Das lernt man nicht auf der Offiziersschule. Hauptsache du kommst gesund zurück. Denk daran, dass du noch auf dem Gut gebraucht wirst. Die Armee ist nicht alles." Noch einmal umarmen sich die Beiden, dann dreht der Baron sich abrupt um und schreitet schnell zu seiner Kutsche. Sein Sohn soll nicht sehen, dass er Tränen in den Augen hat. Bei einem ehemaligen Obristen macht sich das nicht gut.

***

Der Wettergott meint es heute besonders gut mit der preußischen Armee. Es ist ein schöner Herbsttag und die Regimenter befinden sich auf dem Marsch Richtung Süden, Richtung Sachsen. In langen Marschkolonnen geht es durch Dörfer, entlang der Felder und Wiesen und durch die Wälder Brandenburgs. Ganz vorne bewegen sich die Kavallerieregimenter. Stolz sitzen die Soldaten auf ihren schmucken Pferden, ihre Ausrüstung und Waffen tragen sie am Körper oder am Sattel befestigt. Dann folgen die Infanterieregimenter mit hohem Marschtempo, es folgen die Artillerieregimenter mit schwerem Gerät: Kanonen und Haubitzen sind eine schwere Last für die Gespanne und die meist vierspännigen Lafetten sind eine schwere Last für die

Pferde. Zum Glück sind die Wege trocken und die Wagen fahren gut ohne in das Erdreich einzudringen. Friedrich Wilhelms Quartiermeisterregiment bildet die Nachhut. Die Regimenter vorne verfügen über alles, was sie benötigen. Sie werden sich auch um ihre Nachtlager kümmern, lediglich das Stabszelt wird von Soldaten des Quartiermeisterregiments transportiert und frühzeitig nach Ankunft am Etappenziel aufgebaut.

Friedrich Wilhelm reitet an der Spitze seines Regiments, General von Trotha nimmt sich die Freiheit, mal hier, mal dort nach dem Rechten zu sehen. „Eigentlich ein schöner Ausflug", geht es Friedrich Wilhelm durch den Kopf, „schönes Wetter, herrliche Landschaften und freundliche Menschen, die den Soldaten zuwinken. Man ist aber noch in Preußen. Das wird in Sachsen und vor allem in Schlesien sicher anders sein." Das sollte sich bald ändern.

Die Spitzen der Kavallerie überschreiten bereits die Grenze zu Sachsen und die Bevölkerung zeigt sich feinselig. Man sieht in betretene Gesichter und hin und wieder sieht man auch drohende Fäuste, die zum Himmel gereckt werden. Eine sächsische Armeeeinheit hat sich in der Niederlausitz aufgestellt und versperrt der preußischen Armee den Durchmarsch. Für diesen Fall besteht Befehl, sich nicht aufhalten zu lassen und die Artillerie sofort zum Einsatz zu bringen.

Genau das geschieht jetzt. Die preußische Artillerie ist mit mehreren Kanonen bereits in Stellung gegangen und mit schnellen Salven ist der Krieg gegen Sachsen eröffnet. Die Geschosse schlagen mitten in den Reihen der sächsischen Armee ein und richten verheerenden Schaden an. An den Einschlagstellen spritzt die Erde mit betäubendem Lärm hoch und der Tod hält Einzug. Soldaten fliegen mit ihren Pferden durch die Luft, Fußsoldaten zerfetzt es förmlich, als wären sie nie dagewesen. Salve um Salve feuert die Artillerie auf die sächsischen Reihen ab und bestreicht systematisch die aufgestellten Reihen. Das ist kein Kampf, sondern ein fürchterliches Gemetzel. Als die Sachsen die Aussichtslosigkeit ihrer Lage erkennen, ziehen die Reste sich zurück und verlassen den Ort ihrer Niederlage. Die Artillerie schweigt sofort und der Durchmarsch der preußischen Armee wird ungerührt fortgesetzt. Um die armen wimmernden Schwerverletzten kümmert sich niemand. Tote und Verletzte werden überrollt, wenn sie auf den Wegen liegen. Der Krieg hat seine ersten Opfer.

***

Sachsen wird auf zwei Wegen in Eilmärschen durch die Oberlausitz und die Niederlausitz durchquert, ohne das die preußischen Truppen auf nennenswerten Widerstand stoßen. Die Menschen in den Dörfern schauen ungläubig, besorgt und irritiert auf die durchmarschierenden preußischen Armeeverbände. Sie vermeiden nach Möglichkeit den Kontakt mit den Soldaten und ziehen sich rasch in ihre Häuser zurück. Sie wissen, dass sie von keiner Armee irgendetwas Gutes zu erwarten haben.

Die preußischen Soldaten kümmern sich um all das nicht. Schon nach einem Tag erreichen die Spitzen der preußischen Armee – und das sind schnelle Kavalleriebataillone, gefolgt von leichter Artillerie und Infanterie – die schlesische Grenze. Ein starkes Armeekorps marschiert über Glogau, einer österreichischen Festung, vor auf Breslau. Glogau wird eingeschlossen und Breslau wird besetzt. Die Spitzen stoßen weiter vor in Richtung Brieg, einer weiteren Festung, mit dem Ziel Glogau. Ein zweites Armeekorps stößt über Bunzlau und Liegnitz vor auf Schweidniz und Neisse, der dritten österreichischen Festung, mit dem Ziel, sich in Glogau mit dem anderen Armeekorps zu vereinen. Die Festungen werden eingekesselt, die Städte werden besetzt. Nach einer Woche ist alles erledigt und man bereitet sich auf den Winter vor.

Friedrich Wilhelm befindet sich in Breslau bei einer Lagebesprechung, die General von Trotha angesetzt hat. „Sehen sie, meine Herren, so einfach ist das. Das ganze Gerede vom österreichischen Widerstand, alles Unsinn. Die österreichischen Offiziere sind Kaffeehaussoldaten. Sie verstehen etwas von Liebesgeschichten, Schulden machen und Sachertorte, vom Krieg verstehen sie gar nichts. Die paar tausend Österreicher haben sich über das Riesengebirge nach Böhmen zurückgezogen. Die in den Festungen Eingeschlossenen können dableiben. Wenn der Kaffee knapp wird, werden die schon aufgeben. Wir werden jetzt die Winterquartiere einrichten und uns um die Verwaltung des Landes kümmern. Unser junger König hat einen ersten schönen Erfolg erzielt. Man wird ihn in Zukunft anders ansehen. Preußen hat es allen gezeigt. Wir sind jetzt eine Militärmacht."

Die Offiziere haben gespannt zugehört. Friedrich Wilhelm meldet sich: „Herr General, wir müssen jetzt in allen Garnisonen die Versorgung aus dem Lande einrichten, Ausnahmen bleiben natürlich Waffen und Munition." „Ganz richtig, Rittmeister von Bernsdorf, so geht das in besetzten Gebieten. Wir sind schließlich Gäste hier. Ich möchte über die Versorgungslage in den Garnisonen jederzeit unterrichtet werden. Morgen muss ich zur Lagebesprechung zum König in das Hauptquartier. Sie kommen am besten mit. „Jawohl, Herr General." General von Trotha schaut in die Runde der Offiziere: „Na, meine Herren, mal nicht so trübsinnig. Freuen sie sich doch über den Erfolg. Preußen ist jetzt um ein gutes Stück größer geworden und Sachsen wird auch noch dazu kommen. Das ist doch was. Wer hätte gedacht, dass unser junger König so kurzen Prozess machen würde. Die Weiberröcke in Wien werden Bauklötze staunen, aber Schlesien ist jetzt weg, ein für alle Mal preußisch. Daran wird sich nun nichts mehr ändern."

Die Offiziere treten weg und unterhalten sich leise. Man hört viele Zweifel an dem, was eben gesagt wurde. „Meint der General im Ernst, dass Österreich das hinnimmt?" „Österreich ist eine Großmacht und wird uns hier wieder raustreiben." „Wir werden es erleben, und diese Besetzung wird uns noch viele Opfer kosten". Friedrich Wilhelm hat gehört, was gesagt wurde und er geht jetzt dazwischen: „Ich möchte dieses Gerede nicht hören, meine Herren. Die Besetzung Schlesiens ist gelungen und ich erwarte, dass jeder in der nächsten Zeit seine Pflicht tut. Preußen wird sich auf einen eventuellen Gegenangriff selbstverständlich vorbereiten. Unser König ist ein guter Stratege, darauf sollten sie sich verlassen."

***

Im Hauptquartier haben sich alle höheren Kommandeure versammelt. König Friedrich ist eingetreten und erhält eine Meldung. Dann wird ihm die Lage vorgetragen, die er konzentriert aufnimmt. Am Ende der Lage tritt der König vor die Kommandeure und schaut in die Runde. „Ausgezeichnet, meine Herren, ganz so, wie ich mir das vorgestellt habe. Die preußische Armee handelt hervorragend. Wir haben Schlesien jetzt besetzt und ich möchte, dass die Bevölkerung anständig behandelt wird. Unter Preußen muss es ihnen besser gehen, als unter Österreich. Das ist ganz wichtig. Ich verbiete jeden Übergriff auf die Bevölkerung, keine Gewalt, keine Plünderungen, gar nichts dergleichen. Sie sind mir dafür verantwortlich, meine Herren Generäle, dass ihre Leute sich anständig benehmen. Ich werde jeden zur Verantwortung ziehen, der seine Soldaten nicht unter Kontrolle hat." König

Friedrich schaut sich um und mustert einzelne Generäle streng. „Ich hoffe, wir haben uns verstanden. Preußen ist ein zivilisiertes Land. Wir sind schließlich keine Barbaren und die Schlesier sind jetzt unsere Landsleute." Es entsteht ein Pause. Niemand sagt etwas.

„Wenn das klar ist, dann hören sie meine weiteren Anweisungen. Die Österreicher werden selbstverständlich diese Schmach nicht hinnehmen. Das ist mir ganz klar. Sie brauchen aber Zeit, um neue Truppen in Böhmen zu sammeln. Das wird vor dem Frühjahr gar nicht möglich sein. Bis dahin haben wir erst einmal Ruhe. Wir müssen uns aber auf den Gegenangriff vorbereiten. Dazu werden wir unsere beiden Armeekorps um ein weiteres Korps verstärken und im Süden des Landes stationieren. In Preußen werden Soldaten ausgehoben, werden neue Einheiten aufgestellt. Wir heben auch hier in Schlesien Soldaten aus. Es gibt hier viele Patrioten, die sich gegen Österreich stellen werden. Wichtig ist aber auch die Aufklärung. Sorgen sie dafür, dass wir jederzeit Bescheid wissen, was in Böhmen vorgeht. Wir brauchen alle Informationen über Truppenbewegungen jenseits des Riesengebirges und der Glatzer Berge in Böhmen und Mähren." Friedrich schaut seinen Stabschef, General von Glasenapp an. Der General – ehemaliger Kommandeur der Kadettenanstalt und Friedrich Wilhelm noch in guter Erinnerung – räuspert sich: „Majestät, wir haben eine ganz spezielle Kompanie aufgestellt, viele österreichische Emigranten, die sich in Böhmen und Mähren gut auskennen und dort ihre Verbindungen haben. Die Männer halten sich abwechselnd bei ihren Verwandten drüben auf und bekommen alles mit, was sich dort tut. Weitere Informationen bekommen wir regelmäßig von unserem Gesandten in Wien. Außerdem haben wir kleine Spähtrupps gebildet, die sich drüben als Händler umschauen und vor allem mit Soldaten sprechen. Wir bekommen alles mit, was nach Vorbereitungen auf einen Feldzug aussieht. Gibt es politische Bemühungen unsererseits?" „Gewiss gibt es die, General von Glasenapp. Ich werde der österreichischen Kaiserin Friedensvorschläge machen und ihr anbieten, ihre Thronübernahme und die ihres Mannes zu unterstützen, wenn sie Ruhe gibt." Friedrich schaut auf General von Trotha: „Was macht die Versorgung, General von Trotha?"

Von Trotha ist etwas überrascht: „Majestät, wir versorgen die Truppenteile in ihren Garnisonen aus dem Land." „Aber keine Diebstähle, wenn ich bitten darf. Alles wird bezahlt, was unsere Truppen verbrauchen." „Selbstverständlich, Majestät. Aber einen Vorfall hat es schon gegeben. In einem Infanteriebataillon hat es eine Plünderung eines Gutshofes bei Ohlau gegeben. Vor allem Hühner und Schweine wurden requiriert. Die Soldaten waren ziemlich ausgehungert." „Was ist los? Ich glaube, meine Befehle waren eindeutig. General von Glasenapp, lassen sie das untersuchen und ziehen sie den zuständigen Kommandeur zur Verantwortung. Am besten, sie bestellen ihn ein." „Jawohl, Majestät. Soweit mir bekannt, ist das bisher der einzige Vorfall dieser Art gewesen."

Der König lässt sich noch über die Lage in den eingekesselten Festungen berichten, überlegt kurz und sagt:

„Ich glaube nicht, das es notwendig ist, die Festungen mit Gewalt zu nehmen. Ausräuchern können wir die jederzeit. Aber der Winter wird lang und irgendwann werden die schon aufgeben. Es ist vielleicht besser so, wenn wir noch mit Wien verhandeln wollen. Ist Artillerie vor Ort?" Nachdem dies bestätigt wird, fährt er fort: „Gut so, lassen wir die Kanonen noch schweigen. Ihr Anblick genügt zunächst. Ich werde in der nächsten Zeit alle Truppenteile besuchen. Die preußische Regierung habe ich beauftragt, sich um die Verwaltung in den Provinzen zu kümmern. Sorgen sie für anständige Winterquartiere und achten sie darauf, dass die Truppe nicht einschläft. Wir müssen jederzeit kampfbereit sein. Das war's. Die Lagebesprechung ist beendet." Der König winkt Friedrich Wilhelm zu sich und verlässt mit ihm zusammen das Stabszelt.

„Rittmeister non Bernsdorf", kommt der König sofort zur Sache, „machen wir bei den Gewehren und Kanonen Fortschritte?" „Majestät, für diesen Feldzug war das nicht mehr zu schaffen. Wir entwickeln ein völlig neues Gewehr, das von hinten automatisch geladen wird und eine hohe Feuerkraft haben wird. Die Mechanik dazu ist schwierig. Wir brauchen vor allem besseres Rohrmaterial, das diesen Schussbelastungen standhält. Herr von Griese ist nach Lüttich unterwegs und schaut sich in den dortigen Gewehrfabriken um. Er will versuchen, auch Fachleute zu gewinnen, die dann für uns arbeiten." Der König nickt: „Gut so, machen sie voran. Es kommen schwere Kämpfe auf uns zu. Da brauchen wir eine gute Ausrüstung. Halten sie es für besser, wenn sie in Berlin sind?" Friedrich Wilhelm schaut überrascht bei diesem

Vorschlag. „Majestät, ich glaube, dass es besser ist, wenn ich zunächst bei der Truppe bleibe. Ich möchte die Kameraden nicht im Stich lassen." „Meinetwegen, aber die Arbeit an den neuen Waffen darf darunter nicht leiden. Gehen sie sofort nach Berlin, wenn es erforderlich ist. Ich werde General von Trotha in diesem Sinne anweisen."

***

Friedrich Wilhelm befindet sich mit einem Leutnant, einem Korporal und vier Soldaten auf dem Wege zum Verpflegungsdepot, das am Rande von Breslau gelegen ist. Dazu müssen sie mehrere Gassen der Altstadt passieren und nähern sich dem östlichen Stadttor. Plötzlich hören sie Schreie und Lärm, der aus einem kleinen Gebäude kommt und bis auf die Straße zu hören ist. Friedrich Wilhelm lässt halt machen und begibt sich mit dem Leutnant und dem Korporal in das Haus. Sie durcheilen einen schmalen Gang und der Lärm nimmt zu. Als sie die Tür aufstoßen und einen kleinen, dunklen Raum betreten, glauben sie ihren Augen nicht zu trauen. Der Raum ist vollständig verwüstet, ein alter Mann liegt am Boden, seine Frau kniet weinend neben ihm und eine weitere weibliche Person fleht kniend vor drei preußischen Soldaten, die sich augenscheinlich über sie hermachen wollen, um Gnade. Friedrich Wilhelm handelt unverzüglich: „Halt", brüllt er, „sofort loslassen. Leutnant, nehmen sie den Soldaten die Waffen ab." Dies geschieht sehr schnell. „Korporal, holen sie die Soldaten herein. Die Soldaten sofort festnehmen." Als ein Soldat sich zu wehren versucht, schlägt der Korporal sofort zu. Der Soldat geht zu Boden und bleibt liegen. „Noch jemand?" fragt der Korporal scharf. „Wir wollten uns nur etwas zu essen besorgen", brummt ein Soldat. „Und dazu müsst ihr gleich das ganze Haus verwüsten, den alten Mann dort niederschlagen und was sonst noch mit der Frau da anstellen? Ihr seid eine Schande für die preußische Armee und das wird euch teuer zu stehen kommen." Der niedergeschlagene Soldat erhebt sich mühsam und schaut ungläubig auf seine Vorgesetzten. „Weshalb eigentlich solch ein Theater wegen ein paar

Einheimischen?" stammelt er. „Weshalb?" brüllt der Korporal, „weil der König das befohlen hat, du Saukerl, und die paar Einheimischen sind jetzt preußische Landsleute. Habt ihr eigentlich eine Spur von verstand in euren Bauernköpfen? Los, ihr Hundesöhne, aufräumen. Alles wieder an seinen Platz. Dann die Taschen ausleeren. Legt alles, was ihr habt dort auf den Tisch. Das bleibt alles hier. Helft dem alten Mann auf die Beine und legt ihn in sein Bett." So geht das eine Weile, bis Friedrich Wilhelm anordnet: „Jetzt die Festgenommenen abführen. Bringt sie zur Festung, sie kommen vor ein Militärgericht. Feststellen, wer der Kommandeur ist." Die Soldaten verlassen das Haus und Friedrich Wilhelm spricht mit den Hausbewohnern: „Was geschehen ist, tut mir sehr leid. Der Schaden wird wieder gut gemacht. Wir werden einen Sanitäter schicken. Kann ich noch etwas für sie tun?" „Danke", stammelt die Frau, „alle Soldaten sind gleich. Die Österreicher sind auch nicht viel besser. Wir kennen das schon. Aber haben sie vielen Dank, Herr Offizier. Sie sind ein guter Mensch." Friedrich Wilhelm wendet sich ab, um seine Verlegenheit nicht zu zeigen. „Also dann", sagt er kurz, „ich entschuldige mich im Namen des preußischen Königs. Es wird alles wieder in Ordnung kommen." Dann grüßt er kurz und verlässt mit schnellen Schritten das Haus.

***

„Gut gemacht, Rittmeister von Bernsdorf." General von Trotha zeigt sich sehr zufrieden mit dem beherzten Durchgreifen. „Es gibt noch weitere Fälle von Plünderungen. Der König ist außer sich. Ich fürchte, auch einige

Kommandeure werden sich wohl verantworten müssen. General von Trotha hat Friedrich Wilhelm zu sich kommen lassen und will mit ihm einiges besprechen. Der Quartiermeister ist in einem Gasthof untergekommen, der für die Dauer der Besatzung requiriert worden ist. Der Wirt kümmert sich aber weiterhin um den Betrieb.

„Es gibt beunruhigende Nachrichten von unseren Aufklärungstruppen, Bernsdorf. Die österreichische Armee sammelt sich in Böhmen und Mähren an zwei Stellen und macht mobil zum Gegenangriff, wohl an die vierzigtausend Mann, mit denen wir auch jetzt im Winter rechnen müssen. An zwei Stellen können die Österreicher über die Berge kommen, aus Böhmen auf Glatz zu und aus Mähren gegen Troppau. Es könnte dann zwei Fronten geben, wobei die Österreicher uns in die Zange nehmen könnten. Es stellt sich die Frage, wann wir angreifen und ob wir ihnen Zeit lassen, ihre Bewegungen zu machen. Das alles können wir aber nicht beeinflussen, das mach die hohe Armeeführung. Wir müssen für Material und Verpflegung sorgen." Friedrich Wilhelm hört aufmerksam zu. „Hat der König mit ihnen gesprochen, Herr General?" „Hat er. Der König sorgt sich um die Ausrüstung. Die Österreicher haben ein neues Gewehr, das wir noch nicht erbeuten konnten. Unsere Aufklärer haben aber den Auftrag, schnellst möglich eines zu besorgen, sie wissen, was ich meine." Friedrich Wilhelm nickt: „Das wäre natürlich hilfreich." General von Trotha fährt fort: „Kehren sie so schnell, wie möglich nach Berlin zurück und kümmern sie sich um die neuen Gewehre. In Berlin sind sie wichtiger, als hier, wo sie sich bestenfalls ein

Bein abschießen lassen könnten." „Herr General,..." „Keine Widerrede Bernsdorf, sie machen sich sofort auf den Weg nach Berlin und schauen dem Griese auf die Finger. Sobald wir ein Gewehr von den Österreichern kassiert haben, schicken wir das zu ihnen nach Berlin. Ich möchte regelmäßig Bericht über das, was sie in Berlin oder anderswo treiben. Vor allem möchte ich wissen, wann es neue Gewehre geben wird. Noch etwas, nehmen sie einen Trupp Soldaten mit. Durch Sachsen kann es gefährlich werden, da mag man uns jetzt nicht." General von Trotha erhebt sich und beendet ohne weiteren Kommentar das Gespräch. Als Friedrich Wilhelm den Raum verlassen will, räuspert er sich noch einmal: „Wie geht es ihrer Frau? Sie müßte doch bald niederkommen, wenn ich nicht irre." „Ich habe im Augenblick keine neuen Nachrichten aus Kolberg, Herr General." „Dann kümmern sie sich auch darum. Gute Reise und beeilen sie sich. Das bisschen Krieg hier, können sie uns überlassen."

***

In Berlin trifft sich Friedrich Wilhelm sofort mit Heinrich von Griese. Der hat sich in seiner Spandauer Gewehrfabrik nahezu eingeschlossen und arbeitet Tag und Nacht mit seinen Fachleuten am neuen Gewehr. Er ist deutlich schlanker geworden. Die Arbeit scheint ihm gut zu bekommen. „Gott sei Dank sind sie hier, Friedrich Wilhelm. Ich möchte, dass sie mich Heinrich nennen. Das macht alles sehr viel einfacher. Also, hör zu. Ich weiß, dass man mit großer Ungeduld auf das neue Gewehr wartet. Wir haben es auch im Prinzip so weit fertig. Es gibt aber noch ein Problem mit dem Schlagbolzen. Der

Hinterlader schießt sehr schnell, mindestens zehnmal in der Minute. Das bedeutet aber auch, viel Munition und eine hohe Belastung des Materials. Das Problem ist vor allem der Schlagbolzen. Das ist ein sehr dünner Stab aus Eisen, der sehr hoch belastet wird und nach ungefähr hundert Schuss bricht. Das Gewehr ist dann nicht mehr zu gebrauchen bis der Schlagbolzen gewechselt ist."

„Das ist natürlich kein Zustand", brummt Friedrich Wilhelm, „ist es das einzige Problem, das wir mit dem neuen Gewehr haben?" „Im Augenblick schon, wobei sich im Dauerbetrieb später natürlich noch weitere Probleme zeigen können. Aber erst einmal brauchen wir das richtige Material für die Schlagbolzen." Beide denken in einer Gesprächspause nach. „Wo wird so hoch belastetes Material noch gebraucht?" denkt Friedrich Wilhelm laut nach, „die Österreicher haben ein neues Gewehr, das wir aber noch nicht erbeuten konnten. Vielleicht hatten sie das gleiche Problem." „Besteht Aussicht, dass wir ein Gewehr bekommen?" möchte Griese wissen. „Ja, aber ich kann nicht sagen, wann. Aber wir können das abkürzen. Wir müssen Jemanden in die österreichische Gewehrfabrik einschleusen und wir müssen herausfinden, wo die Österreicher ihre Schlagbolzen herkriegen." „Das wäre natürlich gut", murmelt Griese, „meinst du, wir kriegen das hin?" „Mal sehen, ich glaube schon. Ich werde mal eine Depesche nach Breslau zu General von Trotha schicken. Der kann das vielleicht über die Aufklärungstruppen versuchen. Trotzdem sollten wir auch der Frage nachgehen, ob es in irgendeinem Bereich der Manufakturen ein ähnliches Problem gibt, das dort vielleicht gelöst wurde." „An was denkst du?" „Ich weiß es noch nicht. Was ist mit unseren Degenschmieden. Die brauchen doch festes Material, Stahl nennen die das doch. Das ist so eine ganz merkwürdige Mischung aus Eisen und verschiedenen Zutaten, die in flüssigem Zustand zusammengemischt werden." „Ich habe davon gehört", sagt Griese, „warum bin ich eigentlich nicht selber darauf gekommen? Das ist vielleicht schon das Alter Friedrich Wilhelm. Genau das machen wir. Ich werde gleich morgen nach Solingen fahren und sehen, ob die uns helfen können. Das wäre ja zu schön, um wahr zu sein. Willst du mitkommen?" „Ich muss so schnell, wie möglich nach Kolberg, Heinrich. Evi ist niedergekommen." „Natürlich, daran habe ich gar nicht mehr gedacht bei dieser vielen Arbeit hier. Tu das, ich werde meinen Schmiedemeister nach Solingen mitnehmen. Vier Augen sehen mehr als zwei. Wir müssen das richtige Material finden, dann haben wir für unsere Armee ein hervorragendes und zuverlässiges neues Gewehr."

***

In Kolberg scheint sich nichts verändert zu haben. Das schmucke Haus der von Witzlebens an der Ostsee strahlt Ruhe und Geborgenheit aus und Friedrich Wilhelm nimmt, nachdem er aus der Kutsche ausgestiegen ist, erst einmal ein paar tiefe Atemzüge, um die frische Seeluft zu inhalieren. Es geht eine leichte Brise von See her und die Möwen vollführen wahre Kunstflüge, als wollten sie dem Ankömmling auf diese Weise imponieren.

Frau Märzhäuser hat Friedrich Wilhelm entdeckt und eilt ihm entgegen. „Schön dass sie da sind", ruft sie schon von Ferne, „sie werden schon erwartet. Alles ist gut gegangen, sie werden sehen." Friedrich Wilhelm drückt Frau Märzhäuser die Hand: „Wann war die Geburt?" „Vor zwei Tagen, kurz vor Mitternacht. Evi war ganz tapfer und hat das richtig gut gemacht. Kommen sie, lassen sie uns hineingehen."

Anna von Witzleben breitet in der Eingangshalle ihre Arme aus: „Herzlich willkommen, Friedrich Wilhelm, komm schnell, Evchen wartet schon ganz ungeduldig. Friedrich Wilhelm eilt hinauf, immer mehrere Stufen auf einmal und steht dann im Schlafzimmer vor Evis Bett. Den Neugeborenen hält sie in einer wärmenden Decke in den Armen und sie strahlt Friedrich Wilhelm an, der beide sanft in die Arme nimmt. „War es schwer Evi?" Evi schüttelt den Kopf: „Ach wo, was gibt es schöneres, als einem Kind das Leben zu schenken. Friedrich war ganz neugierig und konnte gar nicht schnell genug auf die Welt kommen. Setz dich und erzähl mir, wie es dir ergangen ist."

Friedrich Wilhelm bestaunt zunächst einmal seinen Sohn, streichelt sein Köpfchen und hält die kleine, zarte Hand. „Ein Wunder ist das, Evi, ein größeres Wunder gibt es gar nicht. Wenn man bedenkt, dass hier neues Leben entsteht und wie damit auf den Schlachtfeldern umgegangen wird. Evi, du kannst dir gar nicht vorstellen, wie schrecklich das ist." Beide schauen schweigend auf den kleinen, zappelnden Friedrich, der ganz aufgeregt zu sein scheint. „Na, wie findest du deinen Papa?" Beide schmunzeln und beobachten den kleinen

Friedrich, der versucht ein wenig den Kopf zu drehen. „Ich werde dir später alles erzählen. Erst einmal werde ich den Rest der Familie begrüßen."

Vor dem Kamin sitzt der Großvater. Als Friedrich Wilhelm den Raum betritt, versucht er, sich zu erheben. „Bleib bitte sitzen", ruft Friedrich Wilhelm und ist mit wenigen, schnellen Schritten bei ihm. Er umarmt Ernst August kräftig und zieht sich einen Schemel heran. „Wie geht es in Schlesien?" möchte der sofort wissen. „In Schlesien ist alles in Ordnung. Der Durchmarsch durch Sachsen war kein Problem und die Besetzung Schlesiens war ein Kinderspiel. Die Überraschung war komplett und der Zeitpunkt gut gewählt. Aber jetzt kommt die Reaktion der Österreicher und die Sache ist noch lange nicht entschieden." Ernst August nickt gedankenvoll mit dem Kopf. „Das war zu erwarten, das ist immer so. Wer die Überraschung nutzt, hat zunächst Vorteile. Das dicke Ende kommt meist danach, wenn der Gegner sich erholt hat. Und im Falle Österreichs gilt das ganz besonders. Österreich ist eine Großmacht, die vielleicht etwas sorglos in Schlesien war und jetzt Lehrgeld zahlen musste. Aber Österreich wird das nicht hinnehmen. Sie werden starke Truppen heranführen und erst dann fällt die Entscheidung." Friedrich Wilhelm nickt. „Genauso wird es kommen. Es sind bereits zwei Armeekorps im Anmarsch, hört man. Genaueres weiß ich noch nicht. Ich werde aber ganz schnell wieder nach Schlesien müssen, schon wegen der neuen Gewehre." „Was hat es damit auf sich?" Friedrich Wilhelm schiebt den Schemel jetzt zur Seite und zieht sich einen Sessel heran, der doch etwas bequemer ist.

„Du kennst ja die alten Musketen. Das sind Vorderlader. Vor jedem neuen Schuss, müssen die Rohre gebürstet und gestopft werden. Sie schießen ungenau und kommen vielleicht auf hundert Schritte Entfernung. Das ist bei den Entfernungen auf dem Schlachtfeld eigentlich gar nichts. Erst im Endkampf erzielen sie Wirkung und dann schafft man vielleicht zwei Schuss in der Minute, wenn der Feind schon kurz vor den eigenen Linien ist. Diese Kampfführung kostet hohe Verluste." Ernst August hört aufmerksam zu. „Und die neuen Gewehre, was können die?" „Die neuen Gewehre sind Hinterlader. Sie haben ein Magazin mit Munition, werden schnell nachgeladen und haben eine doppelte Schussentfernung. Zehn Schuss in der Minute sind möglich und sie treffen besser, da die Läufe etwas länger sind." „Das ist revolutionär auf dem Schlachtfeld", sagt Ernst August, „damit kann man die Entscheidung schon herbeiführen, bevor die Linien aufeinander treffen. Sind die Gewehre schon eingeführt?" „Leider nicht. Wir hatten noch einige technische Probleme, die aber jetzt überwunden sind. Wir werden die neuen Gewehre jetzt so schnell, wie möglich in den Einsatz bringen. Natürlich müssen die erst einmal in großer Stückzahl hergestellt werden." „Und Griese verdient sich eine goldene Nase, was?"

Frau Märzhäuser ist eingetreten. "Hier ist eine Nachricht aus Osterode" sagt sie etwas beklommen, so als ob sie schon ahnt, dass es Sorgen geben wird. Friedrich Wilhelm liest die Nachricht rasch durch. „Ich muss schnell nach Osterode", stammelt er, „mein Vater." „Was ist mit ihm?" „Ich weiß es noch nicht, aber meine Mutter ist sehr besorgt. Am besten wäre es, wenn ich meine Reiseplanung ändere. Ich muss zuerst nach Osterode und sehen, wie es meinem Vater geht".

Friedrich Wilhelm bleibt noch einen Tag bei der Familie in Kolberg. Er verspricht Evi, vorsichtig zu sein und macht sich dann auf den Weg nach Osterode. Auf der langen Fahrt dahin hat er viel Zeit, nachzudenken. Vieles geht ihm durch den Kopf. „Mein Gott, wie sich das Leben verändert hat. Jetzt ist er sogar Vater geworden und auf Bernsdorf erwartet man von ihm sicher, dass er sich bald um das Gut kümmert, wenn Vater nicht mehr recht kann. Dann ist da die Armee. Sie steht mitten in Feindesland und der Gegenangriff der Österreicher steht wohl schon bevor. Der König erwartet so schnell wie möglich die neuen Gewehre. Wie soll er das alles schaffen. Wie schnell ist die unbeschwerte Jugendzeit vorbei gegangen. Mit dem unglücklichen Moritz Rohr hat alles angefangen und danach hat sich sein Leben radikal verändert." So hängt Friedrich Wilhelm seinen Gedanken nach, während draußen schon die Landschaft Ostpreußens an der schaukelnden Kutsche vorbeizieht. Es ist Frühling und es überkommt ihn ein Gefühl der Ruhe und Geborgenheit, während er sich seiner Heimat nähert. Er hätte gar nicht gedacht, dass sich dieses Gefühl bei ihm einstellen würde, so weit hat er sich in den vergangenen Jahren davon entfernt. Aber jetzt ist es wieder da, dieses Heimatgefühl. Ja, gerne würde er wieder hier leben, fern von der Großstadt, fern vor allem vom Krieg mit all seinem Widersinn und seinen Grausamkeiten.

***

Auf Bernsdorf scheint die Zeit still zu stehen. Alles ist so vertraut, so beständig. Nichts deutet hier auf die schrecklichen Dinge andernorts hin. Hat man hier überhaupt eine Vorstellung, wie es in Preußen oder gar in Schlesien aussieht? Nein, man hat keine Vorstellung davon und doch hat sich auch hier das Leben verändert. Friedrich Wilhelm geht mit dem Verwalter von Waldersee durch den Park und hört sich dessen Sorgen an.

„Herr Baron, so kann das nicht weitergehen. Wie kann Preußen einen Krieg führen, wenn es auf dem Lande keine Bauern und Knechte mehr gibt? Wovon soll die Bevölkerung ernährt werden, wenn wir hier kein Getreide mehr liefern, kein Gemüse und keine Kartoffeln? In den Bauernschaften sieht es furchtbar aus. Keine Leute mehr, alle holt sich die Armee. Was für ein Irrsinn. Was nutzt es, wenn Preußen den Krieg gewinnt und die Bevölkerung verhungert?" „So schlimm, Waldersee?" „Viel schlimmer, Herr Baron. Fahren sie nur zu unseren Bauern und überzeugen sich selber. Auf den Höfen sieht es schlimmer aus, als nach der Pest. Viele Höfe werden gar nicht mehr bewirtschaftet und auch wir haben auf den Feldern des Gutes große Probleme. Da wird nur noch das nötigste gemacht und es reicht mal gerade so für den Eigenbedarf. Sagen sie mir eins, ist das noch vernünftig? Aber was quäle ich sie mit meinen Sorgen, sie haben selber genug davon. Ihr Vater macht uns allen große Sorgen."

Friedrich Wilhelm steigt die Stufen zu den elterlichen Schlafräumen hinauf und betritt das Zimmer. Sein Vater sitzt im Bett und sieht wirklich sehr mitgenommen aus. Er versucht aber sich nichts anmerken zu lassen. „Na, hat Waldersee dir wieder sein Leid geklagt?" „Hat er, Vater." „Der soll sich nicht so haben. Wenn Krieg ist, müssen alle zusammenstehen. Da wird nicht gejammert. Setz dich, mein Junge und erzähl mir von euren Heldentaten." Friedrich Wilhelm geht zunächst noch nicht darauf ein. „Was sagt der Arzt, Vater?" „Ach, alles halb so schlimm. Es ist ganz normal, dass man manchmal etwas aus dem Tritt gerät. Das gibt sich wieder." „Was hat er gesagt?" „Ach, der redet ständig von meinem Herzen und dass ich mich schonen soll. Ich kann doch nicht hier den ganzen Tag im Bett liegen, während Preußen jede Hand braucht. Du wirst sehen, mein Junge, bald ist der alte Bernsdorf wieder ganz auf dem Posten. Aber jetzt Schluss damit, erzähl mir, wie es in Schlesien geht. Da geht es schließlich um die Zukunft Preußens. Schlesien ist reich an Landwirtschaft und Kohle. Das wird Preußen gut tun."

Friedrich Wilhelm schaut seinen Vater etwas skeptisch an und geht jetzt auf seine Frage ein. „Vater, der Einmarsch war ein Kinderspiel. Was jetzt aber kommt, wird grausam. Österreich wird zum Gegenschlag ausholen und nicht einfach hinnehmen, dass Preußen sich dieses wertvolle Land aneignet. Es ist ein wirklich schönes Land. Die Natur ist fast wie in Ostpreußen, aber im Süden gibt es Berge, was sag ich, Gebirge und riesige Wälder. Es gibt auch große Städte und eine freundliche Bevölkerung, zu dr wir aber nicht immer freundlich sind. Es wäre schön, wenn Preußen dieses Land behalten könnte, aber das ist noch lange nicht entschieden."

„Was macht deine neue Aufgabe?" möchte der Baron jetzt wissen. „Ich weiß nicht, womit ich das verdient habe, aber der König setzt auf mich und erwartet möglichst bald neue Gewehre und Kanonen." „Und wie weit seid ihr?" „Von Griese war eine gute Wahl. Der kümmert sich wirklich um diese Angelegenheiten, reist in der Welt herum, baut Fabriken auf und kümmert sich persönlich um die Entwicklung der Waffen." „Na ja, er wird das sicher nicht umsonst machen." „Nein, ganz bestimmt nicht. Er verdient dabei sicher ganz gut, aber er kümmert sich auch darum. Ich glaube, er hat begriffen, welchen Chancen ihm die Ausrüstung der preußischen Armee bietet. Wenn es nach ihm ginge, könnten wir wohl immer Krieg haben."

Der Baron schmunzelt: „So war er immer der Griese und wahrscheinlich muss man wohl auch so sein, wenn man es als Fabrikant zu etwas bringen will. Und wie weit sind die Gewehre?" „Die Gewehre sind fast fertig. Wir hatten ein Problem mit den Schlagbolzen, aber das ist jetzt gelöst. Die neuen Gewehre schaffen eine gewaltige Überlegenheit unserer Armee auf den Schlachtfeldern. Die Preußen schießen jetzt schneller, weiter und genauer. Es kann sein, dass es jetzt gar nicht mehr zum Nahkampf kommt." Der Baron reibt sich die Nase: „Donnerwetter, das hätte ich nicht gedacht. Dann kann man dem Griese seine Erhebung in den Adel ja sogar gönnen. Dann hat er das auch verdient. Wie lange kannst du bleiben?" „Ich muss schon bald wieder fort, Vater. Die Zeit drängt und die Armee kann nicht warten." „Aber du musst nicht ganz vorne in den Linien reiten?" „Nein, muss ich nicht. Ich kümmere mich um die Versorgung, kriege aber nach den Gefechten alles mit, was geschehen ist. Das ist grausam." „Ich weiß, das hat mir auch immer schwer zu schaffen gemacht. Ich hätte etwas darum gegeben, wenn die dieser Anblick erspart geblieben wäre."

Die Baronin war ganz leise in das Zimmer gekommen und hat die letzten Worte noch gehört. Sie setzt sich auf das Bett und schaut Friedrich Wilhelm besorgt an: „Ich mache ´mir große Sorgen um dich. Wie schön wäre es, wenn dir das alles erspart bleiben könnte. Mich beruhigt aber, dass du nicht an der vordersten Front sein musst. Wir müssen uns darauf verlassen, dass du möglichst bald wieder nach Hause kommst und dich um das Gut kümmerst. Dein Vater braucht jetzt deine Hilfe." Der Baron setzt zu einem schwachen Protest an, kommt aber nicht zu Wort. Amalie legt die Hand um seine Schultern und sagt: „Lass nur Friedrich, das ist der Lauf der Welt. Irgendwann müssen die Jungen weiter machen. Das war bei deinem Vater auch so. Hast du das schon vergessen?"

***

Friedrich Wilhelm ist zurück in Berlin. Er möchte so schnell, wie möglich, Griese in der Spandauer Gewehrfabrik aufsuchen. Die Kutsche kommt durch verschieden Stadtteile und ihm fällt auf, das sich das Leben in Berlin erkennbar verändert hat. Überall Soldaten neu aufgestellter Truppenteile, die auf den Kasernenhöfen exerzieren. Die Menschen bewegen sich rasch, zum Teil geduckt durch die Straßen. An vielen Ecken sieht er bettelnde Soldaten in abgerissenen Uniformen, die vom Krieg verkrüppelt sind. Die Ärmsten müssen jetzt betteln. Es sitzen auch Soldatenfrauen an der Straße mit ihren Kindern. Friedrich Wilhelm mag seinen Augen kaum trauen. Ob das dem König bewusst ist? Er wird es ihm mitteilen, wenn er wieder in Schlesien sein wird.

Die Gewehrfabrik wird von Soldaten bewacht, eine Sicherheitsmaßnahme. Rasch kommt Friedrich Wilhelm in die Fabrik und zu von Griese. „Gott sei Dank bist du da", stöhnt Griese, „ich brauche noch einige Entscheidungen, wie wir jetzt weiter machen sollen." „Ist das neue Gewehr fertig?" will Friedrich Wilhelm wissen. „Ja, wir haben es geschafft. Na ja, noch nicht ganz zufriedenstellend, aber wir sind sehr viel weiter gekommen. Das neue Schlagbolzenmaterial haben wir in Solingen gefunden und es scheint unsere Probleme zu lösen. Mit den neuen Schlagbolzen schaffen wir jetzt fünfhundert Schuss bis er bricht. Das ist immerhin ein ganz erheblicher Fortschritt. Man kann die Schlagbolzen dann sehr leicht austauschen. Aber wir müssen noch das Material verbessern. Das ist eine Angelegenheit der Metallgießer. Die müssen noch eine bessere Legierung finden, das heißt eine bessere Mischung des Stahls. Das ist Erfahrungssache, aber wir arbeiten daran. Das Gewehr ist ansonsten aber hervorragend. Wir schaffen leicht sechs Schuss pro Minute und eine gute Treffgenauigkeit auf zweihundert Metern. So etwas hat es bisher noch nicht gegeben."

Mit Griese geht Friedrich Wilhelm durch die Fabrik zum Erprobungsschießstand. „Schau", sagt Griese, „hier schießen wir jedes neue Gewehr ein." Mehrere Männer hantieren auf dem Schießstand auf verschiedenen Ständen mit Gewehren, machen Einstellarbeiten am Gewehr, schießen wieder und machen Aufzeichnungen. „Willst du es mal selber probieren?" fragt Griese. Friedrich Wilhelm lässt sich kurz einweisen, legt dann das Gewehr an die Schulter, zielt sorgfältig und löst dann einen Schuss. „Treffer", wird ihm zugerufen, „ausgezeichneter Schuss!" Friedrich Wilhelm versucht es noch mehrere Male und ist mit seinen Schussergebnissen sehr zufrieden. Er schaut den sichtbar stolzen Griese an und nickt ihm anerkennend zu. „Das ist revolutionär, Heinrich. Du hast Recht, solch ein Gewehr gab es noch nie. Wie viele davon haben wir mittlerweile?" „Dreihundert haben wir bis jetzt fertig und wir schaffen im Augenblick etwa fünfzig in der Woche. Mehr geht im Augenblick nicht. Unsere Fachleute sind voll beschäftigt und mehr gute Leute, die das können, haben wir nicht." „Komm Friedrich, lass uns das weitere in deinem Kontor besprechen. Die Gewehre müssen so schnell, wie möglich nach Breslau."

Zurück in Grieses Kontor haben sich die beiden an einem Tisch voller Papiere und Ordner niedergelassen. Überall in Grieses Kontor stehen Kisten herum, Gewehrteile liegen auf Ablagen und Schränken, und an den Wänden hängen Karten mit Planungsübersichten. „Das sieht sehr nach Arbeit aus, Friedrich." „Das kannst du laut sagen. Wenn ich nicht auf Reisen bin, habe ich Tag und Nacht hier im Kontor zu tun. Meine Leute kommen hier her, wenn sie etwas besprechen müssen und jedes Mal bringen sie etwas zum Anschauen mit. Das meiste davon bleibt dann hier liegen, aber mich stört das schon gar nicht mehr." „Wie kommst du mit dem Geld klar?"

„Das ist überhaupt kein Problem. Im Gegenteil, ich habe noch nie so viel Geld verdient, wie im Augenblick. Aber ich kann mir dafür leider nichts kaufen. Na ja, Theodora gibt ihr bestes und trägt das Geld unter die Geschäftsleute, aber so ganz zufrieden ist sie mit der Situation auch nicht. Wir haben wenig Zeit für einander und verreisen können wir schon gar nicht. Ich könnte dich gut gebrauchen in meinem Geschäft." „Du weißt, dass es jetzt nicht geht, Friedrich. Zu Hause kommt auch ein Problem auf mich zu." „Dein Vater?" „Ja, ihm geht es nicht gut. Er möchte, dass ich mich möglichst bald um das Gut kümmere. Ich werde das Rittergut wohl bald übernehmen müssen". „Und der Verwalter, kann der das nicht machen?" „Der könnte das schon, aber dem traue ich nicht mehr so ganz. Der meckert nur herum und kümmert sich zu wenig darum, dass die Probleme gelöst werden." Es entsteht eine kurze Pause. Dann sagt Griese sichtbar nachdenklich: „Es ist wohl immer das gleiche mit Verwaltern und Prokuristen. Sie sind nicht für das ganze verantwortlich und füllen sich nur ihre eigenen Taschen. Man muss sie hin und wieder einfach rausschmeißen, zur Not auch ohne Grund, als Signal für die anderen, verstehst du?" „Die Erfahrung fehlt mir noch, Friedrich. So habe ich das noch nicht gesehen. Aber ich fürchte, dass wir auch bald einen neuen Verwalter brauchen."

Dann sprechen die beiden über die nächsten Maßnahmen, die nun erfolgen müssen. „Wir werden die dreihundert Gewehre jetzt nach Schlesien bringen, mit ausreichender Munition", sagt Friedrich Wilhelm, „dazu brauche ich mindestens zwei deiner Fachleute, die sich mit den Gewehren auskennen. Für den Transport besorge ich drei Kutschen und einen Zug Soldaten zum Schutz. Wenn alles gut läuft, möchte ich übermorgen abreisen. Wir brauchen bestimmt drei Tage bis Breslau. Dort werden wir die Gewehre im Hauptquartier vorstellen und vorführen. Welche Nachlieferungen kann ich ankündigen?" Griese krault sich das Kinn: „Sagen wir mal zweihundert im Monat, das könnten wir schaffen. Wir liefern jeden Monat, wenn du einverstanden bist. Die Transportkolonne kann gleich bestehen bleiben. Die beiden Fachleute bleiben gleich in Breslau. Ich bilde gleich noch einige Leute im Umgang mit dem Gewehr aus, dazu brauchen wir keine Gewehrbauer." „Können wir nicht ausgemusterte Soldaten dazu gebrauche?" möchte Friedrich Wilhelm jetzt wissen. „Na klar, das ist eine gute Idee. Schick mir welche. Die sind bestens geeignet. Hauptsache ist, dass sie noch laufen und ein Gewehr halten können."

***

Die Reise nach Schlesien verläuft ohne größere Probleme. Einmal gibt es Ärger in Sachsen, als aufgebrachte Bauern den Transport anhalten wollen. Die Soldaten haben aber kurzen Prozess gemacht und sofort geschossen. Nachdem die ersten am Boden lagen, zog es der Rest vor, zu verschwinden. Rasch geht es weiter nach Schlesien und bis Breslau in das Hauptquartier, wo sich Friedrich Wilhelm bei Generalmajor von Trotha meldet und ihm Bericht erstattet.

Nachdem Friedrich Wilhelm mit seinem Bericht fertig ist, brummt von Trotha: „Ausgezeichnet Bernsdorf, ganz ausgezeichnet. Das bringt Schwung in die preußische Armee. Wir werden gleich morgen bei der Lagebesprechung die neuen Gewehre vorstellen. Der König wird anwesend sein. Übernehmen sie den Vortrag und dann organisieren wir ein Probeschießen. Mal sehen, wo wir das machen. Ich habe da eine Idee. Wir haben da noch eine Exekution. Fünf Deserteure sollen erschossen werden. Zwar nicht morgen, aber das können wir sicher vorziehen. Das wäre doch die richtige Vorführung, finden sie nicht? Wollen sie nicht mitmachen?"

Friedrich Wilhelm fährt der Schreck in die Glieder: „Herr General, ich halte das für keine gute Idee." „Wieso nicht, da kann doch das neue Gewehr gleich zeigen, was es kann." „Nein, Herr General, so sollten wir das nicht machen. Kennen sie nicht die Regeln der Heiligen Barbara?" „Was soll das denn?" „Herr General, die Heilige Barbara ist die Schutzpatronin der Artillerie und es gibt eine eiserne Regel für neue Waffen. Der erste tödliche Schuss muss immer dem Feind gelten, sonst lastet auf der Waffe das Unglück." „Hab ich noch nie gehört, Bernsdorf. Aber ich bin ja auch kein Artillerist. Diese Bummsköpfe haben immer ihre eigenen Regeln, das weiß ich schon. Und abergläubig sind die auch. Sind sie sicher, dass es diese Regel wirklich gibt?" „Ja, Herr General, da bin ich ganz sicher und mein Gefühl sagt mir außerdem, dass eine Tötung von eigenen Soldaten kein Glück bringt, auch wenn sie Deserteure sind." Von Trotha denkt nach: „Und wie soll es dann nach ihrer Meinung gemacht werden?" „Wir sollten auf Scheiben schießen, Herr General. Dabei kann dann auch besser gezeigt werden, wie genau die Gewehre schießen und wo sich die Einschüsse befinden." „Na, meinetwegen", brummt von Trotha, „dann bereiten sie mal alles vor."

***

Im großen Zelt der Lagebesprechung herrscht heute eine völlig veränderte Stimmung. Es scheint etwas in der Luft zu liegen, Spannung liegt über den Anwesenden. Die Kommandeure unterhalten sich gedämpft miteinander, die Adjutanten im hinteren Teil des Zeltes ebenso. Scherze hört man heute nicht. General von Trotha hat ganz vorne Platz genommen, Friedrich Wilhelm sitzt neben ihm.

König Friedrich erscheint, erhält eine Meldung und setzt sich wortlos in die erste Reihe. Es kehrt sofort Ruhe ein, als der Stabschef General von Glasenapp die Lagebesprechung eröffnet. „Majestät, wir haben heute einige Aufklärungsergebnisse von den Kriegsschauplätzen, die wir ihnen vortragen müssen. Außerdem ist Rittmeister von Bernsdorf mit den neuen Gewehren zurück aus Berlin. Er wird uns die Gewehre erklären und mit ihrer Erlaubnis anschließend auch vorführen." König Friedrich nickt: „Fangen sie an."

An Holzständern befinden sich mehrere große Karten, die mit taktischen Zeichen übersät sind. General von Glasenapp bedient sich zur Unterstützung seiner Lagedarstellung des Zeigestocks. Er tritt an die erste Karte heran, wirft prüfend einen Blick auf die Darstellung, räuspert sich und beginnt seinen Vortrag.

„Auf den Kriegsschauplätzen ändert sich die Lage jetzt täglich, Majestät. Ein österreichisches Armeekorps ist entlang der Oder über Ostrau in Schlesien eingerückt und marschiert auf Ratibor zu. Etwa dreißigtausend Mann, achtzehn Bataillone, sechsundachtzig Eskadrone und geschätzt zwanzig schwere und fünfzig leichte Geschütze, die jetzt hier stehen. Bewegungsrichtung ist nach Norden, Ziel noch unbekannt. Wir vermuten, es soll nach Breslau gehen. Ein zweites österreichisches Armeekorps dringt aus Mähren bei Golderstein südlich des Böhmischen Kamms nach Schlesien ein. Geschätzt fünfundzwanzigtausend Mann und fünfzehn leichte Geschütze, schwere Geschütze wären über die Berge kaum möglich. Stoßrichtung auf Neisse zu, vermutlich zur Entsetzung der eingeschlossenen österreichischen Truppen in der Festung Neisse. Die Österreicher beherrschen von den Höhen die Ebene unterhalb von Friedberg mit Artillerie." Von Glasenapp macht eine kurze Pause und König Friedrich fragt: „Kavallerie?" Von Glasenapp räuspert sich erneut: „Selbstverständlich, Majestät, hätte ich erwähnen müssen. Kavallerie in der Stärke von jeweils vier bis fünf Eskadronen bei beiden Armeekorps. Sind in die Truppenteile vollständig eingebunden. Kommen vermutlich von den Rändern." Der König nickt.

„Eigene Truppen stehen folgendermaßen: Erstes preußisches Armeekorps, Stärke zwanzigtausend, steht bei Oppeln und könnte erstes österreichisches Armeekorps bei Groß Strelitz abfangen. Zweites Armeekorps, Stärke fünfzehntausend, belagert Festung Neisse. Starker

Artilleriebeschuss, Festung aber noch nicht genommen. Zweites österreichisches Armeekops könnte im Rücken angreifen. Hier muss rasch umgruppiert werden, Neisse ist erst einmal nicht so wichtig." Der König fragt nach: „Was macht unsere Verstärkung?" „Drittes preußisches Armeekorps, fünfzehntausend, dreißig Geschütze, befindet sich auf dem Marsch durch Sachsen, Majestät. Könnte in einer Woche in Breslau sein."

König Friedrich nickt: „Die Festungen?" Von Gasenapp fährt fort: „Glogau eigeschlossen, starker Artilleriebeschuss, hält aber noch, obwohl Mauer teilweise schon zerstört. Die Festung verlässt keine Maus. Nur noch eine Frage der Zeit. Brieg eingeschlossen. Starker Artilleriebeschuss, die ganze Stadt brennt, man kann die Hände nicht vor Augen sehen. Werden wohl nicht mehr lange machen, dann ist da Schluss. Neisse eingeschlossen und stark beschädigt, Österreicher halten sich aber noch, hoffen wohl auf zweites österreichisches Korps. Majestät, wir brauchen Munition. Wir sollten die Waffenfabrik in Suhl beschlagnahmen, da gibt es genug Munition, die wir dringend brauchen." Der König nickt. Das kann die dritte Armee besorgen, die befindet sich ja gerade in Sachsen. Aber einen Artilleriebeschuss der drei Festungen habe ich nicht angeordnet. Ich habe angeordnet, dass die Festungen eingeschlossen werden und wir die Artillerie zeigen. In den Städten befinden sich überwiegend zivile Bürger und nur einige österreichische Soldaten. Die Bürger sind jetzt preußische Landsleute und die Städte sind preußisch. All die Zerstörungen müssen wir doch wieder aufbauen. Haben denn meine

Generäle alle Stroh im Kopf? Ich befehle, dass der Artilleriebeschuss sofort gestoppt wird und dass in Zukunft meine Anordnungen pedantisch befolgt werden."

Es entsteht eine Pause. König Friedrich denkt nach. „Was schlagen sie vor?" „Majestät, dringlich wäre erstens eine sofortige Umgruppierung der zweiten Armee bei Neisse. Erstes österreichisches Korps muss abgefangen werden. Feind steht jetzt noch im Rücken. Zweitens muss erstes Korps sofort erstes österreichisches Korps bei Groß Strelitz stellen, so weit wie möglich im Süden. Drittens muss drittes Korps schnell herangeführt werden und schützt erst einmal Breslau, kann aber auch Glogau übernehmen und die Truppen dort ablösen, die dann nach Breslau gehen sollten. Und, der Artilleriebeschuss wird sofort gestoppt." „Einverstanden", brummt König Friedrich, „was ist mit den neuen Gewehren?"

Von Glasenapp gibt ein Zeichen und Friedrich Wilhelm tritt nach vorne. Er hält ein ganz neues Gewehr in der Hand und trägt vor: „Majestät, sie haben die Neuentwicklung befohlen. Hier ist das Ergebnis. Die preußische Gewehrfabrik unter von Griese hat gute Arbeit geleistet. Das Gewehr funktioniert ganz anders als die Muskete. Hier unter dem Schaft befindet sich ein Munitionsmagazin, aus dem die Munition nach jedem Schuss automatisch nachgeladen wird, von hinten, nicht mehr von vorne. Hier befindet sich die Zielvorrichtung mit Kimme und Korn. Bei der Lauflänge lässt sich das Ziel gut anvisieren. Reichweite für gute Treffer ist zweihundert Meter, bei geübten Schützen zehn Schuss pro Minute. Dann Magazinwechsel." Jetzt wird es unruhig im Zelt. Man hört erregte Rufe aus den

Reihen der Kommandeure: „Das ist ja unglaublich. Stimmt das wirklich? Dann können wir auf dem Schlachtfeld ganz anders vorgehen."

Der König hat sich umgedreht und lächelt: „Freut mich, dass sie so aufgeregt sind, meine Herren. Ich glaube, uns allen ist klar, was das bedeutet. Aber wie ich meine Pappenheimer kenne, gibt es sicher auch noch einige Probleme. Fahren sie fort Bernsdorf." „Ganz Recht, Majestät. Wir hatten große Probleme mit den Schlagbolzen. Bei der Belastung brachen die sehr schnell. Von Griese hat jetzt das richtige Material in Solingen gefunden, bei den Degenbauern, legierter Stahl mit entsprechender Härte. Die Schlagbolzen sollen jetzt fünfhundert Schuss halten und werden dann gewechselt. Das geht schnell und kann von den Soldaten gemacht werden." „Noch mehr Probleme?" „Die Produktion, Majestät. Wir haben eine begrenzte Zahl von Fachleuten in Spandau, die rund um die Uhr arbeiten. Wir haben hier jetzt dreihundert Gewehr, pro Woche werden fünfzig geliefert. Mehr geht im Augenblick nicht." "Verstehe", brummt der König, „Wunder gibt es nur in der Bibel. Kann man das mal sehen, Bernsdorf?"

General von Trotha ist aufgesprungen und legt die Hand auf Friedrich Wilhelms Schulter. „Majestät, ich glaube, wir stehen vor einer Revolution auf dem Schlachtfeld. Dieser junge Offizier hat Unglaubliches geleistet. Er hat dem Fabrikanten im Nacken gesessen und pausenlos Dampf gemacht. Anders wäre daraus auch nichts geworden. Ich glaube aber, man versteht sich auch privat ganz gut. Von Griese hat einen Narren an Rittmeister von Bernsdorf gefressen und nach einer jahrelangen ruhigen Zeit als Fabrikant in Osterode mit diesem Gewehr noch einmal gezeigt, wozu ein Mann seines Kalibers imstande ist. Wir haben jetzt ein Vorführungsschießen draußen vorbereitet. Ursprünglich sollten ja Deserteure erschossen werden, aber Bernsdorf hat mich überzeugt, dass es besser ist, Zielscheiben zu nehmen. So können alle die Treffergebisse genau sehen. Darf ich sie alle vor das Zelt bitten. Es ist alles vorbereitet."

König Friedrich erhebt sich: „Noch einen Augenblick, von Trotha. Ich muss erst noch etwas loswerden. Rittmeister von Bernsdorf, komme sie zu mir." Friedrich Wilhelm schaut General von Trotha verdutzt an. „Na mal los", sagt der und Friedrich Wilhelm geht mit wenigen schnellen Schritten zum König. „Für außerordentliche Leistungen überreiche ich ihnen den schwarzen Adlerorden und befördere sie zum Major der königlichen Garde. Meine Herren, solche Männer braucht das Land."

Man tritt vor das Zelt, wo ein provisorischer Schießstand aufgebaut ist. An zwei Ständen haben sich die beiden Fachleute aus Spandau aufgestellt und warten auf das Zeichen, das Friedrich Wilhelm rasch gibt. Abwechselnd heben sie jetzt das Gewehr an die Schulter, zielen nur kurz und die Schüsse lösen sich in rasche Folge, immer abwechselnd. Nach einer Minute ist alles vorbei und die anwesenden Kommandeure reiben sich die Augen, zwanzig Schuss in nur einer Minute und das auf zweihundert Metern Entfernung. Zwei Soldaten laufen zu den Zielscheiben, lösen sie und bringen sie genau so rasch zu Friedrich Wilhelm, der sie ohne zu zögern dem König überreicht. Der hält die Scheiben gegen das Licht und kann nur sagen: „Meine Herren, ich werde verrückt, zwanzig Treffer. Zwanzig tote Österreicher. Schauen sie sich das an. Ich hätte so etwas nicht im Traum für möglich gehalten. Wie lange haben die geübt, Bernsdorf?" „Na ja, etwas Übung gehört natürlich auch dazu, aber unsere Soldaten werden das sicher gerne machen, zumal sie dann sicher sind, dass dieses Gewehr sie ganz besonders schützt, Majestät. Wollen sie es auch einmal probieren?" „Was ich?" „Ja, Majestät, sie werden sehen, wie einfach das geht." „Na, wenn sie meinen." König Friedrich geht zu einem Stand, lässt sich kurz die Handhabung erklären, legt an und schießt mehrere Male auf eine neue Scheibe. Die Scheibe wird ihm sofort gebracht und der König hält sie triumphierend hoch. „Ganz einfach, meine Herren, sehen sie, vier tote Österreicher. Kaiserliche Hoheit, Maria Theresia, jetzt kann der Krieg beginnen."

***

Der König trifft mit seiner starken Garde im Hauptquartier der ersten preußischen Armee in Oppeln ein. Im Tross befindet sich auch Friedrich Wilhelm für die Quartiermeisterangelegenheiten. Der Bruder des Königs – Prinz Heinrich – hat das Oberkommando und führt den König sofort zur Lagebesprechung, die der beförderte General von Gnersheim als Stabschef durchführt.

„Majestät", beginnt von Gnersheim, „wir haben eine großes Problem. Das Winterquartier war zu ausdauernd und unsere Aufklärung hat die Bewegungen des österreichischen

Armeekorps nicht richtig eingeschätzt." „Wo stehen die Österreicher jetzt?" will König Friedrich wissen. „Bei Mollwitz, Majestät." „Was ist das?" Der König ist aufgesprungen und außer sich, bei Mollwitz, sagen sie. Sind die dahin geflogen, oder sitzen ihre Aufklärer auf Augen und Ohren? Wie konnte das passieren? Das heißt ja, dass wir die Österreicher jetzt im Rücken haben und Breslau bedroht ist. Heinrich, erklär mir das, bevor ich euch alle hier ablösen lasse." Im Lageraum entsteht Unruhe.

Prinz Heinrich steht wie ein gebrochener Mann vor seinem Bruder. „Gnersheim hat es schon erklärt", murmelt er kaum verständlich, „wir haben große Fehler gemacht, Friedrich. Die Österreicher haben unsere Quartiere bei Lassgritz im Osten umgangen. Ich bitte nur darum, dass ich mit meinen Kommandeuren das jetzt so schnell, wie möglich wieder in Ordnung bringen kann. Wir müssen die Österreicher jetzt so schnell, wie möglich, stellen und ich ziehe es vor, in der Schlacht zu fallen, als abgelöst zu werden. Das ist eine letzte Bitte an dich."

König Friedrich bleibt stehen, denkt einen Augenblick nach und tritt dann entschlossen vor die versammelten Kommandeure. „Meine Herren, es ist keine Sekunde Zeit zu verlieren. Das erste preußische Armeekorps bewegt sich in Eilmärschen sofort nach Norden auf Mollwitz zu und vereinigt sich dort mit den Truppen um die Festung Brieg. Wir suchen dort sofort das Gefecht mit den Österreichern, das kriegsentscheidend sein wird. Die Aufstellung unserer Truppen legen wir nach Lage des Geländes vor Ort fest, zum Einsatz kommen erstmals neue, sehr wirkungsvolle Gewehre, die wir in der Linie verteilen." Dann wendet sich König Friedrich an seinen Bruder, schaut ihn einen Augenblick schweigend und durchaus liebevoll an. „Heinrich, zeig der Welt, was in der preußischen Armee steckt, wenn sie herausgefordert wird. Ich brauch meinen Bruder lebend und nicht als Märtyrer."

***

Nach zwei Tagen hat die preußische Armee hinter Löwen Tuchfühlung zu den Österreichern, die sich noch ohne Argwohn in ihren Quartieren befinden und es gar nicht eilig haben, sich der Schlacht zu stellen. In der Nacht hatte es noch einmal tüchtig geschneit, so dass die preußische Armee auf mit Tiefschnee bedecktem Gelände Aufstellung nimmt. Es ist gerade hell geworden und Friedrich Wilhelm beobachtet mit großem Staunen, wie die Armee ihre Schlachtordnung einnimmt. Vier Kolonnen mit zwei Linien und exakten Abständen werden gebildet. An den Flügeln die Kavallerie Eskadrone, die Artillerie an der Spitze, Fahnenträger vorneweg und mittendrin der König mit seiner Garde. Das sieht exakt aus, wie auf dem Paradeplatz, nur wird es diesmal eine Parade in den Tod sein. Die Einnahme der Schlachtordnung braucht einige Zeit, die es den Österreichern ermöglicht, sich von der Überraschung zu erholen und sich ihrerseits zur Schlacht aufzustellen. Er überlegt, wie es wohl wäre, wenn die Preußen ohne umständliche Schlachtordnung sofort die Österreicher angegriffen hätten, was natürlich vollkommen gegen das Reglement gewesen wäre.

Dann beginnt das Todes-Ballett, unheimlich anzuschauen. Die Armeen wirken wie Kampfmaschinen. Im Gleichschritt gehen sie aufeinander los. Fünfundsiebzig Schritte pro Minute, sagt das Reglement, alles immer wieder geübt. Für den einzelnen Soldaten gibt es kein Ausweichen mehr, die Angst wird unterdrückt, niemand weiß, ob er überleben wird. Den Kameraden links und rechts, vorn oder hinten geht es genauso. Keiner will Schwäche oder gar Feigheit zeigen. Und dann sind da noch die Offiziere und Korporale, die sofort zuschlagen würden, wenn einer nicht mitmachen will. Pardon wird nicht gegeben, nicht dem Feind und auch nicht den eigenen Soldaten.

Auf fünfhundert Metern haben die Geschütze auf beiden Seiten das Feuer eröffnet. Man schießt sich ein. Die ersten Salven liege noch nicht perfekt, aber die Einschläge werden immer genauer. Dann reißen die Einschläge die ersten Lücken in den feindlichen Linien, auf beiden Seiten. Die Reihen werden sofort wieder geschlossen. Sollte ein Gefallener noch nicht tot sein, dann wird er jetzt von den eigenen Kameraden zu Tode getrampelt. Vom Schlachtfeld hört man die ersten gellenden Schreie, wenn Soldaten die Gliedmaßen abgerissen werden und sie im Todeskampf liegen. Niemand hört darauf, es geht immer weiter.

Von den Flügeln stürzen sich jetzt die Kavallerie Eskadrone – mehrere Tausend verwegene Reiter – mit Gebrüll auf die feindlichen Linien. Zwischen den Linien fallen sie übereinander her, schlagen mit Degen aufeinander ein, ein blutiges Gemetzel. Die Masse der Kavalleristen bricht durch und stürzt sich jetzt auf die gegnerischen Reihen. Das ist der Augenblick, in dem die Infanterie das Gewehrfeuer eröffnet und auf die heranreitenden Kavalleristen schießt. Pferde überschlagen sich, schlagen wild mit den Hufen und begraben ihre Reiter unter sich. Weiter geht es, immer schneller auf die feindliche Linien los. Dazwischen Einschläge von Granaten der Artillerie, die immer große Flächen aufreißen und alles zerfetzen, was sich auf diesen Flächen befindet.

Es zeigt sich, das das Gewehrfeuer auf der preußischen Seite sehr viel heftiger ist, als das der Österreicher. Die neuen Gewehre wurden in Abständen in den Reihen aufgeteilt. Fällt jemand, so übernimmt der Hintermann sofort dessen Gewehr. Jetzt treibt die Kavallerie ihre Pferde in die gegnerischen Reihen. Es wird draufgeschlagen, was das Zeug hält. Wer nicht schlägt, wird selber geschlagen. Die ersten Reiter durchbrechen die preußischen Reihen. Das ist gefährlich und könnte den Ausschlag geben.

Friedrich Wilhelm befindet sich jetzt wieder bei der Etappe hinter der Schlachtordnung und hört, wie der Kommandeur, dem König rät, sich nach Löwen in Sicherheit zu bringen, was dieser auch tut. Mit seiner Garde verlässt König Friedrich das Schlachtfeld. Der Kommandeur Christoph von Schwerin wirft sich in die Schlacht und ordnet die Reihen neu. Es gibt kein Zurück mehr. Wenn die Kavallerie nicht den Sieg herbeiführen kann, dann bleibt immer noch die Infanterie, die Perle preußischer Kriegskunst. Die Linien befinden sich jetzt auf Schussentfernung und die Gewehrsalven krachen unaufhörlich, auf preußischer Seite allerdings schneller und genauer. Der Tod hält reichlich Beute. Die Soldaten fallen auf beiden Seiten wie die Fliegen. Gebrüll und Geschrei übertönt die Takt schlagenden Trommeln, und dennoch gibt es kein Halt. Die Soldaten stampfen längst über die Leichen gefallener Kameraden und durch aufgerissene Pferdeleiber. Der Schnee auf dem Schlachtfeld hat sich blutrot gefärbt. Die Artillerie ist mittlerweile überholt und schießt über die Köpfe der eigenen Reihen hinweg in die gegnerischen Reihen. Das wirkt. Es entstehen große Löcher in den Reihen, die jetzt von den Preußen durchbrochen werden. Es gibt längst keine Schlachtordnung mehr bei den Österreichern. Es geht nur noch Mann gegen Mann mit Degen und Piken, Gewehren und Bajonetten. Das sind längst keine Menschen mehr, die sich hier massakrieren. Das sind gedrillte Kampfmaschinen, die nur noch das eigene Leben verteidigen. Wie lange wird das so gehen?

Gegen Mittag ebbt der Schlachtenlärm langsam ab. Beide Seiten nähern sich der Erschöpfung und die Kämpfe finden nur noch ungeordnet in Gruppen irgendwo wahllos auf dem Schlachtfeld statt. Freund und Feind sind längst mehr zu unterscheiden. Dann ziehen sich die verbliebenen Österreicher langsam zurück. Das wäre natürlich der Moment, wo man den Feind noch verfolgen könnte, um ihm den Rest zu geben. Aber auch die preußischen Soldaten wollen jetzt nicht mehr und hindern die Österreicher nicht, das Schlachtfeld zu verlassen. Manchem wird jetzt wohl so langsam bewusst, dass er offensichtlich zu den Überlebenden zählt und da wäre es töricht, noch einmal sein Leben aufs Spiel zu setzen. Die preußische Soldaten sammeln sich jetzt und begeben sich schwerfällig zurück zum Ausgangspunkt der Schlacht. Österreichische Fahnen werden mitgeführt. Sie sollen wohl beweisen, das Preußen diese Schlacht gewonnen hat.

Friedrich Wilhelm ist mit einem Zug Soldaten der Etappe zum Schlachtfeld zurückgekehrt. Er hat befohlen, alle Gewehre einzusammeln, die noch zwischen den Leichen und Leichenteilen auf dem Schlachtfeld liegen, eine furchtbare Aufgabe. Er stapft mit seinen Soldaten durch diese Hölle, über der ein penetranter Gestank sich auszubreiten beginnt. Zu dem Geruch von Schießpulver kommt ein süßlicher Geruch von Blut und zerfetzten Körpern. Am schlimmsten aber sind die Schreie der Schwerverletzten, um die sich hier niemand kümmert. Wer es schafft, versucht noch mit letzter Kraft das Schlachtfeld zu verlassen, um sich in sicherer Entfernung erst einmal in die Büsche zu schlagen. Das sind aber nur noch wenige. Zwei junge Soldaten, ein Österreicher und ein Preuße, liegen im Tode verschlungen auf dem rotgefärbten Schnee. Freund und Feind am Ende wieder vereinigt. Welch ein Irrsinn. Ein anderer junger preußischer Soldat liegt in den letzten Zügen und schaut Friedrich Wilhelm ratlos an. Er hat sich rasch zu ihm begeben und ihn in den Arm genommen. Mit letzter Kraft fragt der Junge: „Haben wir gesiegt?" Friedrich Wilhelm steckt ein Kloß im Hals, aber er nimmt alle seine Energie zusammen und flüstert dem Jungen ein paar freundliche Worte zu, der jetzt rasch verstirbt. Jetzt laufen Tränen über sein Gesicht. Er lässt seinen Gefühlen freien Lauf. „Was hat Preußen gewonnen angesichts dieser Tragödie?" fragt er sich, „sind diese vielen Tausend Soldaten, die das Schlachtfeld übersähen alles

Helden? Und was bedeutet eigentlich ein Sieg, der so teuer erkauft werden muss?" Im Nachhinein wird sich zeigen, das auf beiden Seiten wohl insgesamt viertausend Soldaten gefallen sind.

***

Die erste preußische Armee, besser gesagt, der dezimierte Rest, marschiert zurück nach Breslau. Die königliche Garde, zu der auch die Quartiermeistertruppen Friedrich Wilhelms gehören, hält auf die immer noch nicht genommene Festung Brieg zu. Schon von weitem hört man den Geschützlärm und das Krachen der Einschläge in die belagerte Stadt. Der König lässt vor den Stadtmauern halten und schaut wie versteinert auf das sich ihm bietende Geschehen. „Adjutant", ruft er, „der Kommandeur soll sich sofort bei mir melden." Weiter geht der grauenvolle Beschuss. Einschlag auf Einschlag trifft die wehrlose Stadt, die flächendeckend zu brennen scheint. Wie kann man in dieser Hölle überleben? Lebt da überhaupt noch irgendjemand? Denn wenn da niemand mehr sein sollte, wer soll zur Kapitulation die Tore öffnen?

Der Kommandeur, Oberstleutnant der Artillerie von Tacke reitet im Galopp auf die königliche Garde zu, pariert sein Pferd vor dem König und macht seine Meldung. König Friedrich fackelt nicht lange: „Warum wird diese Festung noch beschossen, Oberstleutnant?" „Majestät, so lautet mein Befehl!" „Befehl von wem?" „Vom Hauptquartier der ersten Armee!" „Ist ihnen nicht übermittelt worden, dass ich angeordnet habe, den Beschuss der Festungen sofort zu stoppen?" „Nein, Majestät, davon weiß ich nichts." „In Ordnung, stoppen sie sofort den Beschuss und versuchen sie zur Festungsbesatzung Kontakt aufzunehmen. Sind sie eigentlich sicher, dass da überhaupt noch jemand lebt?" „Wir haben keine Informationen darüber, Majestät." „Natürlich nicht, ihr Dummköpfe. Ist euch eigentlich nicht klar, dass ihr hier eine preußische Stadt beschießt, mit preußischen Einwohnern?" „In der Festung befinden sich Österreicher." „Wie viele?" „Das ist mir nicht bekannt." „Ihnen ist wenig bekannt, Oberstleutnant. Nachdenken ist wohl nicht die Stärke der Artillerie, was?" Der Oberstleutnant zieht es vor, jetzt besser nichts mehr zu antworten. „Führen sie meinen Befehl aus, Oberstleutnant." Der Kommandeur grüßt, sitzt auf und verschwindet, so rasch er kann. Nach kurzer Zeit wird der Beschuss beendet.

Der König wendet sich zu einem Adjutanten. „Ich habe dem Stabschef von Gnersheim persönlich befohlen, den Beschuss der Festungen einzustellen. Der Stabschef wird sofort abgelöst. Ich möchte außerdem Bericht über die anderen Festungen. Der Adjutant grüßt und tritt ab. „Major von Bernsdorf soll sich bei mir melden." Sofort begibt sich ein Läufer auf die Suche. Friedrich Wilhelm wird gefunden und zum König befohlen. „Majestät, ich melde mich zur Stelle." „Bernsdorf, die neuen Gewehre haben wahrscheinlich den Ausschlag in Mollwitz gegeben, aber es war sehr knapp. Wir haben gezählt. Die Österreicher hatten wesentlich höhere Verlust als wir. Das hat auch an den neuen Gewehren gelegen. Wir haben zwar in Mollwitz eine Schlacht gewonnen, den Krieg aber noch lange nicht. Ich möchte, dass sie sofort nach Berlin zurückkehren und sich um einen ausreichenden Nachschub kümmern. Wir können das den Zivilisten nicht allein überlassen. Sehen sie zu, dass wir die Herstellung beschleunigen. Sie haben alle Vollmachten. Wir brauchen so schnell, wie möglich, die neuen Gewehre. Die Österreicher haben dagegen im Augenblick kein Mittel. Wir werden uns jetzt noch um die zweite, die kleinere österreichische Armee kümmern und sie begeben sich sofort nach Berlin. Die Herstellung neuer Gewehre ist ihr Schlachtfeld."

Trauer bei den Bernsdorfs

Die Rückreise nach Berlin braucht nur wenige Tage. Der Krieg hinterlässt überall seine Spuren, im besetzten Sachsen ebenso, wie in Berlin. Der Krieg verändert alles, vor allem die Menschen, die jetzt sehr ernst und bekümmert wirken. Wie viele von ihnen mögen wohl Gefallene von Mollwitz zu beklagen haben? Schlimmer noch geht es den Invaliden, die jetzt zunehmend in Erscheinung treten und allen deutlich machen, welchen Preis das Land für diesen Krieg zahlen muss.

Heinrich von Griese ist froh, dass Friedrich Wilhelm wieder in Berlin ist. Er ist brennend daran interessiert, wie sich die neuen Gewehre auf dem Schlachtfeld bewährt haben. „Ganz großartig", führt Friedrich Wilhelm aus, „du musst dir vorstellen, dass die Preußen auf dem Schlachtfeld jetzt eine fast doppelte Reichweite mit dem Gewehrfeuer haben und doppelt so schnell schießen. Das bedeutet, dass die Österreicher mehrere Minuten während ihres Vormarschs völlig wehrlos dem preußischen Gewehrfeuer ausgesetzt sind, bevor sie überhaupt die eigenen Macheten einsetzen können. Die Preußen können dagegen den Vormarsch sogar verzögern. In dieser Zeit fallen bereits Hunderte von Österreichern, ein unschätzbarer Vorteil für die preußische Armee. Ich habe es mit eigenen Augen gesehen, Friedrich." „Unglaublich, hoffentlich sind den Österreichern nicht unsere Gewehre in die Hände gefallen." „Nein, das glaube ich nicht. Zunächst herrschte erst einmal eine große Überraschung. Bei Mollwitz wussten sie noch gar nichts davon und haben wohl auch keine Gewehre gesucht. Das kann sich aber in den nächsten Schlachten ändern. Da müssen wir sehr aufpassen. Die Armeeführung weiß das aber." „Na hoffentlich", brummt von Griese, „wir habe jetzt die Zahl der Facharbeiter verdoppelt und können jetzt natürlich viel mehr liefern."

Es erscheint ein Schreiber aus dem Kontor und übergibt eine Depesche aus Osterode. Friedrich Wilhelm liest die Nachricht und ist erkennbar bestürzt. „Schlechte Nachrichten von deinem Vater?" „Ja, es scheint mit ihm zu Ende zu gehen. Ich werde sofort zu ihm fahren." „Tu das, aber halte mich bitte informiert. Dein Vater war für mich immer sehr wichtig. Ich hoffe, dass er sich vielleicht doch noch erholt. Man soll die Hoffnung nie aufgeben". Griese umarmt Friedrich Wilhelm ohne weitere Worte.

Ohne Zeitverzug macht sich Friedrich Wilhelm auf die Reise nach Osterode. Er fährt über Kolberg und nimmt Evi und Friedrich mit auf die Reise. Den Kutscher treibt er an, denn er hat das Gefühl, dass ihm nicht mehr viel Zeit bleibt. So schaukelt die Landschaft an der Kutsche vorbei. Es ist Hochsommer und auf den polnischen Feldern wird fleißig gearbeitet. Ganz anders sieht es in Ostpreußen aus. Nichts bewegt sich auf den Feldern, die ungepflegt, zum Teil nicht einmal bewirtschaftet aussehen. Der Krieg strahlt bis in die letzten Winkel des Landes aus. Dann erreichen sie Gut Bernsdorf.

In der Halle trifft sich die ganze Familie. Auch Marie und Friedrich sind aus Königsberg angereist, natürlich auch der kleine Friedrich, der seinen Cousin Friedrich umarmt. Die Mutter sieht sehr besorgt aus und bitte Friedrich Wilhelm, sofort zu seine Vater zu gehen. Er wartet schon.

Als Friedrich Wilhelm sich über seinen Vater beugt ist ihm sofort klar, dass es zu Ende gehen wird. Der Arzt hat ihm draußen vor dem Schlafzimmer auch keine Hoffnung machen können. Nach einer herzlichen Umarmung setzt sich Friedrich Wilhelm an das Sterbebett seines Vaters und hält dessen Hand. Der Baron lächelt zufrieden und schaut seien Sohn liebevoll an. „Danke, dass du so schnell gekommen bist. Ich weiß, wie schwierig das in diesen Zeiten ist. Erzähl mir, wie es dir geht." „Mir geht es gut, Vater. Ich habe das Vertrauen des Königs und meiner Vorgesetzten und habe wichtige Aufgaben für unser Land zu erledigen, ich bin übrigens zum Major befördert worden." „Das freut mich, mein Sohn. Du wirst es weit bringen, da bin ich ganz sicher. Wie läuft es im Krieg?" „Sollen wir wirklich darüber sprechen, jetzt?" „Ja, ich möchte es wissen." „Die Österreicher haben einen Gegenangriff geführt, aber Preußen hat bei Mollwitz gesiegt. Knapp und dank der neuen Gewehre, aber es gab schrecklich viele Verluste auf beiden Seiten." „So ist das immer im Krieg, da kann man nichts machen. Wie willst du das alles schaffen, wenn ich nicht mehr da bin?" „Ich schaffe das schon, Vater. Mach dir keine Sorgen. Außerdem bin ich ja nicht allein. Ich habe ja noch Mutter und Evi und, ja natürlich, auch Marie und Friedrich. Wir alle arbeiten sicher gut zusammen. Das Gut Bernsdorf wird weiter bestehen und alles wird wieder besser werden, nach dem Krieg." Der Baron schließt die Augen, schweigt einen Moment und sagt dann: „Ich glaube, ich bin müde. Ich werde jetzt ein wenig schlafen."

In der Nacht wird die ganze Familie noch einmal an das Sterbebett gerufen. Der Baron ist ganz ruhig, schaut noch einmal wortlos seine Lieben an und schließt dann lächelnd und sichtbar zufrieden für immer seine Augen. Baron Friedrich von Bernsdorf ist tot.

Auf Bernsdorf beginnt jetzt die Trauer. Die unvergleichlich starke Haltung des Sterbenden hat bisher gar keine Trauer aufkommen lassen, eher immer wieder die Hoffnung bestärkt, es handele sich nur um eine schwere Krankheit. Jetzt sind jedoch alle bestürzt, die Familie und alle, die auf dem Rittergut leben. Über dem Gut breitet sich eine tiefe, lähmende Trauer aus. Gegen Mittag kommen viele Leute aus dem Ort und aus der Umgebung, um zu kondolieren. Die Familie, oder wer sich gerade dazu imstande fühlt, hält sich dazu in der Halle auf, nimmt – tief schwarz gekleidet - die Beileidsbekundungen entgegen und lädt mit wenigen Worten zur Beisetzung übermorgen ein. Beileid braucht eben nicht immer vieler Worte. Das persönliche Erscheinen, ein langer Händedruck, verbunden mit dem Ausdruck der eigenen Trauer, reichen aus, geben den Angehörigen Trost und Beistand.

Die Kirche in Osterode ist mit Tannengrün geschmückt, der Sarg ist von einem Meer von Kränzen fast bedeckt. Eine Ehrenwache der preußischen Armee – es handelt sich um gleichrangige Reservisten oder Ruheständler - hat rechts und links vom Sarg Aufstellung genommen. Der Baron war Oberst der Reserve.

Pastor Lüder – selber schon hoch in den Siebzigern und schon lange von seinem Nachfolger unterstützt - lässt es sich nicht nehmen und hält selber eine sehr bewegende Trauerpredigt. „Hochverehrte Frau Baronin und Trauerfamilie, liebe Trauergemeinde! Unser verehrter, hochgeachteter und viel geliebter Baron Friedrich von Bernsdorf, Oberst im Ruhestand, Rittergutsbesitzer, Landrat des Bezirks Osterode und Angehöriger des preußischen Landtages hat uns nach kurzer, schwerer Krankheit verlassen. Wir dachten alle, das es sich nur um eine kurze, vorübergehende Krankheit handeln würde. Umso bestürzender war dann die Tatsache, dass es dieses Mal anders verlaufen ist. Der Herr hat ihn ohne weitere Vorwarnung jetzt zu sich geholt. Wir müssen das akzeptieren, können uns aber tröste. Friedrich von Bernsdorf war ein gläubiger Mann, dem seine ganz persönliche Nähe zu unserem

Herrn sehr am Herzen lag. Er war ein großartiger Familienvater, aber seine Familie waren wir alle. Um jeden hat er sich gekümmert, jeder Einzelne war sein nächster, sein Bruder oder seine Schwester im wahren christlichen Verständnis. Wir werden gleich geboren und wir verlassen diese Welt wieder gleich. Jeder nach seinem Leben, jeder auf seine Weise. Vor dem Herrn gibt es keine Unterschiede. Baron Friedrich von Bernsdorf wusste das und hat danach gelebt. Wo Not war, hat er geholfen, ohne große Worte, vieles haben die meisten von Euch gar nicht mitbekommen. Das war dann eben immer seine Sache und die seines Herrn. Er wird ganz bestimmt gnädig im Himmel aufgenommen, da bin ich mir sicher. Ich weiß, dass ihn die Zustände in unserem Land sehr belastet haben und tief besorgt gemacht habe. Vor allem der Krieg machte ihm schwer zu schaffen. All die jungen Leute, die auf den Schlachtfeldern ihr Leben lassen mussten oder als Invaliden zurück kamen, die vernachlässigten Höfe, die nicht eingebrachten Ernten, die hungernden Familien, das verwahrloste Vieh. Oft saß er bei mir und fragte sich, ob das unserem Herrn wohl gefallen könnte und was er tun müßte, um all das zu lindern. Sein Sohn, unser jetziger Baron Friedrich Wilhelm von Bernsdorf, war ja auch im Krieg, wie so viele aus unserer Gemeinde. Und ich weiß natürlich, dass auch sie, Herr Baron von Bernsdorf, fast so denken, wie ihr verstorbener Vater. Sie denken nicht nur so, sie handeln auch so und dass in der sicheren Einsicht, dass genau das im Sinne ihres Vaters ist, den wir alle hier so geliebt haben und jetzt betrauern. So lasset uns denn jetzt zum Gottesacker gehen und dem Verstorbenen das letzte Geleit geben. Baron Friedrich von Bernsdorf, lieber Bruder, wir werden dich nie vergessen."

Die Gemeinde erhebt sich vor der Aussegnung und stimmt zusammen mit der Orgel und den Bläsern das Lied „Großer Gott wir danken dir" an und ein langer Trauerzug begleitet den Sarg zum Friedhof und zur Familiengruft der von Bernsdorfs, begleitet von Glockenklängen und Trauerliedern, gespielt durch eine Abordnung der preußischen Armee aus Allenstein. Ein wahrhaft eindrucksvolles Begräbnis. Lange dauert es, bis jeder, der wollte, noch einmal an seiner Grabstätte vorbei gegangen ist und noch eine Schaufel Erde oder Blumen dem Sarg beigegeben hat. Nur sehr langsam löst sich die Trauergemeinde auf, schließlich verlässt auch die Trauerfamilie den Friedhof, um jetzt ganz unter sich des Verstorbenen zu gedenken.

Ganz langsam setzt nach ein paar Tagen auf Bernsdorf wieder der Alltag ein. Das Leben muss weiter gehen. Marie, Friedrich und Friedrich von Korff müssen zurück nach Königsberg. Evi wird mit dem kleinen Friedrich auf Bernsdorf bleiben. Da ist jetzt ihr zu Hause. Friedrich Wilhelm hat vieles mit dem Verwalter zu besprechen, der nur Probleme sieht und auch die Aufgaben als Landrat fordern einige Abstimmungen mit den Landräten aus dem Bezirk. Da bleibt wenig Zeit für Trauer und trübe Gedanken an die Zukunft.

***

Abschied von der Armee

Nachdem das alles geregelt ist, macht er sich auf den Weg nach Berlin, wo er sich mit Heinrich von Griese trifft, der – trotz vielfältiger Aufgaben – natürlich auch in Osterode auf der Beerdigung war. Griese bedeutet ihm, dass es wohl das Beste wäre, wenn Friedrich Wilhelm sich jetzt ganz auf die beiderseitige Zusammenarbeit konzentrieren könnte. Da er keinen Nachwuchs hatte, würde er den jungen Baron gerne als Teilhaber in seinen Fabriken sehen.

Nach der gewonnen Schlacht bei Mollwitz scheint der Krieg in Schlesien zumindest unterbrochen. Der König, auch General von Trotha und die ganze Armeeführung sind wieder in Berlin. Von Trotha hat volles Verständnis für die veränderte Situation, hält es aber für notwendig, dass Friedrich Wilhelm sich unabhängig von seinen Aufgaben als Gutsherr und Landrat auch noch um die zukünftige Ausrüstung der preußischen Armee kümmert. Er wird dem König einen entsprechenden Vorschlag machen. Eine Audienz ist schon festgesetzt.

In Charlottenburg warten Friedrich Wilhelm und General von Trotha in der Empfangshalle darauf, zum König vorgelassen zu werden. Schließlich ist es so weit. Sie werden hereingebeten. König Friedrich eilt auf Friedrich Wilhelm zu und drückt ihm tief bewegt die Hand. „Mein tiefstes Beileid zum Tode ihres Vaters", sagt er, „der Tod ihres Vaters hat mich sehr betroffen gemacht. Ich weiß, wie schwer es ist, wenn der eigene Vater sterben muss und was da alles auf einen zukommt." Er winkt seinem Adjutanten, der ihm ein Dokument bringt. Der König fährt fort: „Ich entlasse sie hiermit aus der Armee und befördere sie zum Oberst der Reserve. Gleichzeitig ernenne ich sie zum Inspizienten der preußischen Regierung für die Ausrüstung der preußischen Armee. In dieser Aufgabe berichten sie mir regelmäßig und unterstehen dem Oberpräsidenten der Preußischen Kriegs- und Domänenkammer. Gegenüber allen anderen Stellen, auch in der Armee, sind sie weisungsbefugt. Ich habe noch mehr mit ihnen vor, von Bernsdorf, aber das kommt später. Jetzt kümmern sie sich mal um ihre Angelegenheiten in Berlin und in Osterode und vergessen sie mir die Ausrüstung der Armee nicht. Ich habe das Gefühl, dass wir die bald schon brauchen werden." Friedrich Wilhelm ist damit wieder aus der Audienz entlassen. Auch König Friedrich hat offensichtlich alle Hände voll zu tun. Da bleibt wenig Zeit für Konversation.

Wieder in der Empfangshalle sieht General von Trotha Friedrich Wilhelm etwas skeptisch an: „Wenn ich Seine Majestät eben richtig verstanden habe, sind sie mir gegenüber jetzt weisungsberechtigt. So schnell kann das gehen." Friedrich Wilhelm sagt dazu erst einmal gar nichts und macht sich zusammen mit General von Trotha auf den Weg aus dem Schloss. Das Leben nach seiner Zeit in der Armee hat für Friedrich Wilhelm soeben begonnen.

Die Preußische Kriegs- und Domänenkammer befindet sich in einem gewaltigen, einem Palais ähnlichen Bauwerk im Zentrum Berlins. Friedrich Wilhelm lässt seine Kutsche halten und staunt das imposante Gebäude an. Hier also soll er künftig seine neuen Aufgaben als Inspizient für die preußische Regierung wahrnehmen. Mit raschen Schritten steigt der de gewaltige Treppe hoch und durchschreitet die Eingangshalle, auf der eine riesige Kuppel ruht.

„Was kann ich für sie tun?" wird er von einem Bediensteten in einer Livree gefragt, der zu einem Empfangsbereich gehört. Ohne Anmeldung kommt hier offensichtlich niemand durch. „Ich möchte zum Oberpräsidenten." „Sind sie angemeldet?" „Ja, ich bin angemeldet." „Wen darf ich melden?" „Baron von Bernsdorf." „Augenblick, Herr Baron. Sie können dort bitte Platz nehmen." Der Bedienstete zeigt höflich auf einen Sessel, der für Besucher vorgesehen ist. „Ich schicke gleich einen Läufer los."

Friedrich Wilhelm nimmt Platz und denkt sich, dass hier in diesem Palast ganz sichtbar offensichtlich viel Geld verwaltet wird. Er weiß natürlich, dass nach der Verwaltungsreform die Kriegs- und Domänenkammer mit ihren örtlichen Kammern die wichtigste Behörde in Preußen ist. Sie ist das entscheidende Vollzugsorgan für den König bei der Erhebung der Akzisen und Kontributionen und sie stellt die Armee auf. Beides ist für den König besonders wichtig. Geld und die Armee sind entscheidend, alles andere hat sich dem unterzuordnen. Der Empfangsbedienstete hat sich unbemerkt wieder genähert. „Herr Baron, der Oberpräsident Herr von Köslin lässt bitten, der Läufer wird sie zu ihm begleiten.

Ohne große Formalitäten wird Friedrich Wilhelm im ersten Stockwerk gleich zum Oberpräsidenten vorgelassen. Eckhardt von Köslin, der in einem saalähnlichen Zimmer residiert, eilt auf ihn zu. „Willkommen, Herr Baron. So sieht man sich wieder. Kommen sie, setzen wir uns hier." Er weist auf schwere Sessel hin, in denen Friedrich Wilhelm sofort versinkt.

Ohne Zeit zu verlieren fährt von Köslin fort. „Sie erinnern sich sicher noch an meinen Besuch in Osterode? Wie lange ist das schon wieder her? Warten sie mal, das war doch vor dreiunddreißig Jahren. Mein Gott, wie die Zeit vergeht. Ich habe gehört, dass ihr Vater vor kurzem verstorben ist. Mein herzliches Beileid, Herr Baron. Jetzt liegt die ganze Verantwortung auf ihnen." „Danke, Herr Oberpräsident, der Tod meines Vaters hat uns alle überrascht. Er hat über seine Krankheit nie gesprochen." „Ja", sagt von Köslin nachdenklich, „so sind die Herrn Aristokraten, immer Haltung, niemals Schwäche zeigen, bewundernswert ihr Vater."

Es werden Getränke gereicht und von Köslin fährt fort. „Herr Baron, sie sind ja jetzt per königlichem Befehl mir als Inspizient für die Ausrüstung der preußischen Armee zugeordnet, aber nicht unterstellt. Das ist eine einmalige Position in der Kammer. Wir müssen versuchen, irgendwie zusammen zu arbeiten. Wäre es wohl möglich, dass sie mich über ihre Angelegenheiten, von denen ich ehrlich gesagt nicht viel verstehe, informiert halten?" „Selbstverständlich, Herr Oberpräsident. Ich werde ja auch ihre Hilfe brauchen." „Welche Hilfe?" „na ja, die Ausrüstung der preußischen Armee wird Geld kosten, viel Geld sogar." Von Köslin verzieht etwas das Gesicht. „Ach so meinen sie das. Ja natürlich, das leidige Geld. Da müssen sie mir aber immer rechtzeitig mitteilen, wann sie, wieviel brauchen. Ich versuche auch den anderen Präsidenten und Kammerinspizienten immer klar zu machen, dass sie ihre Gelderfordernisse mindestens ein Jahr vorher anmelden. Aber nicht nur anmelden, Herr Baron, auch begründen, verstehen sie? Am Ende muss dann entschieden werden, wohin das Geld vorrangig fließt. Ich meine, bei Hof macht man sich das leicht. Da wird immer nur angeordnet und gefordert. Woher ich das Geld hole ist denen doch egal." „Wie sieht es denn damit aus?" „Da sind wir genau an dem Punkt". Eckhardt von Köslin zündet eine Zigarre an und lehnt sich weit zurück. „Wissen sie, mit den Finanzen hat Preußen Probleme. Man kann eben nicht ständig Krieg führen und erwarten, dass dann noch Steuern aus dem Land kommen. Woher sollen die denn kommen, wenn die Bauern ihre Äcker nicht bearbeiten und ihre Söhne und Knechte im Krieg sind. Das muss sich schleunigst wieder ändern, sonst kommen wir auf keinen grünen Zweig mehr." „Wir brauchen Geld für neue Gewehre und Kanonen und für die Munition. Ich glaube auch noch nicht, dass der Krieg schon vorbei ist, Herr Oberpräsident". „Meinen sie? Können sie mir dann einmal erklären, wie Seine Majestät dann auf die Idee kommen kann, ein neues Schloss in Potsdam zu bauen? Wie soll das eigentlich bezahlt werden?"

Friedrich Wilhelm entschließt sich, das Thema zu wechseln. „Eine Frage habe ich noch. Wo soll ich hier in der Kammer arbeiten?" „Das ist alles schon vorgesehen. Ihre Aufgabe ist wichtig und sie sind der erste, der damit beauftragt wird. Wir haben im zweiten Stock einige Räume für sie und ihre Mitarbeiter freigemacht. Da haben sie alles, was sie für ihre

Arbeit brauchen. Sie können auch einige erfahrene Mitarbeiter der Kammer übernehmen, wenn sie wollen. Sie können sich aber auch einen eigenen Stab zusammenstellen. Die müssen ja vor allem von der Sache was verstehen. Also, auf gute Zusammenarbeit, Herr Baron." Von Köslin ist ausgesprungen und begleitet seinen Gast noch bis zur Tür.

***

Es dämmert schon, als Friedrich Wilhelm vor der neuen Residenz von Heinrich von Griese vorfährt. Am liebsten würde er sich die Augen reiben. Von Griese wohnt in einem schlossähnlichen Palast mit riesigem Park. Über eine weit geschwungene Freitreppe gelangt man in die Empfangshalle, die mit schwerem Stuck bis in den letzten Winkel ausgestaltet ist. Schwere Teppiche, kostbare Möbel und Sitzgruppen und in dem Treppenaufgang hängen riesige Gemälde mit vergoldeten Rahmen. Strenge Gesichter, fettleibige Damen und Herren in pompösen Kleidern schauen den Besucher streng aus den Bildern an. Man könnte meinen, das Geschlecht der von Grieses sei Jahrhunderte alt. Ein eleganter Butler mit Frack und weißen Handschuhen, kerzengerade Haltung und etwas hochnäsig wirkend begleiten Friedrich Wilhelm in das obere Geschoss und in einen Empfangssaal, der den Besucher wegen seiner üppigen Ausstattung sofort erschlägt oder zumindest beeindrucken soll.

Der Hausherr lässt seinen Gast nicht lange warten. „Schön, dass du so schnell kommen konntest. Komm erzähl mir, was es neues gibt. Setzen wir uns doch." Der stocksteife Diener sorgt für Getränke und Häppchen, dann beginnt Friedrich Wilhelm mit seinen Neuigkeiten. „Ich bin jetzt also Inspizient in der Kriegs- und Domänenkammer, Heinrich. Kannst du dir das vorstellen?" „Großartig, wer kann dir denn Anweisungen erteilen?" „Nur der König." „Und wer gibt die das Geld?" „Der Oberpräsident von Köslin." „Der ist fast noch wichtiger. Den müssen wir pflegen". „Schön wär's. Der hat mir erst einmal sein Leid geklagt. Leere Kassen und ein neues Schloss in Potsdam. Wenn es nach dem ginge, müsste ich noch Geld mitbringen." Von Griese muss laut lachen. „Alles Affentheater. Jammern gehört zum Handwerk. Der möchte es sich mit seinem König keinesfalls verderben. Der schickt jetzt seine Steuereintreiber erst einmal wieder los, nachdem du ihm klargemacht hast, dass du Geld brauchst. Die sind äußerst brutal und holen das letzte aus den Leuten heraus." „Und wenn die auch nichts haben?" „Das stört die überhaupt nicht. Die nehmen zur Not die letzte Kuh mit, wenn es kein Geld zu holen gibt. Du musst nur aufpassen und dir den Steuereintreiber für Osterode zur Brust nehmen, damit die nicht bei uns anfangen." „Den schickt doch die Kriegs- und Domänenkammer in Königsberg." „Da sitzt doch dein Schwager Friedrich von Korff." „Heinrich, es kommt überhaupt nicht in Frage, meinen Schwager damit zu belästigen." „Du bist zu gut für diese Welt", brummt von Griese, komm lass uns jetzt erst einmal einen Bärenfang trinken, dann gibt es ein ordentliches Abendessen, Hirschbraten. Theodora konnte deinen Besuch schon gar nicht mehr erwarten. Sie hält sich nur zurück, damit wir in Ruhe sprechen können. Ist deine Frau in Berlin?" „Nein, Evi ist in Osterode." „Prächtig, dann musst du ja nicht nach Hause. Du kannst hier übernachten. Wir lassen abspannen und bringen deinen Kutscher auch hier unter. Alles kein Problem. Komm lass uns essen gehen, Theodora platzt sonst vor Neugierde."

Auch der Speisesaal steht dem im königlichen Schloss kaum nach. Griese muss eine Menge Geld verdienen. Theodora von Griese hat die große Abendtoilette gemacht und sich in ein aufwendiges Abendkleid gezwängt. Überall Rüschen und Schmuck, wo immer möglich. „Herr Baron", flötet sie, „wie schön, dass sie bei uns sind. Herzliches Beileid auch von mir. Kommen sie, ich muss alles erfahren, was es neues gibt. Wie geht es ihrer Mutter?" Theodora hat sich bei Friedrich Wilhelm eingehakt und führt ihn zu seinem Platz, direkt an ihrer rechten Seite. Heinrich von Griese schmunzelt: „Das magst du wohl, Theodora, solch einen feschen Tischherren? Und ich darf jetzt auf die andere Seite, was?" „Ehre, wem Ehre gebührt, mein Lieber. Du musst uns bitte erzählen, was man bei Hof so munkelt, Heinrich." „Alles nur Gerüchte". „Betrifft das mich?" möchte Friedrich Wilhelm wissen. „Natürlich", säuselt Theodora, „sie sind hier ganz offensichtlich ein aufgehender Stern in Berlin, aber wenn es noch nichts konkretes gibt, will ich nichts gesagt haben." Friedrich Wilhelm runzelt die Stirn: „Kommt jetzt, raus damit. Worum geht es?" „Es soll angeblich um Erhebung gehen. Du weißt doch, dass hier in Berlin und in Potsdam nichts geheim bleibt. Aber bitte, ich will nichts gesagt haben."

Das reichliche Essen wird aufgetragen und während des Hauptgangs fragt Heinrich von Griese ganz unvermittelt:" Wie wäre es mit einer Teilhaberschaft an meiner Firma? Ich habe jetzt Firmen in Spandau, Potsdam, Suhl und Osterode. Ein bisschen viel für mich. Ich könnte einen Teilhaber gebrauchen." „Wie soll das aussehen, Heinrich?" „"Na ja, ich dachte mir, dass wir die Arbeit aufteilen. Du könntest dich doch jetzt um die Fabrik in Osterode kümmern. Das würde mich schon sehr entlasten. Sagen wir dreißig Prozent?" Friedrich Wilhelm vermeidet es, seine Überraschung zu zeigen: „Wird man nicht daran Anstoß nehmen, wenn ich für die Ausrüstung zuständig bin und sie gleichzeitig liefere?" „Deswegen schlage ich ja Osterode vor. Dort stellen wir nur zivile Produkte her. Da gibt es überhaupt keinen Zusammenhang." Es kommt der Nachtisch, eine große Platte mit Früchten. „Ich werde mir das überlegen, Heinrich." „Na großartig, wenn das kein Grund ist, anzustoßen?" Heinrich von Griese gibt dem Diener ein Zeichen und der bringt eine Flasche und Gläser.

***

Zurück auf Bernsdorf muss Friedrich Wilhelm sich um viele Probleme kümmern. Zuerst einmal besucht er seine Bauernschaften, um sich ein Bild von der Lage zu machen. Er fährt auf Erlengrund vor, wo er vom Bauernschaftsführer Ludwig Arnold freundlich begrüßt wird. „Willkommen, Herr Baron. Schön, dass sie so schnell zu uns kommen. Mein Gott, wie mir das um ihren lieben Vater Leid tut. Er war so ein guter Gutsherr, hatte immer Verständnis für unsere Probleme." „Lass mal, Bauer Arnold, wir kriegen das gemeinsam auch alles hin. Erzähl mir erst einmal, was jetzt hier los ist." Beide begeben sich in die Stube, wo sie von Grete schon erwartet werden. Friedrich Wilhelm geht rasch auf Grete zu. „Ja Grete, welche Überraschung, dich hier zu sehen. Bist du nicht verheiratet?" Grete schlägt die Augen betrübt nieder. „War ich, aber nur kurz. Mein Mann ist in Schlesien geblieben. Auf dem Schlachtfeld hat man ihn gefunden. Nicht einmal verabschieden konnten wir uns." Grete schluchzt auf und Friedrich Wilhelm schließt sie wortlos in die Arme bis sie sich wieder etwas beruhigt hat. „Lass mal Grete, ich bin ja jetzt auch wieder da. Wir schaffen das schon. Wo ist deine Mutter?" „Gestorben", lautet die kurze Antwort. „Sie führt jetzt meinen Haushalt", sagt Arnold ganz leise, „ich wüsste nicht, was ich ohne Grete machen sollte."

Man setzt sich und Bauer Arnold erzählt. „Keine Leute habe ich mehr. Ich weiß nicht, wie ich die Felder bestellen soll. Kein Saatgut. Mein Pferd haben sie auch geholt. Ich habe jetzt gar nichts mehr, nur dies Bauerhaus und jetzt kommt auch noch der Winter. Wovon sollen wir leben, womit sollen wir heizen?" „Sieht das überall so aus?" „Ja, Herr Baron, überall das gleiche. Bei manchen fehlt sogar der Bauer, da sind die Frauen ganz alleine. Das kann nicht gut gehen. Dabei haben wir hier noch Glück, dass uns die Russen zufriedengelassen haben, oben im Norden haben sie alles besetzt und ausgeplündert. Da muss es noch schlimmer sein."

Friedrich Wilhelm ist bestürzt. „Ich werde alle Bauernschaften besuchen und mir ein genaues Bild machen. Dann müssen wir schnell etwas unternehmen. Jetzt ist ja erst einmal wieder Frieden, aber ich weiß nicht, wie lange der halten wird. Können wir uns hier auf Erlengrund mit den anderen Bauern treffen, Bauer Arnold? Könnt ihr das untereinander schaffen, allen Bescheid zu geben, dass alle Bauern nächste Woche, sagen wir Mitte der Woche, hier sind?" „Das schaffen wir, Herr Baron." Friedrich Wilhelm erhebt sich. „Ich lasse rasch das Nötigste für euch vom Gutshof herüberbringen und dann müssen wir nächste Woche sehen, was alles gemacht werden muss, bevor der Winter hereinbricht." „Sie sind ein guter Mensch, Herr Baron. Wie schön, dass sie wieder bei uns sind."

***

Die Landräte Freiherr von Reckenstein und Otto von Staff haben sich zu einer Besprechung auf Bernsdorf eingefunden. Man hält sich nicht lange mit allgemeinem Gerede auf, dazu drängen die Probleme viel zu sehr. „Wie ist die politische Lage?" möchte von Staff wissen, wohl in der Annahme von Friedrich Wilhelm genaueres erfahren zu können. Der kennt die allgemeine Lage natürlich besser, als alle hier in Ostpreußen.

„Nach Mollwitz haben sich die Österreicher erst einmal zurückgezogen. Die beiden Armeen befinden sich wieder in Mähren. Die Festungen wurden aufgegeben, Schlesien gehört jetzt zu Preußen. Aber niemand glaubt ernsthaft, dass damit der Krieg schon vorbei ist. Preußen muss jederzeit mit neuen Kriegshandlungen durch Österreich rechnen. Sachsen ist von Preußen ebenfalls besetzt. In dieser Lage brauchen wir weiterhin viele Soldaten und viel Geld geht nach Sachsen und

Schlesien." „Wieso baut König Friedrich sich dann ein teures Schloss?" möchte von Reckenstein jetzt wissen. „Wer soll das beantworten, Herr von Reckenstein, zumal die Armee auch eine neue Ausrüstung braucht." „Die Steuereintreiber sind auch schon wieder unterwegs", bemerkt der, „meine Bauern tun mir jetzt zum ersten Mal richtig Leid. Nur kann ich nichts für sie tun."

„Müssen wir aber", antwortet Friedrich Wilhelm. Wir müssen als erstes Arbeitskräfte für die Güter und Höfe haben."
„Woher sollen die kommen?" „Die gibt es, meine Herren. Die Armee ist auf Besatzungsstärke verkleinert und viele Soldaten sitzen untätig in den Garnisonen oder sind desertiert und verstecken sich irgendwo, auch auf den Bauernhöfen. Die brauchen wir vor allem. Dann gibt es eine Menge Kriegsinvaliden." „Die können doch gar nicht mehr arbeiten." „Wieso nicht? Die brauchen vor allem wieder ihren Glauben an die Zukunft. Einer, dem ein Bein fehlt, kann doch ein Fuhrwerk fahren. Mit einem Arm kann man ein Gespann führen. Jeder einzelne hilft. Wir helfen uns gegenseitig. Ich werde nach Allenstein zum Armeekommando fahren und sehen, was man tun kann. Alles so laufen lassen, ist das schlimmste, was uns passieren kann. Kommen sie mit nach Allenstein, meine Herren?"

***

Auf Erlengrund haben sich alle Bauern des Gutes eingefunden. Vom Gutshof wurde Verpflegung hergeschafft und man geht direkt in die Beratung. Alle schauen gebannt auf ihren neuen Gutsherrn, der auch gleich zur Sache kommt.

„Wir leben in schweren Zeiten", beginnt Friedrich Wilhelm, „Preußen ist zwar durch Schlesien und Sachsen größer geworden. Durch den Krieg sind aber auch die Probleme größer geworden. Ich habe mich in den letzten Tagen auf euren Höfen umgesehen und ich muss sagen, die Not ist groß in unserem Gutsbezirk. Als erstes habe ich beim Armeekommando in Allenstein Leute bekommen, die uns helfen werden. Das sind alles ehemalige Soldaten, die nicht mehr gebraucht werden oder Kriegsschäden haben. Die wollen aber noch arbeiten, jeder tut das, was er noch kann und essen wollen die natürlich auch."

„Wie kommen wir an Essen. Herr Baron?" „Wir bekommen etwas aus dem Armeedepot für die Soldaten, wir müssen das nur abholen und verteilen. Von der Kriegs- und Domänenkammer erhalten wir Saatgut. Das muss schnell in die Erde, noch vor dem Winter." „Wie sollen wir heizen?" „Das ist das geringste Problem", erwidert Friedrich Wilhelm, „Wir haben große Wälder und wir müssen das notwendige Holz selber schlagen, auch alles fortschaffen, was auf dem Waldboden liegt. Ich werde jeder Bauernschaft ein Stück Forst zuweisen und dann muss es an die Arbeit gehen. Dass Brennholz muss möglichst unters Dach, bevor der Winter kommt. Wenn wir Glück haben, dauert das noch zwei Monate. Wir müssen aber sofort damit anfangen."

Bauer Arnold ergreift das Wort für alle anderen. „Wir möchten ihnen danken, Herr Baron, dass sie sich so um unsere Probleme kümmern. Es wird ganz schwer werden, aber zusammen sind wir stark. Wir werden das schaffen, auch mit Hilfe der Soldaten und Kriegsinvaliden. Wenn wir den Winter überstehen und das Saatgut noch vorher in den Boden kommt, wird es uns im nächsten Jahr schon etwas besser gehen." Allgemeines Gemurmel setzt ein, die Bauern scheinen zufrieden. Für Essen und Trinken ist gesorgt und die Bauern setzen sich jetzt in Gruppen zusammen und sprechen sich einmal richtig aus. Friedrich Wilhelm sitzt derweil schon wieder in seiner Kutsche und fährt den endlos erscheinenden Waldweg entlang nach Osterode. Das Fenster ist geöffnet und die würzige Waldluft weht ihm durchs Gesicht. Mit dem Erreichten kann er ganz zufrieden sein und wenn alle mitmachen, sieht die Zukunft gar nicht mehr so düster aus.

***

Auf Bernsdorf angekommen, nimmt Evi Friedrich Wilhelm in den Arm und flüstert ihm ins Ohr: „Du, ich muss dir etwas sagen." Beide gehen in den Park, wo der kleine Friedrich mit Kindern der Bediensteten spielt und versucht, ein Huhn zu fangen. Das macht den Kindern Spaß und man hört das an dem Gejauchze und Gelächter, herrliche Kinderzeit. Amalie hat sich auf eine Bank im Schatten einer Buche gesetzt und liest in einem Buch. Hin und wieder schaut sie auf, um einen zufriedenen Blick auf die umhertollenden Kinder zu werfen.

Evi dirigiert Friedrich Wilhelm daher etwas abseits von der Spielwiese und wandert mit ihm in Richtung Drewenzsee. „So geheimnisvoll?" Evi lächelt: „Ja, sehr geheimnisvoll. Ich war beim Arzt, Liebster." Beide bleiben stehen und Friedrich Wilhelm schaut Evi jetzt intensiv an. „Du hast doch was?" „Ja, kann man sagen, vielleicht kommst du selber darauf." Jetzt scheint Friedrich Wilhelm zu verstehen. „Ja, ist das wahr? Wir bekommen ein Kind?" „Na, das hat aber gedauert", schmunzelt Evi. „Ja, Doktor Sibelius hat keinen Zweifel." „Seit wann?" „Der Arzt sagt, ich bin im zweiten Monat. Im Mai ist es soweit, dann bekommt Friedrich ein Geschwisterchen." Friedrich Wilhelm nimmt Evi sanft in die Arme und küsst sie lang und ausdauernd. „Puh, wie damals in Kolberg, weißt du noch?" „Ja, mein Schatz, da fing alles an und ich möchte keinen Tag mit dir missen. Wann sagen wir es Mutter?" „Ich glaube, sie ahnt es schon. Jedenfalls habe ich den Eindruck. Mutter ist eine gute Beobachterin, aber sie spricht nicht sofort über alles, was ihr auffällt."

Beide wandern zurück zur großen Buche, wo Amalie intensiv ihr Buch liest. Dann setzt sie es ab. „Sagt mal, am helllichten Tag solche Liebesszenen?" Evi und Friedrich Wilhelm setzen sich zu Amalie auf die Bank und beobachten die tollenden Kinder. Friedrich hat es immer noch nicht geschafft, das Huhn zu fangen und immer, wenn er daneben greift und dann auf die Nase fällt, klatschen die Kinder vor Vergnügen in die Hände und möchten sich am liebsten totlachen. Ja, auch bei Kindern ist Schadenfreude wohl die größte Freude." Friedrich kommt jetzt zur Bank und stellt sich vor seinem Vater auf. „Ich schaff das nicht, Papa." „Geh doch in die Küche, Friedrich, und lass dir ein Stück Brot geben. Damit kannst du das Huhn vielleicht anlocken." „Meinst du?" „Ein Versuch wäre es doch wert." Friedrich schaut skeptisch, schließlich dreht er sich um und saust ins Haus. Die Kinder haben jetzt aufgehört zu lachen und verfolgen interessiert das Geschehen. Im Nu ist Friedrich wieder da. „Langsam, Friedrich", ruft ihm Friedrich Wilhelm zu, „du darfst das Huhn nicht erschrecken." Jetzt wird es spannend. Das Huhn stolziert kopfnickend in angemessenem Abstand auf der Wiese umher, pickt hier und wirft hin und wieder einen misstrauischen Blick auf die Kinder. Friedrich schleicht sich vorsichtig an, hat ein Stückchen Brot abgebrochen und hält es dem neugierigen Huhn jetzt hin. Das Huhn ist unentschlossen und traut der Sache noch nicht. „Komm, putt, putt, komm". Langsam, ganz langsam kommt das Huhn näher, bleibt stehen und schaut vorsichtig. „Komm, putt, putt." Friedrich macht das sehr geduldig, ihm scheint klar zu sein, dass dies der einzige Weg ist, an das Huhn heranzukommen. „Komm, putt, putt." Tatsächlich kommt das Huhn jetzt zögernd näher, den Brotbrocken fest im Blick. Die Kinder stehen wie erstarrt. Dann geht alles ganz schnell. Das Huhn hat mit einem raschen Schnabelhieb das Brotstück erwischt und als Friedrich zufassen will, ist es laut gackernd und flügelflatternd schon wieder verschwunden. Das herunter gefallene Brotstück holt es sich noch und dann sucht das Huhn das Weite. Friedrich rennt heulend zu seinem Vater. „Ich schaff das doch nicht, Papa." Friedrich Wilhelm schließt seinen Sohn zärtlich in die Arme und streichelt seinen Kopf." „Alles nur Übungssache, Friedrich. Beim nächsten Mal gewinnst du." Amalie lacht laut auf. „Das war ja spannender als beim Pferderennen". Evi lacht auch: „Mutter, wir müssen dir etwas sagen."

***

Als in Osterode der Winter hereinbricht, und anders kann man den stürmischen Winterauftakt nicht nennen, sind die Vorbereitungen auf dem Gut und in den Bauernschaften gottlob abgeschlossen. Die Saat ist eingebracht, Vorräte sind angelegt, vor allem Brennholz in ausreichender Menge. Der Winter kann also kommen und er kommt pünktlich, wie in jedem Jahr.

Kälte hat sich über dem Land ausgebreitet, dicke Schneewolken verdunkeln den Himmel und ein Schneesturm wirbelt dicke Schneeflocken zu großen Wehen aufeinander. Da man mit diesem jährlichen Naturereignis reichlich Erfahrung hat, bleibt jeder, der nicht unbedingt hinaus muss, abwartend zu Hause. Wird man bei diesem Wintereinbruch im Wald oder weit abseits auf den Feldwegen überrascht, dann kann es richtig gefährlich werden. Die Schneewehen machen die Wege schnell unpassierbar, ja man kann die Wege kaum noch ausmachen. Tag und Nacht schneit es jetzt, der Wind ist zum Sturm geworden, das Land versinkt im Schnee.

„Papa, kann ich nach draußen gehen?" fragt Friedrich. Der nimmt seinen Sohn auf den Arm und wandert mit ihm zum Fenster. „Schau, Friedrich, wie es schneit. Das wäre viel zu gefährlich. Der Schnee ist schon höher als du groß bist, du könntest kaum aus dem Schnee herausschauen. Wir müssen jetzt abwarten, bis das Schneegestöber nachlässt. Dann gehen wir hinaus und schaufeln die Wege frei." „Und wann?" „Ich glaube, das kann ein paar Tage dauern, Friedrich. So lange bleiben wir in der warmen Stube."

Amalie sitzt am Kamin und häkelt einen Schal. „Wie gut, dass du da bist, Friedrich Wilhelm. So ist wenigstens ein Mann im Haus." Evi hat sich hinter die beiden gestellt und umarmt sie von hinten: „Mama, zwei Männer sind im Haus." „Ja natürlich Evi, wie konnte ich das vergessen. Friedrich muss natürlich auch Schnee schaufeln. Alle müssen mithelfen, du auch Friedrich." Der hat sich mittlerweile befreit und läuft zu seiner Großmutter. Er zieht tüchtig am Schal und möchte wissen, wie lang der denn werden soll. Amalie muss den Schal jetzt festhalten. „Wenn du noch mehr ziehst, dann wird er schon lang genug sein." „Ist der für mich?" „Der ist für deine Mama, Friedrich, die muss sich jetzt immer schön warm halten." „Auch das Baby, Oma?" „Natürlich, aber das Baby hat es ja schön warm." „Wann kommt das?" „Wenn der Winter vorbei ist, aber ein bisschen müssen wir schon noch warten."

Die Tage werden lang, wenn man an das Haus gebunden ist. Friedrich Wilhelm versucht immer wieder die Ausgänge zumindest etwas frei zu halten, aber das ist ganz schwierig. Immer wieder steht man wie vor einer Schneewand, wenn man die Türen öffnet. Es hilft aber nichts, der Schnee vor den Eingängen muss immer wieder beseitigt werden. Wartet man zu lange, schafft man es von innen nicht mehr. Dann kann nur noch von draußen geholfen werden. So vergehen die Tage und das Schneetreiben lässt nicht nach. Dann am dritten Tag, hört es auf, der Sturm lässt nach und es geht an das Schneeräumen. Von den Gebäuden arbeitet man sich zur Mitte des Hofs frei, bis Verbindungswege entstehen. Die Knechte kümmern sich um das Vieh, einige sind gleich im Stall geblieben, um die Tiere zu versorgen.

„Waldersee", sagt Friedrich Wilhelm, „können sie ein paar Leute zum Dorfschullehrer schicken. Der ist bestimmt eingeschneit." „Machen wir, Herr Baron. Recke wird schon klar kommen, der kennt das. Letztes Jahr ist er aus dem Obergeschoss ausgestiegen und war fast verschwunden im Schnee. Er hat das allen lachend erzählt. Wir müssen aber schauen, ob er etwas zu essen hat, Brennholz haben wir ihm ja gebracht. Machen sie sich mal keine Sorgen."

***

So vergeht die Zeit auf Bernsdorf. Der Winter hat sein Regiment übernommen und alle müssen sich darauf einrichten. Aber man liebt auch diese Zeit. Alles sieht so friedlich aus und wenn die Sonne scheint, ist das Wintermärchen kaum noch mit Worten zu beschreiben. Nur die verschneiten Dächer schauen noch aus den Schneemassen heraus und die Bäume tragen dicke Schneelasten, unter denen mancher Baum ächzt. Altersschwache Bäume brechen auch schon einmal unter der Last zusammen.

Für Friedrich ist das alles neu. Das Eislaufen auf dem Drewenzsee begeistert ihn und man staunt, wie schnell und geschickt er schon auf den Holzkufen laufen kann. Hin und wieder fällt er natürlich auf die Nase, aber er kennt keine Wehleidigkeit. Stundenlang läuft er mit den anderen Kindern und bei Dunkelheit muss man sie förmlich einfangen, von allein würden sie nicht nach Hause kommen.

Nach einigen Tagen sind auch die Wege wieder passierbar. Die Kutschen sind jetzt nicht zu gebrauchen, alles wird auf Schlitten erledigt: Einkäufe, Transporte und Spazierfahrten. Auch die Weihnachtsbäume werden wieder mit Schlitten eingeholt. Wie in jedem Jahr möchte jeder dabei sein. Es gibt viel Spaß und Gelächter dabei und Theo Kalusche trägt zur allgemeinen Erbauung wieder einmal kräftig bei. Friedrich kommt aus dem Lachen gar nicht heraus, da Theo in jeder Kurve vom Schlitten fällt, jedenfalls tut er so, als könnte er sich nicht festhalten. Dann klatscht er vor Freude in die Hände und feuert Theo an, der dann immer wieder versucht, den Schlitten einzuholen und während der flotten Fahrt aufzuspringen. „Theo wird heute gut schlafen", bemerkt von Waldersee, „hoffentlich bricht er sich nicht die Knochen. Der Jüngste ist er ja auch nicht mehr."

So vergeht die Zeit und es ist wieder Weihnachten geworden. Nach dem Kirchgang und der allgemeinen Bescherung hat sich die Familie vor dem Kamin zusammengesetzt. Adalbert Recke ist dabei. Er sollte nicht Weihnachten allein in seiner Schule sitzen, auch Otto und Hildegard von Schomburg verbringen mit ihrem Sohn Gustav –

Friedrich Wilhelms Freund - die Feiertage auf Bernsdorf. Man rückt zu bestimmten Zeiten zusammen in Ostpreußen, niemand soll Weihnachten alleine sein.

Der Kamin strahlt wohlige Wärme aus, das Holz knistert. Man denkt an vergangene Zeiten und natürlich an Friedrich, der vor einem Jahr noch unter ihnen war. Otto von Schomburg fragt Friedrich Wilhelm: „Was meinst du, wird das in Schlesien ein gutes Ende nehmen?" „Im Augenblick scheint alles wieder ruhig zu sein", antwortet der, „aber es ist ein offenes Geheimnis, dass Österreich diese Schmach nicht hinnehmen wird. Österreich ist immerhin eine Großmacht und Preußen eine kleine Militärmacht, die sich nicht an die Spielregeln hält. Man hört, dass Österreich und Russland sich verbündet haben. Beide haben ein Interesse daran, Preußen zu zerschlagen und sich einzuverleiben." „Und Frankreich?" „Frankreich ist immer an einem Krieg interessiert, es kann gar nicht genug davon kriegen. Jetzt geht es um das holländische und belgische Gebiet, das lohnt sich. Aber England hat etwas dagegen und unterstützt Preußen." „England will wohl auch Hannover vor Preußen schützen?" „Ganz sicher, vor allem aber ist England daran interessiert, Frankreich auf dem Kontinent zu beschäftigen, damit es in seinen Kolonien freie Hand hat." „Und Sachsen?" „Sachsen macht Russland schöne Augen, wird aber wohl als erstes Land von Preußen angegriffen. Damit schließt sich dann der Korridor nach Schlesien."

So wird diskutiert und spekuliert, bis Amalie sagt:" Nun ist es aber genug mit der Politik. Wir können da ohnehin nichts machen. Lasst uns lieber Weihnachten feiern und den Frieden genießen, solange wir ihn noch haben. Friedrich Wilhelm ist jetzt der Gutsherr und hat noch in Berlin zu tun. Ich hoffe, dass er das alles schafft, zumal er sich ja auch noch um die Fabrik von Griese hier in Osterode kümmern soll. Mal sehen, was die Zukunft bringt. Jetzt seid ihr aber alle hier und wir wollen zusammen Weihnachten feiern."

Eine Einladung nach Potsdam, Erhebung in den Grafenstand

Friedrich Wilhelm hält sich mindestens einmal in der Woche der Fabrik in Osterode auf und bespricht sich dort mit dem Prokuristen Otto Sternberg, der – jüdischer Abstammung – ein tüchtiger Mann ist und gut in der Fabrik Bescheid weiß. Sternberg ist natürlich klar, dass, so wie die Dinge jetzt liegen, er der heimliche Chef der Fabrik ist. Er ist aber schlau genug, das nicht erkennen zu geben. Der neue Chef, Friedrich Wilhelm von Bernsdorf, ist genau wie Heinrich von Griese ein vielbeschäftigter Mann und ihm soll es recht sein, wenn der nur begrenzte Zeit für die Fabrik in Osterode hat.

Man hat im Büro Platz genommen und Friedrich Wilhelm lauscht dem Bericht des Prokuristen. „Herr Baron, die Geschäfte laufen gut. Das können sie Herrn von Griese ruhig sagen. Alles ist gut hier. Ich kümmere mich um alles."
„Sternberg", sagt Friedrich Wilhelm, „sie brauchen mir nicht

jedes Mal Beruhigungspillen zu geben. Ich möchte von ihnen ganz genau wissen, welche Geschäfte laufen. Ich möchte wissen, was ganz konkret hier passiert, auch in meiner Abwesenheit. Ich möchte wissen, welche Schwierigkeiten es gibt und ich möchte von ihnen Zahlen haben. Was wurde hergestellt, was verkauft und welche Aufträge haben wir."

„Selbstverständlich", sagt Sternberg und lässt sich seine Überraschung nicht anmerken. „Ich werde das alles genauestens vorbereiten, Herr Baron. Ich wusste ja nicht, dass sie sich solche Mühe machen wollen." „Jetzt wissen sie es", sagt Friedrich Wilhelm, erhebt sich und lässt Sternberg sitzen, um zum Gut zurückzufahren.

Dort erreicht ihn eine Depesche vom Hof in Berlin. In der sehr eleganten Mitteilung mit anhängendem Siegel steht: „Der König von Preußen gibt sich die Ehre, Herrn Baron von Bernsdorf und Frau Baronin nach Potsdam zur Eröffnung des Schlosses Sanssouci einzuladen." Evi ist ganz aus dem Häuschen. Die Geburt ihres Töchterchens Anna Amalie vor zwei Wochen hat sie gut überstanden und sie freut sich riesig über die Einladung nach Berlin. Auch die Mutter dreht und wendet die Einladung von allen Seiten. „Na, das ist doch einmal etwas ganz Besonderes", bemerkt sie lächelnd, „solch eine Einladung haben wir bisher noch nicht bekommen." „Möchtest du nicht mitkommen, Mutter?" „Amalie lacht: „Ich bin doch gar nicht eingeladen, Evi ist jetzt die Baronin. Nein, die Einladung geht an euch, lasst mir die beiden Kinder ruhig hier. Ich kümmere mich gerne um sie. Das ist bestimmt genauso schön, wie ein neues Schloss zu besichtigen."

Als der Verwalter von der Einladung hört, sagt er kopfschüttelnd: „Herr Baron, das Land leidet immer noch unter den Kriegsfolgen. Von der Armee hört man, dass viele Soldaten desertieren oder das Land verlassen. Wir haben hier keine Arbeitskräfte, denn aufs Land gehen die Soldaten nicht und der König baut ein neues Schloss. Wer soll das verstehen?" „Lassen sie mal, Waldersee, das ist höhere Politik, davon verstehen wir hier nichts. Der König braucht einen Ort, an dem er sich zurückziehen kann. In Berlin ist es ihm zu laut und er will die Staatsgeschäfte in Potsdam führen. Wir müssen das einfach akzeptieren, der König sieht die Dinge in Berlin eben anders, als wir hier am Ende der Welt." „Hauptsache wir werden hier nicht ganz vergessen, am Ende der Welt, Herr Baron."

Friedrich Wilhelm und Evi haben sich sofort auf den Weg nach Berlin gemacht, wo sie in ihrem Berliner Haus freundlich vom Personal empfangen werden. Sie müssen noch einiges erledigen. Friedrich Wilhelm muss in die Kriegs- und Domänenkammer, will mit Heinrich von Griese sprechen und auch noch in das Armeehauptquartier. Evi braucht neue Garderobe und muss einige Anproben über sich ergehen lassen. Alles soll rechtzeitig zum Empfang auf Sanssouci fertig werden. Dann ist der große Tag gekommen.

Mit einer glänzenden Kutsche, die sorgfältig gereinigt wurde, fährt man nach Potsdam. Es ist ein freundlicher Tag im Mai und das Straßenbild von Berlin erscheint wieder sehr viel freundlicher als noch während des Krieges. Die Menschen gehen aufrecht, machen Besorgungen, stehen beisammen und unterhalten sich angeregt. Manch einer winkt auch freundlich der vorbeifahrenden Kutsche zu. Nach Potsdam braucht man eine knappe Stunde.

In Potsdam ändert sich das Bild dann aber doch. Dort herrscht reges Treiben und je näher man dem neuen Schloss kommt, desto mehr Kutschen reihen sich ein. Schließlich kommt es zum Halt, da die Kutschen nur einzeln vor der Freitreppe zum Schloss anhalten können. „Wir müssen wohl etwas warten, Herr Baron", ruft der Kutscher von oben. „Schau nur die vielen Leute", sagt Evi, „und alle sind ganz schick gekleidet." Langsam nähert sich die Kutsche der Freitreppe und schließlich ist man da und es kann ausgestiegen werden. Diener des Schlosses in Livree öffnen die Tür der Kutsche und begrüßen freundlich jeden Besucher. Sie weisen auf die Freitreppe, die zum Schloss hinaufführt.

„Ich habe mir das Schloss aber viel größer vorgestellt", bemerkt Evi. „Sanssouci ist ein kleines Schloss. Der König hat es selbst entworfen und es soll ganz seinen Vorstellungen entsprechen. Er möchte hier vor allem in Ruhe leben und benötigt dazu auch nicht viel Personal. Aber das Schloss ist wunderschön, finde ich." Beide sind stehen geblieben und bestaunen jetzt auf der halben Höhe der Freitreppe den wirklich gelungenen Neubau. In leichtem Bogen bedeckt das nur einstöckige Bauwerk den großen Platz über dem darunter angelegten Weinberg. Es wirkt eher wie ein ausgedehnter Pavillon mit seinen hohen nach oben abgerundeten Fenstern und dem zentralen halbrunden Eingang mit Kuppel. Stuck an allen Fenstern und auf der Dachkante lockern Sanssouci freundlich auf. „Das ist wirklich schön", sagt Evi., „aber im Vergleich zu anderen Schlössern ist es klein." „Warte nur ab, Evi, der König baut in Potsdam noch ein weiteres Schloss und das soll wirklich groß werden." „Wozu, wenn er doch hier wohnen möchte?" Friedrich Wilhelm lacht: „Ja, wozu braucht man ein großes Schloss? Zur Repräsentation, nehme ich an. Preußen will den Großmächten doch zeigen, dass es jetzt auch dazu gehört." „Und dafür das viele Geld?" „Komm Evi, lass uns hineingehen. Ich bin gespannt, wie es innen aussieht."

Bevor das Schloss aber betreten werden kann, müssen sich Friedrich Wilhelm und Evi in die lange Reihe der Gäste einordnen, die geduldig darauf warten, an der Reihe zu sein, um König Friedrich zu begrüßen." Jetzt brauchen sie etwas Geduld, denn es geht nur langsam vorwärts. Der König nimmt sich viel Zeit, um die einzelnen Gäste persönlich zu begrüßen und er hat offensichtlich vielen von ihnen etwas zu sagen. Dann endlich sind auch Friedrich Wilhelm und Evi an der Reihe. König Friedrich küsst Evi charmant die Hand und begrüßt auch Friedrich Wilhelm sehr freundschaftlich. „Ich bin sehr erfreut, sie endlich kennen zu lernen", sagt er freundlich zu Evi, „ihr Herr Gemahl hat aber auch schon sehr von ihnen geschwärmt. Jetzt verstehe ich, warum." Dann wendet er sich Friedrich Wilhelm zu: „Ich habe etwas mit ihnen vor, Baron, wenn sie sich bitte gleich zur Verfügung des Hofmarschalls halten wollen?"

Beide betreten nach der Begrüßung den kuppelüberwölbten Marmorsaal, der mit aufwendigen Säulen und Marmorintarsien ganz hell gehalten ist. Die Kuppel ist reichlich verziert mit goldglänzenden Gemälden. Runde, eckige und schachbrettartige Felder geben dem Ganzen ein Bild von Harmonie. „herrlich", staunt Evi, „was hat der König eben gemeint?" „Ich weiß überhaupt nicht, was der König gemeint hat. Ich bin genau so überrascht, wie du, meine Liebe. Wir sollten uns jetzt zum Hofmarschall begeben."

Das erweist sich als unnötig, denn Baron von Studnitz, der königliche Hofmarschall hat die beiden bereits entdeckt und kommt eiligen Schrittes auf sie zu. „Da sind sie ja endlich", sagt er etwas affektiert, „Ich dachte schon ich würde sie überhaupt nicht mehr finden. Bernsdorf, lassen sie uns gleich nach hinten gehen. Ich muss sie schleunigst auf etwas vorbereiten, bevor der Festakt beginnt. Die Frau Baronin überlassen wir solange meiner Frau, kommen, bitte kommen sie."

Der Hofmarschall residiert in einem Nebenraum neben dem Eingangssaal und kommt sofort zur Sache. „Ich weiß nicht warum, aber Seine Majestät möchte sie heute erheben, in den Grafenstand. Ja, sie hören richtig. Mein Gott, was müssen sie geleistet haben, so etwas geschieht nicht oft und dann ausgerechnet auch noch heute." Es entsteht eine kurze Pause und Friedrich Wilhelm bekommt kein Wort heraus. „Also passen sie auf, ich kann das nur einmal erklären. Seine Majestät wird sie nach der Begrüßung zu sich bitten, sie alleine, verstehen sie? Sie gehen dann gemessenen Schrittes auf Seine Majestät zu und verharren im Abstand von genau fünf Metern. Merken sie sich das unbedingt, fünf Meter. Sie habe dann erst einmal nichts zu tun, nur zuzuhören. Seine Majestät wird dann vor allen Gästen ihre Taten ansprechen, ich weiß wirklich nicht worum es geht, aber das spielt jetzt auch keine Rolle. Dann werde ich Seine Majestät den Adelsbrief und eine Lehensurkunde aushändigen sowie eine Adelskette. Seine Majestät wird sie dann feierlich in den Stand eines erblichen Grafen erheben und mit der Grafschaft Mark belehen. Haben sie das bis dahin alles verstanden?" „Habe ich, aber …". „Kein Aber, hören sie nur zu, ich bin noch nicht fertig. Sie gehen dann nach der Erhebungsansprache gemessenen Schrittes auf Seine Majestät zu und gehen einen Meter vor dem König auf das rechte Knie, der Kopf leicht gesenkt. Seine Majestät wird dann auf sie zukommen, die Adelskette umhängen, sie sanft erheben und ihnen den Adelsbrief samt Lehensurkunde überreichen." „Und dann?" „Gar nichts. Sie verneigen sich angemessen, gehen langsam rückwärts, niemals dem König den Rücken zukehren, also rückwärts auf fünf Meter Abstand und bleiben da einfach stehen. Ich werde dann vortreten und auf Seine Majestät und den neuen Grafen Gottes Segen erbitten. Dann folgen drei „Hochs" durch alle Anwesenden und die Zeremonie ist beendet. Noch Fragen?"

„Ja, wo liegt die Grafschaft Mark und warum soll ich die erhalten?" „Also mal der Reihe nach. Die Grafschaft Mark liegt zwischen den Herzogtümern Westfalen und Berg, im Süden die Grafschaft Homberg. Ihr Grafensitz ist die Burg Altena und die Grafschaft ist frei geworden, da der bisherige Graf das Zeitliche gesegnet hat und keine Erben hat. Jetzt habe ich aber noch eine Frage, haben sie einen Sohn?" „Ja, habe ich." „Na bitte, den Seinen gibt's der Herr im Schlaf. Sie haben unverschämtes Glück, Baron. Der König muss einen Narren an ihnen gefressen haben. Dennoch, Glückwunsch. So, jetzt müssen wir aber in die Kuppelhalle, gleich wird es losgehen."

Friedrich Wilhelm hat nicht einmal mehr Zeit, Evi zu informieren. Das besorgt bereits der Hofmarschall, der in die Mitte der Halle tritt, dreimal mit dem Marschallstab auf den Hallenboden stößt. „Ich bitte die erlauchten Gäste um Ruhe. Können wir die Mitte der Halle bitte etwas freimachen, bitte versammeln sie sich am Rande der Halle." Die Gäste folgen aufs Wort. Man spürt eine allgemeine Verwunderung, vielleicht Neugier. Was passiert jetzt? Der Hofmarschall verfolgt alles mit ernstem und strengem Blick. Als wieder Ruhe eingekehrt ist ruft er: „Seine Majestät der König in Preußen, Kurfürst der Mark Brandenburg, Herzog von Preußen, Kurfürst von Minden, Herrscher über die Grafschaften Mark, Kleve, Hinterpommern, sowie über die Fürstentümer Magdeburg und Halberstadt und das Herzogtum Kleve, Herrscher über Schlesien und Sachsen." Sofort kehrt Totenstile ein, man könnte eine Nadel fallen hören.

König Friedrich tritt in die Mitte der Kuppelhalle. Der Hofmarschall ruft: „Baron von Bernsdorf möge vortreten." Für Friedrich Wilhelm läuft alles weitere wie im Traum ab. Er hat ja eigentlich auch gar nichts zu tun, obwohl er jetzt wohl die Hauptperson ist. Er tritt bis auf etwa fünf Meter vor den König und verneigt sich. König Friedrich beginnt mit nicht zu lauter, aber überall gut verständlicher Stimme: „Baron von Bernsdorf ist ein junger Adeliger, der nach dem Tod seines Vaters jetzt in Ostpreußen Herr über das Rittergut Bernsdorf und Landrat in Osterode ist. Er ist zugleich Beauftragter der Preußischen

Regierung für die Ausrüstung der Preußischen Armee. Dieser junge Adelige gehört zu den Tüchtigsten, die Preußen zurzeit hat. Durch großen Einsatzwillen hat er zusammen mit unseren Manufakturen für die Preußische Armee ein neues Gewehr entwickeln lassen, das allen Gewehren unserer Gegner überlegen ist. Der Krieg in Schlesien wurde auch durch diese Gewehre zu einem Erfolg. Preußen ist diesem jungen Mann, von dem wir noch viel erwarten können, großen Dank schuldig." Der König tritt an Friedrich Wilhelm heran, der jetzt auf das rechte Knie gestützt mit gesenktem Haupt vor dem König kniet. „Ich erhebe Baron Friedrich Wilhelm von Bernsdorf in den erblichen Stand eines Grafen und belehe ihn mit der vakanten Grafschaft Mark." Er hängt Friedrich Wilhelm die Adelskette um und bedeutet ihm, sich zu erheben. Dann händigt er Adelsbrief und Lehensurkunde aus, drückt Friedrich Wilhelm die Hand und schaut ihn lange mit viel Sympathie an. Der Hofmarschall ruft jetzt: „Wir erbitten auf unsere Majestät, König Friedrich und den Grafen von Mark allzeit Gottes Segen. Dreimal Hurra, Hurra, Hurra!"

Die Zeremonie ist beendet und Friedrich Wilhelm nimmt wie betäubt die Glückwünsche der Gäste entgegen. Er weiß schon bald nicht mehr, wie viele Hände er schütteln musste, bis endlich Evi vor ihm steht. Sie lächelt Friedrich Wilhelm stolz an und nimmt ihn wortlos in die Arme. Ganz leise, so dass niemand es hören kann, flüstert er ihr ins Ohr: „Frau Gräfin, ich liebe sie." „Was kommt danach?" fragt sie spitzbübisch, „Herzog?" Friedrich Wilhelm schaut Evi streng an: „Du kannst es nicht lassen, über alles machst du Scherze." „Ich mache mir

doch nur Sorgen, dass ich dich noch seltener sehen werde."
„Ach was, wir machen alles zusammen. Als Gräfin hast du auch Pflichten, aber wir werden das schon lernen, mein Schatz. Denk an Friedrich, der kommt nach mir und das ist wirklich ein Grund zu großer Freude."

Dann beginnen die eigentlichen Feierlichkeiten im Schloss und den Gästen wird erlaubt, dass Schloss zu besichtigen, die Bibliothek, die Bildergalerie, die Besucherzimmer und die Küche. Die Schlafräume des Königs sind von der Besichtigung ausgenommen. Speisen und Getränke werden gereicht, ein Kammerquartett spielt beschwingte Weisen und die Gäste fühlen sich wohl in dem neuen Schloss.

Ein Mann tritt an Friedrich Wilhelm und Evi heran und stellt sich als Karl von Gladen, Landrat von Altena vor. Er leitet während der Vakanz die vier Landratsbezirke und bietet sich als Helfer für den Anfang an. Er möchte vor allem wissen, wann der Herr Graf beabsichtige, die Grafschaft aufzusuchen und wann er gedenke, die ersten Anweisungen zu erteilen. Das ist jetzt denn doch etwas zu viel. „Herr von Gladen", sagt Friedrich Wilhelm, „ich danke ihnen für ihre Bereitschaft, aber verstehen sie bitte, dass ich über alles erst noch einmal nachdenken muss. Können sie uns morgen in unserem Berliner Haus aufsuchen, dann können wir alles in Ruhe besprechen. Dies ist sowieso nicht der geeignete Ort dazu." „Selbstverständlich, Herr Graf. Ich werde ihnen morgen zur Verfügung stehen. Wenn ich das aber noch sagen darf, dann wünsche ich Ihnen und der Frau Gräfin viel Glück für die Zukunft und wir in der Grafschaft Mark freuen uns sehr, einen so jungen und tüchtigen Grafen zu bekommen. Wir warten schon sehr darauf, dass auf der Burg Altena wieder normales Leben einkehrt."

***

Karl von Gladen findet sich am nächsten Tag in Berlin ein. Man begrüßt sich freundlich und nimmt dann zu dritt im Wintergarten Platz, um alles Notwendige zu besprechen. Es ist ein schöner Tag und der Park zeigt sich im frischen Grün und mit blühenden Blumen von der schönsten Seite.

„Sie wohnen hier wirklich schön, Herr Graf". „Danke, Herr von Gladen. Schön, dass sie gekommen sind, ich nehme ihre Hilfe natürlich gerne an. Erklären sie uns doch bitte zuerst, wo die Grafschaft liegt und was es Besonderes in der Grafschaft gibt. Ich habe bis gestern noch nicht gewusst, dass sie mir zum Lehen übertragen werden sollte. Das war alles sehr überraschend für uns, nicht Evi?"

„Ja, wo soll ich anfangen", räuspert sich von Gladen, „am besten wohl ganz am Anfang. Die Grafschaft Mark besteht historisch aus mehreren Landesteilen, die im Laufe der Jahrhunderte zusammengewachsen sind und auch unterschiedlich hießen. Es begann um Elfhundert mit der Grafschaft Altena. Im Laufe der Zeit kamen durch Kauf oder Übertragung Berg und Mark und die Soester Fehde dazu, später auch Mark. Es gibt auch Jagdrechte außerhalb der Grafschaft, zum Beispiel in Bilstein und Fredburg, aber das ist vielleicht im Moment nicht so wichtig." „Doch, doch, erzählen sie nur, alles ist wichtig und interessant." „Heute besteht die

Grafschaft aus vier Landratsbezirken, das waren früher die Vogteien. Die vier Landräte werden sie ja bald kennen lernen, Herr Graf. Auf die können sie sich verlassen, die machen das schon lange." Friedrich Wilhelm nickt und Evi hört gespannt zu. „Sie werden auf Burg Altena wohnen, Herr Graf, kennen sie die?" „Nein, die kenne ich natürlich noch nicht." „Na, dann werden sie aber staunen. Die Burg ist das reinste Wahrzeichen in Altena, wunderschön gelegen und schon von großer Entfernung nicht zu übersehen." „Wie geht es in der Grafschaft." „Na ja, wir haben natürlich unter dem Krieg sehr gelitten, wie überall. Es fehlen die jungen Leute, die Arbeiter und Bauern und vieles ist liegen geblieben während des Krieges. Jetzt muss erst einmal alles wieder in Ordnung gebracht werden." Der Diener bringt Getränke und Gebäck.

„Die Grafschaft hat heute wohl an die hunderttausend Einwohner, Herr Graf, sechzehn Städte und sieben Freiheiten. Sie gehört zu den größten Grafschaften und war allzeit unter den Grafen sehr mächtig. Seit sie zu Preußen gehört und wir hier die Preußische Armee haben, lassen uns die Nachbarn in Ruhe und wir können in Frieden leben und unseren Handel machen. Man hört immer wieder, dass wir mit der Grafschaft Westfalen zusammengelegt werden sollten, aber das scheint ja nun anders zu sein. Wir sind da ganz froh darüber."

„Was sollten wir noch wissen, Herr von Gladen?" „Wichtig wird auch in Zukunft der Kohlebergbau, Herr Graf." „Davon habe ich schon gehört, erzählen sie mir davon." „Anfänglich fand man die schwarze Kohle an der Oberfläche. Man musste gar nicht tief graben und fand Kohle, die ganz ausgezeichnet verbrannt werden konnte und viel Wärme abgab. Dann ging man dazu über Stollen in die Berge zu treiben und fand Kohle in größerer Tiefe. Die Flöze erstrecken sich unter der Erde über große Gebiete, vor allem bei uns in der Grafschaft." „Interessant, erzählen sie weiter." „Dann hat die preußische Regierung das in die Hand genommen und ihre Leute geschickt, die nach der Kohle suchten. Es wurden ganze Karten angelegt und es scheint so, als wären die Kohlevorkommen ziemlich ausgedehnt." „Worin besteht denn die Bedeutung von Kohle?" „Na ja, außer Kohle wird in der Grafschaft auch Eisenerz gefunden und Eisen hergestellt. Gerade dazu braucht man viel Kohle, um das Eisen zu schmelzen. Sie sollten sich das einmal ansehen, Herr Graf. Wie werden sie sich in Zukunft nennen?" „Darüber habe ich noch gar nicht nachgedacht. Ich glaube, ich werde bei meinem Namen bleiben." Von Gladen nickt und denkt einen Moment nach. „Friedrich Wilhelm Baron von Bernsdorf, Graf von Mark wäre dann wohl richtig. Ich werde sie aber mit ihrer Erlaubnis Herr Graf nennen, Graf ist schließlich der höhere Rang."

***

Die Kutsche schaukelt schon seit Stunden gemütlich durch die liebliche Landschaft des Sauerlandes, ein endloses Waldgebiet erstreckt sich über die leicht geschwungenen Berge, auf der linken Seite der Kutsche rauscht der Fluss Sorpe deutlich hörbar zu Tal. In zwei Stunden will man in Altena sein. „Ich finde diese Landschaft einmalig schön", sagt Evi leise und schmiegt sich zärtlich an Friedrich Wilhelm an, „ob es hier wohl Räuber gibt?" „Kann ich mir nicht vorstellen, Schatz." „Ich schon. Ich habe schon immer davon geträumt, einmal von Räubern überfallen und entführt zu werden. Was würdest du dann machen?" „Eine andere Frau suchen." „Du Scheusal machst dir wohl gar keine Sorgen um unsere Sicherheit?" „Nein, Evchen, wir haben immerhin eine Eskorte von vier Mann. Das sollte eigentlich genügen." „Wie viele Leute hat eigentlich der König zu seinem Schutz?" „Seine Garde hat mindestens Kompaniestärke, fast hundert Mann." „Und für einen Grafen reichen vier Mann?" „Und die beiden Kutscher." So geht es noch eine ganze Zeit lang bis schließlich die Kutscher melden: „Altena ist in Sicht, Herr Graf."

Die Kutsche hält an und man steigt aus. Vor ihnen liegt im Tal Altena. Die Burg dominiert allerdings den Ort und die Landschaft. Friedrich Wilhelm und Evi sehen zum ersten Mal die gewaltige Burganlage, die künftig ihr Zuhause sein wird. Es verschlägt ihnen die Sprache und auch die Begleiter sagen kein Wort. Hoch über Altena liegt die Anlage, die man schon als Festung bezeichnen könnte, mit zwei hoch aufragenden Türmen und einer Festungsmauer, die alles umschließt. Auf den ersten Blick wird erkennbar, dass die Hausherrn dieser Anlage über das gesamte Gebiet herrschten, Zweifel daran sind unmöglich. Von Altena führt ein in den Felsen gehauener Weg ziemlich steil hinauf zur Burg, die sich mit Nebengebäuden über mindestens dreihundert Meter erstreckt. Dem Tal zugewandt befindet sich der Eingang durch die Festungsmauern zu einem unteren Burghof, von dem ein weiterer Eingang in den oberen Burghof führt, in dem die Hauptgebäude der Palastanlagen liegen. Den Eingang zum oberen Burghof dominiert ein dicker Turm, wie alles Gemäuer aus schwerer Grauwacke gebaut, der wohl vor allem Wehrzwecken dient. Der große Palast wird vom Hauptturmgebäude überragt mit kreisrundem Turm auf der Spitze und vier kleineren Türmen etwas unterhalb. Die ganze Burganlage wird umfasst von einem überwiegen überdachten Wehrgang mit Schießscharten. Die schwere Festungsmauer wird an verschiedenen Stellen durch ebenso schwere Stützmauern gefestigt und verstärkt. Die Jahrhunderten trotzende Festungsanlage schmiegt sich kontrastreich in ein mit sattem Grün aller Schattierungen bewaldetes Hügelgelände ein. Der Gesamteindruck dieser Anlage dürfte wohl jeden Besucher in Staunen versetzen, der sie zum ersten Mal sieht.

„Kannst du mich mal kneifen?" bemerkt Evi, die als erste ihre Sprache wieder gefunden hat, „das kann doch nicht im Ernst jetzt uns gehören." „Sprich bitte leise, Evchen, das muss ja nicht jeder hören." Friedrich Wilhelm nimmt Evis Arm und führt sie etwas abseits von der Kutsche und den Begleitern, die aus dem Staunen wohl auch nicht herauskommen. „Glaub mir, ich bin genau so überrascht, aber wir dürfen uns nichts anmerken lassen. Wenn wir jetzt in die Anlage einfahren, erwartet man von uns das Erscheinen des neuen Grafen und der Gräfin von Mark. Die Menschen haben eine Vorstellung, wie ein gräfliches Paar aufzutreten hat. Wir sind hier – ob wir das nun wahrhaben wollen oder nicht – jetzt die Herrscher dieses großen Gebietes. Wir müssen es regieren und dafür sorgen, dass die Grafschaft blüht, es den Menschen wohl ergeht und dass der König das bekommt, was er von uns erwartet, einen beträchtlichen Teil der Erträge. Das ist hier nicht anders, als auf Bernsdorf, nur unendlich viel größer. Wenn ich mir das so anschaue, so befürchte ich, dass es mit dem gemütlichen Dasein auf Bernsdorf wohl vorbei sein dürfte. Dies wird unser Hauptsitz werden, Evchen. Es wird gar nicht anders gehen." „Und Bernsdorf?" Friedrich Wilhelm schweigt und Evi schaut ihn erwartungsvoll an. „Mir wird jetzt erst klar, was das alles für uns bedeutet, Schatz. Auf Bernsdorf und den Bauernschaften leben etwa fünfhundert Menschen. Hier leben einhunderttausend, die auf uns schauen. Was für eine Verantwortung. Ich weiß jetzt gar nicht mehr, ob ich dem König noch dankbar sein soll. Unser Leben wird sich jedenfalls vollkommen ändern, daran führt kein Weg vorbei, Evi. Was aus Bernsdorf wird, weiß ich noch nicht. Erst einmal muss alles so bleiben, wie es ist, aber langfristig müssen wir eine Lösung finden." Evi schaut etwas spitzbübisch: „Einen Kadetten habe ich kennen gelernt und was kommt jetzt?" „Denk an auch Friedrich und an Anna Amalie. Die werden in unsere Welt hineingeboren und für die wird später alles ganz normal sein. Vielleicht kann Friedrich sich später erst einmal um Bernsdorf kümmern, das wäre vielleicht eine Lösung, aber das wird erst in einigen Jahren möglich sein. Bis dahin haben wir ja noch Waldersee."

***

Langsam nähert sich die Kutsche dem unteren Burgtor. Jetzt erkennt man, dass auf dem Hauptturm eine große Fahne mit dem Wappen derer von Mark weht. Am Haupttor werden sie vom Haushofmeister erwartet, das Personal ist im unteren Burghof angetreten. Nachdem beide die Kutsche verlassen haben, begrüßt sie der Haushofmeister und stellt sich vor: „Balthasar von Brauchitsch, Herr Graf, ich heiße sie und die Frau Gräfin herzlich willkommen. Ich hoffe, sie hatten eine angenehme Reise." „Danke", sagt Friedrich Wilhelm knapp, „es war eine lange Strecke." „Sicher, Herr Graf. Darf ich sie begleiten. Zu ihrem Empfang ist alles vorbereitet." „Was ist vorbereitet?" „Für heute habe ich allem abgesagt. Ich stelle ihnen, mit ihrer Erlaubnis, das Personal vor. Dann haben sie sicher nach der langen Reise Appetit und dann sollten sie sich vor allem ausruhen. Die Verpflichtungen beginnen erst morgen, Herr Graf. Das war allerdings nicht zu vermeiden." Friedrich Wilhelm legt leicht den Arm um den Haushofmeister: „Sie haben ihre gute Tat damit heute schon vollbracht. Ich danke ihnen sehr." Von Brauchitsch schmunzelt und führt Friedrich Wilhelm und Evi gemessenen Schrittes zu den wartenden Bediensteten. Es müssen wohl an die zwanzig sein, die da fein säuberlich und schick gekleidet angetreten sind. Aus deren Reihe löst sich würdevoll der Oberkammerherr Ernst von Plettenberg. „Ich stehe ihnen zur Verfügung, Herr Graf", bemerkt der und verbeugt sich tief. Dann löst sich die Oberkammerzofe Jolante Rahner und begrüßt Evi: „Zu Diensten, Frau Gräfin." Nachdem die Bediensteten vorgestellt wurden, immer begleitet durch Verbeugung oder Knicks, geht es hinein in den oberen Burghof, dem Kern der Burg. Man bleibt stehen und der Oberhofmeister weist nach oben und erklärt: „Die Burg stammt aus dem elften Jahrhundert, hat alle Zeiten gut überstanden, wie sie sehen." Man betritt die wuchtige Eingangshalle zum Palastgebäude und verharrt erneut in der riesigen von schweren grauen Säulen getragenen Decke. „Die Halle benutzen wir auch für größere Empfänge", erklärt von Brauchitsch, „der Palast verfügt über insgesamt zweiunddreißig Räume, die den verschiedenen Zwecken dienen. Die Bediensteten wohnen hier unten, dort dem Durchgang entlang geht es in das Nebenhaus. Dort befinden sich auch alle wichtigen Räume, wie Küchen und Vorratsräume." Friedrich Wilhelm und Evi schauen sich aufmerksam um und kommen aus dem Staunen gar nicht mehr heraus. „Darf ich sie jetzt in ihre Räume begleiten?"

Es geht über die wuchtige Haupttreppe hinauf in einen weiteren, etwas kleineren Saal, von dem mehrere Gänge in die verschiedenen Räume dieser Etage führen. Von Brauchitsch erklärt, indem er auf die verschiedene Gänge zeigt: „ Dort geht es zum großen Empfangssaal mit mehreren kleineren Empfangssälen. Dort geht es zur Bibliothek und zu den Arbeitsräumen der gräflichen Verwaltung. Dort geht es zu den gräflichen Privaträumen, zu denen nur wenige Zutritt haben, nur ihre persönlichen Bediensteten und Personen, die sie zu sehen wünschen. Mit ihrer Erlaubnis haben wir eine Mahlzeit im Kaminzimmer der gräflichen Familie vorbereitet, sie können dort völlig ungestört speisen. Ihre Räume, gnädige Frau, befinden sich gegenüber den Räumen des Herrn Grafen. Ich hoffe, dass sie mit allem einverstanden sein werden." Friedrich Wilhelm umfasst von Brauchitsch ganz vorsichtig: „Bisher war alles perfekt und ich danke ihnen vor allem für den sehr rücksichtsvollen Beginn unseres Aufenthalts. Zu Hause in

Ostpreußen sind wir solch ein gewaltiges Schloss gar nicht gewohnt und wir müssen uns erst noch daran gewöhnen. Im Gegensatz zu uns wohnen sie schon länger hier. Wir werden jetzt speisen und uns dann in Ruhe in unserer neuen Umgebung einrichten." „Sehr wohl, Herr Graf."

***

Evi und Friedrich Wilhelm nehmen in Ruhe ihre erste Mahlzeit in ihren privaten Räumen des Schlosses ein. Das Essen ist reichhaltig und gut, der Wein schmeckt ausgezeichnet und die Diener servieren äußerst diskret und halten sich im Hintergrund. Beide können sich völlig ungestört unterhalten, denn auf ein Zeichen Friedrich Wilhelms ziehen sich die Diener ganz zurück.

„Ich glaube, dir geht es ähnlich wie mir, Evi", sagt Friedrich Wilhelm, „für mich ist das hier wie ein unglaublicher Traum. Bald werde ich wohl erwachen und mir verwundert die Augen reiben und alles ist vorbei." Evi schüttelt den Kopf: „Ich fürchte, der Traum wird nicht zu Ende gehen und ich weiß gar nicht, ob ich darüber glücklich sein soll. Zu Hause war alles so geordnet und gemütlich und wir waren schon eine richtige Familie. Was soll jetzt aus Friedrich werden, wo soll er wohnen? Wo werden wir wohnen? Was wird aus Gut Bernsdorf im schönen Osterode? Werden wir noch manchmal nach Kolberg kommen?"

Friedrich Wilhelm schaut Evi traurig an: „Manch einer würde sich über ein derartiges Geschenk, das uns König

Friedrich gemacht hat, freuen und wir sind eher unglücklich. Ist dir klar, dass wir durch die Erhebung in den Grafenstand ziemlich reich geworden sind? Die Grafschaft Mark ist sehr wohlhabend. Wir haben Ländereien, Wälder, Fabriken und noch wichtiger, den Steinkohlenbergbau. Natürlich müssen wir an den Hof Abgaben machen, aber ich glaube, wir werden sehr reich sein, Evi." Die schaut jetzt etwas freundlicher aus: „Komm, lass uns noch einen Spaziergang machen. Ich möchte gerne die Umgebung erkunden. Noch kennt uns hier niemand. Das ist doch sicher ganz schön."

Nur den Kammerdienern sagen sie Bescheid, haben Wanderschuhe angezogen und leichte Wanderbekleidung und schon sind sie aus der Burganlage heraus und steigen bergaufwärts an der Burgmauer entlang. Nach kurzer Zeit sind sie im Wald und schauen von einer Lichtung hinab ins Tal nach Altena. „Dort führt ein Weg hinunter", deutet Evi nach unten, „schau, der führt direkt in den Ort. Komm, lass uns hinunter gehen. Ich bin gespannt, wie es da aussieht." Hand in Hand geht es jetzt abwärts, an Wäldern und Feldern vorbei und bald sind sie in Altena.

Es wird schon dämmrig, als sie durch Altena gehen und die großen, fest gebauten Gebäude bewundern. Sie kommen zur Ortsmitte und finden ein Gasthaus, in dem es laut hergeht. „Komm, Evi, lass uns hinein gehen." Sie steigen eine etwas ausgetretene Steintreppe hinauf und betreten die Gaststube, die gut gefüllt ist. Kaum jemand nimmt die beiden zur Kenntnis und sie finden einen freien Tisch im hinteren Teil der Gaststube unmittelbar an einem wuchtigen Kachelofen. Der Wirt hat sie sofort wahrgenommen und kommt jetzt zu ihnen: „Neu hier?" fragt er, „kann ich ihnen etwas bringen?" „Eine Kanne Wein bitte, Herr Wirt", sagt Friedrich Wilhelm, „wir sind heute erst angekommen." „Brauchen sie ein Zimmer?" „Nein, wir haben schon ein Unterkunft, aber trotzdem, vielen Dank; Herr Wirt."

Eine große Kanne und zwei Becher werden von einem Diener gebracht, der sich dann nach einem neugierigen Blick wieder zurückzieht. Am Nachbartisch sitzen fünf Männer, die schon ordentlich gebechert haben. Einer ruft laut: „Prost! War was los heute auf der Burg. Die neue Grafschaft soll heute gekommen sein, aus dem Osten hört man." „Quatsch aus Berlin sind die. Er soll Baron sein oder so etwas Ähnliches." „Baron ist doch nicht mehr als Graf, du hast doch gar keine Ahnung. Graf ist der und von Bernsdorf heißt der glaube ich. Soll beliebt sein beim König, sagt man." „Wieso das denn?" „Bin ich Hellseher? Wird schon seinen Grund haben, wenn man Graf wird. Unser alter Graf hat ja das Zeitliche gesegnet und da wurde eben ein neuer gebraucht." „Ist der auch so alt?" „Alt? Nein ganz jung soll der sein und die Gräfin noch jünger." „Mich hat niemand gefragt, ob ich Graf werden möchte?" Jetzt erhebt sich am Tisch lautes Gelächter. „Der Franz möchte Graf werden, ich werde verrückt. Du fällst doch beim Gehen schon über deine eigenen Beine, du Tölpel. Die Dienerschaft müsste sich ja schämen, wenn sie solch einen Graf hätten." „Und den Weinkeller würdest du auch gleich leer saufen!" „Ha, ha, ha, Franz der Graf!"

Friedrich Wilhelm und Evi hörne unauffällig aber amüsiert zu. Sie dürfen sich nichts anmerken lassen und doch fällt einem am Nachbartisch auf, das die beiden da ganz alleine sitzen. „He da", ruft er, „so allein am Tisch? Kommt doch herüber." „Danke", sagt Friedrich Wilhelm, „wir bleiben nicht lange. Herr Wirt, bringt dem Tisch doch eine Kanne Wein." „Oh", klingt es herüber, „das lass ich mir gefallen, freie Getränke von den Herrschaften. Von wo seid ihr denn?" „Aus Ostpreußen", sagt Friedrich Wilhelm. „Wie lange wart ihr da unterwegs?" „Na, gut zwei Wochen braucht man schon." „Gibt es da auch Wein in Ostpreußen?" „Haben wir auch, aber am liebsten trinkt man Bier und Schnaps." „Na, vielen Dank für den Wein und viel Spaß in Altena." „Danke", sagt Friedrich Wilhelm im Hinausgehen. Beim Wirt zahlt er noch rasch seine Zeche und dann wandern die beiden langsam zurück hinauf zur Burg, wo an einzelnen Stellen der Burgzinnen und am Eingang Fackeln angezündet sind und die Silhouette der Anlage malerisch beleuchten. Sie bleiben stehen, schauen hinauf und genießen den Anblick. Burg Altena ist ein faszinierendes Bauwerk, dass jetzt ihnen gehört und das ihre Heimat werden soll.

***

In der Bibliothek, von der man durch hohe Fenster einen weiten Blick über das Land hat, haben sich die Landräte versammelt und warten gespannt auf den neuen Grafen. Nur Karl von Gladen hat ihn bisher in Berlin kennen gelernt und natürlich von ihm erzählt. Schließlich tritt Friedrich Wilhelm ein und begrüßt freundlich die Landräte, die von Gladen einzeln vorstellt. Dann setzt man sich und Friedrich Wilhelm beginnt.

„Meine Herrn Landräte, ich freue mich, sie kennen zu lernen. Meine Frau und ich sind erst gestern angekommen und müssen uns natürlich noch zu Recht finden. Mit ihrer Hilfe wird uns das aber sicher sehr schnell gelingen. König Friedrich von Preußen hat mich zum Nachfolger des ehrenwerten Grafen von Mark erhoben und wir werden in Zukunft miteinander auskommen müssen. Ich werde die Landratsbezirke nacheinander aufsuchen, natürlich auch die benachbarten Grafschaften, Herzogtümer und den Bischoff. Ich bitte sie vorerst um Eines: haben sie Vertrauen zu mir und berichten sie mir immer absolut wahrheitsgemäß über ihre Arbeit und ihre Probleme. Ich lege großen Wert darauf, dass es unserem Volk, auch den Bauern und Landarbeitern gut geht. Der preußische König braucht die Liebe und die Unterstützung seines Volkes. Er wird Preußen in eine gute Zukunft führen, dabei muss ihm aber vor allem der Adel helfen. Wir Adeligen haben das Privileg, in gehobenen Funktionen, dem König, dem Land und unserem Volk dienen zu können. Privilegien leiten sich nicht aus der Geburt ab, sondern aus einer grundanständigen Gesinnung, aus Pflichtbewusstsein, Fleiß und Redlichkeit. Diese Haltung und Gesinnung setze ich voraus. Bitte enttäuschen sie mich nicht, dann werden wir sicher gut miteinander auskommen.

Noch etwas: Ich bin – wie sie ja wissen - auch Kommandeur des Gräflich-Markschen Regiments. Ich möchte unsere Truppen möglichst bald inspizieren. In der Preußischen Armee bin ich Oberst, hier in der Mark bin ich Kommandeur unseres Regiments und damit im Range eines Generals. Wir müssen damit rechnen, schon bald mit dem König ins Feld ziehen zu müssen. Die Sache mit Schlesien und Österreich ist noch lange nicht beendet. Bereiten sie alles vor, damit unser Regiment jederzeit bestmöglich einsatzbereit ist. Ich weiß, wie schwierig es ist, die Soldaten für den Militärdienst abzustellen, wenn auf den Feldern und in den Fabriken viel Arbeit ist. Dennoch müssen wir mit unserem König ins Feld ziehen. Das ist eine selbstverständliche Pflicht gegenüber unserem König und unserem Vaterland. Wir können nur auf einen baldigen Frieden hoffen. Jetzt bitte ich um Ihre Vorträge. Übrigens, damit ich es nicht vergesse, König Friedrich wird uns bald besuchen, ob vor dem Krieg, weiß ich noch nicht."

Die Landräte tauschen Blicke aus und Karl von Gladen stellt die Landräte vor. Heinrich von Schlöndorf Landratsbezirk Mark, Waldemar Baron von Haltern Landratsbezirk Berg und Gieselher von Lübben Landratsbezirk Soest. Die Landräte nicken Friedrich Wilhelm freundlich zu. Den Landratsbezirk Altena leitet bekanntlich von Gladen selber. Er beginnt auch: „Erlaucht, erlauben sie einige grundsätzliche Anmerkungen zur Grafschaft Mark, die ich ihnen als Vorsteher aller Landratsbezirke darlegen möchte." Friedrich Wilhelm nickt und schaut von Gladen aufmerksam an. „Die Grafschaft Mark gehört mit ungefähr einhunderttausend Menschen mit Sicherheit zu den großen Grafschaften in Preußen. In ihr befinden sich sechzehn Städte und sieben Freiheiten. Land- und Forstwirtschaft sind wichtig aber der Kohlebergbau wird wohl die Zukunft der Grafschaft sein. Ich empfehle daher, auch weil Seine Majestät hier ein besonderes Augenmerk haben wird, sich damit ganz besonders zu befassen." „Das ist meine Absicht, Herr von Gladen."

„Sehr wohl, Erlaucht. Da sie schon über den möglicherweise bevorstehenden Krieg gesprochen haben, möchte ich – und ich bin sicher, die Herrn Landräte sehen das auch so – gleich über die Folgen des vergangenen Krieges sprechen. Wir sind sicher stolz darauf, zum Königreich Preußen zu gehören und genießen den Schutz der Preußischen Krone, aber wir leiden auch sehr unter den Folgen des langen Krieges. Wir fragen uns natürlich, was wir davon haben, dass jetzt auch Schlesien zum Königreich gehört:" Friedrich Wilhelm gibt ein Zeichen und unterbricht von Gladen. „Meine Herrn, ich glaube nicht, dass uns solche Überlegungen zukommen. Preußen wird nur in all seinen Teilen bestehen oder es wird untergehen. König Friedrich ist ein guter und fürsorglicher Landesvater. Ich kenne ihn und die Sorge um sein Land raubt ihm häufig den Schlaf. Preußen muss sich aber gegenüber den Großmächten behaupten, andernfalls werden diese Preußen vernichten und unter sich aufteilen. König Friedrich hat nicht die Absicht, darauf zu warten. Er hat sich entschlossen, Österreich anzugreifen und alte Rechte – die manche vielleicht bezweifeln mögen – in Schlesien durchzusetzen. Ich habe den Krieg in Schlesien erlebt und weiß, welche Opfer dort gebracht werden mussten. Soll das alles vergebens sein? All die jungen Soldaten, die dort gefallen sind, auch aus der Grafschaft, sollen die alle umsonst ihr Leben für das Vaterland gegeben haben?"

„Verzeihung, Erlaucht, natürlich nicht. Ich wollte nur vorsichtig darauf hinweisen, unter welchen Kriegsfolgen wir jetzt schon zu leiden haben und da droht schon wieder ein neuer Krieg. Die Felder sind kaum wieder bestellt, die Fabriken haben mühsam ihre Arbeit wieder aufgenommen. Kaum ein Hof, wo nicht die Söhne gefallen oder Invaliden sind, von den Pferden ganz zu schweigen, die im Krieg verbraucht wurden. Warum kann Preußen nicht in Frieden leben?" „Sehen das alle so?" möchte Friedrich Wilhelm jetzt wissen. Er erhält keine direkte Antwort, entnimmt aber aus dem Schweigen der anderen Landräte, dass dies so ist.

Friedrich Wilhelm erhebt sich und schreitet durch den Raum. Am Fenster bleibt er stehen und schaut hinaus auf Altena. Es herrscht ein bedrückende Spannung. Friedrich Wilhelm lässt sich viel Zeit, wendet sich dann um und geht zurück an den Tisch, wo er wieder Platz nimmt. Ruhig schaut er in die Runde. „Glauben sie vielleicht, mir wäre daran gelegen, die Probleme schön zu reden? Ich bin auch Gutsbesitzer und Landrat in Ostpreußen und habe dort bestimmt hundert Bauernschaften, die alle unter den Problemen des Krieges leiden, genauso schlimm wie hier, vielleicht sogar noch etwas schlimmer. Ostpreußen hat kaum Fabriken, schon gar keine Kohle, nur Land- und Forstwirtschaft. Einfache Geräte, Pferde und den Fleiß der Bauern und Landarbeiter. Wir haben dort auf meinem Gut alle zusammen dafür gesorgt, dass die Felder möglichst rasch bestellt werden. Bevor der nächste Winter kommt, haben wir Brennmaterial geschlagen und auf den Höfen eingelagert. Wir haben alle Lebensmittel des Gutsbezirks zusammengetragen, mit meiner Hilfe hinzugekauft und in den Bauernschaften verteilt. Aus der Garnison haben wir Soldaten geholt, die mit anfassen mussten und wir sind auf einem guten Weg. All das muss hier auch geschehen, deshalb bin ich sofort in die Grafschaft gekommen. Auf Gut Bernsdorf werde ich auch dringend gebraucht, aber hier hat mir der König eine noch größere Aufgabe gestellt. Ich möchte mit ihnen nicht die Verantwortung unseres Königs und seine Außenpolitik diskutieren, sondern die anstehenden Probleme zum Wohle unserer Menschen lösen. Wenn Preußen in Schlesien von Österreich erneut angegriffen wird, oder von Russland in Sachsen – und Preußen hat darauf jetzt keinen Einfluss mehr - dann werden wir zusammenstehen und mit dem König unsere Pflicht erfüllen. Unsere vielen Gefallenen - Väter, Söhne, Freunde – verpflichten uns dazu. Ich möchte hier keine kleinmütigen Landräte haben, sondern dem König berichten, dass hier gute Preußen leben, Patrioten und gute Landeskinder, die für ihr Vaterland durchs Feuer gehen. Im Übrigen, meine Herren, die Privilegien des Adels haben nur dann eine Legitimation, wenn er sich um die Menschen im Lande kümmert. Unsere Vorfahren mögen das anders gesehen haben. Diese Zeiten sind aber vorbei. Wir erfüllen entweder unsere Pflichten oder wir werden untergehen."

***

Die nächsten Tage werden für Friedrich Wilhelm anstrengend. Er bereits die Landratsbezirke und Städte, Fabriken und Kohlegruben. Überall wird er freundlich begrüßt. Insbesondere die Menschen sind neugierig auf ihren neuen Grafen. Sie erwarten ihn häufig auf den Plätzen oder vor den Rathäusern und Friedrich Wilhelm lässt es sich nicht nehmen nach Verlassen der Kutsche sofort zu den Menschen zu gehen, Hände zu schütteln und mit ihnen zu sprechen. Die angetretenen Honoratioren müssen sich derweil gedulden. Die Menschen fühlen, dass hier ein hoher Adeliger auftritt, der einer ganz anderen Generation angehört.

Für das vielschichtige Programm hat er nicht viel Zeit. Er hört sich die Vorträge der Landräte und Bürgervorsteher an, stellt kurze Fragen und sorgt dafür, dass sein Kanzleileiter, Richard von Stubbe, ein äußerst akkurat arbeitender Mann der alten Schule, alles Besprochene fein säuberlich notiert. Friedrich Wilhelm legt großen Wert darauf, dass Zusagen, die er macht, anschließend auch ausgeführt werden. Anordnungen, die er hinterlässt, werden von seiner Kanzlei peinlich genau kontrolliert. Für große Empfänge, die hier und da sicher vorbereitet waren, nimmt er sich keine Zeit. Es ist nicht die Zeit für Feiern und Bälle. Er muss so schnell, wie möglich, seine Grafschaft kennenlernen und für notwendig erkannte Dinge auf den Weg zu bringen.

Die gräfliche Kutsche ist mit der Begleitmannschaft schnell unterwegs. Heute geht es zum Bischoff von Limburg. Der Bischofssitz gehört nicht zu Preußen, dennoch hat der Bischof Franz von Lagerfeld nach vatikanischem Recht auch Zuständigkeiten in der Grafschaft. Von Stubbe erläutert dies während der Fahrt: „Herr Graf, der Bischof ist ein etwas ungewöhnlicher Mann, sie werden sehen." „Was macht ihn so ungewöhnlich?" möchte Friedrich Wilhelm wissen. „Unübersehbar ist seine Körperfülle." „Wenn das mal nicht vom guten Essen kommt." „Gewiss, Herr Graf, der Bischoff

liebt gutes Essen und exzellente Getränke, wie man hört."
„Und sieht". „Wir haben eine Kiste Frankenwein im Gepäck, vielleicht ein passendes Geschenk." „Gab es in der Vergangenheit Schwierigkeiten mit ihm?" „Gewiss, Seine Exzellenz – so ist die Anrede – hat sich immer in alle Angelegenheiten der Diözese eingemischt, auch Mark mit seinen Gemeinden gehört dazu. Der Bischof achtet genau auf seine Rechte, wenn es um die Ernennung von kirchlichen Ämtern geht. Der Dompropst von Soest ist für ihn eine Art Nuntius, der ihm über alles berichtet, was in der Grafschaft vor sich geht." „Er denunziert also?" „na ja, er berichtet eben. Sie werden sehen, der Bischof ist gut unterrichtet." „Was ist mit seinen Pflichten?" „Da gab es immer wieder Schwierigkeiten. Die Pfarreien müssen sich selbst versorgen, Geld gibt es nicht. Die Kirchen und Dome verfallen und die Diözese sieht gar nicht hin. Dabei wäre es ihre Pflicht, auch für die Bauten zu sorgen." „Wie heißt es in der Schrift? Geben ist seliger, denn nehmen." „Schön wäre es, Herr Graf".

Von der Bevölkerung weitgehend unbemerkt fährt die Kutsche vor dem Dom von Limburg vor. Friedrich Wilhelm schreitet rasch die Treppe zum Dom hinauf, wo er von einem Monsignore am Eingang erwartet wird. Dieser begrüßt ihn etwas steif und bittet Friedrich Wilhelm, ihm zu folgen. Auf von Stubbe deutend bringt er zum Ausdruck, dass der draußen zu warten habe. Friedrich Wilhelm zuckt mit den Achseln: „Machen sie doch einen kleinen Rundgang durch die Stadt."

Es geht durch einige Kreuzgänge, durch einen Hof und schließlich kommt man zur Bischofsresidenz, die prunkvoll schon am Eingang ausgestaltet ist. In der Halle überall Marmor, Säulen, vergoldete Engel und Riesenbilder an den Wänden. Friedrich Wilhelm wird von all den dickbäuchigen Halbnackten und Erzengeln ganz schwindlig. „Alles Verwandte?" möchte er wissen. Der Monsignore verkneift das Gesicht und gibt keine Antwort. „Warten sie bitte hier", sagt er und möchte auf die große Eingangstür zugehen. „Herr Graf", sagt Friedrich Wilhelm. „Wie bitte?" „Ich bin Graf, Monsignore, da erwarte ich eine korrekte Anrede." Der so Gescholtene weiß gar nicht, was er sagen soll. „Gute Freunde nennen mich auch Baron. Lassen sie mal, vielleicht lernen sie das ja noch auf ihrem Weg nach oben. Nun melden sie mich mal an."

Der Bischof von Limburg hat fast doppelten Körperumfang und braucht entsprechend viel Stoff für die aufwendige Soutane. Um den Hals hängt die Bischofskette und er bewegt sich äußerst mühsam von einem riesigen Schreibtisch auf seinen Besucher zu. Zur Begrüßung hebt er die Hand mit dem Bischofsring wohl in der Erwartung, dass sein Besucher ihm den Ring küsst. Friedrich Wilhelm deutet eine Verbeugung an. „Exzellenz, ich möchte mich vorstellen: Friedrich Wilhelm Graf von Mark, Baron von Bernsdorf. Ich bin protestantischen Glaubens, dennoch gehe ich davon aus, dass wir zum Wohle der Menschen in der Grafschaft vertrauensvoll zusammenarbeiten werden." Der Bischof weist auf eine Sitzecke und bewegt sich mühsam dorthin, um sich sofort schwer in einen verstärkten Sessel fallen zu lassen. „Nehmen sie doch Platz, ich glaube, wir haben einiges zu besprechen." Friedrich Wilhelm setzt sich in einen Sessel, dem Bischof gegenüber. „Mir fällt auf, dass hier offensichtlich niemand die Anrede weltlicher Würdenträger beherrscht. Ihr Monsignore scheint da noch lernen zu müssen, Exzellenz." Jetzt ist der Bischof sichtlich überrascht und ihm dämmert, dass vielleicht auch er gemeint sein könnte. Es zeigt sich aber, dass man ihn nicht in Verlegenheit bringen kann. „Herr Graf, die jungen Leute müssen eben sehr viel lernen. Das wird schon noch, wir müssen eben etwas Geduld mit ihnen haben. Ich würde den Monsignore übrigens gerne zum Domkapitular in Altena machen". „Dann werde ich ihn sicher öfter sehen, wenn es soweit ist. Ich wollte mich heute nur vorstellen, Exzellenz, große Probleme bringe ich natürlich heute nicht mit, nur ein bescheidenes Gastgeschenk habe ich ihrem Monsignore aushändigen lassen, ein paar Flaschen Wein aus dem Frankenland." „Ich werde an sie denken, Herr Graf, wenn er auf den Tisch kommt. Darf ich fragen, wie alt sie sind?" „Fünfundvierzig Jahre, Exzellenz." „Beneidenswert, haben sie Kinder?" „Zwei, ein Junge und ein Mädchen. Beide befinden sich bei meiner Mutter auf dem Gut in Osterode. Wir wollten ihnen die lange Reise erst einmal ersparen, aber sie werden natürlich dann auch nach Altena kommen." „Herr Graf, es gibt ein Problem in Soest. Die dortige Schützengilde macht ihre Schießübungen immer sonntags während der Zeit der heiligen Messe. Kann man das abstellen?" Friedrich Wilhelm lächelt: „Ich fürchte nein. Ob die Männer sonntags in die Kirche gehen ist ihnen in Preußen ganz und gar selbst überlassen. Jeder soll nach seiner Fasson selig werden, ist ein Prinzip in Preußen. Unser König lebt danach und so ist es das Recht aller. Machen die Schützen denn Lärm?" „Man hört es im Gottesdienst durchaus". „Man hört ja auch die Orgel auf dem Marktplatz und die meisten stört das nicht." „Lassen wir das", sagt der Bischof jetzt leicht indigniert, „ ich danke ihnen jedenfalls für ihren Besuch." Er erhebt sich und verabschiedet Friedrich Wilhelm ziemlich abrupt. Diesmal verzichtet er auf das Vorzeigen des Bischofsrings und beendet die Audienz, indem er sich abwendet und auf den mühsamen Weg zu seinem Schreibtisch macht.

***

Heute besucht Friedrich Wilhelm das Preußische Bergamt. Ihn empfängt der Bergamtsrat Gunter von Steinhausen, ein würdevoller, älterer Herr mit Gehrock und Kneifer. Er begrüßt Friedrich Wilhelm etwas umständlich, führt in durch das Gebäude und stellt hier und da einen Mitarbeiter vor. Dabei handelt es sich durchweg um jüngere Leute, die offensichtlich mit einigem Elan bei der Sache sind. Das gefällt ihm. Im Kontor des Bergamtsrats ist alles für einen Vortrag vorbereitet.

„Herr Graf", beginnt von Steinhausen etwas steif, „ich freue mich, dass sie schon so kurz nach ihrer Ankunft Zeit für uns finden. Wissen sie, für unsere Arbeit hier ist das sehr wichtig. Nicht alle Leute verstehen, was wir hier machen und das alles vor allem dem Wohle Preußens dient. Wenn wir nicht wären, dann würde im Kohlenabbau Chaos herrschen. Jeder würde machen, was er will und im Ergebnis käme wenig dabei heraus. Die Bodenschätze, Herr Graf, aber ich bin davon überzeugt, dass sie das wissen, die Bodenschätze gehören dem Land und nicht denen, die zufällig darauf wohnen. So ist das natürlich auch mit der Kohle." Friedrich Wilhelm hört aufmerksam zu. „Wie finden sie die Kohle?" möchte er jetzt wissen. Der Bergamtsrat rückt seinen Kneifer zu Recht und überlegt einen Augenblick. „Also, um die Kohle zu finden, benötigt man ein außerordentliches Wissen bezüglich der Erdzusammensetzung und der Geschichte. Dabei geht es um sehr lange zurückliegende Zeiten, in denen die Bäume gewachsen sind, die dann nach Millionen von Jahren die Kohle erzeugt haben, die ja teilweise tief unter der Erde liegt. Wir haben unsere Leute dahingehend ausgebildet, die Kohle nach Möglichkeit zu finden. Unsere Markscheider, wie wir sie nennen, kennen sich unter der Erde besser aus, als die meisten Leute über der Erde. Ein kleiner Scherz, Herr Graf." „Verstehe, und wie holt man die Kohle dann heraus?" „Das ist wieder ein ganz anderes Gebiet, auf dem wir auch Fachleute haben. Die wissen, wie man in die Erde hineinkommt und wie man die Kohle dann abbaut. Schauen sie hier, Herr Graf". Er beugt sich über eine große Karte und umkreist mit einem Stift mehrere Gebiete auf der Karte. „Dies ist unser Gebiet, die Mark, und hier vermuten wir außerordentliche Kohlevorräte, die noch abgebaut werden müssen. Wir werden das in preußischen Kohlegruben tun, die noch gebaut werden müssen. Nur die wenigsten Kohleflötze werden an der Oberfläche sichtbar. Die meisten liegen tief unter der Erde und wir müssen dazu tiefe Schächte in die Erde treiben, um an sie heranzukommen." „Gibt es Probleme dabei?" „Gewiss, ganz erhebliche Probleme sogar. Da ist zum einen das Grundwasser, das uns stark behindert. Das Wasser muss raus aus den Gruben und das ist sehr schwierig. Unsere Schöpfwerke arbeiten zu langsam, das Wasser kann immer wieder nachlaufen. Noch gefährlicher sind die Schächte unter der Erde. Über ihnen lastet ein ungeheures Gewicht durch den Berg darüber. Das Abstützen ist sehr schwierig und die Schächte werden immer wieder eingedrückt, manchmal auch, wenn die Menschen darin sind. Ja, so ist das. Bergbau ist sehr gefährlich.

„Was kann ich für sie tun?" möchte Friedrich Wilhelm jetzt wissen. „Sie haben schon etwas getan, indem sie zu uns gekommen sind, Herr Graf. Sie sind ja der höchste Vertreter Preußens hier in der Mark und wenn wir Probleme haben können wir nur zu ihnen kommen." Friedrich Wilhelm nickt aufmunternd. „Also, da sind zu nächst einmal die Eigentümer der Gebiete, wo wir Kohlegruben einrichten wollen. Die bilden sich natürlich ein, dass die Kohle ihnen gehört. Da können sie uns vielleicht helfen". „Die werden dann ja wohl entschädigt." „Ja natürlich, aber manchmal sind die störrisch, weil sie dort ihre Jagd haben oder ein Gut." „Weiter", ermuntert Friedrich Wilhelm den Rat. „Wir müssen die Kohle auch fortschaffen, wenn sie aus der Erde nach oben kommt. Das ist ganz schön mühsam mit Pferd und Wagen. Was wir brauchen sind Kanäle, auf denen wir die Mengen von Kohle auf Kähnen transportieren können." „Verstehe, und was ist mit den Arbeitern?" „Da müssen wir etwas schaffen, das die Familien versorgt, wenn denen etwas passiert. Ich sagte schon, der Bergbau ist sehr gefährlich. Wenn die Arbeiter wissen, dass ihre Familien anschließend in Not geraten, werden sie nicht mehr bereit sein, die schwere und gefahrvolle Arbeit zu tun." „Das ist ja eine ganze Menge, Herr von Steinhausen. Können sie einen kundigen Mitarbeiter zu mir in die Verwaltung abstellen, als ständigen Verbindungsmann?" „Das ist eine ausgezeichnete Idee, Herr Graf. Ausgezeichnet, wirklich genial." „Dann lassen sie uns das so machen. Wenn ich gut über alles informier bin, kann ich auch bei Hof etwas für den Kohlebergbau tun." „Ich schlage vor, dass wir jetzt eine Grube besichtigen. Die ist hier ganz in der Nähe. Sie können sich dann selber einen Eindruck davon verschaffen."

Die Grube ist bald erreicht. Sie liegt etwas geschützt an einem Berg von ungefähr dreihundert Metern Höhe. Der Eingang ist mit Hölzern verkleidet. Auf dem Vorplatz liegt ein großer Haufen Kohle. Männer sind damit beschäftigt Fuhrwerke zu beladen, eine anstrengende Arbeit. Am Eingang wartet ein junger Mann, der sich als Steiger vorstellt und ohne große Vo9rrede auf den Eingang der Grube zeigt. „Dies ist die Grube Wilhelmine, Herr Graf, benannt nach der Tochter des verstorbenen Herrn Grafen. Wir sind fast einen Kilometer tief im Berg, wollen dann aber auf Tiefe gehen, durch einen Schacht, der dort in die Erde getrieben wird." Er weist auf eine andere Baustelle, wo emsiges Treiben herrscht. „Von diesem Schacht aus werden wir dann in den verschiedenen Tiefen Schächte anlegen, um an die Kohle heranzukommen. Wenn sie mir jetzt bitte folgen wollen, Herr Graf?" Jetzt geht es in einen Gang hinein, der immer dunkler wird. In Abständen sind Fackeln aufgestellt, die ein spärliches Licht abgeben. „Sie müssen vorsichtig sein, Hier liegen überall Felsentrümmer herum, an denen man sich verletzen kann. Weiter und weiter geht es in den Berg hinein. Die Atmosphäre wird immer bedrückender. Die Luft ist feucht und kalt und von oben tropft unaufhörlich Wasser auf die Gruppe. Der Gang scheint endlos. Weiter und weiter geht es, immer tiefer hinein in den Berg. Hin und wieder hält die Gruppe an, um Arbeitern den Weg frei zu machen, die Kohle auf Karren nach draußen bringen. Friedrich Wilhelm fühlt sich gar nicht wohl an diesem fremdartigen Ort. Er ist die Freiheit der Wälder und Felder gewohnt, klare Luft und Sonnenschein. Aber hier fühlt er sich auf unnatürliche Weise eingesperrt und einer unberechenbaren Situation ausgeliefert. Nach einer halbe Stunde wird das vorläufige Ende des Ganges erreicht. Hier sind mehrere Fackeln angezündet und Arbeiter schlagen unter größter Anstrengung Felsbrocken aus der Wand, die dann noch einmal verkleinert werden, um dann auf Karren verladen zu werden. Irgendjemand ruft: „Vorsicht!" Ein dicker Felsbrocken hat sich gelöst und ist auf die Arbeiter niedergestürzt, die sich durch beherzte Sprünge in Sicherheit bringen konnten. Es ist nichts passiert, diesmal jedenfalls.

Der Steiger zeigt auf die schwarze Wand: „Das ist die Kohle, Herr Graf. Wir stellen aber fest, dass die Kohle aber schräg nach unten verläuft und immer mehr in die Tiefe geht. Wir wissen nicht, wie tief es gehen wird, aber wir müssen den Schacht verändern. Langsam wird es zu gefährlich in diesem Schacht. Wir haben zwar einige Stempel eingezogen, aber wir kennen nicht genau die Last, die über uns liegt. Es sind auch schon Stempel eingeknickt, dabei sind das Baumstämme. Wir setzen dann zwei neue Stämme." „Kann das Ganze hier denn einstürzen?" will Friedrich Wilhelm wissen. „Kann schon", meint der Steiger, „niemand weiß, wann."

Als Friedrich Wilhelm wieder an der frischen Luft ist, atmet er wie befreit auf. Keine zehn Pferde kriegen ihn je wieder in eine solche Grube. Aber es war wichtig, das einmal gesehen zu haben. Ihm tun die Arbeiter leid, die unter Einsatz ihres Lebens unter solchen Umständen arbeiten müssen. Der Besuch in der Grube Wilhelmine hat ihn sehr nachdenklich gemacht. In Zukunft weiß er aber, was Kohlenbergbau bedeutet.

***

Die Zeit wird knapp. Friedrich Wilhelm hat aus Berlin Informationen, dass Österreich mobil macht gegen Preußen, auch Russland verhält sich unfreundlich. Alles deutet wieder auf Krieg hin. Er hat sein Regiment inspiziert und ist mit dem, was er gesehen hat, zufrieden. Das Mark'sche Regiment ist vollständig aufgestellt und gut ausgerüstet. Er möchte noch für moderne Gewehre sorgen.

Er muss jetzt schnell nach Berlin und auch noch einmal nach Osterode. Zusammen mit Evi macht er sich auf den Weg. In der Preußischen Kriegs- und Domänenkammer führt er ein Gespräch mit dem Oberpräsidenten von Schuler. Der drängt darauf, die Ausrüstung der preußischen Armee voranzutreiben. Es ist keine Zeit zu verlieren. Auf die neuen Gewehre wird es ankommen.

Friedrich Wilhelm trifft sich mit von Griese, der ihm darlegt, dass die Herstellung der Gewehre und der Munition auf

Hochtouren läuft. Über die Aufträge kann er sich nicht beklagen. Es ist eben so, dass am Krieg auch immer einer verdient. Das ist in diesem Fall von Griese, der wohl schon ein Vermögen mit den ständigen Kriegshandlungen machen konnte. „Friedrich Wilhelm", sagt er gut gelaunt, „Krieg ist für mich Geschäft, Frieden ist Flaute." Sie sprechen auch noch einmal über die stille Teilhaberschaft von Friedrich Wilhelm an Grieses Geschäften. Beiden ist klar, dass dies nicht an die große Glocke gehängt werden soll. Es würde beiden nur schaden. Vielleicht wäre es ratsam, wenn Friedrich Wilhelm seine Aufgaben für die Preußischen Regierung möglichst bald beenden könnte. Beides – führen der Grafschaft und Regierungsbeauftragter bedeuten ja auch eine große Last.

Weiter geht es nach Osterode. Der kleine Friedrich und Anna Amalie freuen sich riesig, dass ihre Eltern wieder da sind. Aus Königsberg sind Friedrich und Marie und Luise Amalie gekommen. Friedrich Wilhelm bietet Friedrich eine Stelle als Landrat in der Grafschaft an. So schön es wäre, wieder in der Heimat zu sein, so bedauerlich ist die Tatsache, dass er in Königsberg im Augenblick unabkömmlich ist. Graf von Bentheim, sein Chef, steht kurz vor dem Ruhestand und es scheint ausgemacht, dass Friedrich ihm nachfolgen soll.

Von Waldersee klagt, wie immer. Er sieht in letzter Zeit nur Probleme: mit den Bauern, mit den Ernten, mit den Spandiensten, die nur zögerlich erbracht werden. „Es ist manchmal schlimmer, als zur Zeit der Pest", klagt er und Friedrich Wilhelm überlegt, ob von Waldersee überhaupt noch der richtige Mann für diese Aufgabe ist. Zunächst wird er aber alles so belassen, irgendwann muss aber über einen Wechsel entschieden werden. Friedrich von Korff eilt zurück nach Königsberg. Er will versuchen, Arbeitskräfte aus Polen und Litauen zu gewinnen. Friedrich Wilhelm reist zurück nach Altena, diesmal ohne seine Familie. Die ist im Falle eines Krieges auf Bernsdorf sicherer.

Der Krieg geht weiter

Der Frieden hält nicht mehr. Österreich hat seine Armee neu aufgestellt und marschiert erneut in Schlesien ein. Diesmal wird Österreich von den Bayern und von Russland unterstützt. Preußen steht allein gegen alle, muss die Besatzung in Schlesien aufrechterhalten, ebenso in Sachsen, wo man auf Preußen nicht gut zu sprechen ist. Die Situation scheint Preußen zu überfordern. König Friedrich macht das alles nichts aus. Für ihn gibt es nur einen Sieg oder das Ende für Preußen.

Ein schier unlösbares Problem besteht in dem Mangel an Soldaten. Nach dem Krieg und der Rückkehr der Regimenter in die Garnisonen setzte eine Desertionswelle ein, die alles bisher Dagewesene übertraf. Tausende von Musketieren, fast drei Regimenter haben desertiert. Der dadurch hervorgerufene Mangel an Soldaten rief eine erneute Menschenjagd hervor, indem die Werber wiederum brutal, rücksichtslos und willkürlich jeden Mann rekrutierten, dessen sie habhaft werden konnten. Dadurch kam es in einigen Provinzen des Landes zu Aufruhr in der Bevölkerung. Aus Furcht vor lebenslangem Militärdienst verließen viele junge Männer in dieser Zeit das Land.

In Altena sieht es etwas positiver aus. Hier haben die Landräte und Kommandeure gute Arbeit geleistet. Auf dem Marktplatz von Altena ist das Regiment angetreten, ordentlich nach Kompanien geordnet. Die Offiziere rufen Befehle. Die Stadt ist geschmückt und Friedrich Wilhelm erhält Meldung von seinen Offizieren. Er hält eine kurze Ansprache vor dem Regiment, ist dabei aufgesessen. Sein Wallach ist ein Augenweide, ein wunderschönes Pferd mit blinkendem Zaumzeug. Die Regimentskapelle spielt auf. In der Bevölkerung herrscht gedämpfte Stimmung, da jeder weiß, was das alles zu bedeuten hat.

Dann beginnt der Abmarsch des Regiments, ein eindrucksvolles Schauspiel. Vorneweg die berittene Kavallerie, dann die Infanterie im Marschschritt. Es folgen die Fahrzeuge der Artillerie, der Etappe und eine Vielzahl von Begleitfahrzeugen, die aus eigenem Entschluss dem Regiment folgen. Es wird ein langer Marsch werden über Westfalen, Hannover, Sachsen, Schlesien bis nach Böhmen. Das Regiment wird dann schon stark strapaziert sein, wenn es in Lobositz ankommt. Dort heißt es erst einmal, der Truppe eine Pause zu gönnen. So kann sie keinesfalls in eine Schlacht gehen. Die Sachsen haben sich Österreich angeschlossen und sind von der Preußischen Armee schon in Sachsen eingeschlossen worden.

Die Österreicher wollen den Sachsen zur Hilfe kommen, werden aber von Preußen bei Lobositz auf böhmischem Gebiet abgefangen.

König Friedrich hat seine Kommandeure zu einer Lagebesprechung versammelt. Es ist früh morgens und noch dunkel. Der Stabschef, General von Glasenapp, trägt die Lage vor. Die Lage ist äußerst unübersichtlich, das Gelände ungünstig. Lobositz ist von Bergen umgeben, Wälder und Weinberge machen das Gelände undurchsichtig, Bäche und Seen morastig. König Friedrich, der den Einsatz der Preußischen Armee persönlich führt, hat keine rechte Übersicht, mit wie vielen Österreichern er es zu tun hat und wo diese stehen.

„Ich möchte eine klare Lagebeurteilung, General von Glasenapp", poltert der König los, „wie sollen wir in die Schlacht gehen, wenn wir nicht wissen, wo die Österreicher stehen und mit wie vielen Truppen wir es zu tun haben?" Von Glasenapp nimmt den Rüffel in vorbildlicher Haltung entgegen: „Wir rechnen auf österreichischer Seite mit über dreißigtausend Mann, Majestät, aber wir haben noch keinen Kontakt zur Hauptstreitmacht. Unsere Späher tun ihr Bestes, aber offensichtlich haben die Österreicher sich irgendwo gut versteckt, weiß der Teufel, wo?" „Der Teufel ist aber nicht mein Stabschef, Herr General." „Selbstverständlich nicht, Majestät, Entschuldigung, ist mir nur so rausgerutscht. Was ich sagen wollte ist, dass wir Spähtrupps unterwegs haben und stündlich Berichte erwarten. Wir haben sie aber noch nicht und daher schlage ich vor, abzuwarten. Wir vermuten, dass die Österreicher uns tiefer nach Böhmen locken wollen. Den Gefallen haben wir ihnen aber bisher nicht getan. Wir müssen aber davon ausgehen, dass die Österreicher sich mit jedem Tag verstärken. Die Zeit arbeitet gegen uns. Ein Teil der Österreicher hat Lobositz besetzt, durch Infanterie verstärkt Kavallerie und einige Kanonen."

König Friedrich geht unruhig hin und her: „Wie stark sind wir jetzt?" „Mit dem Regiment aus der Mark achtundzwanzigtausend." „Die können hier nicht Biwak machen", brummt Friedrich, „Truppen müssen kämpfen, sonst verlottern sie. Wir brauchen natürlich eine klare Lagebeurteilung, bevor wir richtig losschlagen. Bis dahin nehmen wir die Österreicher in Lobositz unter Beschuss, auch Truppen, die sich in den Weinbergen versteckt halten, verjagen. Ich möchte möglichst bald wissen, wie stark die Hauptstreitmacht ist und wo sie steht. Bei Tagesanbruch legen wir los. Die Lage ist beendet."

Friedrich Wilhelm begibt sich zu seinem Regiment. Die Befehlslage ist klar. Das Regiment liegt nördlich von Lobositz an einem Waldrand, zum Teil auf Lichtungen im Wald. Mit seinem Stabschef Giselher von Lübben beobachtet er die Ortschaft und das dahinter liegende Gelände. Das Mark-Regiment hat noch keinen Angriffsauftrag. Als es hell wird, beginnt die preußische Artillerie das Feuer auf die Ortschaft Lobositz zu eröffnen. Nicht lange, dann liegen die Einschläge deckend. In Lobositz wird es ungemütlich. Am linken Flügel gehen Dragoner und Infanterie gegen die Weinberge vor. Dort haben österreichische Grenztruppen sich verschanzt, eine ungewöhnliche Schlachtführung. Deckung nehmen galt bisher als Feigheit. So kommt es fast schon planlos zu ersten Gefechten mit österreichischen Vortruppen. Die Hauptarmee der Österreicher nimmt gar nicht teil, der Großteil der preußischen Armee im Zentrum und am rechten Flügel auch nicht. Am linken Flügel geht es aber hin und her. Wenn die Preußen sich zurückziehen und neu aufstellen, kehren die Österreicher wieder zurück. Dann fallen österreichische Kavallerietruppen über die Preußen her, Unordnung entsteht. Preußische Kavallerie geht dazwischen. So geht das den ganzen Vormittag. Am linken Flügel wird heftig gekämpft im Zentrum und am rechten Flügel ist nichts los. Friedrich, der beim Markschen Regiment aufgetaucht ist, wird unruhig. „Was zum Teufel treiben die Österreicher? Wo ist die Hauptarmee?"

Den ganzen Morgen über war es nebelig, Pulverdampf nimmt zusätzlich die Sicht. Gegen Mittag klart es auf und jetzt sind die Österreicher zu sehen. Sie stehen in zwei Linien hinter Lobositz, greifen aber nicht ein. Lobositz scheint sie nicht sonderlich zu interessieren. Ein Adjutant hat dem König gemeldet, dass die Standarte des Feldmarschalls von Brown im Zentrum der österreichischen Linie gesichtet wurde. Damit ist klar, wer den Oberbefehl der Österreicher hat. König Friedrich wird ungeduldig. Nachdem vom linken Flügel Munitionsmangel gemeldet wird, befiehlt er, Lobositz zu nehmen. So geschieht es. Preußische Infanterie stürmt mit Bajonetten den Ort, die Österreicher ziehen sich zurück. Dann ist vorerst Schluss. Der

König begibt sich ach Lobositz, der Abend kommt und die Preußen bleiben die Nacht über unter Gewehr. Man weiß nie, was kommt. Auf dem Schlachtfeld vor Lobositz, in der Ortschaft und in den Weinbergen sieht es aber schlimm aus. Hier liegen im Tode vereint österreichische und preußische gefallene Soldaten, Schwerverletzte und tote Pferde. Auf beiden Seiten gab es wohl Tausende Tote, obwohl die Hauptschlacht gar nicht geführt wurde. Die Preußen fühlen sich als Gewinner der merkwürdigen Schlacht, die Österreicher nicht als Verlierer. Beide haben Recht.

***

Der Krieg geht weiter. Die Österreicher marschieren nach Norden. Sie wollen die Sachsen befreien. Die Preußen folgen ihnen. Das nächste Gefecht ist eine Frage der Zeit. Erst vier lange Jahre und elf Schlachten später wird eine völlig dezimierte preußische Armee bei Torgau vor ihrer letzten Schlacht stehen. Friedrich Wilhelm hat durch ein gütiges Schicksal alle Schlachten überlebt und vernimmt in der letzten Lagebesprechung die frohe Botschaft vom Ende des Krieges. Russland hat sich entschieden, den Krieg gegen Preußen zu beenden. Alle Armeen, die Preußens und auch die Österreichs und seiner Verbündeter, sind mehr oder weniger aufgerieben. Allein Preußen hat über einhundertvierzigtausend Soldaten verloren, die Österreicher mindestens ebenso viele. Die Zahl der getöteten Zivilisten und Kriegsversehrten hat niemand gezählt.

Friedrich Wilhelm ist um Jahre gealtert. Er steht bei Torgau mit seinem Adjutanten, Rittmeister Konrad von Witzleben, seinem Schwager, vor dem Zelt. Beide schauen auf die grauenhaften Szenen des letzten Schlachtfeldes. „Konrad", sagt Friedrich Wilhelm, „ich weiß nicht wie es dir geht, aber ich habe manchmal den Gedanken, das ich mich schäme, nicht auch gefallen zu sein. All die vielen toten Kameraden, die nur deshalb tot sind, weil zu zufällig neben dir standen, wo die Granaten einschlugen. Keiner war sicher in diesen Schlachten, jeder konnte der nächste sein." „Viele haben auch den Tod gesucht, Friedrich Wilhelm. Ich werde nie vergessen, wie General Gesler nach einer heftigen Zurechtweisung durch den König wortlos auf sein Pferd stieg und geradewegs ins Musketen Feuer ritt. Aufrecht saß er im Sattel, den Blick nach vorne gerichtet, bis ihn die tödliche Kugel traf. Er fiel nicht sofort vom Pferd, das ihn weiter trug, bis auch sein Pferd von Kugeln getroffen stürzte und Gesler unter sich begrub." „Ich habe davon gehört. König Friedrich war bestürzt, als man ihm davon berichtete. Er fühlte sich schuldig an dem Tod dieses tadellosen Generals, der mit der Kritik seines Königs nicht leben wollte. Wir alle leben im Krieg wie in einer unheimlichen Blase. Es scheint kein Leben außerhalb dieser Blase zu geben. Obwohl wir alle um die Gefallenen und Verkrüppelten wissen, glaubt jeder, es würde ihn nicht treffen. Merkwürdig ist das schon." „Vielleicht ein innerer Schutz, Friedrich Wilhelm, wie könnte man das sonst aushalten?"

Beide verharren jetzt schweigend eine Weile, bis Friedrich Wilhelm das Schweigen beendet. „Ich werde nie vergessen, wie nach der Schlacht bei Leuthen – Preußen hatte wohl elftausend Mann an einem ´Tag verloren – die vollständig erschöpften Soldaten sangen, „Nun danket alle Gott". Ich habe mich gefragt, ob Gott ein Preuße sein sollte? Wofür sollte ihm wohl gedankt werden. Preußen hat doch mindestens ebenso viele Österreicher umgebracht." „Man muss ihnen diesen kindlichen Glauben wohl lassen. Woran sollen sie sonst glauben? Der Widersinn dieses Dankliedes ist wohl niemandem nach der Schlacht klar geworden. Jeder, der noch am Leben war, hatte wohl das Gefühl, vom lieben Gott beschützt worden zu sein." „Morgen geht es auf den Rückmarsch nach Berlin, Konrad. Was wirst du nach dem Krieg machen?" „Ich weiß es noch nicht. Außer Soldat sein, habe ich nichts gelernt. Ich weiß nicht, was kommen wird." „Mach dir keine Sorgen, Konrad. Ich werde dir helfen. Es gibt sicher vieles zu tun, nach dem langen Krieg, in der Grafschaft oder auf Bernsdorf oder bei Griese. Der könnte einen erfahrenen militärischen Berater sicher gut gebrauchen." „Wem wird er Waffen liefern, wenn der Krieg aus ist?" „Keine Sorge, der findet immer einen Weg und vor allem Regenten, die seine Waffen brauchen. Kriege gibt es immer, irgendwo. Aber vielleicht ist es besser am Aufbau des Landes zu arbeiten. In der Mark gibt es sehr viel Arbeit. Komm zu mir und helf mir dabei. Weißt du, als Graf lebe ich ziemlich einsam, da kann ich einen Freund gut gebrauche

Die Wende. Kriegsende und Neuanfang

Es geht wie ein Lauffeuer durch die Armee. Bei der Lagebesprechung hat der König bekannt gegeben, dass Russland den Krieg beendet hat und mit Preußen Frieden schließen will. Was war geschehen? Die Zarin ist gestorben und der neu Zar Peter, ein Holsteiner, will jetzt Frieden mit Preußen. Österreich alleine kann es jetzt nicht mehr schaffen. Alle beteiligten Armeen sind zerschunden und verbraucht. Die preußische Armee beginnt, sich aufzulösen. Überall marodieren Deserteure und quälen die Landbevölkerung. Die Reste der Armee werden gesammelt und marschieren zurück nach Berlin, wo auch schon österreichische Soldaten waren, die Stadt aber rasch wieder verlassen haben. Auch Königsberg wurde von den Russen wieder geräumt, nicht ohne noch einmal tüchtig zu plündern. Das Elend des Krieges hat sich über das ganze Land gelegt. Besonders schwer geschunden sind Schlesien, Sachsen, Brandenburg und Ostpreußen. Die Menschen sind wie paralysiert. Kaum eine Familie wurde verschont. Väter, Söhne, Landarbeiter sind gefallen. Manche sind mit dem Leben davon gekommen, aber schwer verletzt oder verkrüppelt. Wem auch das erspart geblieben ist, kommt schwer traumatisiert heim, mag über das Erlebte nicht sprechen und ist fast nicht mehr imstande, ein normales Leben zu führen. Zu grauenvoll ist das Erlebte, zu roh waren die Sitten im Krieg.

Mit einem letzten Rest der preußischen Armee kehrt auch das Marksche Regiment von Friedrich Wilhelm zunächst nach Berlin zurück. Der König legt Wert darauf, bei der Rückkehr noch ein einigermaßen ordentliches Bild abzugeben. Eine siegreiche Armee soll in Berlin einmarschieren, Krüppel und Taugenichtse bleiben zurück. Sie sollen sehen, wie sie nach Hause kommen. Manch einer will auch gar nicht mehr nach Hause und verschwindet irgendwo auf Nimmerwiedersehen. Was soll ein Landarbeiter schließlich auf dem Hof, wo ihn nur Mühsal, karger Lohn und Abhängigkeit erwarten?

Ein großer Teil der Berliner hat sich vor dem Schloss versammelt und betrachtet stumm und mit wenig Begeisterung die Rückkehr der Armee. Obwohl sich die Soldaten alle Mühe geben, einen positiven Eindruck zu machen, sind die Strapazen des Krieges und des langen Rückmarschs doch nicht zu übersehen. Sehen so Sieger aus? Eine ganze Armee, die vor vielen Jahren in den Krieg zog, ist vernichtet und irgendwie wieder ersetzt worden. Kaum einer der damaligen Soldaten ist heute hier wieder angetreten.

Der König spricht hoch zu Pferde zu seinen Soldaten: „Soldaten! Der Krieg ist zu Ende und Preußen ist nicht geschlagen. In manchen Schlachten schwer getroffen, aber nicht besiegt. Euer Heldenmut, eure Tapferkeit haben Preußen überleben lassen und unsere Feinde am Ende in die Knie gezwungen. Dafür danke ich euch, allen Befehlshabern, Offizieren, Korporalen und Soldaten. Kein Land hat eine solche Armee. Kein Land hat eine so duldsame und aufopferungsbereite Bevölkerung. Deshalb ist Preußen heute bedeutender, denn je. Kein Land braucht sich einzubilden, man könne Preußen angreifen oder ihm seinen Willen aufzwingen. Damit ist es endgültig vorbei. Preußen wird nach diesem Krieg trotz aller Opfer die Rolle einer Großmacht in Europa spielen. Wir werden uns jetzt daran machen, die Spuren des Krieges zu beseitigen, die Armee wieder aufzufüllen und eine bedeutende Rolle unter den Mächten einnehmen. Schlesien und Teile Sachsens gehören jetzt zu Preußen. Das wird auch niemand mehr ändern können. Geht jetzt heim zu euren Familien, zu euren Müttern, Vätern, Frauen und Kindern und sagt ihnen, das euer König stolz auf euch ist, auch stolz auf sein Land und seine Bevölkerung. Soweit ich es vermag, verspreche ich euch Frieden für die Zukunft. Es lebe Preußen, unser aller Vaterland."

Friedrich Wilhelm muss jetzt so schnell wie möglich mit den Resten seines Regiments zurück nach Altena. Konrad spricht ihn an: „Ich kann nach Osterode reisen und deine Familie nach Altena begleiten." „Da danke ich die sehr, Konrad. Ja, das würde mir sehr helfen, aber es ist besser, wenn sie zunächst noch auf Bernsdorf bleiben. Sag ihnen, dass es mir gut geht und dass ich unverletzt geblieben bin. Mein letzter Brief ist schon lange her. Ich werde dir einen Brief für Evi mitgeben. Warte auf mich. Ich werde so schnell es geht auch nach Osterode kommen. Dort wartet viel Arbeit auf uns. Wenn auf Bernsdorf alles geregelt ist, werden wir alle zusammen nach Altena reisen und dort unsere Arbeit aufnehmen. Ich freue mich, dass du mir dabei helfen wirst. "

Schon am nächsten Tag beginnt der Rückmarsch des Markschen Regiments nach Altena. Die Soldaten sind erschöpft, aber voller Vorfreude, wieder nach Hause zu kommen. Friedrich Wilhelm hat den Offizieren befohlen, strikt darauf zu achten, dass keine Plünderungen unterwegs passieren. Was wir für das Regiment benötigen, werden wir bezahlen. Jetzt ist Frieden und die Bevölkerung muss das auch zu spüren bekommen. Über Brandenburg, Hannover und Westfalen geht es zurück in die Grafschaft Mark. Nach einer Woche trifft das Regiment in Altena ein. Dort herrscht sehr zur Überraschung der Soldaten große Freude und ein echtes Willkommen. Die Menschen haben den Krieg hier nicht so sehr gespürt und sie haben Altena zur Rückkehr ihres Regiments festlich herausgeputzt. Überall Tannengrün an den Giebeln. Fahnen wurden herausgehängt. Die Menschen haben sich fein angezogen und erwarten in freudiger Erregung den Einmarsch ihres Regiments, das unter dem Jubel der Einwohner schließlich durch das Stadttor einmarschiert.

Als die Menschen ihre Soldaten sehen, werden sie ruhiger. Sie wirken erschöpft. Die Uniformen sind zerschlissen, die Pferde abgemagert. Kaum ein Lächeln findet sich in den Gesichtern. Unter der Bevölkerung macht sich Unruhe breit, weil mancher vergebens nach seinem Angehörigen unter den Soldaten Ausschau hält. Wenn es noch eines Beweises bedurfte, was der Krieg angerichtet hat, dann genügt ein Blick auf das geschundene Regiment. Dieses hat auf dem Marktplatz Aufstellung genommen. Friedrich Wilhelm reitet langsam in die

Mitte des Platzes und spricht zu den Soldaten und zur Bevölkerung.

„Meine lieben Kameraden, liebe Anwesenden der Grafschaft Mark. Wie sie sehen, sind wir heute nach mehrjährigem Krieg in die Heimat zurückgekehrt. Nicht alle sind heute noch unter uns und ich kann ihnen sagen, dass alle gefallenen Soldaten heldenhaft für ihr Vaterland gekämpft haben und durch ihren Einsatz erst den Sieg erst möglich gemacht haben. Preußen hat diesen endlos erscheinenden Krieg am Ende gewonnen und jetzt soll Frieden sein, den wir alle auch dringend benötigen. Nehmen sie ihre Soldaten wieder in ihren Familien auf und helfen sie ihnen, die Gräuel des Krieges zu vergessen. Am besten wird uns das gelingen, wenn wir uns wieder um unsere Aufgaben kümmern, die wichtiger sind, als Krieg. Preußen ist jetzt ein großes Land, Schlesien und große Teile Sachsens gehören jetzt dazu. Preußen wird auch in Zukunft seine Bevölkerung schützen, auch uns hier in der Grafschaft Mark. Geht jetzt heim mit euren Soldaten. Der Krieg ist beendet."

Die nächsten Tage sind ausgefüllt mit Arbeit. Entscheidungen müssen getroffen werden. In Gesprächen mit den Landräten wird das ganze Ausmaß des Elends deutlich: es fehlt an allem. Die Ernten wurden nicht eingebracht, Pferde fehlen auf den Höfen, vor allem Landarbeiter sind in alle Welt zerstreut. Zurück kommen vor allem Krüppel, um die sich niemand kümmert, so dass ihnen nur das Betteln oder Stehlen bleibt. Friedrich Wilhelm will das nicht. Mit den Landräten wird vereinbart, eine Stelle im Landratsamt Altena zu schaffen, die sich um die Kriegsinvaliden kümmern soll. Angehörige dieser Stelle gehen auf das Land und kümmern sich um die Bettler in den Dörfern. Friedrich Wilhelm ordnet an, dass diese behinderten Männer zusammengefasst werden und für die Aufgaben eines Dorfschullehrers ausgebildet werden. Sie sollen den Schulbetrieb danach wieder aufnehmen.

Ferner ist es wichtig, die Kohlebergwerke auszubauen. Dazu müssen aber aus anderen Ländern Arbeiter gewonnen werden. Anwerber werden in alle Richtungen ausgeschickt. Sie versprechen den Arbeitern anständigen Lohn und menschenwürdiges Wohnen. Dazu müssen Wohnungen gebaut werden. Ein Teil der Kriegsinvaliden kann auch hier sinnvoll eingesetzt werden. Jeder kann irgendetwas und arbeiten ist allemal besser, als betteln. Wie ein Lauffeuer spricht sich das herum und die bedauernswerten Männer kommen in die Anlaufstellen und melden sich zur Arbeit.

Auf der Burg ist alles unverändert, so als habe der Krieg gar nicht stattgefunden. Friedrich Wilhelm lobt seinen Haushofmeister, der in der langen Abwesenheit alles so gut geregelt hat. Von Brauchitsch ist über das Lob hoch erfreut. „Herr Graf, das war meine selbstverständliche Pflicht, so wie es ihre Pflicht war, für Preußen an der Front zu kämpfen. Wir haben eben alle unseren Platz." Friedrich Wilhelm legt dem braven Mann seine Hand auf die Schulter und nickt ihm freundlich zu. Der wird ganz verlegen und zieht sich mit einer Verbeugung zurück. Beim Abdrehen wischt er sich eine Träne aus dem Auge und sucht schnell das Weite.

***

Nachdem das Wichtigste in der Grafschaft Mark geregelt ist, eilt F.-W. nach Berlin, wo er sich mit von Griese trifft. Von Griese ist deprimiert. Der Krieg ist aus und sein Geschäft beginnt zu stagnieren. Was nützt ihm der schöne Frieden? F.-W. empfiehlt, jetzt die Manufakturen für Waffen und Munition zu verkleinern und die Arbeiter auf Friedensbedürfnisse umzustellen. Es wird jetzt sehr viel gebraucht, vor allem landwirtschaftliche Geräte. F.-W. kann Arbeiter für Gut Bernsdorf in Osterode gebrauchen. So wird es auch anderen Gütern gehen. „Heinrich, wir alle müssen uns jetzt auf den Frieden einstellen, auch du mit deiner Gewehr- und Munitionsmanufaktur. Aber die preußische Armee wird bleiben und benötigt jederzeit neue und wenn möglich beste Waffen. Ich bleibe ja Beauftragter für die Ausrüstung der Armee. Glaub mir, du wirst nicht arbeitslos." „Schön das zu hören. Ich habe mir überlegt, auch andere Länder mit Waffen zu versorgen, natürlich nur, wenn die preußische Regierung damit einverstanden ist." „Das wird sie wohl sein. Wir haben immerhin eine Reihe von Verbündeten. Russland zählt in Zukunft auch dazu." „Daran habe ich noch gar nicht gedacht. Ja, das stimmt. Russland ist jetzt auf der Seite Preußens. Na, das sind ja schöne Aussichten. Was hast du jetzt vor?" „Ich werde jetzt noch mit dem Oberpräsidenten der Kriegs- und Domänenkammer sprechen und muss dann nach Osterode." „Grüß mir die Heimat. Mein Gott, wie ich dich beneide. Mir fehlt Ostpreußen so sehr. Erst wenn man in einer großen Stadt leben muss, weiß man, was man in Ostpreußen hatte.

Theodora ist da ganz anders. Sie liebt das Leben in Berlin und ist ständig unterwegs. Weiß der Teufel, was sie den ganzen Tag macht. Na, aber mir soll es Recht sein. Wenn die Frau zufrieden ist, hat der Mann seine Ruhe und kann seiner Arbeit nachgehen."

***

Auf Bernsdorf scheint alles unverändert. Der Evi, den Kindern und der Mutter geht es gut. Alle sind froh, dass F.-W. endlich wieder da ist. Aus Königsberg hat man die Nachricht, dass es auch Marie, Friedrich und Luise Amalie gut geht. Sie werden demnächst nach Osterode kommen. Die Gespräche mit dem Verwalter sind weniger erfreulich. Aus der Manufaktur von Griese sind einige Arbeiter mit ihren Familien gekommen, die jetzt vor allem in der Landwirtschaft, im Forst und auf den Bauernhöfen eingesetzt werden. Mit der dem Bestellen der Äcker und der Einsaat wird sofort begonnen. Aber man braucht Zeit, bis die Ernten eingebracht werden können, bis dahin muss man sich durchschlagen. Von Waldersee versteht die Welt nicht mehr. Ausgerechnet jetzt, wo überall Mangel und Armut herrscht, beginnt der König mit dem Bau eines neuen Palais in Potsdam. „Wer soll das noch verstehen? Hat Preußen keine anderen Sorgen?" F.-W. erklärt ihm, dass der König ganz andere Ziele verfolgen muss. Er will Preußen nach dem gerade einmal gewonnenen Krieg auch nach außen als Großmacht darstellen. Dazu braucht er auch repräsentative Bauten. Nicht zu vergessen ist, dass es auch Arbeit und Einkommen für die Leute ist, wenn ein großes Schloss gebaut wird. Von Waldersee ist nicht zu überzeugen.

„Dann brauche ich wohl nur ein großes Schloss zu bauen und tue damit dem Land einen Gefallen?" „Hören sie auf zu grollen, Waldersee. Kommen sie, wir machen eine Rundfahrt durch die Bauernschaften. Ich möchte mit eigenen Augen sehen, wie es unseren Bauern geht und wo wir helfen können." „Ihr Wort in Gottes Ohr, Herr Baron, Verzeihung, Herr Graf."

Friedrich Wilhelm und von Waldersee haben eine offene Kutsche genommen und fahren nicht allzu schnell über den langen Waldweg nach Norden. Erlengrund ist das erste Ziel. Der Wald scheint noch größer geworden zu sein, die Bäume noch höher und wuchtiger. Die Luft ist unbeschreiblich. Aus dem Wald ertönt ein wahres Konzert, das die Vögel veranstalten. „Warum so verdrießlich, Waldersee. Es ist doch ein herrlicher Tag." „Ich weiß auch nicht, woran es liegt, Herr Graf, aber ich kann gegen die Unzufriedenheit langsam nichts mehr machen. Vielleicht bin ich undankbar. Mir geht es doch eigentlich gut und vom Krieg in der Armee bin ich verschont geblieben." „Na, also. Es kommt doch nur darauf an, von welcher Seite man das sieht." „Ja, aber da ist auch viel Zeit zum Grübeln und die Nächte sind lang. Ich habe immer noch den Traum von einem eigenen Gut. Aber wie soll ich mir den erfüllen?" „Sehen sie es doch einmal so. Wozu brauchen sie ein eigenes Gut. Als Verwalter haben sie doch alle Möglichkeiten und handeln und entscheiden, wie auf einem eigenen Gut. Wo ist da der Unterschied?" „Den Unterschied versteht nur, wer kein eigens Gut hat, glaube ich. Vor Jahren war ich kurz davor. Ganz oben unter der Nehrung wurde etwas frei. Ich habe aber zu lange gezögert und dann war es weg. Ich werde mir das nie verzeihen, dass ich eine so lange Leitung hatte." „Davon habe ich gar nichts mitbekommen." „Nein, natürlich nicht. Sie waren noch zu jung und in der Kadettenanstalt. Das hätte sie auch gar nicht interessiert." „Wenn sich noch einmal eine Gelegenheit bietet, werde ich sie unterstützen, einverstanden?" „Mein Gott, Herr Baron, Verzeihung, Herr Graf, das wäre zu schön, um wahr zu sein." „Bis dahin sorgen wir aber gemeinsam für Bernsdorf." „Worauf sie sich verlassen können."

***

Marie, Luise Amalie und Friedrich sind aus Königsberg gekommen. Alle haben den Krieg einigermaßen überstanden. Die Besetzung Königsbergs durch die Russen war ein trauriges Kapitel, das wieder einmal gezeigt hat, was für ein Wahnsinn Krieg bedeutet. Die Russen haben geplündert und sich als schlechte Besatzer erwiesen, aber Friedrichs Familie war allein durch seinen Rang als Oberpräsident der Kriegs- und Domänenkammer geschützt. Die russischen Offiziere haben sich überhaupt dem Adel gegenüber ordentlich verhalten. Au7snahmen davon gab es zwaqr, aber sie waren die Ausnahme.

Man sitzt an dem großen Tisch, verspeist genüsslich ein gemeinsames Abendessen und plaudert. Friedrich Wilhelm hat eine Depesche aus Berlin erhalten. „Also hört bitte einmal zu. Wir – Evi und Friedrich auch – müssen so schnell, wie möglich nach Altena. König Friedrich will die Grafschaft besuchen. Wir müssen noch einiges vorbereiten und dazu muss ich schnell zurück. Uns bleiben vielleicht noch einige Wochen, mehr aber nicht." „Wenn es euch nichts ausmacht, würden wir mitkommen", sagt Friedrich und nickt Marie in stiller Übereinkunft zu. „Wir wollen meine Eltern in Ravensberg besuchen, gerne würden wir auch nach Altena kommen, wenn es euch Recht ist." Die Kinder klatschen vor Begeisterung in die Hände. Sie reisen für ihr Leben gern. Evi wartet die Antwort von Friedrich Wilhelm gar nicht erst ab. „Natürlich könnt ihr mitkommen. Ihr müsst doch auch sehen, wo wir jetzt wohnen." „Gibt es auf der Burg Geister, Tante Evi?" möchte Luise Amalie wissen. Friedrich steht auf und baut sich vor seiner Cousine auf. „Na, was denkst du denn? Meinst du unsere Burg hätte keine Geister? Einer davon rennt nachts mit dem Kopf unter dem Arm herum. Gib nur acht, dass er dir deinen nicht auch abreißt." Evi nimmt Friedrich in den Arm. „Erzähl doch keine Schauergeschichten. Du machst Luise Amalie ja Angst. Am Ende möchte sie gar nicht mitkommen. Das willst du doch nicht, oder?" „Nein, Mama, ich werde sie schon beschützen." Friedrich setzt sich wieder auf seinen Platz. „Wir nehmen die große Reisekutsche, den Vierspänner", sagt Friedrich Wilhelm, „da haben wir alle Platz. Ihr kommt erst einmal mit nach Altena und könnt von dort aus weiterreisen zu euren Eltern."

Königlicher Besuch in Altena

Königliche Gesandte befinden sich in Altenau und treffen Anordnungen für den Besuch des Königs. Der König reist mit großem Hofstaat, d.h. mit mindestens hundert Personen, zwanzig Kutschen und fünfzig Pferden und bleibt eine Woche. Alle müssen untergebracht und versorgt werden. Der Hofmeister von Brauchitsch weiß gar nicht, wo ihm der Kopf steht. Selbstverständlich soll er anschließend eine Rechnung nach Berlin schicken, aber er hat gehört, dass Rechnungen jahrelang nicht bezahlt werden und wenn überhaupt, dann nur nach kräftigen Kürzungen. Es ist eben auch eine Ehre, den König beherbergen und mit seinem Hofstaat bewirten zu dürfen.

Die Grafschaft putzt sich bereits für den Besuch heraus. Überall herrscht große Aufregung. Die Straßen werden gefegt, Fahnen werden aufgehängt und Baumgrün schmückt die Hauser. Die Wirte räumen ihre Gasthäuser auf, schaffen Vorräte heran und suchen händeringend Personal. Auch Friedenswirtschaft kann anstrengend sein. Als die Kutsche Friedrich Wilhelms und seiner Familie in Altena einfährt, sind alle verwundert über das geschäftige Treiben im Ort. „Na das ist ja ein Empfang", meint Evi, „nur für uns hätten die ja nicht solch einen Aufwand treiben müssen." Friedrich Wilhelm schmunzelt: „Für den König, meine Liebe, nicht für uns. Da siehst du mal, wie die Menschen ihren König lieben." „Oder fürchten."

Hinauf geht es zu Burganlage und natürlich sind Marie, Friedrich und Luise Amalie beim ersten Anblick genauso erstaunt, wie es schon vorher Friedrich Wilhelm und Evi ergangen ist und wie es auch in Zukunft allen ergehen wird, die diese Burg zum ersten Mal sehen. „Meine Fresse", meint Friedrich trocken, „ich glaube, die Burg ist noch einmal gewachsen." „Kann eine Burg wachsen?" möchte Luise Amalie jetzt wissen. Evi schaut Friedrich etwas vorwurfsvoll an und zieht die Kleine zu sich herüber. „Lass die keinen Unsinn erzählen. Eine Burg wächst nicht von alleine. Wenn man aber Gebäude anbaut, dann ist das natürlich etwas anderes. Das meint Friedrich aber nicht."

Von Brauchitsch wartet schon ungeduldig im Burghof und öffnet sofort den Schlag. „Gott sei Dank sind sie da, Herr Graf. Ihre Anwesenheit hier ist dringend erforderlich. Die Leute drehen schon durch. Es wird Zeit, dass einmal ein Machtwort gesprochen wird." Friedrich Wilhelm steigt als erster aus der Kutsche. „Na, so schlimm wird das schon nicht werden, von Brauchitsch. Wir werden das alles in Ruhe besprechen. Jetzt lassen sie uns aber erst einmal ankommen. Wir haben übrigens auch Besuch mitgebracht, meine Schwester und ihre Familie. Können sie den beiden Kleinen etwas über Gespenster erzählen? Sie wissen doch, ohne Gespenster ist eine Burg doch langweilig." Von Brauchitsch stutzt und schaut Friedrich Wilhelm ganz entgeistert an. „Gespenster, Herr Graf, wo soll ich die denn jetzt auch noch her bekommen?" „Vielleicht kann sich ein Diener ja abends oben am Turm einmal als Gespenst zeigen." „Oben am Turm als Gespenst?" „Ja und am besten mit dem Kopf unter dem Arm. Das wirkt immer am besten." „Soll ich ihm den vorher vielleicht abschlagen lassen, Herr Graf?" „Brauchitsch, ich sehe, das sie wenig Erfahrung mit Kindern haben. Das müssen sie unbedingt lernen. Haben sie als Kind nicht an Gespenster geglaubt?" „An Gespenster? Als Kind? Na ja, das ist natürlich lange her, aber sie haben Recht. Als Kinder haben wir uns immer Gespenstergeschichten erzählt. Am eindrucksvollsten war immer ein Skelett mit einem Messer zwischen den Rippen." Von Brauchitsch lächelt still vor sich hin. „Meine Schwester hat immer vor Angst gebibbert wenn wir sie auf den Leim führten." „Sehen sie, warum sollen unsere Kleinen das nicht auch erleben?" „Sie haben Recht, Herr Graf. Wissen sie was? Am besten ist es wohl, wenn ich das gleich selber mache. Bevor ich das einem Diener erklärt habe ist die Geisterstunde schon wieder vorbei." Der Mann ist jetzt richtig begeistert. „Wir müssen natürlich für etwas Licht sorgen, am besten eine Fackel. Ja, das wird gehen. Sagen wir um Mitternacht oben am Wehrturm." „Ausgezeichnet, Brauchitsch. Wir werden die Kinder gegenüber im Ostflügel einquartieren und dafür sorgen, dass sie das mitkriegen."

Von den hohen Fenstern des Kinderzimmers im Ostflügel kann man den hohen Wehrturm jederzeit sehen. Friedrich, Anna Amalie und Luise Amalie wurden nach dem Abendessen ins Bett gebracht. An Schlaf war aber nicht zu denken. Lange erzählten sie sich noch etwas bis es schließlich Mitternacht war und die Turmuhr schlug. Friedrich lag in seinem Bett auf dem Rücken, hatte die Hände hinter seinem Kopf verschränkt und schaute auf den hohen Turm der Burg. Er traute seinen Augen kaum. Als er ganz oben auf dem obersten Wehrgang zwischen zwei Zinnen eine Bewegung wahrnahm. Eine weiße Gestalt bewegte sich dort oben. Schnell sprang er aus dem Bett und eilte zum Fenster, die beiden Mädchen taten es ihm gleich. „Was siehst du?" möchte Anna Amalie wissen. „Still! Da oben, schau doch, ein Gespenst." Das Gespenst war wirklich eindrucksvoll, von mächtiger Gestalt, weiß verhangen und es trug tatsächlich etwas unter dem Arm. „Meine Fresse, das Gespenst trägt tatsächlich seinen Kopf unter dem Arm. Habe ich es euch nicht gesagt? Hier gibt es tatsächlich Gespenster." Die Mädchen schauten wie gebannt nach oben und sagten kein Wort. Hin und her huschte das Gespenst auf dem Wehrgang, beugte sich über die Zinne, als wollte es herunter springen. Dann war es so rasch verschwunden, wie es aufgetaucht war. Eine Weile warteten die Kinder noch, dann war der Spuk vorbei. „Das müssen wir morgen früh aber erzählen", meinte Friedrich, „legt euch jetzt aber besser wieder hin, sonst gibt das noch Ärger."

Die Familie hat sich im Speisesaal versammelt und die Kinder stürmen herein. „Mama, Papa, wir haben heute Nacht ein Gespenst gesehen, oben am Turm. Es war ganz deutlich zu sehen und es trug den Kopf unter dem Arm. Ich habe es ja gesagt. Hier gibt es Gespenster." Evi schaut Friedrich Wilhelm vorwurfsvoll an, während Marie und Friedrich ungläubig lachen. Das bringt Luise Amalie jetzt aber doch in Rage. „Das stimmt, was Friedrich sagt, wir haben es alle gesehen. Ein Gespenst, wirklich, ein richtiges Gespenst." Friedrich Wilhelm versucht, möglichst ernst zu bleiben und erwidert den Blick von Evi, als fühle er sich ertappt. „Wir glauben euch das ja, jetzt setzt euch bitte hin, wir wollen essen." „Ihr glaubt uns das gar nicht, ihr tut nur so." „Gespenster sind in fast jedem Schloss oder in einer Burg. Das sind meistens die Verstorbenen aus früherer Zeit, die keine Ruhe finden", versucht Friedrich Wilhelm jetzt zu erklären. „Warum finden die keine Ruhe?" „Na ja, das kommt darauf an, was sie zu Lebzeiten gemacht haben. Nehmen wir einmal den Fall, dass ein Burgherr seine Frau vergiftet hat. Dann findet er auch im Tod nicht seine Ruhe." „Friedrich Wilhelm. Jetzt reicht das aber", meint Evi vorwurfsvoll, „wie kannst du den Kindern solche Geschichten erzählen." „Warum hat der seine Frau vergiftet?" möchte Friedrich jetzt wissen. „Vielleicht war die nicht besonders lieb zu ihrem Mann. So etwas soll vorkommen Friedrich, auch heute noch, nicht war Evi?" „Aber dann kann er sie doch rausschmeißen und muss sie doch nicht vergiften." Jetzt reicht es Evi. „Sagt mal, ihr habt sie wohl nicht mehr alle beisammen, was? Wer weiß, was die Kinder da heute Nacht gesehen haben." Wenn Evi geglaubt haben sollte, dass jetzt Schluss mit dem Thema ist, dann sollte sie sich getäuscht haben. „Vielleicht war das ja gar nicht sein Kopf sondern der Kopf von seiner Frau", meint jetzt Luise Amalie, „ihr könnt ja heute Nacht in unser Zimmer kommen. Dann könnt ihr das Gespenst selber sehen." „Ich glaube, ich muss mal mit dem Oberhofmeister sprechen", sagt Friedrich Wilhelm jetzt. „Das glaube ich aber auch", beendet Evi jetzt dieses Thema.

***

Die Landräte haben sich versammelt, um das bevorstehende Ereignis zu besprechen. Der Kanzleileiter beginnt, der Oberhofmeister ist anwesend. Von Stubbe beginnt mit den Erklärungen. "Herr Graf, meine Herren, der Besuch unserer Majestät, König Friedrich von Preußen, ist natürlich ein Ereignis von außerordentlicher Bedeutung, historisch sollte man sagen. Dieses Ereignis zwingt uns zu ganz besonderen Anstrengungen. Seine Majestät wird selbstverständlich hier auf der Burg wohnen. Dazu müssen wir den ganzen Westflügel herrichten. Herr Graf, wäre es wohl möglich, dass sie in dieser Zeit in den Ostflügel ziehen?" Friedrich Wilhelm nickt. Für das Gefolge benötigen wir zu allererst eine Liste der brauchbaren Quartiere in der Nähe, Nachbarorte einbegriffen. Die Quartiere müssen natürlich vorher inspiziert und qualifiziert werden. Bitte auf angemessene Möblierung achten. Wir müssen zur Not aus den Bürgerhäusern das Notwendige ausleihen." Es entsteht Gemurmel im Kreis der Landräte. „Es gibt mehrere Heimsuchungen im Lande: Heuschreckenplagen und Besuche von Monarchen." „Aber meine Herren, ich muss doch sehr bitten. Seine Majestät beehrt uns doch mit seinem Besuch. Da sind solche Vergleiche ja wohl nicht angebracht." Jetzt schaltet sich Friedrich Wilhelm ein: „Über einen guten Scherz lache ich gerne, meine Herren. Über diese Bemerkung kann ich aber nicht lachen. Machen sie weiter Stubbe."

„Sehr wohl, Herr Graf. Also, wo waren wir stehen geblieben. Ja, bei den Einquartierungen. Wir brauchen immer auch Quartiere mit Ställen für die Pferde. Da werden wohl an die hundert Pferde dabei sein. Die wollen natürlich auch fressen. Womit wir bei der Menage sind. Ich habe hier eine Liste der Viktualien und Delikatessen, die für die Küche hier auf der Burg benötigt werden. Ich lasse jetzt mal die Einzelheiten weg, wir brauchen aber ordentliches Wildbret, Hirsche und auch Schmaltiere. Natürlich brauchen wir auch Hühner, Tauben, Enten, Truthähne, Kalbfleisch, Hammelfleisch, Rindfleisch, Fisch, Eier, Schinken und fetten Speck. Ach so, damit ich es nicht vergesse, wir brauchen auch gut gebackenes Königsbrot." Wird es für das Gefolge auch eine Sammelküche geben?" „Ja, am Marktplatz werden wir ein Zelt aufstellen. Dazu brauchen wir das Zelt aus Minden mit drei Fuhrwerken, vier Pferden, drei Zimmerleuten, fünf Gesellen und Lehrjungen. Gekocht wird im Hirschen und in einer Gulaschkanone." „haben sie das alles einmal zusammengerechnet?" möchte von Gladen jetzt wissen. „Habe ich. Wir werden wohl an dreihundert Taler auslegen müssen, können der Domänenkammer aber Rechnung legen." „Und wird die auch bezahlen?" „Ich kann nur sagen, was wir aus Minden und Brackwede gehört haben. Dort war der König schon einmal vor sieben Jahren." „Und haben die ihr Geld bekommen?" „Noch nicht, die Sache ist noch in Bearbeitung in Potsdam." Friedrich Wilhelm beendet die Besprechung mit einigen Hinweisen: „Meine Herren, um einiges möchte ich noch bitten. Zuerst einmal muss die Stadt sauber sein. Lassen sie allen Unrat beseitigen und fangen sie damit rechtzeitig an. Der König wird auch die Bevölkerung zu Bier und Speisen einladen. Sorgen sie dafür, dass es gesittet und ordentlich dabei zugeht, keine Raufereien und kein Gegröle. Der König soll einen guten

Eindruck von der Bevölkerung der Mark bekommen. Noch etwas: Hier auf der Burg werden wir einen großen Empfang geben. Sie werden natürlich alle eingeladen und legen mir bitte noch Einladungslisten vor. Vergessen sie den Bischof und den Nuntius nicht. So, das war es zunächst. Brauchitsch mit ihnen muss noch ich noch kurz sprechen."

Nachdem die Landräte sich auf den Weg gemacht haben nimmt Friedrich Wilhelm von Brauchitsch zur Seite. „Wir haben da ein Problem, mit dem Gespenst." „Wieso, habe ich etwas falsch gemacht?" „Im Gegenteil, sie waren zu gut, zu überzeugend. Das ist es ja gerade, die Kinder sind begeistert und gar nicht mehr zu beruhigen. Heute um Mitternacht sind wir in das Kinderzimmer bestellt. Dann sollen wir auch das Gespenst sehen. Wir können die Kinder natürlich nicht enttäuschen. Was war das denn für ein Kopf, den sie da unter dem Arm hatten?" „Ein Weißkohl, Herr Graf, hat man etwas bemerkt?" „Nein, nein, das war ganz perfekt. Da steckte wohl auch ein Messer drin?" „Na klar, wenn schon, denn schon." „Ja, ja, da haben wir uns ganz schön was eingebrockt. Ich fürchte, sie müssen das Gespenst jetzt jede Nacht machen." Von Brauchitsch erbleicht. „Um Gottes willen, Herr Graf, das überlebe ich nicht. Ich brauche doch auch meine Nachtruhe." „Das verstehe ich schon. Machen sie doch einen Dienstplan und lösen sich da oben mit dem Gespenst ab. Vielleicht können wir das Gespenst ja auch wieder loswerden, wenn es sich in den Abgrund stürzt." „Das mache ich aber nicht, Herr Graf und ich glaube auch nicht, dass ich dafür einen Freiwilligen finde."

„Ist mir egal, wie sie das regeln. Lassen sie sich etwas einfallen."

***

Dann ist der große Tag da. Der König hält mit eindrucksvollem Gefolge Einzug in Altenau und begibt sich zur Burganlage, wo ihn Friedrich Wilhelm, Evi an seiner Seite und das gesamte Hofpersonal erwarten. Hoch auf dem Turm weht die königliche Fahne und Trompeter schmettern Signale bei der Einfahrt. Ein gräflicher Hof hat durchaus auch etwas zu bieten. König Friedrich ist beeindruckt, insbesondere von der schönen Lage und von der mächtigen Burganlage.

Ohne Mühe steigt König Friedrich aus der königlichen Kutsche, sieht sich interessiert im vorderen Burghof um und geht dann mit schnellen Schritten auf Evi zu. Diese macht einen vollendeten Hofknicks während König Friedrich ihr elegant die Hand küsst. „Ich freue mich bei ihnen zu sein Frau Gräfin. Wie ich sehe finde ich sie bei guter Gesundheit vor". „Wir sind geehrt, Majestät." Dann wendet sich der König Friedrich Wilhelm zu, der sich gerade in der rechten Weise vor dem König verbeugt. „Ich grüße auch sie, Graf von Mark und bin schon jetzt begeistert von dem, was ich bisher gesehen habe". „Willkommen in Altena, Majestät. Die Grafschaft und Burg Altena stehen ihnen zur Verfügung." „Danke, mein Lieber. Ich wusste gar nicht, was für eine prachtvolle Anlage Altena ist. Passen sie auf, am Ende möchte gar nicht mehr abreisen." Der König schaut auf die Turmanlage, auf die Mauern und Zinnen. „Prächtig, wirklich prächtig. Alt und ehrwürdig, aber bestens in

Schuss. Diese Burg kann vielleicht der Grund dafür sein, wenn man sie in Zukunft seltener in Berlin sieht?" Der König hat Evi seinen Arm angeboten und schreitet mit ihr ganz langsam zum zweiten Tor, das in den Burghof führt. „Fühlen sie sich wohl hier, Gräfin?" möchte er wissen. „Ach Majestät, hier ist alles so groß und wuchtig. Ich bin das gar nicht gewöhnt. Zu Hause in Kolberg hatten wir ein eine kleine Villa direkt an der Ostsee. Da habe ic mich immer sehr wohl gefühlt. Hier ist alles noch etwas fremd." Friedrich hat aufmerksam zugehört. „Das verstehe ich. Wissen sie, als Kronprinz lebte ich ein paar Jahre auf Schloss Rheinsberg, schön im Grünen, an einem See. Alles war so licht, die Luft so würzig und das Leben dort ganz unbeschwert. Ihr Mann kennt das Schloss. Er war ja einige Zeit lang auch dort. Aber unsereins – und dazu gehören auch sie jetzt – muss sich eben immer wieder umstellen, muss seine guten alten Gewohnheiten ablegen, sich neuen Eindrücken stellen und dort, wo man hingestellt wird, seinen Mann stehen, Verzeihung seine Frau." „Mir ist das klar, Majestät und sie können sich auf uns verlassen. Na ja, irgendwann werden wir auch hier heimisch sein und wollen dann vielleicht auch von hier gar nicht mehr weg." „Das ist die richtige Einstellung, Gräfin. Seien sie ihrem Mann eine gute Frau. Er ist von ganz besonderer Art. Ich habe nur wenige, von denen ich das sage. Aber verraten sie mich nicht. Er muss nicht alles wissen."

Unterdessen ist man im inneren Burghof angekommen, wo sich auch die Kinder aufgestellt haben, ebenso Marie und Friedrich von Korff. Der König begrüßt sehr warm die Familie und herzt die Kinder. Dann wendet er sich an Friedrich von

Korff und schaut ihn erwartungsvoll an. „Friedrich von Korff, Majestät, Oberpräsident der Kriegs- und Domänenkammer in Königsberg." Der König scheint nachzudenken. „Sieh an, so lerne ich sie auch bei dieser Gelegenheit kennen. Gehört habe ich schon von ihnen. Wohnt ihr Vater nicht hier in der Nähe in Ravensberg?" „Ja Majestät. Mein Vater befindet sich im Ruhestand. Er war in der Regierung im Fürstentum Minden." „Richtig, ich erinnere mich. Und dann hat er einen Sohn, der schon Oberpräsident ist. Werde ich ihren Vater beim Empfang sehen?" „Ja, Majestät, meine Eltern sind eingeladen."

Der König begibt sich in Begleitung des Oberhofmarschalls jetzt in das Innere der Burganlage und wird in seine Gemächer im Westflügel geleitet. Er ist von der Reise doch mitgenommener als es zunächst schien. So läßt er sich entschuldigen und begibt sich in die für ihn vorbereiteten Räumlichkeiten, wo er die Ruhe und den herrlichen Ausblick auf Altenau genießt.

***

Am nächsten Abend gibt es einen großen Empfang auf Burg Altenau. Alle wichtigen Personen aus der Grafschaft sind geladen, auch die benachbarten Würdenträger: Herzöge, Grafen, Bischöfe, Stadtvorsteher, Generäle der Garnisonen, Manufakturbesitzer. Auch Waldemar und Sieglinde von Korff nehmen teil. Aus Berlin extra herbeigeeilt ist Heinrich von Griese mit seiner Frau Theodora. Er hat eine ganz neue Kutsche und musste sich überzeugen lassen, dass er nicht sechsspännig vorfahren kann, wenn der König nur vierspännig fährt. Der Burghof füllt sich mit Gästen. Beide Burghöfe sind mit Fackeln ausgeleuchtet und schon die ganze Auffahrt zur Burg ist mit Fackeln abgesteckt. Das gibt den anfahrenden Gästen schon das Gefühl eines besonderen Ereignisses.

Im inneren Burghof ist eine Empore errichtet worden. Auf diese hat sich Friedrich Wilhelm begeben, um die Gäste zu begrüßen. Zuerst wendet er sich an den König: „Majestät! Wir alle sind hochgeehrt und freuen uns, dass sie heute unter uns weilen. Die Menschen lieben ihren König auch wenn er in Berlin ist. Kommt er aber zu den Menschen, so wie sie heute in der Grafschaft Mark, dann überkommt die Menschen ein ganz besonderes Gefühl der Nähe und der besonderen Bedeutung des Augenblicks. Man möchte eben auch manchmal seinen Herrscher sehen, der Preußen zu einer Großmacht gemacht hat. Wir wissen, dass sie keine Reden mögen und es ist für uns alle ausreichend, dass sie einfach unter uns sind und sich die Zeit nehmen, mit dem einen oder anderen zu sprechen." Er macht eine kurze Pause und wendet sich dann an die Gäste. „Liebe Gäste! Ich habe mir sagen lassen, dass alle Eingeladenen auch gekommen sind. Das erfreut seine Majestät, drücken sie damit doch ihre Liebe und Hochachtung unserem König gegenüber aus. Preußen lebt jetzt nach langen, schweren Zeiten wieder im Frieden mit allen seinen Nachbarn und wir hoffen, dass dieser Friede möglichst lange anhalten möge. Wir werden die Zeit nutzen und die Spuren des Krieges jetzt beseitigen. Dann wird Preußen zur alten Schönheit erblühen, ein Land voller Tatendrang mit großem Selbstbewusstsein. Wir Menschen sind fleißig, treu und redlich. Wir lieben unserem

König, beten für ihn und seine Familie und werden stets gute Staatsdiener sein. Wenn wir unser Land jetzt wieder mit der gewohnten Kraft regieren und aufbauen, dann bedenken sie bitte, dass der Sieg von allen erreicht wurden, vom König über die Offiziere bis zu den Soldaten. Alle haben treu ihre Dienste geleistet und Viele sind für Preußen gefallen. An die sollten wir jetzt gedenken." Friedrich Wilhelm macht eine Pause und die Anwesenden schweigen. Nahezu jeder dürfte jetzt an Angehörige denken, die im Krieg gefallen sind. Dann fährt Friedrich Wilhelm fort: „Ich danke ihnen allen. Jetzt wollen wir aber ein schönes Fest feiern. Es ist alles angerichtet. Fühlen sie sich wohl auf Burg Altena und bleiben sie, solange sie mögen. Erheben sie jetzt mit mir ihre Becher und trinken sie mit mir auf das Wohl Preußens und seiner Majestät, König Friedrich."

Dann begibt sich Friedrich Wilhelm zum König, der sich bedankt für die Worte und ihm freundschaftlich die Hand auf die Schulter legt. „Man könnte meinen, dass sie das schon immer gemacht haben, lieber Graf. Respekt und Anerkennung für ihre Arbeit hier. Morgen müssen sie mir aber noch die Kohlegruben zeigen. Ich bin schon sehr gespannt, wie es da zugeht. Ist es gefährlich in die Kohlegruben hinein zu gehen?" „Ja, Majestät, ich halte das schon für gefährlich. Wir werden aber einen Weg finden, ihnen auch das innere einer solchen Grube zu zeigen. Sie werden sehen, das die Bergleute schwere Arbeit verrichten müssen, die zugleich gefahrvoll ist." „Danke, mein lieber Graf. Wir werden das alles morgen ja sehen. Ich werde jetzt ein wenig herumgehen und mit den Gästen sprechen. Wenn sie mich irgendwann nicht mehr sehen, dann machen sie sich keine Sorgen. Ich bin dann schon hinaufgegangen, um mich von den Strapazen etwas zu erholen. Machen sie hier ruhig weiter, solange die Gäste mögen."

***

König Friedrich besichtigt mit F.-W. eine königliche Kohlegrube. Er ist sehr interessiert und würde am liebsten bis tief in die Grube hinein inspizieren, lässt sich aber doch überzeugen, dass dies nicht ganz ungefährlich ist. So begnügt er sich mit einem kurzen Aufenthalt im Eingangsbereich. Nebenbei bemerkt er, dass er schließlich auch den Krieg überlebt hat und der sei doch schließlich ungleich gefährlicher.

Eine Gruppe von Bergfachleuten hat sich um den König versammelt. Der Leiter des Preußischen Bergamtes, Bergamtsrat Gunter von Steinhausen hat es übernommen, dem König die Anlage zu erklären. „Majestät, wir befinden uns hier am Eingang der mittlerweile längsten und tiefsten Kohlegrube in der Grafschaft. Wir sind hier schon auf zweihundert Meter Tiefe und ungefähr einen Kilometer in den Berg eingedrungen. Die Kohleflötze sind hier ungefähr fünf Meter stark. Hier sehen sie die geförderte Kohle". Er zeigt auf einen Haufen schwarzer Kohle. „Es ist kaum zu glauben, aber dieses schwarze Gestein kann unsere Zukunft verändern. Kohle ist in Jahrmillionen in der Erde entstanden und ist das, was von großen Wäldern und riesigen Bäumen übrig geblieben ist, die es hier einmal gegeben hat. Unsere Markscheider sind ständig auf der Suche nach weiteren Kohlevorkommen und sie haben

Erfolg. Majestät, diese Kohle wird einmal einen großen Reichtum von Preußen begründen."

König Friedrich bedankt sich u8nd geht dann in Begleitung in die Grube hinein. Ab und zu bleibt er stehen und schaut nach oben. „Ist das da über uns festes Gestein o0der ist das lose?" „Das ist fest, Majestät. Dennoch wollen wir den Hauptstollen vollständig abstützen, aus reiner Sicherheit." „Gibt es noch andere Probleme?" „Gewiss, Probleme vor allem mit dem Wasser. Sie sehen ja, wie feucht das hier überall ist. Das Wasser ist überall und wenn wir es nicht regelmäßig herausschaffen, dann würde die Grube absaufen, Verzeihung, aber das nennen wir so." „Wie schaffen sie das Wasser heraus?" möchte der König wissen. Wir haben da verschiedene Möglichkeiten. Die einfachste Methode ist das Abschöpfen in Fässer, die dann heraustransportiert werden. In größeren Tiefen ist das aber mühsam und wir kommen kaum gegen das Wasser an. Daher wollen wir mechanische Geräte bauen, die wirksamer sind. Das Gegenteil von einer Wassermühle. Mit Schöpfrädern fördern wir das Wasser immer weiter hinaus. Das geht aber nur bei Gefälle. Aus der Tiefe bekommen wir das Wasser so nicht heraus. Da müssen wir mit Behältern schöpfen, das Wasser nach oben bringen über Räderwerke und dann auf die Transportschienen der Schöpfräder."

König Friedrich wandert immer tiefer in die Grube hinein und die Begleiter werden unruhig. Schließlich nimmt sich der Bergrat ein Herz und bittet den König nicht tiefer in die Grube hinein zu gehen. Es sei doch zu gefährlich und Preußen braucht doch einen gesunden König. „Na, dann will ich sie mal erlösen,

Herr Bergrat. Lassen sie uns wieder ans Tageslicht gehen. Ich glaube, ich habe genug gesehen. Ic bin jedenfalls sehr beeindruckt und ich bewundere die Männer, die hier ihre schwere Arbeit verrichten. Wir müssen gut für sie sorgen."

***

Die Abreise des Königs und seines großen Gefolges ist wieder ein Ereignis in Altena. Die Bevölkerung nimmt großen Anteil daran. Sie säumen die Wege und winken begeistert ihrem König zu, wenn der vorbeikommt. Friedrich Wilhelm sitzt mit dem König zusammen in der Kutsche. Er lässt es sich nicht nehmen, seinen König bis zur Landesgrenze der Grafschaft zu begleiten. Erst dort verabschiedet er sich von König Friedrich, der dann mit seinem Gefolge weiterzieht zum Fürstentum Minden.

Preußischer Landtag in Berlin

In Berlin versammelt sich der Preußische Landtag zu einer ersten Sitzung nach den Friedensabkommen. Es werden kräftige Reden gehalten und es zeigt sich, dass vor allem der Adel die wirkliche Lage im Land nicht versteht. In Preußen wurden die Steuern erhöht, über zweihundert Steuereintreiber quälen vor allem die Bauern und nehmen ihnen zum Teil noch das Letzte, was ihnen geblieben ist.

Das alles scheint den Adel überhaupt nicht zu stören. Statt dessen regt sich ein Sprecher, der Baron Wilhelm von Himstedt, fürchterlich auf, dass es ein Dichter Lessing gewagt hat, ein gesellschaftskritisches Theaterstück zu schreiben, das unbedingt sofort verboten werden sollte. Mit beiden Händen fest auf das Podium gestützt ruft er in die Versammlung: „Was bildet sich dieser Schmierfink eigentlich ein. In einem Theaterstück macht er den König, das Offizierskorps, die Korporale, den Adel, die Wirte, einfach ganz Preußen schlecht. Alles Lügner und Betrüger. Der Offizier veruntreut Geld der Armee, macht Schulden bei seinen Dienern, betrügt die Frauen durch ein liederliches Leben. Der Adel ist verdorben bis zu den Töchtern und die Wirte sind berechnende Betrüger und Verleumder. Nichts ist mehr gut an Preußen. Ich beantrage, das Stück sofort zu verbieten und diesen Lessing in Kerkerhaft zu nehmen." Er erhält spontanen Beifall im Landtag.

Andere Redner sehen die Lage im Land wesentlich realistischer und halten Reformen auf dem Lande für nötig. Wieder andere beklagen sich vehement über die Verschwendung beim Bau der neuen Residenz. Wozu braucht Preußen ein weiteres großes Schloss? Haben wir nicht schon genug Schlösser und sollte man das Geld nicht besser in den Wiederaufbau der Armee stecken? Eine wahrlich turbulente Sitzung.

Friedrich Wilhelm hat als Graf einen ständigen Sitz im preußischen Landtag. Er steht auf dem Rednerpult, schaut in den Landtag und wartet darauf, dass wieder Ruhe einkehrt. F.-W. hält eine längere Rede. Er spricht äußerst sachlich und schildert die Lage der Landarbeiter und Bauern vor dem Hintergrund der Kriegsfolgen und der versäumten Ernten. Er beschwört den Landtag, möglichst rasch die Lage dieser Mehrzahl der Bevölkerung zu verbessern, macht aber auch deutlich, dass der einzelne Gutsbesitzer nicht unbedingt auf Dekrete des Königs warten muss. Es ist jedem Gutsbesitzer unbenommen, Änderungen auf seinem Gut vorzunehmen. Wieviel er von seinen Bauern verlangt und wieviel er ihnen zugesteht, ist schließlich seine Entscheidung. „Ich habe an diesem langen Krieg von Anfang bis zum Ende teilgenomen. Dabei habe ich einen vorbildlichen König erlebt, der alles Leid und alle Entbehrungen mit seinen Soldaten geteilt hat. König Friedrich war immer ganz vorne und häufig in großer Lebensgefahr. Nur eine glückliche Fügung muss dafür gesorgt haben, dass dieser heldenhafte König alle Schlachten überlebt hat." Beifälliges Murmeln im Saal. Friedrich Wilhelm schaut sich ruhig um und nickt freundlich. „Ich habe ein Offizierskorps erlebt, und ihre Soldaten, die ihrem König ohne mit der Wimper zu zucken ins feindliche Feuer gefolgt sind. Es hat aber auch Soldaten gegeben, die diesen Krieg einfach nicht mehr ausgehalten haben. Das Sterben und Geschrei ihrer zerfetzten Kameraden. Den Gestank von Blut und Verwesung auf den Schlachtfeldern. Das gequälte Wimmern der sterbenden Kameraden. Sie haben stumpfsinnig das Schlachtfeld und ihre Truppe verlassen. Viele von ihnen wurden gefangen genommen und hingerichtet. Alle haben aber für Preußen, ihr Vaterland und für ihren König gekämpft. Viele haben ihr Leben und ihre Gesundheit gegeben." Es herrscht Stille im Landtag. Friedrich Wilhelm fährt ganz ruhig fort. „Alle haben aber auch an ihre Familien gedacht, an ihre Frauen und Kinder, auch an ihre Mütter und Väter. Wie es ihnen wohl geht in der Heimat? Haben sie zu essen und zu trinken? Ich schaue jetzt die hier anwesenden Gutsbesitzer an. Ging es ihnen gut zu Hause? Hatten sie zu essen und zu trinken? Ihre Männer und Väter fochten ja unter Einsatz ihres Lebens im Felde? Haben sie alle für das Wohl ihrer Familien gesorgt? Ich kann hier nur für mein Gut sprechen, das Gut Bernsdorf in Ostpreußen. Meine Mutter, meine Frau und mein Verwalter haben sich um die Familien gekümmert. Es konnte gar keine wichtigere Aufgabe geben in dieser Zeit. Aber ich frage auch, was wird die Männer aus dem Felde erwarten, wenn sie wieder nach Hause kommen? Wird alles wieder so werden wie vor dem Krieg? Was ist ihr Lohn für den heldenhaften Einsatz? Werden sie es jetzt besser haben als vor dem Krieg? Sind wir nicht alle eine große Familie in Preußen, die gemeinsam für Preußen gekämpft haben. Jeder an seinem Platz, an der Front oder in der Heimat. Hochverehrte Mitglieder dieses Landtags! Leiten sie Reformen ein, die unseren Soldaten und Familien den Lohn für ihr tapferes Verhalten zukommen lassen. Ein weiter so, wie vor dem Kriege, kann es nicht geben."

Was das Theaterstück betrifft, so möchte er es sich zunächst einmal ansehen, bevor er sich eine Meinung über dessen Wirkung bildet. Gelesen hat er es immerhin. Er schließt mit den Worten: „Mein Eindruck ist, dass der Dichter uns etwas sagen will. Fragen wir uns doch, ob es solche Dinge, wie sie im Stück der Minna von Barnhelm beschrieben werden, nicht auch gibt? Zugegeben, der Dichter überspitzt seine Kritik, vor allem in seiner Einseitigkeit. Aber sollten wir nicht froh sein, dass man in Preußen seine Meinung zum Ausdruck bringen kann? Das Publikum wird über das Stück abstimmen, durch Anwesenheit oder durch Fernbleiben. Nur der Herrgott steht außerhalb der Kritik, Menschen, egal welchen Standes, müssen sie ertragen. In Preußen sollte kein Theaterstück mehr verboten werden."

Der Landtag berät noch eine ganze Zeitlang. Die Meinungen gehen sehr weit auseinander. Das gilt für die vorgeschlagenen Reformen und das gilt insbesondere über das Theaterstück von Lessing. Am Ende wird abgestimmt. Man will das Leben der Bauern erleichtern, ihnen den Erwerb von Land ermöglichen und die Frondienste abschaffen. Das Stück Minna von Barnhelm wird verboten.

***

Eine weitere Besprechung hat Friedrich Wilhelm mit dem Oberpräsidenten der Preußischen Kriegs- und Domänenkammer, Max- Ferdinand von Schuler. Es geht um den Umfang des in Zukunft von der Preußischen Armee benötigten Materials. Von Schuler macht deutlich, dass es jetzt nicht auf große Mengen ankommt, die Fertigung entsprechend reduziert werden kann. Wichtig ist aber, die neuen Gewehre zu verbessern und auch Kanonen und Munition wirksamer zu machen. Der König will zwar Frieden haben, aber Preußen muss immer vorbereitet sein. Das Rekrutierungssystem soll angepasst werden. Soldaten werden künftig nur wenige Monate ausgebildet und gehen dann zurück aufs Land oder in die Fabriken. Ihre Ausrüstung muss aber jederzeit zur Verfügung stehen.

„Herr von Schuler", sagt Friedrich Wilhelm, „ich habe mit Herrn von Griese schon darüber gesprochen. Ihm ist klar, dass er von einer Kriegsproduktion auf eine Friedensproduktion anpassen muss. Dazu wird er einen Teil seiner Fabriken auf landwirtschaftliche Geräte umstellen, Maschinen vor allem. Er braucht aber auch die Genehmigung, Waffen ins Ausland zu liefern. Nur dann kann er die notwendige Größe seiner Fabriken für einen erneuten Kriegsbedarf erhalten."

„Das ist genau das Problem, Herr Graf. Wer sagt uns denn, dass dann nicht eines Tages preußische Soldaten mit preußischen Gewehren beschossen werden? Wir helfen dann doch, sich gegen Preußen stark zu machen." „Das verstehe ich und von Griese auch. Darüber, wohin Preußen Waffen liefert, kann nur die preußische Regierung entscheiden, letztlich der König. Von Griese muss sich eben, wenn er Geschäfte machen will, in jedem Fall die Einwilligung einholen." „Ja, anders geht es nicht. Dabei spricht sicher nichts dagegen, mit Preußen verbündete Länder zu beliefern, andere, zum Beispiel Österreich, natürlich nicht. Als Beauftragter der preußischen Regierung müssen sie darauf achten, dass Griese sich an die Anweisungen hält, sonst wird ihn der Teufel holen."

Friedrich Wilhelm lächelt und legt dem Oberpräsidenten die Hand auf den Arm. „Das halte ich für ganz selbstverständlich. Natürlich muss Griese wissen, in welchen Ländern er Geschäfte machen kann und in welchen nicht. Ich schlage vor, dass wir das in der Regierung zur Entscheidung bringen. Griese kann sich dann unnötige Reisen sparen." „Ich werde das zur Sprache bringen und sie sollten dann Griese entsprechend anweisen. Was werden sie als nächstes tun, Herr Graf?" „Ich muss schleunigst zurück in die Grafschaft Mark. Wir müssen jetzt nach dem Krieg eine Menge verändern. Allein die neue Rekrutierung unserer Soldaten erfordert eine Menge Vorbereitung." „An welche denken sie?" „Na ja, wir müssen die Soldaten genau erfassen. Wir müssen immer ihren Aufenthalt kennen und die Ausrüstung muss in den Kasernen bereitgehalten werden. Letztlich müssen wir sie auch schnell erreichen können, wenn sie gebraucht werden." „Wie soll das gehen?" „Ich denke, wir machen das am besten über die Landräte, die Gutsbesitzer und Fabrikherren. Die örtlichen Kommandeure müssen dazu mit denen eng zusammenwirken. Dann sollte das wohl klappen."

Reformen in der Mark und auf Bernsdorf

Als Friedrich Wilhelm mit seinem Gespann zur Burg Altena emporfährt hat er schon richtige Heimatgefühle. Dort oben wartet seine Familie schon auf ihn. Als er Evi kurze Zeit später in die Arme schließt, flüstert sie ihm ins Ohr, dass sie wieder schwanger ist. Außerdem kann sie ihm mitteilen, dass der Hof in Altena ausgezeichnet arbeitet. Die Bediensteten sind loyal und willig und der Oberhofmeister von Brauchitsch war ihr immer eine verlässliche Stütze. „Ich weiß gar nicht, was ich ohne ihn angefangen hätte. Stell dir vor, er war sogar bereit wenigstens einmal in der Woche das Schlossgespenst zu spielen." „Und, hat er das gemacht?" „Ganz zuverlässig, immer genau um Mitternacht. Ich brauchte aber einige Überzeugungskraft, um die Kinder davon abzuhalten, dass sie nicht schon um diese Zeit oben auf dem Turm auf das Gespenst warten." „Haben die denn gar keine Furcht?" „Scheint so. Die betrachten das arme Gespenst schon als Mitglied der Familie." „Armer Brauchitsch. Wie lange soll das noch gehen?" „Wir müssen uns eine Geschichte ausdenken, warum das Gespenst nicht mehr kommt." „Kann ein Gespenst eigentlich sterben?" „Nein, das ist doch schon lange tot." „Dann muss es eben ausziehen oder sich zur ewigen Ruhe begeben. Das geht aber nur, wenn es seinen Zweck erreicht hat. Wir müssen uns überlegen, warum das Gespenst regelmäßig erscheint. Es muss irgendetwas suchen, was es schließlich findet." „Klär das mit Brauchitsch. Ihr habt das Gespenst schließlich erfunden." „Am liebsten würde ich das Gespenst den Turm herunterfallen lassen." „Dann brauchen wir einen neuen Oberhofmeister, tu mir das bitte nicht an."

***

F.-W. bestellt die vier Landräte ein, um mit ihnen die Lage zu besprechen. Er möchte jetzt auf seinen Ländereien Reformen einführen. Ziel ist die Verbesserung der Lebenssituation der Bauern und Landarbeiter und ihrer Familien. Auf königliche Dekrete möchte er nicht warten, die kommen spät oder gar nicht. Es muss jetzt gehandelt werden. Es zeigt sich, dass er bei den Landräten Unterstützung erfährt. Man vereinbart einige Verbesserungen, die sofort durchgeführt werden sollen. Dazu gehören: Anschaffung landwirtschaftlicher Großgeräte, die von allen Bauern genutzt werden können, Verringerung der Fronarbeit, der Spanndienste und Abgaben. In der Forstwirtschaft soll künftig nach Wirtschaftsplänen vorgegangen werden, die bei jedem Einschlag auch immer die Wiederaufforstung berücksichtigt. Die Kohlegruben müssen vorangetrieben werden, ohne die Sicherheit in den Gruben zu vernachlässigen, insbesondere die Stützen in den Gruben müssen sorgfältig gesetzt werden man neue Stollen in den Berg treibt. Außerdem möchte er Fachleute gewinnen, die sich in der unterirdischen Verbreitung der Kohle in der Grafschaft und ihren Abbau auskennen. Es wird eine lange Besprechung, die schließlich damit endet, dass alle zusammen zu einem Abendessen eingeladen werden.

„Wann ist mit Dekreten zu all dem Besprochenen aus Berlin zu rechnen?" möchte Karl von Gladen wissen. „Mein Eindruck ist, dass wir darauf lange warten können. Im Landtag gingen die Meinungen ziemlich auseinander. Es gibt noch sehr viele Gutsbesitzer, vor allem im Osten, die von Reformen gar nichts hören wollen. Die machen ordentlich Stimmung dagegen und liegen der Regierung in Berlin in den Ohren. „Wie steht der König zu Reformen?" möchte von Schlöndorf wissen. „Der König ist ein sehr einsichtiger Mann. Er ist hoch gebildet und seinem Volk gegenüber sehr verantwortungsbewusst. Er fühlt sich als erster Diener seines Landes und verabscheut Privilegien. König Friedrich ist ein Philosoph, der über alles gründlich nachdenkt, vor allem über Politik und das Staatswesen. Sie sollten einmal seine Schriften lesen, dann wissen sie, wie König Friedrich denkt. Leider ist Lesen im Adel nicht sehr verbreitet, man schwätzt lieber, meine Herren."

Die Landräte heben es sich ordentlich schmecken lassen und jetztgeht es so langsam an den Aufbruch. Jeder muss zurück in seinen Landratsbezirk und sich an die Arbeit machen. „Erfahren wir, wann sie zu uns kommen, Herr Graf?" möchte von Lübben noch wissen. „Gut, das sie fragen. Ich liebe keine Überraschungen. Ich werde sie immer rechtzeitig darüber informieren, wann ich komme. Ich habe aber auch eine Bitte", sagt Friedrich Wilhelm lächelnd, „ich erwarte dafür aber keine Vorbereitungen und kein Zeremoniell. Alles soll so weiter laufen, als wäre ich gar nicht da. Das ist mit das Liebste."

***

F.-W. reist mit seiner Familie nach Osterode, macht aber auch einen Besuch in Kolberg. Bei Evis Familie ist ebenfalls wieder Normalität eingekehrt. Evis Vater ist zum General befördert worden, was den Großvater ganz stolz macht. Auch Adalbert ist zu Besuch gekommen und berichtet über seine Situation nach dem Krieg. Er ist Major geworden und wird bei der Armee bleiben. Evi, Friedrich und die Kinder bleiben ein paar Tage in Kolberg. Die Familie sitzt bei herrlichem Sommerwetter in einem Pavillon im Park. Der kleine Friedrich und Anna Amalie spielen zwischen den Büschen und Bäumen verstecken.

Der Großvater schaut mit großer Freude auf das Spielen der Kinder „Wann wirst du eigentlich heiraten, Adalbert?" Der so Angesprochene wirkt leicht verstört und weiß erst einmal gar nicht, was er darauf antworten soll. Evi hilft ihm: „Hast du für ihn eine tolle Frau, Großvater? So eine wie Mutter oder mich?" „Kein Problem", kontert der Großvater, „ich gehe mit ihm einmal zum Regimentsball und dann hat er mindestens zehn zur Auswahl. Ich vielleicht auch noch die eine oder andere." „Vater", schmunzelt General von Witzleben, „du warst für deine Affären ja ganz bekannt, berüchtigt, könnte man fast sagen, aber Adalbert braucht keine Affäre, sondern eine Frau." „Kann ich auch einmal etwas dazu sagen?" meldet sich Adalbert jetzt. „Wieso glaubt ihr eigentlich so über mein Leben reden zu können. Ist das nicht ganz und gar meine Angelegenheit?" „Ich dachte nur, wo zwei Urenkelkinder auf dem Schoß Platz haben, passt auch noch ein Drittes hin", meint der Großvater etwas kleinlaut. Evi ist zu ihm gegangen und umfasst ihn liebevoll. „Mach dir keine Sorgen, Großvater, das Dritte ist schon unterwegs."

So vergehen die Tage an der Ostsee. Man sitzt überwiegen zusammen, spricht über die allgemeine Lage und über die Zukunft und Großvater wirkt dabei manchmal ziemlich sentimental. Einmal meint er: „Jetzt haben wir einen Grafen in der Familie und meine Enkelin ist Gräfin. Ob ich euer Schloss oder eure Burg jemals sehen werde?" „Warum nicht", meint Evi, „du kannst ja mitkommen nach Altena und gleich dableiben. Wir brauchen für die Kinder ohnehin ein neues Schlossgespenst. Wie wäre es, hast du Lust dazu?" „Was muss ich machen`?" „Da hast du wenig Arbeit. Du musst dich nur einmal in der Woche oben auf dem Turm zeigen, in weißen Laken. Du gehst ein paar Mal hin und her, raufst dir deine Haare und nach einer Viertelstunde verschwindest du einfach wieder. Das ist ganz einfach und frische Luft auf dem Turm gibt es kostenlos." „Führe mich nicht in Versuchung, sonst sage ich noch zu. Wen soll ich denn darstellen?" „Ein ganz hohes Tier, Großvater. Das Schlossgespenst war der Herzog von Berg, der jetzt keine Ruhe findet, weil er seine Frau vergiftet hat." „Man, dann bin ich ja mehr als Graf. Ich glaube, ich mache das."

***

Dann geht es für Friedrich Wilhelm und Familie weiter nach Osterode, wo er sich um Reformen, wie in der Grafschaft, kümmern will. Von Waldersee ist skeptisch und möchte alles so lassen, wie es ist. Es kommt zum Krach. „Nein, Herr Graf, das mache ich nicht mit. Bauer ist Bauer und Gutsherr ist Gutsherr. Das war schon immer so, über viele Generationen hinweg sind wir gut damit gefahren. Das ist ja Revolution, was sie da wollen."

„Waldersee", sagt Friedrich Wilhelm geduldig, „so denken sicher noch viele Gutsherren in Preußen. Die möchten nichts verändern und so viel, wie möglich für sich behalten. Diese

Leute denken aber nicht genug nach. Die Zeiten ändern sich und die Bauern möchten nicht immer rechtlos für ihre Gutsherren schuften, als Leibeigene beinahe. Wieso haben sie sich jahrelang im Krieg für ihr Vaterland geschlagen, haben ihr Leben aufs Spiel gesetzt und ihre Gesundheit ruiniert? Nur damit alles so bleibt, wie vor dem Krieg? Glauben sie das wirklich? Bedenken sie eines, jeder Krieg hat seinen Preis. Den muss das Land zahlen. Es hat Land und Macht dazu gewonnen, aber es muss den Gewinn des Krieges, wenn man das überhaupt so nennen kann, mit dem Volk teilen. War ihr Vater nicht auch Bauer, bevor er das Glück hatte, einen Gutshof zu übernehmen?" Als Verwalter geht es ihnen besser, als den Bauern und sie möchten doch auch gerne ein Gut übernehmen. Da müssen sie aber an die Zukunft denken. Wir Gutsbesitzer leben nicht allein auf dieser Welt. Andere, vor allem unsere Bauern, wollen auch leben."

Waldersee verlässt das Gut. Franz Globke, bisher Förster auf Bernsdorf, wird zum Gutsverwalter bestellt. Er erhält den Auftrag, mit den Bauernschaftsführern die notwendigen Reformen durchzuführen. Auch die Schule auf Bernsdorf wird in die Neuerungen einbezogen. Fortan wird jedes Kind im Gutsbezirk das ganze Jahr hindurch zur Schule gehen. Dazu werden zwei neue Klassen eingerichtet, die für kürzere Schulwege sorgen. Mit ihm, dem neuen Verwalter, gibt es keine Schwierigkeiten.

Spätes Glück

Es ist noch ein altes Thema offen, der Totschlag an Moritz Rohr. Der Bauersohn Hans Slobinski hat seine lange Haftstrafe mittlerweile abgesessen und es geht ihm nicht besonders gut. Friedrich Wilhelm lässt Hans Slobinski kommen und spricht mit ihm über dessen Situation. Slobinski ist einfach gekleidet, wirkt verlegen und dreht die Mütze in den Händen. „Herr Baron, ich bin jetzt Knecht beim Bauern Radomski. Er hat mich aufgenommen, weil kein anderer etwas mit mir zu tun haben wollte. Ich bin da ganz zufrieden, habe mein Essen und Trinken und eine Schlafstelle. Mehr habe ich auch nicht verdient."

Friedrich Wilhelm bedeutet ihm. dass er sich setzen möge. „Ja Hans, das alles ist jetzt lange her. Ich hatte auch Probleme mit dem allen, was passiert ist. Ich musste ja weg, wie du weißt. Aber wer weiß, wie alles gekommen wäre, wenn ich hier geblieben wäre. Am Ende habe ich auch Glück gehabt und das kann niemand vorhersehen." Slobinski hört mit gesenktem Haupt zu. „Es freut mich aber, dass du jetzt untergekommen ist. Radomski ist ein guter Bauer." Slobinski nickt. „Ja, Herr Baron, das ist er. Ich weiß auch, was ich ihnen angetan habe. Hatte lange Zeit, darüber nachzudenken, im Gefängnis in Allenstein." „Lass mal gut sein, Hans. Das ist jetzt alles Vergangenheit. Die Umstände haben wohl auch viel ausgemacht. Sag mal, möchtest du nicht auch Bauer werden?"

Slobinski erhebt sein Haupt und schaut Friedrich Wilhelm ungläubig an. „Wie soll das wohl gehen, Herr Baron. Ich bin doch ein armer Schlucker und habe außer meinen zwei Händen nichts auf dieser Welt." „Ja eben, aber deine Hände sind doch dein Vermögen, wenn sie nur arbeiten dürfen." Es entsteht ein kleine Pause. Dann fährt Friedrich Wilhelm fort. „Ich habe darüber nachgedacht. Es gibt da eine Möglichkeit, wie ich dir helfen kann. Oben im Norden des Gutsbezirks, an der Grenze zu Heiligental steht ein Hof leer. Der Bauer ist gestorben und die Familie ist fort. Die Gegend ist ein bisschen sumpfig, aber der Boden dafür immer frisch, keine Dürre. Ein Stück Wald ist auch dabei. Das Bauernhaus ist noch in Ordnung, auch die Scheune. Möchtest du da Bauer werden?" Slobinski weiß gar nicht, was er sagen soll. „Meinen sie das ernst?" „Ja, gewiss. Wenn du möchtest, kannst du da Bauer werden, musst natürlich irgendwann deine Abgaben machen und auch für mich etwas arbeiten, aber der Hof ging immer gut." „Ja, Herr Baron, aber ich habe doch nichts, womit ich anfangen könnte."

Darüber habe ich natürlich auch schon nachgedacht. Da lässt sich etwas machen, Hans. Ich gebe dir die nötigen Geräte, ein Pferd, eine Kuh und einen Knecht, natürlich auch Aussaat für das erste Jahr. Du kannst mir später etwas zurückgeben, wenn dein Hof geht. Eine Bäuerin musst du dir aber schon selber suchen."

Hans Slobinski ist aufgestanden, die Mütze ist zu einem kleinen Knäuel geworden. Er hat Tränen in den Augen. „Herr Baron, ich weiß gar nicht, wie ich ihnen danken kann." „Doch, das kann ich dir sagen. Werde ein richtig guter Bauer. Mach etwas aus deinem Hof und hab Vertrauen zu mir. Wenn du Probleme hast, komm her. Wenn ich kann, werde ich dir helfen, und lass die Vergangenheit einfach ruhen. Das ist alles vorbei, jetzt wird nach vorne geschaut." Friedrich Wilhelm umarmt Slobinski und klopft ihm auf den Rücken. „So Hans, jetzt ist aber Schluss mit dem Gerede. Jetzt geht es an die Arbeit. Ich wünsche dir viel Glück."

***

Dann begibt sich F.-W- auf einen Rundgang durch den Gutsbezirk. Er besucht Pastor Lüder, der mittlerweile Superintendent ist. „Welche Ehre , Herr Graf. Sie kommen zu mir?" „Warum denn nicht, sie waren doch auch schon ein paar

Mal bei mir. Wie muss ich sie eigentlich ansprechen?" „Lassen sie mal, Herr Graf. Vor dem Herrn sind wir alle gleich. Ich habe schon gehört, dass sie hier einiges ändern wollen. Das finde ich sehr gut. Die Menschen warten darauf, dass man etwas für sie tut. Ich kann ja nur für ihr Seelenheil sorgen, da haben sie schon andere Möglichkeiten. Ich höre nur gutes, für den Hans Slobinski freue ich mich besonders. Der Herr wird ihnen alles vergelten, was sie Gutes tun an seinen Kindern."

Friedrich Wilhelm besucht den Schulmeister Adalbert Recke, der kurz vor dem Ende seiner Amtszeit steht. Er ist alt geworden, aber immer noch der verschmitzte Recke, wie man ihn kennt. Als Friedrich Wilhelm seine Stube im Schulhaus betritt, bekommt Recke feuchte Augen. „Herr Graf, sie hier? Wie schön sie zu sehen. Wollen sie sich nicht einen Augenblick setzen?" Friedrich Wilhelm nimmt in einem Ohrensessel Platz, eigentlich der Lieblingsplatz des Schulmeisters, aber Ehre muss sein. „Hätten sie ein Schnäpschen?" „Aber ja, sie wissen doch, dass ein Schulmeister hin und wieder die Kehle durchspülen muss. Er verliert sonst seine Stimme." Recke gießt zwei Gläser voll, die sofort geleert werden. Dann gießt er nach und setzt sich. „Ich höre, dass sich einiges ändern wird, Herr Graf?" „Ja, was lange schon fällig war, wird jetzt schnell gemacht. Sie werden zwei Kollegen bekommen und wir werden noch zwei Klassen in der Nähe der Bauernschaften einrichten. Der Schulweg ist viel zu lang für die meisten Kinder. Wie lange wollen sie noch machen?" Reckes Gesicht verfinstert sich etwas. „Ja, mit der Frage habe iich schon gerechnet. Ehrlich gesagt weiß ich es noch gar nicht. Ich gehe jetzt auf die siebzig und da kann ich noch eine Weile unterrichten. Ehrlich gesagt, weiß ich auch gar nicht, wo ich danach hin soll, Herr Graf." „Machen sie mal nicht zu lange, Recke. Sie haben sich ihren Ruhestand längst verdient. Wir haben auf Bernsdorf das Verwaltergebäude. Da befindet sich auf der Seite zum Wald hin die alte Verwalterwohnung. Da könnten wir sie unterbringen. Sie bekommen ein Rente und können sich auf dem Gutshof frei bewegen. Sie können auch in der Verwaltung ein wenig für Ordnung sorgen. Schreiben, Lesen und Rechnen können sie ja bestens. Das machen sie alles aber nur mit Maßen, Spaziergänge und der Mittagsschlaf müssen sein. Wenn sie Langeweile haben und ich da bin, kommen sie mich einfach besuchen. Ich habe auch ein Schnäpschen im Schrank. Wie finden sie das?" „Großartig, Herr Graf. Ihr Vorschlag nimmt mir doch einige Kopfschmerzen."

Friedrich Wilhelm spricht mit Walter von Hirschberg, den Domänenverwalter. Nach dem langen Krieg ist vieles liegen geblieben in den Wäldern. Da gibt es viel Arbeit und Holz, das geschlagen werden muss. „Wann passt es denn, einmal wieder auf die Jagd zu gehen, Herr Graf?" „Brauchen wir wieder ein Opfer, Herr von Hirschberg, für unser Turnierreiten?" „Wenn sie einen kennen, gerne. Die Jägerklause ist schon arg verweist. Da sollten wir mal wieder tüchtig auf die Pauke hauen." Nach mehreren Schnäpsen geht die Rundfahrt weiter.

Als nächstes sucht er seine Bauernschaften auf und besucht Ludwig Arnold auf Erlengrund. Dort trifft er auch Grete, die wieder auf dem elterlichen Hof wohnt. Sie hat einen Sohn und ist verwitwet. Friedrich Wilhelm spürt, dass die Gefühle zwischen beiden nicht erloschen sind. So umarmt man sich zum Abschied und Vater Arnold wendet sich ab, um seine Tränen nicht zu zeigen. „Grete", sagt Friedrich Wilhelm zum Abschied, „verzeih mir, wie alles gekommen ist. Ich kann es selbst nicht mehr erklären. Ich musste damals ganz schnell den Gutsbezirk verlassen, du weißt warum. Dann ging die Zeit über uns hinweg und dann traf ich Evi, mit der ich glücklich bin. So ist das im Leben, ich glaube nicht, dass wir gegen das Schicksal ankommen."

Auf dem Gutshof möchte sich Friedrich Wilhelm noch einige Tage ausruhen, bevor er wieder in die Grafschaft zurückkehrt. Da besucht ihn sein Nachbar Freiherr von Schomburg, wohl gelaunt, wie immer. Sie sitzen vertraut auf der Veranda und genießen Bier und Zigarren. Man spricht über die Zeit und die Zukunft. Der Freiherr hat vom Krieg nicht viel mitbekommen, er hat nur gesehen, wie es anderen ergangen ist. „Mensch Fritz, wir haben doch viel Glück gehabt, du ganz besonders. Ich habe gehört, dass du immer vorneweg dabei warst. Da hätte aber einiges schief gehen können." „Ja, Glück gehört dazu, Otto. Was meinst du, wieviel Glück König Friedrich hatte. Die Kugeln flogen ihm nur so um die Ohren, aber keine konnte sich entscheiden, ihn zu treffen. Die Leute dachten schon, er sei mit dem Teufel im Bunde. Mehrere Pferde haben sie ihm unter dem Hintern weggeschossen, aber der König ist unter keines geraten und hat anschließend weiter gemacht, so als wäre nichts geschehen. Aber warte mal, ich glaube, da kommt ein Gast."

Es handelt sich um Eckhardt von Köslin, der auf der Durchreise ist und es sich nicht nehmen lässt, einen kurzen Besuch auf Bernsdorf zu machen. Zu dritt führen sie noch ein längeres Gespräch. Von Köslin befindet sich mittlerweile im Ruhestand. „Die jungen Leute müssen jetzt weitermachen", meint er. „Friedrich von Korff hat ja tüchtig Karriere gemacht. Oberpräsident ist er schon. Na, wer hätte das gedacht." Dann ist es Zeit zur Abreise. Von Köslin fährt als Erster, dann folgt Freiherr von Schomburg. Man umarmt sich und wünscht sich Glück, vor allem Frieden.

***

F.-W. sitzt mit seiner Mutter am Kamin. Es wird langsam dunkel und man tauscht Erinnerungen aus: der viel zu früh gestorbene Vater, die schönen Zeiten vor dem Krieg, das Elend des langen Krieges, die Schwiegerkinder und Enkel und das unverhoffte Glück mit der Grafschaft Mark. Was wird die Zukunft bringen? F.-W. erklärt seiner Mutter, dass er sich natürlich um die Grafschaft kümmern muss und er sich freuen würde, sie so oft, wie möglich, dort zu haben. Seine Mutter fragt, wie er es mit Bernsdorf halten möchte, das schließlich viel kleiner und unbedeutender ist. Die Antwort ist eindeutig: Komme, was da wolle, Bernsdorf ist die Heimat und wird sie immer bleiben. Solange sie kann, soll sie ein Auge haben auf den Gutshof. Der neue Verwalter ist ein zuverlässiger und treuer Mann, auf den sie sich verlassen kann. Wenn Friedrich alt genug ist, in ein paar Jahren, dann soll er Baron auf Bernsdorf sein. Hier kann er alles lernen, was er später braucht, wenn er einmal Graf in Mark werden wird. „Mutter, ich glaube, um die Zukunft brauchen wir uns nicht zu sorgen, wenn nur der Friede hält. Kommst du mit hinaus? Wir haben, wie du weißt, ein Fest vorbereitet für unsere Leute. Da können wir ein wenig mitfeiern. Ich hole dir schnell einen warmen Umhang. Es ist aber ganz angenehm draußen, aber gegen Abend kann es vielleicht kühl werden." Beide gehen in den Park und Friedrich Wilhelm führt seine Mutter ganz behutsam am Arm die Freitreppe hinunter.

Schön sieht es aus im Innenhof. Die Mägde und Knechte haben sich viel Mühe gegeben und alles schön geschmückt, mit Tannengrün und Kränzen. In der Mitte ist ein Lagerfeuer angezündet, dass schöne, wohlige Wärme abgibt. Man sitzt auf Bänken um das Feuer herum, der Baronin hat man einen bequemen Sessel hingestellt, auch Decken liegen bereit. Am Spieß dreht sich ein Ferkel und verbreitet einen köstlichen Duft. Getränke werden gereicht und ganz langsam wird es Abend. Am Ende des Parks glitzert der Drewenzsee und die letzten Sonnenstrahlen spiegeln sich auf der glatten Oberfläche. Die Baronin hat sich weit zurückgelegt und genießt die Abendstimmung, die hin und wieder vom Lachen der um diese Zeit noch herumtollenden Kinder überlagert wird.

Dann kommen Musikanten aus Osterode, junge Leute, die ihre Lauten dabei haben und mit viel Hallo begrüßt werden. Der Superintendent und der Schulmeister sind gekommen und haben im Kreis Platz genommen. Man singt vertraute Lieder und die Baronin ist verwundert, wie viele Lieder die jungen Leute kennen: „Zogen einst fünf wilde Schweine" löst viel Gelächter aus und „Die Erde braucht Regen" ist ein ganz sentimentales Lied. Kaum einer in der Runde kann aber seine Gefühle verbergen, als das Lieblingslied der meisten angestimmt wird:

„Ostpreußen, Land der Wälder und Land der blauen Seen, der Dünen und des Meeres, wie bist du wunderschön."

Ende